推理は本格のまえに

果麦 —— 编

徐建雄 —— 译

浙江文艺出版社
Zhejiang Literature & Art Publishing House

推理要在本格前

果麦文化 出品

竹林中

芥川龙之介 | Akutagawa Ryunosuke

樵夫在检非违使[1]审讯时的陈述

老爷您说得没错儿，发现这死尸的，正是小的。今天早上，小的跟往常一样，去后山砍伐杉树，结果就在山背后的竹林中发现了这具死尸。哦，您问那是个什么地方？那儿离山科驿道大概有四五町[2]远吧，竹林子里还夹杂些小杉树，是个没人去的地方。

那死尸身上穿着浅蓝色的水干[3]，头上还戴着京城式样的带褶黑漆帽，仰面朝天地躺在那儿。虽说看起来是一刀毙命，可毕竟扎在了胸口上，死尸周边的竹叶都被染得黑紫黑紫。但我看到时，已经不流血了，伤口似乎也干了，有一只马蝇，像没听见我的脚步似的，正死死地叮在那里。

哎？您问小的有没有看到长刀或别的什么凶器？没有，什么都没有。就是旁边的杉树树根那儿，丢着一根绳子。还有——对了，对了，除了那根绳子，还有一把梳子，死尸的身边，就只有这两样东西。不过呢，那儿的草和竹叶都被踩得一塌糊涂，想来那男子在

---

1 日本平安时代初期设置的执掌京城治安和司法的官职，权力极大。
2 长度单位。1町约为109米。
3 武士的礼服之一。

被人杀死之前，也是拼命打斗过的。什么？您问那儿有没有马？没有，没有。那地方，马是压根儿进不去的，离能跑马的大道，还隔着整整一个竹林子呢。

行脚僧在检非违使审讯时的陈述

这个已遇害的男子，贫僧昨日遇见过。就在昨日的——正午时分吧。地点是在从关山去山科的途中。当时，该男子与一名坐在马上的女子一同朝关山方向走去。由于女子的斗笠上垂挂着面纱，贫僧没看到其容颜，仅看到其外紫里青的衣服颜色。马的颜色嘛，是青里带红的那种——我记得那鬃毛被修剪得又短又齐。您问马的高度吗？总有四尺四寸来高吧。老实说，贫僧是个出家人，对于这种估算的事情是不太在行的。那男子——不，不是空手，他既带着长刀，又带了弓箭。尤其是对他黑漆箭壶中插着的二十多支上阵用的利箭，贫僧至今仍记得清清楚楚。

那男子竟会落得个如此下场，真是做梦也想不到，正所谓人生在世"如露亦如电[1]"。唉，还有什么好说的，哀哉！哀哉！

放免[2] 在检非违使审讯时的陈述

大人，您是问那个被逮住的家伙吗？那人名叫多襄丸，是个出了名的盗贼。其实，他在被我逮住的时候，已经从马上摔了下来，

1　典出佛经《金刚经》："一切有为法，如梦幻泡影，如露亦如电，应作如是观"，寓意人生无常。

2　日本古代因请罪被赦免而在检非违使手下服役的人。

正躺在栗田口[1]的石桥上哼哼唧唧呢。哦，您问什么时辰？是在昨夜初更时分。从前卑职要逮他结果失手的那会儿，他就穿着藏青的水干，佩着一柄錾花长刀。而这一次，大人您也看到了，除了长刀，他还带着弓箭呢。哦，是吗？遇害的男子也带着——那杀人凶手肯定就是多襄丸了。裹着皮革的弓、黑漆的箭壶，还有那十七支利箭——这些都是死者的生前之物。连那匹马也跟大人您说的一模一样，是一匹青里透红的短鬃马。这家伙被那畜生甩下来，肯定是得报应了。当时，那畜生还拖着长长的缰绳，在石桥稍前一点的地方吃路边青青的芒草呢。

要说这个叫多襄丸的家伙，在那些在京城出没的盗贼之中，也算是个十足的好色之徒。去年秋天，在鸟部寺宾度罗[2]殿后面的山上，一位像是前去参拜的夫人和一个小丫鬟遭人谋害，其实也是这家伙干的。现在，既然他杀了那男子，那么，那个骑马的女子，也不知会被他拐到哪里，结果怎样。恕卑职多嘴，这方面也请大人追查一下。

老妪在检非违使审讯时的陈述

唉，没错儿，这尸首就是小女的官人。他不是京城里的人，是若狭[3]国府的武士，名叫金泽武弘，二十六岁。不，他性情温和，不会与人结仇的。

您问小女吗？小女名叫真砂，十九岁，生性刚烈，不亚于男子，除了武弘之外，从未跟别的男人相好过。小女脸色微黑，左边

1　日本东京都东山区的地名。自古以来就以京都的东大门而闻名。
2　释迦牟尼的弟子。名列十六罗汉之首。在日本，有抚摸其像便可祛病除疴的迷信。
3　日本旧国名之一。相当于今天的福井县西南部。

眼角处有颗黑痣，长着一张小巧的瓜子脸。

昨日，武弘带着小女一起去若狭国，没想到竟会出这种事，想来也是什么报应吧。女婿已经这样了，我也只好认命，可小女究竟又怎样了呢？真叫人放心不下。还望大人接受老婆子我最后的请求，哪怕是掰开每一棵草，劈开每一棵树，也要找到小女的下落啊。最可恨的就是那个叫什么多襄丸的贼子，不光杀死我女婿，竟连我女儿也……（之后便泣不成声了）

多襄丸的供词

那个男的就是俺杀的。不过那女子俺可没杀。你问俺她去哪儿了？俺也不知道。喂，慢着，慢着。你再怎么用刑，俺对于不知道的事情还是说不出来的呀。俺既然落到了你们手里，也就好汉做事好汉当，还遮遮掩掩干吗呢？

俺是在昨天晌午稍过一些的时候遇上那两口子的。当时正好起了一阵风，把那女人的面纱给吹开了，于是俺就在那一晃之间看到了她的脸蛋。就那么一晃——刚看到一眼，马上又看不见了。可是，俺会出事，八成也就是这一眼的缘故吧。那女子长得太俊了，简直就跟女菩萨似的。俺当即横下心来：即便杀了那男的，也要占了那女子。

什么呀，杀个把人哪有你们想的那么麻烦？既然要占了那女子，就得杀了那男的。这不是明摆着的吗？只不过俺杀人要动刀子，你们杀人不动刀子罢了。你们用权力杀人，用金钱杀人，有时候嘴上卖着乖，花言巧语地就把人给杀了。当然了，你们杀人不流血，行凶的那人还好好地活着。可那也是不折不扣的杀人呀。要论罪孽的话，究竟是你们更重一些，还是俺更重一些呢？呵呵，只有

天知道了。(嘲讽地微笑)

　　但是，倘若不杀那男的也能占了那女子，倒也没什么不好。老实说，就俺当时的心情来说，就是想尽可能不杀那男的而又能占了那女子。只是在山科的大路上，是做不成这事儿的。所以我才用计将他们两口子诓进了山坳里。

　　骗他们进山，也没费什么事。俺跟那两口子搭伴一起走着，就跟他们胡侃，说那边山里有座古坟，挖开来一看，有好多古镜和宝刀。俺已经神不知鬼不觉地将那些玩意儿埋在山背后的竹林里，你们想要的话，俺可以便宜一点卖给你们。那男的听着听着就动心了。怎么说呢？贪念这玩意儿真是太可怕了，不是吗？你猜怎么着？不出半个时辰，那两口子就掉转马头，跟着俺一同进山了。

　　来到了竹林前，俺就说，宝物就埋在里面，一起进去看看吧。那男的贪心正旺，自然是没什么说的。可那女子连马都不肯下，说就在这儿等着。也难怪她要这么说，因为那竹林子也太密了。老实说，这对于俺来说，可是正中下怀。于是，俺就将那女子一人撇在那儿，领着那男的就进了竹林。

　　这个竹林，刚进去时尽是竹子，可走进半町左右，就是稀疏的杉树林了——正是俺下手的好地方。俺一面分开竹子往里走，一面煞有介事地跟他说，宝物就埋在里面的杉树下面。那家伙听俺这么一说，便朝着透过竹叶看得见小杉树的那地方，一个劲儿地钻过去。不一会儿，俺们就来到了竹子稀疏、长着几棵杉树的地方——俺一到这儿，就立刻将他按倒在地。那家伙腰里佩着长刀，想来力气也不小，可架不住俺下黑手啊。没费多大功夫，俺就将他绑在了一棵杉树的树根上。哎？绳子？你问哪来的绳子？这就是干俺们这一行的好处了，俺平日里腰间总缠着绳子。因为不知道什么时候要翻墙越户嘛。当然了，为了不让他叫喊，俺还在他嘴里塞满了竹

5

叶。别的，也就没什么麻烦了。

俺把那男的收拾停当后，就回到那女的那儿，跟她说，你男人像是犯了急病，快去看看吧。不用说，这一招也很管用。那女的脱下挂着面纱的斗笠，被俺牵着手走进了竹林。可是她到那儿一看，见她男人被绑在了树根上——那女子只看了一眼，就猛地从怀里抽出了一柄寒光闪闪的短刀。俺活到今天，倒还没见过性子这么烈的女人呢。要是俺稍不留神，肯定会被她戳破肚皮。不，就算俺躲过了最初的那一刀，在她后来没头没脑的胡劈乱砍中，也难免会挂彩。可俺不是别人，俺是多襄丸啊，一来二去的，俺没拔刀就将她的短刀打落了。要说这女人，性子再怎么刚烈，手里没了家伙也就没辙了。最后，俺终于如愿以偿，没取那男人的性命，就占了这女子。

没取那男人的性命——是啊。我没想在占了那女的之后，再杀死那男的。可是，当我扔下趴在地上哭泣的女人，刚要逃出竹林的时候，她却突然抱住我的胳膊，发疯似的缠着我。嘴里还断断续续地叫喊着："要么你死，要么我官人死。总得死一个。让我在两个男人面前出乖露丑，比死还难受。"不光是这样，她后来还气喘吁吁地说，往后她就跟着活下来的那个过了。就是那会儿，我猛地对那男的起了杀心。（阴险地兴奋着）

说到这儿，你们肯定以为俺是个比你们更加凶残的人了，是吧？可是，这是因为你们没看到那女人的脸啊。尤其是没看到那一瞬间，她眼眸中的迷人火苗。俺跟她四目相对的当儿，心里就想，就算被雷劈死，俺也要她做俺的老婆。要她做俺的老婆——当时俺的心里，就只有这么一个念头。这可不是你们想的那种肮脏的色欲，要是那会儿俺除了色欲之外没别的念想的话，早就一脚将她蹬开，逃之夭夭了，那男的也不至于用鲜血来染红俺的长刀。可是，在那个昏暗的竹林里，在俺死死盯着那女人脸蛋的一刹那，俺就拿定了主意：不杀了那男的，绝不离开此地。

不过，即便要杀死那男的，俺也不想用卑鄙下流的方法来杀他。俺解开了他身上的绳子，告诉他俺们一对一地白刃交战。留在树根那儿的绳子，就是那时落下的。那家伙面无人色，拔出了一把宽厚的长刀来，一声不吭地朝俺愤然扑来。结果怎样，现已用不着多说了。总之，在第二十三个回合，俺的长刀刺穿了他的胸膛。第二十三回合——请别忘了，仅凭这点，俺至今还暗暗为他叫好。因为在普天之下的男人中，能跟俺斗过二十回合以上的，只有他一个。（快活地微笑）

那家伙一倒地，俺就提着血淋淋的长刀，回头去看那女子。可是，你猜怎么着？那女子不见了，她逃到哪里去了？俺去杉树林里找了，不见人影。满地的竹叶上，也没有一点蛛丝马迹。俺侧耳静听了一下，除了那男人喉咙里发出的最后的出气声，什么都没听到。

说不定那女子在俺们刚动手的那会儿，就钻出竹林，到外面去找人帮忙了——想到这儿，俺就觉得弄不好这回要轮到俺送命了。于是就捡起那家伙的长刀、弓箭，赶紧折回原先的山路。女人骑来的那匹马，还安安静静地在那儿吃草呢。后面的事情，说了也没什么用，就不啰唆了。只是那人的长刀，在进入京城之前俺就已经脱手了。俺要招的，就是这些。俺早就知道，俺这颗脑袋迟早要挂在楝树的树梢头，你们就处以极刑好了。（气概昂然）

女人在清水寺的忏悔

那个穿藏青色水干的汉子玷污了我之后，就瞅着我那被绑着的官人发出一阵嘲笑。我家官人心里一定憋屈透了，可不管他怎么挣扎也无济于事，只会让绳子在肉里吃得更深。我连滚带爬，不由自

7

主地就跑到了官人身边。哦，不，是想要跑到他身边去。可那汉子猛地一脚，将我踢翻在地。就在一刹那间，我看到官人眼中闪烁着一种无可名状的光芒。无可名状——直到现在，只要我一想起他那种眼神，就禁不住浑身发抖。虽说官人他开不了口，可他在那一刹那的眼神中，已经将他的心意传达给我了。他眼里闪烁着的，既不是愤怒，也不是悲哀，而是对我的鄙视，是冷酷的寒光。我觉得这种目光给我的打击，比那汉子的脚踢更令我难以忍受。我情不自禁地狂叫了一声，就晕过去了。

过了一会儿，我总算恢复了知觉。可当我定睛一看，那个穿藏青色水干的汉子已经没影了，只有我家官人仍被绑在杉树根上。我吃力地在满是竹叶的地上坐起来，仔细地看着官人的脸。可官人眼里的神色，跟刚才一模一样，依旧是那么冷酷，充满着鄙视，并且还从其底层透露出一种厌恶之色。羞愧、悲哀、气愤——简直不知该怎么形容我当时的心情才好。我摇摇晃晃地站起身来，朝官人身旁走去。

"官人，事已至此，为妻已无法再跟您一起过日子。为妻已拿定主意，打算一死了之，可是您也得死，因为您看到了为妻的丑态，为妻就不能让您独活在世上了。"

我拼尽全力，说了这几句话。即便如此，官人他也还只是用十分厌恶的眼神看着我。我肝胆欲裂，强忍着，去找官人的长刀。可是，竹林里别说长刀，连他的弓箭也找不到了，许是给那强盗拿走了吧。幸好还有那柄短刀，正掉在我的脚边，我举起短刀，再次对官人说道："官人，为妻来取您的性命了。您放心，为妻即刻便随您而去。"

我家官人听了这话，嘴唇才终于动了一下。当然，他的嘴里塞满了竹叶，发不出声音，可是我看了他的嘴型，立刻就明白了他要说的话。官人依旧对我满怀鄙视，他说的是："杀了我！"我几乎是在神志不清的状态下，"噗嗤"一声，将短刀扎进了官人那身蓝色水干下的胸脯。

那时，我许是又晕了过去。等我终于能看清四周的时候，见官人依旧被绑着，但已经断气好一会儿了。一缕斜阳透过竹子和杉树错杂的丛林，照射在他那张刷白的脸上，我强忍着哭声，解下绑在死尸身上的绳索。然后——然后，我怎么样了呢？这个我实在是没力气说了。总而言之，我怎么着也死不成。用短刀刺咽喉也好，投身山脚下的池塘也罢，各种死法都试过了，可就是死不了。当然了，这也不是什么值得夸耀的事情。（凄然一笑）或许，连大慈大悲的观世音菩萨，也将我这种无耻的女人抛弃了吧。可是，我这个亲手杀死自己丈夫的人，被强盗玷污了的人，究竟该如何才好呢？我究竟——究竟——（猛然间泣不成声）

亡灵借巫女之口做出的陈述

贼人强暴了内人之后，就坐那儿巧舌如簧地安慰起她来。在下自然是口不能言，身子也被绑在了树根上。然而，在下曾多次以目示意，想让内人明白：那厮所说的话当不得真，完全是一派胡言。可内人她只是颓然坐在竹叶上，目光落在自己的膝盖上。看她那模样，莫非听信了贼人的花言巧语不成？在下妒火中烧，极力挣扎。可那贼人依旧在滔滔不绝地说着甜言蜜语。"你既然已经失身于俺，怎么还能与丈夫重归于好呢？与其跟着那家伙过日子，还不如做俺的老婆呢，你看好不好？俺也是喜欢你喜欢得不行，才做出这种出格的事来。"那贼人厚颜无耻，竟然说出这种话来。

不料听了贼人的这一番话，内人居然心醉神迷地扬起脸来。如此美貌的内人，在下也是第一回看到。可是，你们可知如此美貌的内人，当着被缚于一旁的在下的面，是如何回复那贼人的？在下如今虽彷徨于中有¹之境，可每次回想起内人当时的回复，仍禁不住怒火中烧。内人如此答道："无论天涯海角，请带贱妾同往。"（长久地沉默）

内人的罪孽，还不仅限于此。倘若仅限于此的话，如今在下在黑暗的地狱中也不至于如此痛苦。然而，内人如梦如痴地被那贼人牵着手正往竹林外走去时，忽然脸色大变，指着树根处的在下说："杀了他！他不死，我就没法跟你过日子。"

内人如同发了疯一般，一连叫喊了许多遍。

"杀了他！"——即便是现在，这话也如同狂风一般，欲将在下一股脑地吹入漆黑的无底深渊。哪怕仅仅一次，从人的嘴里能说出如此可恨的话语吗？哪怕仅仅一次，人的耳朵能听到如此诅咒一般的话语吗？哪怕仅仅一次——（突然迸发出一阵冷笑）就连那贼人，听了这话后，也不由得大惊失色。"杀了他！"内人叫喊着，拽着贼人的臂膀。贼人只是看着内人，没说杀，也没说不杀。突然，他飞起一脚，将内人踢倒在竹叶上。（再次迸发出冷笑）贼人双手抱胸，静静地看着我说："你要那女人怎样？杀了她，还是放了她？你只要点头作答就可以了。杀了她？"

仅凭这一句话，在下愿意宽恕贼人的罪孽。（再次长久地沉默）

趁在下迟疑不决的时候，内人尖叫了一声，便跑进了竹林深处。贼人猛扑过去，可连她的袖子都没捉住。在下只是如同身处幻景中一般，看着眼前这一幕。内人逃走后，贼人夺了在下的长刀和

1　佛教用语。即中阴。《俱舍论·分别世品》："死生二有中，五蕴名中有；未至应至处，故中有非生。"即从人死之后到转世投胎之间的状态。

弓箭，将绑着在下的绳索割断了一处。

"这下该顾一下俺自个儿了。"在下记得他在消失于竹林之外时，嘀咕了这么一句。之后，四下里便寂静无声了。不，好像还有哭声。在下一面解开绳索，一面侧耳静听。细听之下才发觉，这不是在下自己的哭声吗？（第三次长久地沉默）

在下好不容易才从树根处支撑起筋疲力尽的身子。内人失落的短刀，就在在下的眼前，闪着寒光。在下拾起短刀，一下子插进了自己的胸膛。一股血腥之物，涌到了嘴里。然而，在下一点也不觉得苦痛。只觉得胸口变凉之后，四周愈发寂静。啊！这是何等的静谧啊。在此山阴处的竹林上空，竟无一只小鸟来此啼鸣。唯有那寂寥的日光浮荡在杉竹梢头。日光——那日光也渐渐地变淡了。杉树和竹子也都看不见了。在下就这么倒在地上，被深沉的寂静紧紧地包裹着。

此时，有人蹑手蹑脚地来到了在下的身旁，在下想看看究竟是谁，然而，不知从何时起，在下的身边早已是一片昏暗。不知是谁——这个不知是谁的人伸出一只看不见的手，"嗖"地一下拔出在下胸口的短刀。与此同时，在下的嘴里又一次溢出了鲜血。从此，在下便永久沉没于中有之境的黑暗之中了……

散步途中

谷崎润一郎 ｜ Tanizaki Junichiro

十二月月底的某一天，下午五点钟左右的黄昏时分，东京T·M株式会社职员，法学士汤河胜太郎，正沿着金杉桥的电车路[1]溜达着往新桥方向走去。

"打扰了，十分抱歉。请问您是汤河先生吗？"

他走到桥当中的时候，有人从背后跟他打招呼。汤河回头看去，一位素不相识、风度翩翩的绅士，脱下头上的圆顶硬礼帽，正在毕恭毕敬地给他行礼，随即又走上前来。

"不错，鄙人正是汤河……"汤河显出了些许与生俱来的老好人一般的谦卑和惶恐，眨巴了几下小眼睛，然后像应对他公司里高层干部似的，用战战兢兢的口吻做出了回应。因为，这位绅士的人品和气度，简直与他公司的高层干部一般无二，所以只看了他一眼，那种"在大街上跟人乱打招呼的粗汉"之感刚要冒头，就立刻缩了回去，不知不觉地露出了工薪阶层的本相来。这位绅士脖子上围着海獭皮的衣领，上身穿着如同西班牙犬毛一般的、毛茸茸的黑色玉罗纱[2]外套（估计外套里面穿着的是正宗的晨礼服），下身穿

1　铺设了有轨电车轨道的大马路。
2　一种表面有波状茸毛的粗纺毛织物。

着条纹长裤，手里拄着根带有象牙球柄的文明棍。是个肤色白皙，四十来岁的富态男士。

"非常抱歉。鄙人深知在这里突然叫住您是极不礼貌的。这是我的名片。其实，我拿着您的朋友，法学士渡边先生的介绍信刚去过您的公司。"

说着，绅士递上了两张名片。汤河接过名片凑到路灯底下一看，其中一张无疑是他的好朋友渡边的，那上面还有渡边手书的一行字："兹介绍友人安藤一郎。彼乃余之同乡，多年好友。彼欲调查奉职于贵社之某君行状，望予以接待并协助之。"

另一张名片上则印着：

私家侦探　　安藤一郎
事务所　　　日本桥区蛎壳町三丁目四号
电话　　　　浪花五〇一〇号

"如此说来，您就是安藤先生——"说着，汤河重新上下打量了一下站在他面前的这位"绅士"。

"私家侦探"——这可是个稀罕职业啊。虽说汤河也知道东京已开出了五六家侦探所，可真正遇见侦探，今天还是头一回。汤河喜欢看电影，所以他时不时地会在银幕上看到西洋的侦探，而他觉得日本的私家侦探，其派头似乎要比西洋的还大一些。

"是的。鄙人就是安藤。听说您在贵社的人事科工作，所以想就友人名片上所记之事前去拜访。刚才，鄙人已去贵社请求会面了。百忙之中打扰您真是过意不去，您看，您能多少抽一点时间出来吗？"

"绅士"说起话来似乎也非常符合他的身份，字字句句透着金属声，铿锵有力。

"没问题，有空的。我这方面可随时奉陪……"知道对方是侦探后，汤河就把第一人称从"鄙人"改成"我"了。

"只要是我知道的，有问必答。可是，您这事儿真有那么急吗？要是不那么紧急的话，是否可以留到明天再谈？当然了，今天谈也可以，只是在这大街上说话，是不是有点不合常理……"

"言之有理。可是，明天贵社是休息的吧。而要是特地登门拜访，又显得太小题大做了些，所以还请您将就一下，我们边散步边谈吧。再说，您不是很喜欢这么散步的吗？啊哈哈。"

说完，"绅士"哈哈大笑了起来，用的是政治家装模作样时常用的那种"豪爽"的笑法。

汤河的脸上呈现出了十分明显的为难之色。因为，他口袋里正放着刚从公司拿到的工资和年底奖金。这笔钱对他来说是一个不小的金额，所以他觉得今晚的他，是颇为幸福的。他本想马上去银座，买妻子早就缠着他要的手套和披肩——与她那俊俏的脸蛋相得益彰的厚实皮货——然后早早回家，好让她高兴高兴——他刚才散步时就正想着这桩美事呢。可现在倒好，突然冒出个素不相识的安藤侦探来，不仅破坏了他的美妙遐想，还让他感觉到今晚难得的幸福都有可能要泡汤。这些暂且不论，这家伙虽说是侦探，明知人家喜欢散步，还特地从公司赶了来，这就十分讨厌了。再说，这家伙又是怎么认得自己的呢？一想到这儿，汤河感到极不愉快，甚至有点生气了。

"您看怎么样？鄙人并不想占用您许多时间，能稍稍配合一下吗？鄙人也是为了要较为深入地调查一下某个人的情况，考虑后认为比起到贵社去拜访来，或许在这大街上反倒更方便些。"

"哦，是吗？那就一起走走吧。"汤河没办法了，只得与"绅士"肩并肩地重新开始朝新桥方向走去。其实，他也觉得"绅士"的话不无道理，倘若他明天拿着侦探的名片找上门来，的确会有点麻烦。

迈开脚步之后，"绅士"——侦探就掏出雪茄烟抽了起来。并且，在走出百十来米的当儿，他光抽烟，不说话。于是不用说，汤河便觉得自己有些被愚弄了，心里不由得烦躁起来。

"好吧，那我就听一听您有何贵干吧。您说想调查一下鄙社某员工的情况，那么究竟是谁呢？我是打算知无不言的……"

"当然，您一定是十分了解的。"说完，"绅士"又一声不吭地吸了两三分钟的烟。

"我估计，那人是要结婚了，所以人家要调查一下他的为人处世吧。"

"是啊。您真是明察秋毫。"

"我干的不就是人事方面的工作嘛，这种事对我来说也是家常便饭。那人究竟是谁？"汤河像是要激发起自己的好奇心似的问道。

"这个嘛，倒有些不太好说出口。呃，还是老实说了吧。要调查的人，就是您。就是说，有人委托鄙人了解一下您的情况。我认为与其通过别人转弯抹角地去打听，还不如开门见山地直接问您更爽快些，所以就来打扰您了。"

"可是我——或许您已经有所了解吧，我已经成家了呀。您确定没搞错吗？"

"不，没错。我知道您已经有夫人了。可是，您尚未完成法律意义上的婚姻手续，对吧？并且，您是想尽快地完成这一手续，事实是这样的吧？"

"哦，明白了。您是受内人娘家的委托，奉命前来调查我的，是吗？"

"碍于职业规矩，鄙人不便透露客户的信息。既然您已经有所察觉，那就请您不予深究了吧。"

"嗯，可以啊。反正这也是无所谓的事情。既然是关于我自身的情况，那请您毫不客气地问吧。比起间接调查来，我也更乐意接受这种直截了当的方式。我还应该感谢您采取了这种方法。"

"哈哈，'感谢'二字就不敢当了。关于结婚对象的身世调查，我（'绅士'也将第一人称从'鄙人'改成'我'了）也总是采取这种方法的。只要对方有着一定的人格和社会地位，肯定是开诚布公地直接调查比较好。再说，有些问题也只有本人才能予以回答。"

"言之有理！言之有理！"汤河十分爽快地予以赞同。不知从何时起，他的内心又"多云转晴"了。

"不仅如此，我还对您的结婚问题寄予了诸多的同情。"

"绅士"瞟了一眼汤河颇为欣喜的脸蛋，笑着继续说道："为了让您夫人入籍[1]，您夫人必须尽快地与她娘家和解啊。如若不然，只能再过三四年，等您夫人满二十五周岁了。可是，要达成和解的话，让对方理解您这个人，要比您夫人转变态度更为重要。这是事情的关键所在。我自然会为此事尽力的，也请您基于此目的如实回答我的提问。"

"明白，明白。所以请您不用客套，尽管问吧。"

"好吧，据说您和渡边君是同年级的同学，于大正二年大学毕业，是吧？先从这儿开始问起吧。"

"是的，是大正二年毕业的。毕业后，我马上就进入了现在的这个 T·M 会社。"

"没错，毕业后您立刻就进了现在的 T·M 会社。这一点我已

1　日本人结婚时，女方要改姓夫姓，入男方的户籍。

经知道了。那么，您跟您的前妻是什么时候结婚的？我估计也是进入公司的同一时期。"

"是的。九月份进入公司，十月份结的婚。"

"那就是大正二年的十月了（说着，'绅士'开始扳手指头计算起来），如此说来，你们正好一起生活了五年半啊。您前妻因患伤寒而过世，应该是在大正八年四月份的事情。"

"嗯。"汤河嘴里应着，心里却开始犯嘀咕了：这家伙嘴上说不通过别人间接调查我，其实已经调查得够多了嘛。于是他的脸上又露出了不快的神色。

"据说您非常爱您的前妻。"

"是啊，我是很爱她的。可是，这并不是说我就不能以同等程度来爱现在的妻子。当然，她去世那会儿，我十分哀伤，所幸的是，这种哀伤也并非多么地难以治愈，其实也就是在现在的妻子帮助下治愈的。因此，即便是从这方面来说，我也有义务必须尽快地与久满子——久满子是现在的妻子的名字，想必您也早就知道了——正式结婚的。"

"那是自然。"对于他这一番感情充沛的表白，"绅士"只是轻描淡写地应了一声，随即便说，"我也知道您前妻的名字，是叫笔子，对吧。我还知道笔子是个病秧子，即便是在因伤寒去世之前，也时常患病。"

"真令人惊讶啊。您不愧是干这一行的，什么都知道。既然您已经掌握了这么多，似乎就没必要再调查什么了吧。"

"啊哈哈哈，您要这么说，我就实在是不敢当了。我好歹也是靠这个吃饭的嘛，您就别计较了。话说回来，关于笔子患病的情况，她在得伤寒之前，还得过一次副伤寒[1]，是吧？时间应该是在大正六年的秋天，在十月份左右。是非常严重的副伤寒，据说由于高烧不退，您非常担心。然后就是在下一年，大正七年，在过新年的时候得了感冒，卧床不起有五六天的样子，对吧？"

"啊，是吗？有这么回事吗？"

"在此之后，又在七月份一次，八月份两次，患了腹泻——夏天里嘛，谁都会腹泻那么一两次的。在这三次腹泻之中，有两次是极为轻微的，用不着怎么休养，但有一次多少有些严重，好像还躺了一两天。之后，也就是进入秋天后，外面兴起流行性感冒来，笔子竟得了两次。就是说，在十月里得了一次感冒——这次是比较轻的，在第二年，大正八年的新年里又得了一次，这次引发了肺炎并发症，据说情况十分危急。而在肺炎总算痊愈后，不到两个月的时间，笔子就因伤寒去世了——事情就是这样的吧？我所说的应该没错吧？"

"嗯。"

应了这么一声后，汤河就不吱声了。他低着头，开始思考起什么来。这时，他们已经过了新桥，走在了年终岁末的银座大道上。

"您的前妻真是可怜啊。不仅在去世前的半年中得了两次性命攸关的大病，还多次遭遇令人心惊胆战的危险场面。我说，那起窒息事件发生在什么时候来着？"

见汤河听了这话后仍默不作声，"绅士"便点了点头，自顾往下说："那是在您夫人的肺炎已经痊愈，再过两三天便可下床的时候——嗯，既然是病房里的煤气炉出故障，那就应该是在还十分寒冷的时候，大概是二月底吧。由于煤气阀门松了，导致您夫人半夜

1　一种由副伤寒菌经口感染而引起的疾病。症状类似伤寒。

里差点窒息而死。所幸的是，并不怎么严重，可即便如此，也还是让你夫人在病床上多躺了两三天。对了，对了。在此之后，也发生过类似的事情。您夫人在新桥坐公共汽车去须田町的途中，该公共汽车与电车相撞……"

"喂，喂，请稍等一下！我刚才就对您的侦探手段表示过敬佩了，您又何必说起来没完了呢？再说了，您费尽心机调查这些情况，又有什么必要呢？"

"哦，倒也确实没什么必要。只是我这个人'侦探癖'太重，动不动就想将一些无关紧要的情况也调查得一清二楚，好吓人一跳。我自己也知道这是个坏毛病，可就是怎么也改不了。马上就要进入正题了，还请您少安毋躁，再耐心地听一下吧。呃，话说当时车窗被撞碎了，玻璃碎片扎进了您夫人的额头，令她身负重伤。"

"是有这么回事。可是，笔子是万事都满不在乎的人，并没有受到多大的惊吓。再说，您所谓的'重伤'，其实也就是擦破了点皮而已。"

"话虽如此，就这个撞车事件而言，我觉得您多少是应该负点责任的。"

"我？为什么？"

"您还问'为什么'，不就因为是您吩咐您夫人不要坐电车，要坐公共汽车去，您夫人才坐的公共汽车吗？"

"我是这么说过——或许说过吧。这种鸡毛蒜皮的小事我已经记不清楚了，你既然这么说了，我也就觉得似乎是这么回事了。好吧，好吧，就算我说过的好了。可其中是有这么个缘故的。当时，笔子已经得了两次流行性感冒了，并且报纸上也有乘坐拥挤的电车容易得感冒的说法，所以我觉得比起电车来，坐公共汽车去更安全些。这才吩咐她不要坐电车，一定要坐公共汽车去的。我根本没想到她所坐的公共汽车会跟电车相撞呀。我又有什么责任呢？再说笔子她也没这么想啊。其实，她还感谢我的建议呢。"

"当然了，笔子经常对您的关怀表示感谢，直到临死之前，她还在感谢您呢。可是，仅就这起公共汽车与电车相撞的事件而言，我依然觉得您有着不可推卸的责任。当然，您已经说了，这是为了防止您夫人得病。这个说法自然也没错。可尽管如此，我还是觉得您是有责任的。"

"为什么呢？"

"好吧。既然您不明白，那我就来解释一下吧。您刚才说'根本没想到她所坐的公共汽车会跟电车相撞'。但是，您夫人乘坐公共汽车，可不仅限于那一天啊。当时，您夫人刚生完大病，仍需要接受医生的诊疗，每隔一天就必须从位于芝口的家到位于万世桥的医院去一趟。并且您从一开始就知道，这样的就诊方式要持续一个月。而这一段时间内，您夫人乘坐的都是公共汽车，撞车事件就是在此期间发生的。这里，还有一个值得注意的情况，那就是，当时公共汽车还刚刚开始运行，经常发生撞车事故。只要是多少有点神经质的人，都会担心乘坐公共汽车会不会遇到撞车事故。顺便提一下，您就是个有点神经质的人。因此，您每每吩咐您所最爱的夫人去乘坐风险如此之大的公共汽车，就显得太马虎，太反常了。因为，每隔一天去一趟医院，算上回程的话，就相当于会让您夫人在一个月内去冒三十次险啊。"

"啊哈哈哈，您会斤斤计较于这样的细枝末节，说明您的神经质也并不比我轻多少啊。经您这么一说，当时的情形我倒也逐渐回忆起来了。其实在当时，我也并没怎么在意。我是这么考虑的，就是公共汽车撞车的危险与在电车上受传染的危险，哪一个的概率更大一些。即便概率差不多大，那么，哪一个对生命的威胁更大呢？

我考虑的结果还是乘坐公共汽车比较安全。为什么要这么说呢？就拿您刚才所说的每月往返共三十次来说吧，如果乘坐电车的话，那么那三十辆电车里是肯定有流感病菌的。因为当时正是流感的高发期，如此考虑是顺理成章的。既然有病菌，那么在那里受感染就不是什么偶然之事了。而另一方面呢，公共汽车的交通事故完全是偶然的灾祸。当然，公共汽车是存在撞车的可能性，但并不是从一开始就明摆着祸因。其次，我还可以说，笔子已经得过两次流感了，说明她的体质比一般人更容易受感染。因此，如果她乘坐电车的话，在众多乘客之中，她肯定是最可能受感染的一个。而对于公共汽车的乘客来说，大家所冒的风险是一样的。不仅如此，我还考虑过风险的程度。如果笔子第三次患上流感，势必会导致肺炎，那么这次就真的无可救药了。我听说，患过一次肺炎的人，是很容易再次患上的，更何况她病后身体还没充分恢复，正是十分虚弱的时候，所以我的担心绝不是什么杞人忧天。而公共汽车发生撞车的情况呢，即便是发生了撞车，也并非一定会送命。最不走运的情况也仅仅是受重伤而已，而受重伤也不见得肯定会要了性命。所以说，我的考虑还是毫无问题的。您看看，事实上笔子往返三十次，不是也仅仅遇上一次撞车，而受的也仅仅是擦破点皮这样的轻伤吗？"

"哦，原来如此。如果仅仅听您所说的这些话，倒也是合情合理，似乎天衣无缝，找不到一点纰漏。可是，在您刚才没讲到的部分，却存在着不可忽视的事实。我之所以这么说，是因为根据您刚才的分析，在公共汽车与电车的安全性比较方面，似乎公共汽车的危险性更小一些，即便有危险，其程度也比电车轻些，并且这种危险是所有乘客公平承担的。可是，我认为，至少以您夫人的情况，即便乘坐公共汽车，其承受风险的情况也是与乘坐电车一样，绝不会与其他乘客平等地承担风险。也就是说，一旦公共汽车发生交通事故，您夫人处在率先受伤，且受伤最重的致命境地。这一点，您是不能视而不见的。"

"为什么这么说？我可不明白。"

"哈哈哈，您不明白？这就有点奇怪了。您当时是这么跟笔子说的吧：坐公共汽车时，你一定要坐在最前面，那是最安全的乘坐方法——"

"是的。这所谓'安全'的意思是——"

"慢来，慢来。您所谓的'安全'，想必是这么个意思吧：即便是在公共汽车里，也多少有些流感病菌。为了不吸入这些病菌，就应该尽量处在上风处。对吧？那就是说，即便公共汽车上不如电车那么拥挤，也并非绝对没有感染流感的危险。您刚才就是忘了这一事实，是不是？然后，您还想再增加一条理由。那就是公共汽车靠前的位子震动比较小，而您夫人病后体虚，当然是受震动越小越好。就是基于这两条理由，您才建议您夫人坐公共汽车要坐到前面去的。嗯，说'建议'或许还不太确切，应该说是'严厉地吩咐'才对吧。您夫人是个老实人，她觉得绝不能辜负了您的一片好心，一定要遵照您的吩咐。于是，您的吩咐就得到了切切实实的执行。"

"……"

"是这样的吧。首先，您一开始并没有将乘坐公共汽车也有感染流感的风险考虑在内。尽管没考虑在内，却还是以此为借口要您夫人坐在公共汽车的前面。这里就有一个矛盾了。还有一个矛盾是，从一开始就被考虑在内的撞车风险，在此时却被您抛诸脑后了。考虑到撞车的情况，那么坐在公共汽车的最前面自然危险性也是最大的了。可以说，就撞车的情况来说，坐在最前面的人，是独担其风险的。您看看，事实上当时受伤的乘客，不就只有您夫人这么一个吗？那是一起极其轻微的碰撞，其他乘客全都安然无恙，只有您夫人受到了皮外伤。如果撞车再严重一点的话，那就是其他乘客受皮外伤，您夫人受重伤。要是更严重些，肯定是其他乘客受重伤，您夫人一命呜呼了。撞车这种事情，自不待言，是极其偶然的事件。可是，这种偶然一旦发生，您夫人受伤就是必然的了。"

　　这时，他们二人已经走过了京桥，但无论是"绅士"还是汤河，似乎已经忘了自己眼下走在什么地方了。一个津津有味地说个不停，一个则一声不吭地侧耳静听着，两人只管笔直地往前走。

　　"所以说您这么做的结果就是，不仅将您夫人置于某种偶然的危险之中，更是将您夫人推入了偶然范围之内的必然危险之中。这与单纯的偶然之危险的含义是完全不同的。这样的话，乘坐公共汽车是否真的比乘坐电车安全，就不得而知了。首先，当时您夫人正处在第二次流感刚痊愈的时期。因此，认为她对于该病具有免疫力应该是恰如其分的。要我说的话，您夫人在当时，是绝对不会受感染的。如果要用到'首选'这个词，应该就是安全方面的'首选'之人。得过一次肺炎的人，更容易再次得肺炎，这完全是要看处在什么样的时期。

　　"您所谓的'免疫力'之类的说法，我也并非一无所知。可是，事实上她在十月份得了一次感冒后，不是在新年里又得了一次吗？如此说来，所谓'免疫力'云云，似乎也太靠不住了吧……

　　"从十月到新年，这中间已经隔了两个月了。再说，当时您夫人尚未真的痊愈，还一直在咳嗽。所以比起受别人的感染来，反倒是感染别人的可能性更大一些。

　　"还有，就是您刚才说到的撞车的危险，既然这撞车本身就是非常偶然的事情，那么在此范围内的必然不也是极其稀罕之事吗？偶然中的必然与单纯的必然，其含义还是大不相同的吧。更何况这种'必然'也顶多只会造成伤害，未必一定会叫人丧命吧。

"但是，如果是'偶然'地猛烈撞车，就可说是必然使人丧命了吧。"

"也许是可以这么说的吧。可是，搞这种逻辑游戏又有什么意思呢？"

"啊哈哈哈，您说是逻辑游戏吗？我确实是喜欢这种逻辑游戏的，不好意思，一不小心就太投入了。失礼了。不过也不用着急，马上就会进入正题的。在进入正题之前，还是将刚才的逻辑游戏做一下小结吧。您尽管笑我搞什么逻辑游戏，可您自己似乎也十分喜欢逻辑，或许在这方面您可以做我的前辈亦未可知。我觉得您并非对此一点也不感兴趣。估计您也已经察觉到了，要是将刚才有关'偶然'与'必然'的探讨，与人的某种心理相结合的话，那就会产生一个崭新的课题，逻辑也就不再是单纯的逻辑了。"

"怎么说呢？您所说的，似乎越来越艰深了。"

"一点也不艰深呀。所谓人的某种心理，指的就是犯罪心理。某人企图以某种神不知鬼不晓的间接方法将某人杀死。嗯，说'杀死'似乎不太恰当，应该说是'致死'吧。为了达到这一目的而尽量使该人暴露在危险之中。在此情况下，为了不让人察觉自己的意图，而又能在不知不觉中引导对方，那就只能选择'偶然的危险'了。这种'偶然'之中，如果蕴藏着某种不易察觉的'必然'，那就可以说是天衣无缝了。您吩咐您夫人乘坐公共汽车，在形式上不正好与之相符合吗？我说的是在'形式上'，所以请您不必生气。当然了，尽管您并无如此意图，但对您来说，还是能够理解人的这种心理吧。"

"您的工作较为特殊，所以思考问题的方式也颇为奇特啊。至于'形式上'是否符合，只能随您去判断了。但是，如果真有人想仅仅利用一个月内乘坐三十次公共汽车而取人性命的话，那么这人不是傻瓜就是疯子了。有谁会指望这种根本指望不上的'偶然'呢？"

"是的，您说得不错。仅靠乘坐三十次公共汽车，这'偶然'的命中率也确实太低了。可是，如果从各个方面找出各种各样的危险，并将无数的偶然叠加在其人身上——这样的话，'偶然'的命中率自然也就会成倍地增长。也就是说，将无数的偶然性危险汇集起来形成一个焦点，并将其人引入其中。在此情况下，该人蒙受的危险，就不是什么'偶然'，而是'必然'了。"

"这到底是怎么回事呢？您能举例说明一下吗？"

"可以呀。譬如说，这儿有一名男子想要杀死自己的妻子——应该说是想要将其置于死地吧。而他妻子的心脏，生来就比较虚弱——请注意，心脏虚弱这一事实之中，就已经包含着偶然性危险的种子。而那男子为了增大这种危险性，就想方设法提供条件，让他妻子的心脏状况更加恶化。譬如说，那男子为了让妻子养成喝酒的习惯，就开始劝她喝酒。刚开始，只建议她在睡前喝一杯葡萄酒，但渐渐就开始层层加码，要她每次餐后都喝一杯葡萄酒，好让她习惯酒精的味道。可是，他妻子原本就不喜欢喝酒，所以并没有因此如她丈夫所愿，变成一个酒鬼。于是那丈夫便改变策略，开始建议妻子抽烟了。说什么'作为女性是不能连这点乐趣都没有的'，买来舶来品的高级香烟让他妻子吸，这一做法倒大获成功。不到一个月，他妻子就几乎成了烟鬼，就算不让她抽，她也停不下来了。接着，听说心脏不好的人不能洗冷水澡，于是他就建议妻子洗冷水澡。他像是十分关心妻子健康似的跟她说，'你体质差，容易感冒，所以应该每天早上都洗个冷水澡'。绝对信任自己丈夫的妻子，立刻就遵从执行了。就这样，她在自己一无所知的情况下不断地损害着自己的心脏。然而，仅仅这样的话，那丈夫的计划尚不能圆满完成。他想到，既然妻子的心脏状况已经恶化，接下来就该给心脏加以打击了。具体而言，就是让妻子容易患上会连续发高烧的疾病——伤寒、肺炎之类。那人最先选择的是伤寒。出于该目的，他开始频繁地给妻子吃可能带有伤寒菌的东西。说什么'美国人吃饭时都喝生水，称赞生水是最好的饮料'，于是要妻子也喝生水。还让她吃生鱼片。得知生蚝和石花菜凉粉中伤寒菌比较多后，就也让妻子去吃。当然了，要让妻子放心地吃，丈夫自己也必须吃。但是，那丈夫由于以前得过伤寒，已经有免疫力了。结果，虽然那丈夫的计划并未完全如愿，却也可以有七八分成功了。因为，他妻子虽然没患上伤寒，却患上了副伤寒，并且连续发了一星期的高烧。但是，由于副伤寒的死亡率还不到百分之十，所以也不知是幸还是不幸，妻子竟然渡过了难关。丈夫受到七八分成功的鼓励，在此之后也继续让妻子吃生东西，结果导致妻子在夏天里时常拉稀。丈夫每次都心惊胆战地观察着进展情况，可不巧的是，他妻子并未患上他所期望的伤寒。不久之后，就出现了一个那丈夫求之不得的机会。那就是从前年秋天到去年冬天的恶性大流感。于是那丈夫就想方设法让妻子患上这种感冒。结果在十月初，她果然就得了感冒——要说怎么得的感冒，其中还稍稍地费了点周折呢。她当时喉咙不好。丈夫以预防感冒为由，故意给她配制了高浓度的双氧水，让她经常漱口，结果导致她的咽喉黏膜发炎。不仅如此，恰好那时她的伯母得了感冒，那丈夫就一而再再而三地让妻子前去探望。终于在第五次探望回来后，发了高烧。所幸的是，这次感冒并未造成什么严重的后果就好了，随后就是在新年里得了更为严重的感冒并引发了肺炎……"

侦探嘴里这么说着，手上做了个稍显奇怪的动作——他轻轻触碰汤河的手腕两三次，看着就像是在抖落雪茄烟的烟灰似的——像是在无声地提醒着他人。随后，他们恰好来到了日本桥之前，侦探在村井银行前右拐，朝中央邮政局的方向走去了。当然了，汤河也只得紧随而去。

"那妻子所得的这第二次感冒，其中也是颇为蹊跷的。"侦探继续说道，"当时，妻子的娘家，有个小孩子得了急性感冒，住进了神田的S医院。于是那丈夫就十分主动地让妻子去医院陪护那孩子。他的理由是这样的：'这次的感冒极容易传染，几乎没有什么人能去陪护。我内人前一阵子刚得过感冒，有免疫力，所以是最理想的陪护人选。'妻子也觉得很有道理，就去了医院。结果在陪护的过程中再次得了感冒。并且由感冒发展为非常严重的肺炎，出现了好多次险情。那丈夫的计划似乎这次总算要大功告成了。那丈夫在他妻子的枕边不住地赔不是，说什么都是自己不小心才让她身患重病云云。那妻子一点也不怨恨丈夫，怎么看都像她将怀着对丈夫之爱的感激之情而平静地死去。然而，事与愿违，就在还差那么一点的时候，妻子忽然痊愈了。对于那丈夫来说，真可谓是为山九仞，功亏一篑了。于是，那丈夫又开动了脑筋。他考虑到，不能光用生病的手段，而是在疾病之外，也要让妻子遭遇危险。因此，他首先利用了他妻子病房里的煤气炉。那时，妻子已经恢复得差不多，身边已经没有护士陪护，不过还须与丈夫分床，在另一个房间里睡上一星期。有一天，丈夫偶然发现了一个现象：为了预防火灾，妻子每天晚上都是关掉了煤气炉子才睡觉的。煤气炉的阀门在妻子的病房与走廊之间的门槛处。妻子有个半夜里起来上次厕所的习惯，而那时就必定会跨过门槛。妻子是穿着长长的睡衣经过门槛的，那衣摆五次中有三次会碰到煤气阀门。他心想，要是煤气阀门再活络一点，那么被衣摆碰到后，就肯定能打开了。那病房虽然是个日式房间，却十分密实，没有透风的间隙。也就是说，尽管十分'偶然'，可这种'偶然'之中，早就蕴含着危险因素了。那丈夫发现，事情到了这一步，只要稍稍再做一点点手脚，就能将此'偶然'转变为'必然'了。而所谓的'手脚'，就是想办法将煤气阀门再弄得活络一点。于是在某一天，他趁着妻子睡午觉的时候，悄悄地往煤气阀门里注入了一点油，使其更容易打开。他的这一行为，自然做得极为隐秘，可不幸的是，还是被人看到了——他自己并不知道。看到他这一行为的，是他的一个女仆。这名女仆是他妻子结婚时从老家跟过来的，十分爱护夫人，也非常地伶俐乖巧。嗯，这方面就不去多说了——"

这时，侦探与汤河已经从中央邮政局前面走过了兜桥，走过了铠桥。不知不觉地，二人就走上水天宫前面的电车路。

"这次，那丈夫已经成功了七分，但余下的三分还是失败了。那妻子差一点因煤气中毒而死，可她在半夜里却又及时地醒了过来，还大喊大叫了起来。煤气泄漏的原因很快就找到了，最后当然归结为妻子自己不小心。紧接着，那丈夫所选择的手段就是公共汽车了。正如刚才所说过的那样，他想方设法地利用妻子上医院的机会，不放过一点危险因素。而在'公共汽车事件'仍不成功之后，他就抓住了一个新的机会。给他这个机会的是医生。出于病后保养的考虑，医生建议他妻子异地疗养。说是最好在哪个空气好的地方住上个把月。于是那丈夫就对妻子说：'你老是生病，与其异地疗养一两个月，还不如我们全家都搬到空气好的地方去住呢。当然也不用搬到太远的地方去，搬到大森那边就可以了。那儿离海比较近，我去公司上班也比较方便。'他妻子马上就同意了。不知道您是否了解，大森那儿的饮用水十分糟糕，不仅如此，或许也是由于水的问题吧，传染病十分猖獗——尤其是伤寒——也就是说，那家伙发现利用事故不见效，又回到了利用疾病的老路上来。在将家搬到了大森之后，他就变本加厉地给妻子喝生水，吃生东西。与此同时，也鼓励她洗冷水澡和抽烟。不仅如此，他还在院子里种了许多树木花草，挖了存水的池塘，又说厕所的位置不好，将其转了个向，让下午西边的太阳能照到那里。之所以要这么折腾，都是为了在家中滋生蚊子、苍蝇。还有，还有，一旦他的朋友中有人得了伤寒，他就声称自己有免疫力，频繁地前去探望，有时候也让妻子前去探望。或许他原本是打算打持久战，准备耐心地等待结果吧，可事实上这一番心计却早早地见效了。搬过去后还不到一个月，就已经见效了。就在他某次去看望了患伤寒的朋友不久，他妻子也患上了这种病——至于他是否还运用了什么阴险的手段，就不得而知了。他妻子最后就如此这般地死掉了。怎么样？就形式上而言，是不是与您的情况一模一样呢？"

"嗯，仅、仅就形式上而言——"

"啊哈哈哈哈，到目前为止的话，可以说是'仅就形式上而言'。您是爱您的前妻的，至少在'形式上'是爱的。可是，与此同时，您还在您前妻毫不知晓的情况下，从两三年之前起，就偷偷地爱上了您现在的妻子，并且是远超于'形式上'地爱上了。因此，综合刚才所说的事实和这一事实来看，刚才的情形对于您来说，就不是什么'仅就形式上而言'了。"

这时，他们两人已经从水天宫电车路往右拐进了一条狭窄的弄堂。弄堂的左侧有一座像是事务所模样的房子，挂着一块字写得很大的"私家侦探"的招牌。上下两层，镶嵌着玻璃门窗的二楼以及一楼全都灯火通明。来到那座房子前之后，侦探"啊哈哈哈哈"地大声笑了起来。

"啊哈哈哈哈，不行啊，瞒不住了。从刚才起，您就一直在瑟瑟发抖。您前妻的父亲，今天晚上就会在我家里等着了。喂，您也不用这么害怕，进来吧。"

说着，侦探突然拽住汤河的手腕，用肩膀推开了大门，将他拖进屋去。明晃晃的电灯下，汤河的脸刷白刷白的。他失魂落魄地在身边的椅子上一屁股坐了下来。

银座幽灵

大阪圭吉 | Osaka Keikichi

一

一条三间[1]宽的弄堂两侧，是一家连着一家的色彩缤纷的小店，如同彩虹一般，成为银座后街的一道亮丽风景，看得人眼花缭乱。在一家蓝色霓虹灯上打着"cafe·青兰"的字样、在弄堂里算是较大的店铺前面，是一家叫"恒川"的颇为精致的香烟店。两层楼，两开间不到一点的门面，收拾得整整齐齐，十分敞亮，就像靠放爵士乐招揽客人的周围小店一样，该店生意也相当不错，吸引着整条弄堂的客人。

该店的老板是个早就年过四十的女人，名叫恒川房枝——姓氏牌[2]上用平假名写着呢。据弄堂里流传的小道消息所言，她是个寡妇，之前丈夫是个退休官员，她有一个女儿，正在上女校，好像也快毕业了。房枝长得白皙丰满，虽然穿着打扮非常地朴素得体，可徐娘半老，风韵犹存，青春之火在她身上仿佛尚未完全燃尽。不知从什么时候起，她家里住进了一个三十来岁、表情呆板的男人，并

1　长度单位。1 间约为 1.818 米。
2　日本人的家门口都挂着一块牌子，上面写明户主的姓。

开始拘谨地跟左邻右舍打招呼，与大家交往了起来。这种令人陶醉的平静并没有维持多久。香烟店生意兴旺后，就雇了一个年轻的女店员。那个名叫澄子的，才二十出头的女店员，有着健康的小麦色皮肤，精力充沛，活蹦乱跳，像一个皮球似的。她除了照料生意，也兼做家务。然而，不久后，原本太太平平的日子，眼看着就掀起了风浪。

最早发现香烟店里"夫妻吵架"的，是青兰的女招待们。因为从青兰的二楼包厢，可以透过窗户看到对面香烟店二楼临街的房间——毕竟街宽只有三间左右。而且还时不时地会从对面传来女主人声嘶力竭的喊叫声。有时，对面的玻璃窗上，还会出现一些不堪入目的身影。每逢这种时候，青兰的女招待们就会一边隔着桌子跟客人敷衍，一边悄悄地互递眼色，轻声叹息。只是谁都没料到，香烟店里的这种山雨欲来的险恶空气，会如此快速地郁结起来，最后竟导致了匪夷所思的奇怪事件，让人感到恶心不已。而这一幕惨剧的目击者，正是当时在青兰二楼当班的女招待们。

那是一个从天气上来看，也不太正常的夜晚。入夜时分刮起了略带凉意的西风，但到十点钟左右就突然停止了。空气凝滞不动后，变得闷热异常，完全不像个秋天的夜晚。一直在二楼临街房间的角落里应付客人的一个女招待，站起身来，用手绢在自己的领口处扇着，她来到窗户边，推开了镶嵌磨砂玻璃的窗户，不经意地看了对面人家一眼。忽然，她就像看到了什么凶险场景似的猛地扭过了脸，立刻回到自己的座位上，然后一声不吭地给她的同伴们递了眼色。

香烟店二楼那半开着的玻璃窗里面，那位皮肤白皙的女主人房枝，穿着一身几乎纯黑的和服，正朝着坐在对面的女店员澄子——而不是男人，一个劲儿地说着什么。澄子一声不吭，连头都不点一下，噘着嘴，将脸扭向一边。她穿的是黑底上印有胭脂色井字条纹的绚丽和服，使她今晚显得更美了。然而，房枝很快就注意到青兰二楼上的动态，她将那张充满敌意的脸转向这边，急匆匆地站起身来，"啪"的一声关上了玻璃窗。青兰这边顿时觉得狂野粗放的爵士乐的音量提高了许多，就跟这边关上了窗户似的。

女招待们松了一口气，面面相觑，用微妙的眼神"窃窃私语"了起来。

——今晚可有点不同寻常啊。

——嗯，看来是要对阿澄动真格了。

确实，那场景不同于往常。没有声嘶力竭的叫喊，而是不动声色地步步紧逼。即便是偶发高声，也立刻淹没在周边的噪声之中。十一点钟刚过，那个正在上女校的女儿君子，许是听了母亲的吩咐，开始关店打烊，哗啦啦地关上店门。不过，那家香烟店，总是一到十一点钟就打烊的。但柜台前的玻璃门上还开着一个小窗口，可以卖香烟给来得晚的客人。不知为什么，达次郎——就是房枝的相好，今晚没在店铺露面。

——今晚真的很严重啊。

——估计是达次郎和阿澄之间的那点事，终于被老板娘抓到把柄了。

女招待们再次用微妙的眼神交流了起来。

没过多久，四周就渐渐地安静了下来，等能听到电车通过四丁目交叉路口的声响时，一心只想着早点打烊的女招待们已经把香烟店给忘了，开始想方设法地打发三个赖着不走的醉汉回去。而惨剧，就是在此刻上演的。

对面香烟店二楼上的窗户仍跟刚才一样，像海螺盖似的关得死死的，里面亮着电灯。一开始，只是从那边传来低低的悲鸣声，也听不清是啜泣，还是在哼哼唧唧。

青兰的女招待们，不约而同地又面面相觑起来，而当对面传来"咚"的一声像是人倒在地板上的声响后，她们就全都吓得站起来，脸色刷白地涌到窗口，探出身子朝对面张望。

这时，香烟店二楼的窗上，出现了摇摇晃晃的巨大人影，随即，这个踉踉跄跄的人影"吭"的一声撞到了电灯上，结果，屋里就变成了漆黑一片。可是很快，似乎有什么东西——应该还是那个踉踉跄跄的身影，就靠在了临街的玻璃窗上，随着"咔嚓"一声巨响，窗户正中间的一块玻璃被撞破了，身影之主人的后背也就露了出来。

一个身穿几乎纯黑的和服，后脖颈子十分白皙的女人，后背紧靠在窗户上，伸出窗外的右手中攥着一把像是剃刀似的滴血利刃，正呆呆地望着漆黑一片的屋内，耸动肩膀大口大口地喘着气。可是，她像是很快就感觉到青兰的窗户处有人在观看似的，"唰"地转过头来望了一眼，随即又踉踉跄跄地消失在黑暗之中。那是一张刷白刷白，五官扭曲移位，怒目而视的脸。

青兰的窗户处，"呀——"地响起了女招待们的尖叫声。她们惊恐万分，有的已经哭出声来。在她们背后看到同一幕惨剧的那三位客人，倒不愧是男人，他们一声不吭地立刻跑下楼梯，对着楼下的女招待和客人大喊：

"不好啦！"

"杀人啦！"

他们叫喊着跑到了街上。其中的一个，立刻跑去派出所报案，另外两人酒也被完全吓醒了，在原地直打转。这时，香烟店里传出一阵"吧嗒吧嗒"的走路声和"乒乒乓乓"的撞击声，紧接着店门被猛地打开了，身穿桃色毛巾睡衣的女儿君子冲了出来。看到那些已经跑到街上，不知所措的男女后，她用着哭腔没头没脑地喊道："阿澄，被人杀死了！"

没过多久，警察们就到了。

被杀的，果然是澄子。只见在电灯被撞碎的漆黑屋子里，澄子仰面朝天地倒在地板上。她身上穿着的，正是刚才青兰的女招待们所看到的那身黑底上印有胭脂色井字条纹的绚丽和服。和服的下摆十分凌乱。第一个拿着手电筒冲进房间的警察，听到倒在地上的澄子的喉咙口正发出低低的呼气声，马上跑过去将她抱了起来。只听得这个年轻女子喘息着用蚊子叫一般低低的声音说道："房……房枝……"还没说完，就断了气。

她的喉咙处被利刃深深地割了两道。周边是一片血泊。一把沾满鲜血的日本剃刀被扔在血泊的边缘，靠近窗户的地方。

然而，当人们进入香烟店的时候，那个房枝却不见了踪影。不仅是房枝，连达次郎也不见了。只剩下女儿君子，她也不上楼去，就在店面前，面无人色地瑟瑟发抖。

青兰的女招待们，把刚才所看到的一切，简明扼要地用沉着冷静的语调报告给了警察。那三位客人也为她们的报告做了证明。根据这些证人的报告以及被害人所留下的遗言，警察们马上就大体把握了整个事件，很快开始了针对房枝的搜查。

这家香烟店的二楼，除了这个发生杀人事件临街的房间，还有两个房间：最里边的和中间的房间。但是，这两个房间里都没有房枝的踪影。楼下，除了店面，也还有两个房间，但也都找不到房枝。香烟店的大门，在十一点钟的时候已经关上了。在警察进入店内的前后，她是不可能从大门处逃走的。于是警察们就涌进了厨房。那里有个后门，后门外是三尺来宽的一条小弄堂。并排着的三户人家的后门都对着这条小弄堂。通过这条小弄堂就可以不通过前街而走出去。在这条小弄堂的路口，摆着个烤鸡串的烧烤摊。摊主一副老好人模样，天一断黑，就在那儿摆摊了。警察问他有没有看到什么，他一个劲儿地摇头，十分明确地说有两三个小时没看到有人进出弄堂了。警察只好重新回到香烟店，这回才真正彻底地检查起这座问题重重的房子来，厕所等所有的隐秘之处全都检查了。最后，他们终于在二楼那个发生凶杀事件房间的壁橱里，发现了房枝。

然而，率先拉开壁橱移门的警察，一打开门就喊了一声："啊呀，糟糕！"

原来，壁橱里的房枝，已经死了。

她身上穿的正是青兰的女招待们刚才看到的那件几乎纯黑的和服。脖子上缠着一条手巾。不知道是她自己用它将自己绞死的，还是被别人用它绞死的，反正她已经死了，软绵绵地耷拉在那儿。脸上毫无血色，一片死白，虽说已经出现了轻度的浮肿，但仍可认出她就是房枝。毫无疑问，当女儿君子看到母亲变成这个样子后，号啕痛哭，想要扑上前去，但被警察抱住了。

那三位客人一直跟在警察身后悄悄地观看死人。这时，其中的一位高声尖叫道："啊，就是她！用剃刀杀死那边那个穿漂亮衣服女人的，就是这个人！"

一个像是长官模样的警察踏上了一步，重重地点了点头，然后缓缓地说道："如此看来，杀死那个叫澄子的女人之后，这个房枝傻愣着站了一会儿，察觉到被青兰的你们看到之后，就缓过神来了……她考虑到下楼去也很危险，于是就跟跟跄跄地走到这儿，把自己藏在了壁橱里……可后来呢，她既感到危险，又感到自责，实在受不了了，就自杀了……嗯，大概就是这么回事吧。"说完之后，这位警官朝身穿桃色睡衣、痛哭不止的君子弯下腰，亮出了警察手册。

不久之后，法医就随同检事、判事一起来到现场，正式开始调查。然而，在检查了房枝的尸体之后，却证实了一个极为奇怪，且多少有些令人毛骨悚然的事实。

　　那就是，如果是房枝杀死了澄子，那么她应该死在澄子之后，绝不可能死在澄子之前。可事实是，澄子的尸体还留有几分生气，体温也没有完全冷却，但房枝的死后现象更为明显：尸体已经完全冷却，并且还出现了尸斑。经过科学、冷静的观察，法医做出了明确的判断：至少已经死了一个小时。

　　"这……这怎么可能？"刚才那位警官稍显狼狈地说道，"要是这样的话……简直不可思议……澄子被杀才二十来分钟，而房枝已经死了一个小时。也就是说，凶手在受害人被杀的四十分钟前，就已经死掉了——是这么回事吧。照这么说，澄子断气前说的'房枝'，和有许多证人看到的挥舞剃刀的房枝，都不是房枝本人。因为那时房枝早就死掉了。这怎么可能……难道是房枝的幽灵，幽灵杀人？在银座，在响着爵士乐的街区之中，出现了幽灵？这对于报纸来说，倒是个绝好的题材……"

二

　　事情一下就变得怪异起来了。警察们遇到了巨大的难题，一筹莫展。并且，问题可分为两个：死人有两个。其中的一个是被幽灵杀死的，而另一个呢，在死后成为幽灵，并晃晃悠悠地出来杀了人。这事也太怪异了吧。

　　可是，案子总不能这么着停滞不前。警察们只得提起精神来，重新开始调查。

　　后来被杀的澄子先放在一边，他们首先调查的是房枝之死。

——房枝到底是自杀，还是被杀的？

对于这个问题，法医明确主张是被杀的。因为，与上吊不同，自己用手将自己勒死，是绝对不可能的事。检事、判事、警察，也都大体赞同这一意见。于是他们就在楼下的店铺中摆开阵势，正式开始了审讯。

首先叫来询问的，是房枝的女儿君子。这个失去了母亲的少女，抽噎着做出了如下陈述：当天夜晚，母亲房枝吩咐她看店后，就带着澄子上了二楼临街的房间。那是十点钟左右的事情。君子尽管知道母亲当时心情很不好，但由于这也是常有的事情，所以没怎么放在心上。她一边翻看杂志，一边看店，到了十一点钟，因为明天一早要上学，自己也很困了，就跟往常一样，关了店铺，回二楼里屋自己的房间，睡觉去了。她上二楼的时候，没听到二楼临街的房间里有说话声。对于她们之间的这些事，君子只觉得很害羞，并未起什么疑心。可是当她模模糊糊刚要睡着的时候，从临街的房间传出的惨叫声和人倒地的声音把她给惊醒了。怎么回事呢？她迷惑了一会儿后，猛地担心了起来，不由自主地起床，跑去临街的房间看，只见那儿的电灯没亮，她就战战兢兢地打开了中间房间的电灯，然后拉开了移门，朝临街的房间里看去。看到澄子倒在房间的正中央后，她就大叫一声，跌跌撞撞地下了楼，打开大门跑到街上去喊人了。

"在你朝临街的房间里看时，有没有看到你的母亲站在窗户那儿呢？"

对于警官的这一提问，君子直摇头。

"没有。那时，妈妈已经不在了。"

"那么你慌慌张张地下了楼，也没看到母亲，不觉得奇怪吗？"

"因为妈妈她经常和叔叔一起出去喝酒，很晚才回来，所以我想今晚或许又……"

"叔叔？你说了'叔叔'，是吧？他是谁？"警官立刻追问道。

君子只好把达次郎的事情告诉了他，还战战兢兢地补充道："今晚叔叔他比妈妈出去得更早。那时我还在看店。可是，后门是开着的，不知道他后来回来过没有，那时候我已经睡了，什么都不知道。"

"他们经常去哪里喝酒？"

"不知道。"

警官立刻让手下去找达次郎。紧接着，就是青兰的女招待和那三位客人作为证人接受了询问。

证人们将早就报告过的内容又重新叙述了一遍，没说出什么新的花样，但表明君子所说的情况与他们所看到的相一致，而对于达次郎，他们也并不比君子多知道些什么。

至此，审讯基本就算结束，房枝被杀的时间也明白了。即，与澄子面对面坐着的房枝发觉青兰的女招待们在看自己后，就心急慌忙地把玻璃窗给关上了，而她也正是在这一刻到十一点之间被杀死的。如果君子的证言确凿无误的话，这段时间内，达次郎应该是不在家里的。可是，在君子看店的期间，他有没有可能从后门偷偷地溜进来，勒死了房枝后又再溜出去呢？关于这一点，就必须调查一下达次郎了。

巧的是，没过多久，没让警察费什么劲，达次郎就来"归案"了——他是一个人自己回来的。一脸茫然，还什么都不知道，问他什么，他就结结巴巴地回答什么。

根据他的叙述，从十点钟起到现在，他一直在新桥的一个叫作"鲔八"的关东煮小店里喝酒，什么都不知道。一名警察立刻去了"鲔八"，不一会儿就把那儿的老板带了回来。那老板见了达次郎，立刻说："是的。这位客人从十点来钟到刚才，一直在我的店里。这个嘛，不光是我，我老婆，还有其他客人也都知道的呀……"

警官大失所望，仅用下巴示意，就将鲐八的老板打发回去了。

达次郎的"不在场证明"十分过硬。可这样的话，这个案子就有点叫人干着急又无从下手了。香烟店的正门处，有君子在看店。后门处，如果有人进出，就会被烧烤摊老板看到，可他又坚持说什么都没看到。临街的二楼窗户被青兰二楼的女招待们监视着。二楼的里屋是君子的房间，窗户也从里边闩住了。即便没闩住，也不可能从那儿进出的。因为，窗户下面是厨房的屋顶，是一个两坪[1]左右的晒台，四周围着带刺的铁丝。再说从后门通往烧烤摊所在的弄堂，还面对着三家邻居的后门呢。为了慎重起见，警察也对那三户人家进行了调查，他们都说一到晚上就将后门关好，并未发现任何异常。这就是说，房枝被杀的时候，这个香烟店简直就是个"密室"，而在里面的人，除了房枝就只有她的女儿——正在看店的君子和澄子两个人了。

到了如此地步，看来也就只好怀疑她俩了。首当其冲的是君子。可是，由于此刻的范围已经缩得很小，原本是针对寻找杀害房枝凶手的推理，和澄子的离奇被杀事件混在一起后，变得愈发纠缠不清了。

譬如说，退一万步来考虑，就算是君子杀死了母亲房枝，那么房枝死后，又怎么能再去杀死澄子呢？

要是澄子杀死房枝呢？老问题又出现了。房枝被澄子杀死后又怎么能再去杀死澄子呢？

绕来绕去，最后总是回到澄子的离奇被杀事件上来。因此，警

---

1 面积单位。1坪约为3.306平方米。

官觉得必须首先解决这个澄子的"幽灵杀人事件",除此之外,无路可走。大家也都焦躁万分,简直是气不打一处来。

首先,澄子被杀的时候,这个如同密室一般的香烟店里就只有先于澄子被杀的房枝和睡在二楼里屋的君子两个人。不管怎么说,警察们是不相信什么"幽灵杀人"的,于是他们中有人就提出了这么个假说:青兰的证人们说是看到了杀死澄子的房枝,可那也仅仅是一瞬间的事情,谁都不能断言那个女人的脸就一定是房枝的。只有在那女人穿着"几乎纯黑的和服"这一点上,他们的证言是一致的。那么,会不会这个女人不是房枝,而是穿着母亲衣服的君子呢?也就是说,君子穿上了母亲房枝的和服,杀死了澄子,然后又换上了桃色的睡衣。

可是,这种说法是一攻就破,经不起推敲的。因为,刚杀了澄子的房枝从窗户处消失,到青兰中的证人跑上街后遇到身穿桃色睡衣的君子,之间顶多只有三分钟。在这三分钟之内,君子要脱下母亲的和服,给已成为尸体的母亲穿上,然后自己再换上桃色的睡衣,是怎么也来不及的。

那么,如果君子并没穿母亲身上的那件和服,穿的是另一件灰黑色的和服——隔着三间宽的一条街,青兰的证人们也只能看个大概而已——来演这么一出戏,有没有可能呢?

为此,警察们对香烟店进行了彻底的室内搜查。结果只在衣柜的抽屉里发现了两三件类似的和服,并且全都放了防虫剂,用专用的厚纸包得好好的,绝对不是两三分钟之内能收拾停当的。不仅如此,如果君子是杀害澄子的凶手的话,那么澄子在临死前,为什么要喊房枝的名字呢?所以无论从哪方面来考虑,凶手也都不可能是君子……

最后,警察在当天夜里只好停止调查了。

第二天，各种报纸果然都开始大肆报道起"幽灵事件"来。警察们也抖擞精神，重新开始了调查。然而，要说有什么新收获，也仅仅是被用作凶器的剃刀经技术部门鉴定，没发现一个清晰的指纹；在审讯达次郎时，他承认自己与澄子有一腿，因此破坏了家中的和谐关系。

然而，到了这天的傍晚，正当警察们一筹莫展，如坠云里雾中的时候，却突然出现了一个神奇的业余侦探，主动要求会见负责此案的警官。

这人是青兰的经理兼调酒师，一个叫作西村的青年。他给警察局打了电话："是警部先生吗？我是青兰的经理，我知道'幽灵'的真相，知道杀死澄子的那个'幽灵凶手'的本来面目了。今晚您能过来一趟吗？嗯，对，到时候会全告诉您的。呃，不，我会让您亲眼看到'幽灵'的……"

三

当警部带着一名刑警来到青兰的二楼时，四周已经完全断黑，弄堂里灯火通明，爵士乐飘荡，大家似乎已将昨晚发生的事件忘得一干二净。然而，这毕竟是在好奇心强烈的都城之内，故而香烟店门前还是有不少看热闹的人在那儿转悠着。青兰之中，无论是楼上还是楼下，全都客满，他们都在议论着香烟店的幽灵。

经理兼调酒师的西村穿着白色上衣，系着领结，彬彬有礼地将警部他们迎入店内，领上了二楼，让他们在靠近窗户的位子上坐下来，又让女招待们拿来了饮料。可是，警部从一开始就显得很不痛快，几乎没怎么说话，只是不太耐烦地看着经理兼调酒师西村忙这忙那的。

可以隔窗相望，对面香烟店二楼房间里的尸体已被送去解剖了，现在已经恢复了它平时的模样，镶有磨砂玻璃的窗户关着，里面亮着电灯。

"其实呢，我是这么想的——"经理兼调酒师开口道，"与其笨嘴拙舌地加以解释，还不如让您亲眼得见来得更直截了当一些。"

"你到底要让我们看些什么？"警部颇为怀疑地反问道。

"呃，是……是我所发现的'幽灵'。"

警部立刻拦住了他的话头："这么说，杀死澄子的凶手是谁，你已经知道了？"

"嗯，基本上……"

"是谁？你看到凶杀现场了吗？"

"没有，我虽然没有看到凶杀现场，可是……由于当时房枝已经被人杀死，屋里应该只有两个人了……"

"你是说，是君子杀的？"警部略带讥讽地说。

"不，不是这么回事。"经理兼调酒师猛烈地摇着脑袋说道，"你们不是已经让阿君落选了吗？"

"那么，不就没有人了吗？"警部傲慢地往后仰着身子。

"有啊。"西村青年笑道，"不是还有阿澄吗？"

"什么？你说是澄子？"

"是的。就是澄子杀死了澄子。"

"这么说，就是自杀了？"

"是啊。"西村君忽然一本正经地说，"你们从一开始就犯了个大错误。要是在她死后再被你们发现的话，或许就不会犯这样的错误了。而你们正是在她自己割破了喉咙，苦苦挣扎的时候发现的，所以你们将自杀现场误以为是他杀现场。我认为，杀死房枝的凶手，应该就是澄子。也就是说，昨天晚上，房枝逼迫澄子，因为争风吃醋而吵架之后，澄子一时冲动就勒死了房枝。等她回过神来，清醒之后，知道自己犯下了无可逃避的罪孽，所以首先将房枝的尸体藏到了壁橱里……这大概也是因为考虑到十一点钟君子会上楼来，怕被她看到的缘故吧……之后，她思前想后，走投无路，最后就只好自杀了。就是说，发现房枝的尸体的时候，你们就把事情想反了。所以说，澄子临终时喊房枝的名字，不是在喊杀害自己的凶手的名字，而是在喊自己所杀死的人的名字。是因为内心的悔悟才喊的。总而言之，我是这么认为的。"

"你开什么玩笑！"警部终于忍不住笑了起来，"你是想说，当时你们这里的女招待们所看到的，穿着黑色和服，拿着剃刀，靠在玻璃窗上的那个女人不是房枝，而是澄子，是吗？简直是胡说八道。你这么说，才是大错特错呢！你听好了。首先考虑一下她们所穿的和服吧。房枝穿的是朴素的和服，而澄子所穿的是颜色绚丽的和服……"

"请等一下。"经理兼调酒师拦住了警部的话头，"是这么回事。所谓出现了幽灵……估计这会儿已经准备好了吧，下面我就要让您看看这幽灵的本相……"说着，他霍地站起身来，继续说道，"还不明白吗？所谓银座中心地段出现了幽灵这事儿……只要考虑一下当时的情形，房屋的结构……好好考虑一下，谁都会明白的……"

经理兼调酒师说完，不怀好意地笑了笑，扔下不知所措的警部他们不管，径自下楼去了。但是很快他又拿着个自行车上用的大号的松下提灯[1]回来了。他站在窗户边上对警部说道："请到这儿来，给你看看幽灵。"

警部满脸不高兴，可还是来到了窗户边。原本还有所顾忌在远

1　由松下电器公司于 1927 年开发的手提式电池照明灯。

远围观的女招待和客人们，这时也一齐涌到了窗户旁。

经理兼调酒师说道："请看对面的窗户。"

相隔三间左右的香烟店二楼上的窗户，还跟刚才一样静静地关着，里面亮着灯。不一会儿，屋子里似乎有人了，紧接着玻璃窗上就出现了人影。

青兰这边的人们，不知道接下来对面要发生什么事，全都伸长了脖子，探出了身子观看着。只见对面窗户上人影大幅度地晃动着，随即便伸手关掉了电灯。

"看到了吗？当时那人摇摇晃晃地撞到了电灯，结果就跟现在一样，屋子里漆黑一片了。"

经理兼调酒师的话音未落，对面的窗户从里面哗啦啦地被打开了，然后就跟昨晚大家所看到的一样，黑乎乎的窗口出现了一个身穿几乎纯黑的朴素和服的女人背影，以及白色的后脖颈子。就在这时，经理兼调酒师突然打开了松下提灯，将明亮的光线投射到了那女人的后背上。结果刚才还是身穿几乎纯黑的朴素和服的中年妇女，一下子就变成了一个身穿黑底上印有胭脂色井字条纹的绚丽和服的年轻女子。

"阿君，谢谢你！"经理兼调酒师朝对面喊道。

于是，对面窗户处的女子，慢慢地转过身来，朝这边露出了惨淡的微笑。那张脸，毫无疑问，是君子的脸。

"都看到了吧。为了做这个实验，我借用了一下君子，还有这套和服。"说着，经理兼调酒师回过头来望着惊呆了的警部的脸，恶作剧似的笑了笑，然后继续说道，"还不明白吗？好吧，那我就来解释一下吧，听好了。请考虑一下这样的情形。譬如说，用红色墨水书写的文字，透过普通的无色玻璃来看时，是跟没有玻璃时看到的一样，还是红色的文字，对吧？可是，同样是红色的文字，如果透过红色的玻璃来看，那红色的文字就看不见了。我正好是在冲洗底片时发现的。哦，这是我的爱好。我在红色的电灯下专心致志地冲洗底片，突然发现刚才明明放在身边的一包用红色的纸包着的相纸不见了，我不由得大吃了一惊，急忙用手去摸，结果在看着什么都没有的地方摸到了。对，跟这个其实是一回事。不过这次不是透过红色玻璃来看，而是透过蓝色玻璃来看，结果红色的钢笔字就成了黑色文字了……"

"原来如此。"警部说道，"我懂你的意思了，可是……"

"一点也不难啊。"西村久野继续说道，"只不过这次是将红色的钢笔字，换成了胭脂色的井字条纹字而已。在普通的光线下，那就是胭脂色的井字条纹。可是，正如刚才的红色钢笔字的例子一样，一旦受到了蓝色的灯光照射，那胭脂色的井字条纹就成了黑色的井字条纹了。这一变不打紧，要紧的是那和服的底子原本就是黑色的，黑色底子加上黑色的条纹，在别人眼里自然就成了没有条纹的纯黑色和服了。"

"可是，电灯不是关掉了吗？"

"是啊。正因为对面房间里的普通的电灯关掉了，才更证明我这一说法的正确呀。"

"那么，又是在什么时候亮起蓝色的电灯呢？"

"哎？那不是一直都亮着的吗？如果是那时突然亮起来的话，那就谁都会注意到了。也就是说，并不是在那时蓝色电灯才亮起来的，而是当对面房间里的电灯熄灭以后，一直亮着的蓝色灯光才发挥作用的。正因为这样，窗户边的人们才谁都没有注意到啊。"

"到底是哪儿亮着蓝色的电灯呢？"

"哈哈，这个么，大家应该都知道的呀！"

这时，警部像是突然明白了似的，没等经理兼调酒师把话说完，就攀上了窗台，将身子探出窗外，仰起头朝上方望去，随即就叫了一声："啊！怪不得呢。"

青兰的这扇窗户的上方，写有大大的"cafe·青兰"字样的蓝色霓虹灯，正十分鲜艳地闪亮着。

"你是怎么注意到的呢？"在之后一边请喝啤酒，一边闲聊的时候，警部向经理兼调酒师问道。

这个年轻人忽然有点不好意思地答道："也没什么特别的。其实，这种'幽灵'现象我每天都能看到的。"说着，他用下巴指了指那些女招待，"因为，她们身上穿的和服，白天和晚上看起来就是完全不一样的。要说起来，她们也是一种'幽灵'啊……"

三个疯子

大阪圭吉 | Osaka Keikichi

一

　　赤泽医生所经营的私立脑医院，位于M市郊外的一座并不太高的红土山上。背后是茂密的杂树林，前面可俯瞰到一条通往火葬场的大道。医院是老式的平房建筑，形状就像一只趴着的巨大蜘蛛似的。

　　正所谓"山雨欲来风满楼"，在这场惨不忍睹的大悲剧发生之前，这个赤泽脑医院朽烂不堪的木板围墙内，就已经弥漫着肉眼看不到的瘴疠般的不祥之气了，或者更具体地形容，它就跟立柱被虫子蛀空的屋子似的，已经摇摇欲坠，趋于没落了。

　　赤泽医生一贯认为，看护精神病患者是极为困难的。一方面，许多患者会因一些微不足道的动机，甚至没有动机，就突发暴行、逃跑、纵火等恶性行为；或毫无理由地企图自杀；或因情绪抵触而绝食、拒绝服药等。这些举动无论是对于看护人员还是对于整个社会而言，都十分危险。因此，为了将他们与社会以及自由生活隔离开来，给予他们充分的监护，让患者得到精神上的安定，就必须得将他们收容在具有相当组织功能的医院中。从另一方面来考虑，由于精神病患者与普通患者或伤员不同，他们往往不认为自己有病，也对不知何时将会降临的各种危险茫然无知，故而也不会照顾自己。因此，对他们的看护，就需要特别的细心与热心。所以比起大规模的医院来，将他们置于照顾周到的家庭般的场所，即施以所谓的"家庭看护"，就更有效，也更能贯彻看护的"一对一"原则。

赤泽院长的祖上，出自堪称日本家庭看护之大本营的京都岩仓村，他们早就意识到了这一点，并且折中了这两种相互矛盾的看护形式，创办了家庭式小医院。可是，要实现一名患者配备一名看护人员的目标，费用自然会很高。第一代院长当家的时候，总算是太平无事地过去了。传到了第二代，医院就有点支撑不住了。而如今，传到第三代的时候，就几乎是家财用尽、濒于倒闭了。

新时代到来后，尤其是市立精神病医院的落成，使得赤泽脑医院内原本就不多的患者更是日趋减少。随着胸前挂勋章的"将军"和伟大的"发明家"一个两个地从热热闹闹的病房里撤走以后，那儿就再也听不到雄壮的歌声了，整个医院莫名其妙地变得惨淡寂寥，尤其在寒风瑟瑟的夜晚，更是让人觉得瘆得慌。于是看护人员也开始两个三个地请假，逃一般地离开了。眼下就只剩下一个年龄五十开外的老看护人，照料着三个家里已经没人接管的精神病人。除此之外，还有一个兼管药房的女佣。再加上院长夫妇的话，男男女女总共七人，在此光秃秃的荒山上维持着生活，实在有些阴森可怖。

空关的病房越来越多，蜘蛛开始在紧闭的窗户上筑巢，积满了灰尘的榻榻米上也生出了绿色的霉菌，而赤泽医生内心的焦躁也愈演愈烈，已经到了无法掩饰的地步。在拾掇那些不知何时喜欢上的盆景时，他会一不小心将刚冒出的新芽全都掐掉。在查病房的时候，他也会莫名其妙地狂躁起来。这些还算好的，因为不久之后，他开始将内心不断膨胀的烦恼和焦虑转嫁到了患者的头上，将他们当作自己的出气筒。

"你这个疯子！"

"笨蛋！傻瓜！你的脑浆子该换换了！"

他竟会劈头盖脸地对患者说这些话，吓得一旁的看护和女佣面面相觑，比起患者来，他们更担心院长的精神状态。但令人哭笑不得的是，被院长如此破口大骂的患者，反倒一声不吭，他们像是在琢磨这些话的意思，全都翻着白眼缩在角落里。

这三名患者都是中年男子。他们当然都有自己的名字，可到了这里之后，就被人以绰号相称了。

住在一号病房的患者，叫"咚咚"，他的习惯是每天靠在病房的窗户旁，不是数着开往火葬场的汽车数量，就是望着电线杆上的乌鸦发呆，并不停地用右脚尖"咚咚"地踢着面前的护墙板。他的这个习惯极为执拗，以至于在他经常站立的窗户下方的榻榻米处，由于他每次"咚咚"地踢护墙板时脚底的摩擦，席草都起了毛，倒竖起来，出现了一个 V 字形。

住在二号病房的患者（在此说明一下，由于患者减少了许多，为了便于护理，已将原本分散在各个病房的三位精神病患者全都移到靠近主屋的一、二、三号病房中。剩下的四号到十二号的病房已经全部腾空）被叫作"歌姬"。这个满脸络腮胡子的大男人喜欢穿女人衣裳，并没日没夜地用哀婉的"女高音"，唱那些估计是他没发疯那会儿学会的过时流行歌曲。唱完之后，还会自己一个劲儿地鼓掌，喊"再来一个！"，然后莫名其妙地嘿嘿傻笑。

住在三号病房的患者，叫"伤员"，他当然没受什么伤，只是自称受了重伤而已。他满头满脸地缠着绷带，仰面朝天地躺在房间的正中央，说是要绝对静养。偶尔有看护人员走近，他就会大惊小怪地喊叫起来，若是别人要想触摸一下他的"受伤部位"，他更是强烈拒绝。可他倒是十分听院长的话，时不时地接受院长给他换绷带，故而还能勉强保持清洁卫生。

上述三位患者，应该说都还算是温和开朗型的，他们毫不在意赤泽医院是否会倒闭，每天只在自己的小天地里过日子。但是，随着医院的看护工作越来越马虎，伙食越来越差，他们那原本温和开朗的脸上，到底也透出了一股阴郁之气来。而这时一旦遇上了院长那偶尔爆发的狂暴，便会异常敏感地激起反应，从而酝酿成风起云涌般的险恶气氛。最后，终于汇成一股强劲的龙卷风，无情地吹垮了原本就摇摇欲坠的赤泽脑医院。

这是一个异常闷热的早晨，也不知为什么，从一大早起往火葬场方向开去的汽车就接连不断，将这座光秃秃的荒山的山脚完全笼罩在尘埃之中。

老看护人员鸟山宇吉跟往常一样，在六点钟醒来后，嘴里叼着牙刷，走在通往病房的走廊上。他一边走一边不经意地朝运动场那边瞟了一眼，发现木板围墙角落里的那扇后门开着，他不由得吃了一惊，站定了身躯。

在此，有必要稍加说明一下。赤泽脑医院总占地面积约五百五十坪，四周围着高高的木板围墙。围墙里面则是诊疗室、药房、院长夫妇及其他家人居住的主屋，以及折成直角的病房从三面将一百五十坪左右的患者运动场围在了中间，运动场的另外一面直接由木板墙围着。靠近病房的木板围墙处，有一扇刚才提到的后门，外面是一片杂树林。由于这道门直通患者们的运动场，所以跟主屋的后门不同，它平时跟大门一样是上锁的，绝对不会任其敞开着。不过院长有时候也会从这扇门出去，到杂树林中散步。考虑到这一点后，鸟山宇吉心想会不会是院长出去了，于是便朝那儿走去。可是，就算是院长出去散步，这道门也不允许敞开，哪怕是敞开一会儿也是不允许的。鸟山宇吉心里这么想着，来到后门处，他惴惴不安地朝门外张望着。

一个人都没有。

看不到身影的小鸟们躲在树梢上啾啾地鸣叫着。听到了鸟叫声后，鸟山宇吉反倒察觉到了一件怪事，不由自主地将嘴里叼着的牙刷拔出来拿在了手里。

因为，"歌姬"每天一大早都会高唱"女高音"，今天却一声都没听到。不要说"歌姬"的"女高音"了，就连那执拗、烦人的"咚咚"声也听不到了。原本就显得空荡荡的那一排病房里，悄然无声。在明亮的朝阳下，这种死一般的寂静，直叫人不寒而栗。真静啊。太静了。在这一派寂静之中，鸟山宇吉甚至听到了自己的心跳声：从低到高，从慢到快。

"不、不好了……出事了！"鸟山宇吉不由得嘟囔了起来。他脸色发白，弯着腰朝病房跑去。

一阵"哗啦啦""吭当当"的开门关门声之后，就只听到鸟山宇吉在用颤抖的声音叫喊道："院长……不好了……出事了！"他从四号病房跑到一号病房，紧接着又跑过走廊，跟跟跄跄地跑向还没人起床的主屋。

"不好了！不好了！病人全都逃走了！"

不一会儿，屋内就响起了惊慌失措的人的走动声。

"院长怎么了？院长呢？"

"在对面房间里睡着呢……快去叫他起来！"

"没在对面房间里呀。"

"不在吗？"

"反正病人全逃走了！"

"空病房里呢？"

"都没有啊！"

"把院长叫起来……"

"可是院长也不见了呀。"

不一会儿，看护人鸟山和赤泽夫人还有女佣他们三人就全都衣衫不整地跑到了运动场上。

——不好了！这么着可不行啊！

鸟山宇吉领头的这三个男女，立刻瞪大了血红的眼睛，从病房内到杂树林，分头寻找开了。可是，还是一个精神病患者都没有找到。很快这三人又聚集在后门口处，已经急得快哭了。

"可是，院长他到底怎么了呢？"女佣战战兢兢地问道。

受到了惊吓的乌鸦们，在树梢上一齐发出了不祥之音。

鸟山宇吉的膝盖直打颤，他不由自主地蹲了下来。突然，他惊叫了一声"啊呀！这不是……"，身体就往前倾倒了。

大家一看，只见靠近木制后门里侧的地上，果然有个像啤酒瓶似的东西被摔得粉碎。大家仔细看了才认出，那是病房厕所里常备的放防臭剂的玻璃瓶。并且在那附近，还一点点地洒落着紫黑色的液体。女佣叫着问道："鸟山，这是不是拖什么东西的时候，留下的痕迹啊？"

赤泽夫人用手指指着地面，发现确实有一道重物被拖过的痕迹，模模糊糊的，一直延续到病房那边。而跟随着这道痕迹的，则是滴滴答答的紫黑色液体……

三人屏住了呼吸，一声不吭，连滚带爬地追寻着痕迹，很快就寻到了木板围墙边病房外的厕所里。厕所里没铺地板，是水泥的地面。当三人朝厕所张望了一眼后，就立刻发出了意义不明的惨叫，他们的身体就像是被钉子钉住了似的，动弹不得。

厕所里是一片血泊。血泊正中间躺着的不是别人，正是赤泽院长。他还穿着昨晚的睡衣，可那模样真可谓惨不忍睹。他满头满脸都是割伤——估计就是被那些还在血中发着冷光的玻璃瓶碎片割开的吧，已经是血肉模糊，面目全非了，叫人无法直视。他的前额与头盖骨之间，被开了个大洞，脑浆已被取出，脑袋里空空如也。可那被取出的脑浆又到哪儿去了呢？不知道。附近哪儿也没有……

二

M市的警察署接到紧急通报后，仅过了二十来分钟，由司法主任领头的一队警察就涌入了赤泽脑医院。

司法主任吉冈警部补[1]从惊慌失措的鸟山宇吉那里大体了解了一下情况后，首先命令手下的八名警察分头去寻找那三个逃走的疯子。

没过多久，检事局的人也到了，手脚麻利地展开了现场踏勘。审判法官当即主持了前期审讯。鸟山宇吉、赤泽夫人、女佣一个个全都惊慌失措，刚开始陈述时都是语无伦次、结结巴巴的，让审讯员大伤脑筋，但说着说着，他们就渐渐地镇静下来，从赤泽脑医院的现状到阴森可怖的氛围、院长平日里的情绪失控，以及那三个疯子的特点、脾性等，都有问必答，基本上介绍了个八九不离十。

与此同时，根据法医鉴定，院长的死亡时间推定为凌晨四时许。经过了解又得知当时其他人都还在睡觉，没听到什么声响。院长有早起后穿着睡衣做体操、散步的习惯。

基本调查结束后，检事就对司法主任说："行凶的动机还是比较明确的。问题是，那三个疯子都是同犯呢，还是三人中的某一个

1 日本警察的中下级别。日本警察分警视总监、警视监、警视长、警视正、警视、警部、警部补、巡查部长、巡查九个等级。

是凶手，其余两个只是看到后门打开后，乘机溜走了？对了，抓捕犯人，派了几个警察？"

"先派了五个。"

"五个？"检事皱起了眉头，"那么，有什么进展吗？"

"还没有。"

"也是啊，区区五个是不够的，逃跑的疯子就有三个不是？说不定他们还会躲起来……"

说着，检事像是想到了什么可怕的事情，神情陡然紧张起来。他继续说道："对了，还远不只是能不能抓到的问题啊。啊呀，真要这样就麻烦了……犯人是三个疯子，还不是一般的疯子，是已经滥施暴力的疯子，谁知道他们还要闯出什么滔天大祸来呢。"

"就是啊。"预审判事也脸色刷白地插嘴道，"万一让他们流窜进了妇女、孩子比较多的市内，那该如何是好？"

"后果不堪设想啊。"检事说话的声音都颤抖起来了，他对司法主任说道，"不能再磨磨蹭蹭了，马上增派警员去支援。对了，还要通报全市的派出所……"

吉冈司法主任的眼中显出了惊恐之色，他跌跌撞撞地奔向主屋的电话间。

从现场到警察署，再从警察署到各个派出所……令人透不过气来的紧张感通过电话线，即刻就从设立在赤泽脑医院的临时搜查本部传了出去。

很快就到达的警察增援部队，立刻被分成两组派了出去：一组去市内，一组以医院所在的秃山为中心，搜查郊外一带。

可是，过了许久也没有任何好消息传来。司法主任提心吊胆，坐立不安。他心想，只要不再发生凶杀案，就是不幸中之万幸了。

——绝不能拖延时间。必须尽快抓捕，防患于未然。可是，要是疯子们害怕看到人，找个什么地方藏起来了，事情可就难办了。

想到这里，司法主任愈发焦躁不安了。

——按照疯子的心理状态，在现在这种情况下，会藏起来吗？如果会，他们又会藏到什么样的地方去呢？对了，关于这一点，应该去请教一下专家。

到了正午时分，看到还没有任何进展，司法主任便当机立断，将搜查本部转移到了市内的警察署，并让署长坐镇，自己则来到了位于赤泽脑医院相反方向，同样在郊外的市立精神医院。

在请求会面后，院长松永博士立刻出来接待了他。

"出大事了，是吗？"

松永博士生就一张红脸，一看就是个好好先生。他似乎已经听说了一些情况，所以他一边给主任推了把椅子过来，一边这么说道。

"是啊。老实说，就是为了这事儿，才来请求帮助的。"

"如此说来，那三人都还没抓住吗？"

"没抓到。"满脸愁容的司法主任又开门见山地问，"先生，请问在这种情况下，疯子会藏起来吗？还是说……"

"这个嘛……既然到现在还没被抓住，估计是藏起来了吧。"

"那么，会是怎么个藏法呢？他们都是些极危险的家伙，必须尽快找到他们啊……"

博士听后苦笑道："这可不好回答。因为，不仔细研究每一个患者，是很难做出判断的。一般而言，精神病患者的思维能力和感知能力都比较低。可虽说如此，也是因人而异的。并且，那三人都各自有不同的想法。要我说的话，在此情形下，比起他们藏在哪里，更为重要的是搞清楚到底是三人共同杀死了院长，还是凶手只有一个。因为，如果凶手只有一人的话，那么至少到现在另外两人的兴奋劲儿应该过去了，肚子也饿了，快从隐藏处自己跑出来了。

而且兴奋劲儿一过，就没什么好担心了，因为已经没有危险性了。可是，要是三人是共犯的话……"说到这，博士便重新坐直了身子，略显激动地继续说道，"他们要都是共犯的话，那可就麻烦了。"

"此话怎讲？"司法主任也不由自主地探出了身子。

"正如只有一个是凶手时，那人不会轻易出来一样，如果三人是共犯的话，三人的安全就令人担忧了。"

"没听明白……这又是为什么呢？"司法主任那张布满愁容的脸微微发红。

"没什么特别。"博士诡笑道，"我也是听药房里的人说的，好像赤泽先生最近情绪反常，叱责患者时常说'换脑浆子'之类的荒唐话。"

"是啊，那就是动机啊。"

"慢来，慢来……据我所听到的那么一两次，似乎是他说的是'换脑浆子'，而不是'取脑浆子'。请注意，这'换'跟'取'，是大不一样的呀。"

"啊，哈……"司法主任似懂非懂，支支吾吾地应道。

博士继续说道："傻瓜自有傻瓜的理解力。被人说要'换脑浆子'，而且已经取了聪明人脑浆的家伙，下一步又会做些什么呢？"

"……"司法主任一声不吭地愕然起立，用颤抖着的手抓起帽子，不由自主地朝松永博士鞠了一个躬。

"明白了。谢谢！"

博士爽朗地笑道："不用客气。还是尽可能抢在那可怜的疯子敲开自己脑袋瓜之前，把他抓住吧。"说着，他站起身来，又加了一句，"这个事件还真是教训多多啊。看来，我们对谁都不能掉以轻心……"

三

从精神医院出来后，吉冈司法主任的心情反倒轻松了一点。因为，根据松永博士的说法，逃走的疯子们针对一般民众施暴的危险性并不是很大。那三个疯子，或者是其中的某一个，比起伤害他人来，应该更关心如何将已经取出的"院长"脑浆，与自己的脑浆替换。当然了，这种只有疯子才想得出来的事情，也十分可怕。

就这么着，吉冈司法主任心头一件让他担心的事情稍稍得到了缓解，但紧接着，他又为另一件可怕的事情直冒冷汗。回到搜查本部后，他抖擞精神，全身心地投入到搜捕的安排、指挥之中去了。

要说这专家的意见还真是灵验，没过多久，司法主任的努力就有了回报。

首先是在那天傍晚，逃走的疯子之一——"歌姬"，就在火葬场附近被捕了。正如松永博士所推测的那样，等到西边天空中布满了火红色晚霞的时候，"歌姬"就一如既往地唱着哀婉的"女高音"，从火葬场附近杂树林中一所房子里晃晃悠悠地出来了。一名细心的便衣警察听到后，便十分小心地靠近了他，还为他的歌唱而鼓掌。"歌姬"愣了一下，像是有所怀疑地沉默了一会儿，随后又放心地唱起了哀婉的歌曲。便衣警察再次鼓掌，并要求他再唱一个。然后继续鼓掌，又要求他再唱一个。最后他还笑出了声，不断地缩短两人之间的距离，终于毫不费力地将"歌姬"逮住了。

身穿女人衣裳的"歌姬"随后便被警察用汽车送到警察署——而不是舞台。司法主任自告奋勇地对他进行了审问，但很快他就知道自己并非该犯人的对手，只好打电话叫松永博士前来支援。

松永博士下班后，顺道去赤泽脑医院看望了一下，他在接到司法主任的电话后，就立刻赶来了。大致了解了一下情况后，他立刻

58

对逮捕"歌姬"的那个便衣警察大加称赞。

"做得很好啊。对于这种人，不能加以刺激，必须以柔克刚，像用丝绵勒脖子似的慢慢来。无论是理性还是情感层面，都要把自己降低到与对方同等的程度才行。"

之后，松永博士就跟"歌姬"展开了短暂却"妙趣横生"的对话，并以敏锐的目光打量着对方的身体。随后他就转过身来对司法主任说道："这人不是凶手，身上没有一点血迹。真要是施行了那么凶残的行为，身上是不可能这么干净的。果然不是集体作案。看来是剩下那两人中的哪个干的。先让他回到原先住的地方去吧。"

于是，遵照松永博士的指示，"歌姬"被平安无事地带回了赤泽脑医院。

随后，司法主任便将所有的警力投入到了针对"咚咚"和"伤员"的搜捕之中。

然而，之后还没过一个小时，松永博士的可怕预言就变成了现实，并被报告了上来。

事情是这样的：M市的近郊有一家名叫"东屋"，主要做泥瓦匠生意的铭酒屋[1]。入夜后，那儿的老板娘准备去澡堂子洗澡。可她一掀开垂绳门帘[2]，就看到昏暗的路对面有个男人正跟跟跄跄地走过来。等那人走近了一看，老板娘不禁"呀！"的一声尖叫了起来。只见那人敞着前胸，满脸是血，两眼呆滞，一只手像地藏王菩萨似的抬着，手掌中托着些像是捣烂了的豆腐似的东西，并继续跟跟跄跄地朝铁轨那边走去。

现场的警察向"东屋"的老板娘了解了情况，并及时向司法主

---

1 以卖名酒为幌子，实则安排私娼卖淫的酒店。
2 以一根根垂挂着的绳子代替布所制成的门帘。多见于日本的小酒馆、小饭馆。

任做了汇报。司法主任听了汇报后，立刻就脸色苍白地站起身来。他请求松永博士同行之后，当即驱车赶到了那个位于近郊的铭酒屋。

再次向老板娘确认情况后，警察们立马针对疯子所消失的铁道方向展开了紧急搜捕。

恰好这时，另一个疯子也在纵贯市内的 M 河附近被抓到了——或许是松永博士所说的"兴奋劲儿过去，肚子饿了"的时候到了吧。

抓到的疯子是那个满头满脸都缠着绷带的"伤员"。当时，他也跟"歌姬"一样，无精打采，晃晃悠悠地出现在了桥上，黯然神伤地盯着下面漆黑一片的河面。接到行人举报的警察，小心翼翼地，像捕捉知了似的将他给逮住了。与"歌姬"不同的是，"伤员"还稍稍抵抗了一下，不过很快就变老实了，立刻被带回了警察署。

司法主任是在铁道旁的斜坡小屋附近接到警察回报的。他立刻问赶来报告的警察："那疯子的衣服上，有血迹吗？"

"没有。一点也没有。只是头上的绷带上沾了许多稻草屑，像是摔倒过。"

于是司法主任笑着与身旁的松永博士对视一眼后，吩咐道："好，将这个疯子也送回赤泽脑医院去吧。要温和对待哦。"

"是。"

警察走后，司法主任就与松永博士肩并肩地沿着铁轨在黑暗中往前走了起来。

"事情越来越清楚了。"松永博士说。

"是啊……"司法主任重重地点了一下头，"可是，这个家伙到底躲哪儿去了呢？"

黑暗之中，这儿那儿的，时不时地亮起警察们的手电筒。

然后，他们还没走上十分钟，前方铁轨上方，就出现了手电筒亮光划出的大大的圆圈。

"喂——"紧接着就传来了叫喊声。

"怎么了？"司法主任不由得提高了嗓门。

随即就传来了对方的回答声："是主任吗？在这儿呢。死了！"

司法主任和松永博士立刻跑了过去。

不一会儿他们就来到那警察所站着的地方。在那儿，司法主任终于目睹了令人心惊胆战的可怕场景。

横躺在铁轨旁的"咚咚"，似乎脑袋正好枕在铁轨上。但是，那颗脑袋已经被压得粉碎，散落在周围铺着的小石子上了。

"咚咚"的尸体被移到铁轨旁后，司法主任和松永博士立刻对其进行了检查。很快，司法主任像是无法忍受似的站起身来，自言自语道："唉，最终还是落了个悲惨的结局啊……"

这时，正蹲着身子翻看"咚咚"两只柔软脚底的松永博士，猛地抬起头来，口气尖锐地问道："结局？"

随即，他神色肃然地站起身来。

不知为什么，与刚才完全不同，他的脸色刷白刷白的，并且还布满着疑惑和苦闷之色。

"请稍等一下……"过了一会儿，松永博士又低声说。

然后他垂下痛苦至极的脸，用疑惑的眼光再次打量了一番"咚咚"的尸体，最后像是拿定了主意似的，他再次抬起头来说："没错。还得请您稍等一下。您刚才说了'结局'，是吗？不，不，我好像犯了个大错误……主任。怎么看，也还没到'结局'啊。"

"什么？您说什么？"司法主任忍不住追问道。

可松永博士并没受司法主任那咄咄逼人的气势影响，再次打量起"咚咚"的尸体，且出人意料地问道："赤泽院长的尸体，还在那个脑医院里放着吗？"

四

二十分钟过后，松永博士几乎是生拉硬拽着，将司法主任拖到了赤泽脑医院。

黑夜中的秃山，风在树梢上呼啸着，猫头鹰不知躲在哪儿一个劲儿地怪叫着。

松永博士在主屋里找到了鸟山宇吉，跟他说要看看院长的尸体。

"哦，没得到允许，所以还没开始守灵呢。"

说着，宇吉就点燃了蜡烛，将他们二人领到了病房里。

经过二号病房的前面时，他们听到"歌姬"在里面唱歌。只不过不是往常的"女高音"，而是"低音"了。经过三号病房的前面时，"伤员"将巨大的身影投射到装着磨砂玻璃的移门上，随即又"哗啦"一声将门拉开了一条缝，用疑惑不解的眼神目送他们经过。从四号病房往前，电灯已经停用了，所以走廊里一片漆黑。

烛光摇曳之下，鸟山宇吉率先来到了五号病房。

"棺材还没准备好，就这么搁着呢。"他边说着，边用蜡烛在前面照亮。

只见房间里一个角落的地上铺着油纸，院长的尸体就躺在油纸上，身上盖着块白布。松永博士一声不吭地走上前去，弯下腰，掀开了白布。随即，他抬起了尸体的右脚，对宇吉说道："请照一下这儿。"

鸟山宇吉用颤抖着的手，将蜡烛递了过去。松永博士用双手的大拇指，用力搓揉着尸体的脚底。脚底很硬，在他的搓揉下也不凹陷，似乎是一大块茧子。随后，松永博士又将那脚抬高了一点，并将大脚趾的前端拧向蜡烛方向。在蜡烛光的照耀下，可以看出该大脚趾十分粗大，还硬邦邦的，和浮石¹差不多。

突然，宇吉一松手，蜡烛掉在了地上。

房间里一片漆黑。黑暗中响起了宇吉又像哭又像喊叫的声音："啊，这，这不是'咚咚'的脚吗？！"

然而，他的话音刚落，黑暗中又响起了松永博士的喊声："主任，快来！"

随后是一连串跌跌撞撞奔向门口的脚步声。

紧接着，走廊上响起了凌乱的脚步声、撞门声，和玻璃碎裂的声音……

大吃一惊的司法主任不顾一切地冲到了走廊上，只见有两个人影正扭打在三号病房前。他稍稍犹豫了一下，很快就将七十五公斤重的身体撞向了头上缠着白色绷带的人。

"伤员"立刻束手就擒。被戴上了手铐之后，他直愣愣地坐在地上，眨巴着眼睛。

松永博士揉着腰站起身来，一只手拍打着裤子上的灰尘说："与人搏斗，我还是头一回啊。"

司法主任忍不住问："这到底是怎么回事？"

于是，松永博士望着"伤员"说："嗯，还在装傻呢。是真傻还是装傻，我们马上来做个试验吧。"

说着，他朝"伤员"弯下身子，两眼却紧盯着"伤员"那缠着绷带的脑袋。

"伤员"又开始挣扎了。

"主任，请你紧紧地揪住他。"松永博士将两手伸向"伤员"的脑袋，"伤员"拼命挣扎着。司法主任这会儿心里也来了气，用力

1　火山喷出物的一种，多孔凝结体，可浮在水面。

摁着他。两人这么争执着，最后都站了起来。松永博士也跟着站起身来，毫不犹豫地开始解"伤员"头上的绷带。尽管"伤员"还在不停地挣扎，但长长的白色绷带仍被一点点地揭开了，从下往上，"伤员"的本来面目一点点地露了出来：下巴……鼻子……脸颊……眼睛！

这时，站在松永博士身后的鸟山宇吉不禁惊叫了起来："啊！这、这不是院长吗？！"

确实，这个站在大家面前的脸色苍白的家伙，正是早就死了的赤泽医生。

坐在警察安排的汽车里，松永博士说："如此狡猾的犯罪，真是前所未闻啊。造成由于经常骂疯子要'换脑浆子'，结果疯子真的去换脑浆子的假象。其实正相反，他在杀死了疯子后，又让人以为自己被疯子杀死了……是啊，采用敲出脑浆来这样的残暴手段，别人也就无法根据脸蛋来辨认是谁了。只要再把衣服换一下，就万事大吉了。然而，院长将'咚咚'和'伤员'的尸体搞错了。这是他最大的败笔啊。哎？哦，铭酒屋老板娘看到那人，其实不是'咚咚'，而是院长。他需要被人这么看到。来到铁轨旁后，他将早就杀死的'伤员'的脑袋放到铁轨上，造成'咚咚'为了给自己换脑浆子而被火车压死的假象。他不愧是干我们这一行的，应该说很好地利用了精神病患者的心理啊。可是，他将'伤员'杀死后，自己装扮成'伤员'的模样，然后故意被警察抓住，这么做就露出破绽来了。因为这样的话，我们就会以为被火车轧死的是'咚咚'。光是'以为'自然是没问题的，可这个经常用脚摩擦榻榻米的'咚咚'脚底竟然没茧子，这可就露馅了。嗯，是的。要是他先在医院里杀死'伤员'，然后在铁轨旁杀死'咚咚'的话，就天衣无缝了。然后，两三天之内，再从哪儿冒出患者的认领人来，冒牌'伤员'

就可以从赤泽脑医院永久地销声匿迹了。然后，赤泽的未亡人就会关闭医院，将所有的资产都换成现金……对了，她肯定还早就给院长买好了保额巨大的保险……金钱到手之后，'未亡人'就会独自搬到哪个不为人知的乡下去住……并在那儿与已经'死掉'了的丈夫团圆……嗯，基本上就是这么计划的吧……要说那院长也是被逼无奈才出此下策吧，可是，居然会如此残酷地将无辜的病人用作牺牲品，真叫人无法同情啊。"

说到这儿，松永博士看了看司法主任的脸，突然像是又想起了什么似的，一脸严肃地追加了一句："可是，这次事件还真是教训多多啊。看来，对谁都不能掉以轻心。"

瓶装地狱

梦野久作｜Yumeno Kyusaku

海洋研究所 公启

敬启者：

值此贵所日益昌隆兴盛，可喜可贺之际，谨拜启如下：

鄙公所早已晓谕全体岛民，凡拾得状似贵所潮流研究所用，赤蜡封口之啤酒瓶，均须上报。此次于本岛南岸发现如邮包附上的树脂蜡封口啤酒瓶三只，特此奉上。该三瓶相互间隔两公里或四公里许不等，或浅埋于沙中，或深嵌于岩隙，想必漂流至此也已日久。又因瓶中所藏，非贵所告示之明信片，乃杂记手本之残页，故未可遵命而记录漂着日期等。然念其或尚有某种参考价值，特将该三瓶原封不动，且以公费寄上，敬请接收为荷，顺颂恭安。

谨上

月　　　　日

×× 岛村公所（公章）

第一瓶之内容

父亲大人，

母亲大人，

诸位好心人：

啊啊……这个孤岛，终于来救援船了。

那是一艘有着两根大烟囱的大轮船，一条皮划艇从大轮船上被放了下来，放到了波涛汹涌的海面上。站在轮船上目送着小艇的人群中，有两人像是我们的爸爸、妈妈，啊，那熟悉的身影，真是太令人激动了。而且……哦哦……还在朝我们挥舞着白色手绢呢，从我们这儿也能看得一清二楚。

爸爸、妈妈，肯定是看到了我们最初放在啤酒瓶里的信，才前来营救我们的。

大轮船喷吐着雪白的浓烟，还拉响了响亮的汽笛，仿佛在说："马上就来救你们了。"

受到汽笛声的惊吓，这个小岛上的飞禽和昆虫一下子全都飞了起来，消失在了遥远的洋面。

可是，对于我们两人来说，这汽笛声却极为恐怖，比最后的审判日还要恐怖。天地仿佛都在我们面前裂开了，上帝的目光和地狱的火焰，刹那间迸发出来，令人目眩。

啊，啊。我的手颤抖不已，我的心惊慌难抑。我写不下去了，眼泪模糊了我的视线，我看不见任何东西了。

为了让父亲、母亲和前来救援的水手们看得清楚，我们俩马上就要爬上正对着大轮船的高高的悬崖，然后紧紧拥抱着，跳入深渊。这样，想必一直在那儿游弋的鲨鱼，很快就会将我们吃得一干二净吧。然后，小艇上的人们会发现水面上漂浮着一个装着信的啤酒瓶，并会打捞起来。

啊啊。爸爸，妈妈。对不起。对不起。对不起。对不起。请你们想开一点，就当原本就没有我们这两个可爱的孩子吧。

还有，来自遥远家乡的好心人们，你们特意前来营救我们，我们却做出这样的事来，实在是对不起了。还请各位原谅。与此同时，也请对我们不幸的命运给予同情和怜悯。因为我们在能被父母亲拥抱着，回到人类世界的无比喜悦时刻，却不得不双双走向死亡。

因为，如果我们不以这种方式来惩罚我们的肉体和灵魂，就无法赎清我们所犯的罪业。因为我们在这孤岛上，做下了可怕的邪恶之事，所以理应得到如此报应。

因此，还请接收我们的忏悔。因为我们俩是连葬身鲨鱼之腹都不配的人渣……

啊啊。再见了。

上帝与人类都无法拯救的

两个可怜之人

第二瓶之内容

啊啊。洞察隐微的上帝啊[1]。

除了一死以外，难道再也没有别的办法可将我从困苦中解救出来了吗？

我独自一人登上了被我们称作"上帝的站台"的高高的悬崖，

---

1 源自《圣经·新约·马太福音》。

俯瞰着下面的无底深渊。那里有两三条鲨鱼在悠游、嬉戏着——这样的事情，我已经做过不知多少次了。立刻从这儿纵身一跃，从而一了百了的念头，也不知出现过多少次了。可是，每次只要一想到可怜的彩子，我就深深地叹息着，从突出的岩角上走下来。因为我十分清楚，我要是投海自尽的话，彩子一定会步我的后尘。

当初我和彩子两人，坐在一条小艇上，连同随行的保姆夫妇，还有船长、司机一起随波逐流，漂到了这个小岛上。到如今已经几年了呢？这个小岛终年都是夏天，连什么时候是圣诞节，什么时候过年都搞不清楚。想来应该已过了十来个年头吧。

当时我随身携带的东西，仅仅是一支铅笔、一把小洋刀、一本笔记本、一个放大镜、三只装了水的啤酒瓶以及一本小开本的《圣经·新约全书》……仅此而已。

不过，我们的日子过得还是十分幸福的。

在这个草木葱茏、绿意盎然的小岛上，除了偶尔遇见的大蚂蚁外，并没有任何可让我们担心的飞禽、走兽甚至昆虫。与此同时，大自然为当时仅十岁的我和刚满七岁的妹妹彩子，准备了过于丰盛的食物。岛上有鹩哥、鹦鹉和仅在画上看到过的极乐鸟，以及既没听说过更没看到过的色彩斑斓的美丽蝴蝶；还有美味的椰子、凤梨、香蕉，红色或紫色的硕大花朵、芬芳馥郁的香草，以及一年之中，随时随地都能找到的，大大小小的各种鸟蛋。鸟和鱼，只要用棍棒敲打一下就能捕到，并且要多少有多少。

我们找来这些东西后，用放大镜聚焦阳光，点燃干草和从海上漂来的浮木，烤着吃。

没过多久，我们就在岛东头的海角与岩石间，发现了仅在退潮时才会涌出的清冽甘泉。随后，我们就用已损坏的小艇，在一旁的沙滩岩石间，搭建了一个小屋，再找来一些柔软的枯草，我和彩子两人就能在里面睡觉了。后来，我们又用从小艇上取下的铁钉，在小屋旁的岩石上，凿出了一个四方形的洞窟，当作一个小仓库来用。可是日子过得一久，由于风吹雨淋，以及岩角的磨蹭，我们的外衣、内衣全都破烂不堪，我们两人真的像野蛮人一样赤身露体了。可即便如此，我们还是早晚两次，必定会爬上那个"上帝的站台"，诵读《圣经》，为爸爸、妈妈的平安而祈祷。

后来，我们给爸爸、妈妈写了一封信，将其放入那三只十分宝贵的啤酒瓶中的一只，用树脂把瓶口牢牢地封住。我们俩在亲吻了瓶子好多遍后，才将它抛入了大海。那只瓶子绕着这个小岛漂浮了一阵后，就被潮流带走了，一个劲地往远方漂去，再也没有回到这个小岛上来。之后，我们为了给前来救援的人们提供一个标记，就在"上帝的站台"的最高处树了一根长长的木棍，并且总是在那上面挂一些绿色的树叶。

我们俩偶尔也会争吵，但总是立刻就和好了。我们还玩学校游戏，我扮演老师，彩子扮演学生，我教她《圣经》上的话和写字。我们俩都把《圣经》看作上帝，看作爸爸、妈妈和老师，看作比放大镜和啤酒瓶更珍贵的东西，把它放在岩洞里最高的架子上。我们的生活真的非常幸福、安闲。这个小岛，简直就是我们的天堂。

谁能料想到会有恶魔悄悄地潜入这个孤岛和我们幸福的二人世界之中呢？可是，毫无疑问，恶魔在事实上已经悄悄地潜入了。

随着岁月的流逝，不知从什么时候起，彩子的肉体变得越来越美丽，越来越丰腴光润起来。这一切被我实实在在地看在眼里，简直像出现了奇迹一般。有时候她像花之精魄一样光彩照人；有时候她又像妖精一般，叫人神魂颠倒……并且，不知道为什么，我看着她时，会莫名其妙地感到神思恍惚，却又悲从中来。

"哥哥……"

每当彩子这么喊着，眼里闪动着纯洁无邪的光芒，扑到我的肩膀上时，我的心就会怦怦直跳，感到从未有过的兴奋和慌张。与此同时，我还会浑身战栗，感到无比恐惧，生怕自己的灵魂会堕入可怕的深渊。

然而，不知从何时起，彩子对我的态度也渐渐地起了变化。跟我一样，也变得与以前不同了……变得会用远比以前更为温柔多情，甚至是眼泪汪汪的双眸望着我。与此同时，会对接触我的身体，感到既害羞又哀伤起来。

我们俩变得一点也不拌嘴、争吵了，取而代之的却是愁容满面，以及时不时地长吁短叹。那是由于我们都觉得，只有我们两人生活在这个孤岛上，有一种语言所难以表达的烦恼、喜悦和寂寥。不仅如此，就连面对面这么看着的时候，都会觉得眼前的光景正在渐渐地黯淡下来。并且，也不知是上帝的启示，还是恶魔的戏弄，会随着心头猛然一震又重新清醒过来。这样的事情，一天之中，总会有好几次。

我们俩心里都是清清楚楚、明明白白的，只是害怕上帝的惩罚，还没有说出口而已。要是真的做了那种事情，万一救援船来，该怎么办呢？我们都知道，尽管彼此都没说，可都是慑于如此担心，才……

在一个安静、晴朗的早晨，我们吃了烤海龟蛋后，坐在沙滩上，望着远处海面上空静静移动着的白云。忽然，彩子如此说道："哥，要是我们两人中有一个人生病死掉了，那么，活下来的那个，该怎么办呢？"

说着，彩子的脸"唰"的一下变得通红，低下了头，眼泪扑簌簌地掉在被太阳晒烫了的沙子上。当她再次抬起头时，脸上已挂着笑容，却笑得那么凄恻，那么哀婉。

我不知道我当时脸上是怎样一副表情，只感到透不过气来，心脏剧烈地跳动着，似乎快要从喉咙口蹦出来了。我像一个哑巴似的，什么话也说不出来，只是默默地站起身来，离开了彩子。我来到了那个"上帝的站台"上，揪着自己的头发，跪拜在地。

"啊啊。神圣万能的上帝啊。

"由于彩子天真无知，所以才会对我说出这样的话来。请您不要惩罚这个纯洁的少女。并且，请您永远、永远守护着她的纯洁。同时我也会……

"啊啊。可是……可是……

"啊啊，上帝啊。我该如何是好呢？怎么才能从如此的困苦中获得拯救呢？我只要活在这个世上，就会给彩子带来罪恶。可是，要是我死了，又会给她带来更深重的悲伤和创痛。啊啊，我该如何是好呢？

"啊啊，上帝啊。现在，我的头发上沾满了沙子，我的肚子贴在岩石上。倘若我愿一死了之的想法，符合您的圣意，就请您即刻将我的生命付与闪电烈焰吧。

"啊啊，洞察隐微的上帝啊。愿人都尊你的名为圣，愿你的旨意行在地上……"

然而，上帝并未体现其任何意志。蔚蓝色的天空上，除了耀眼的白云如丝絮般飘浮着以外，什么也没出现……悬崖下面，依旧翻卷着蓝白相间的波涛，悠游、嬉戏其间的鲨鱼，时不时地露出其尾巴和脊鳍，仅此而已。

我久久地，久久地望着这清澈透明的无底深渊，渐渐地就感到头晕目眩起来。我的身体不由自主地摇晃了起来，整个人也差一点坠入这碎波飞沫之中，我好不容易才在悬崖边站定了脚跟。随即，又立刻跳上了悬崖的最高处，在那儿竖着一根木棍，木棍的顶端还系着椰子树的枯叶。我一咬牙，将其拖倒在地，抛入了眼底下的万丈深渊。

"这就行了。这样的话，即便有救援船来，也会毫无察觉地开走吧。"

我呵呵地嘲笑着，随后便像一匹狼似的冲下了山崖。我跑进小屋后，就拿起正翻开到诗篇处的《圣经》，将它放到了烤海龟蛋时留下的、尚未完全熄灭的炭火上，又在上面盖上枯草，并将火吹旺。然后我扯开嗓子，尽可能大声地呼喊着彩子的名字，又飞快地跑到了沙滩上，四处张望起来……可是……

我看到彩子正跪在远处突入大海的一块岩角上，正抬头仰望着天空，像是在祈祷。

我脚步踉跄地朝她身后跑去。她跪在被汹涌的波涛拍打着的巨大岩石上，在夕阳的照耀之下，那少女的后背如血一般通红通红，显得十分庄严、神圣……

这时，大海已经开始涨潮，潮水开始冲刷起她膝盖下的海藻，可她似乎并未察觉到，只是沐浴在金色的余晖中，专心致志地祈祷着。多么崇高的形象……令人目眩……

我呆若木鸡，一时间不知所措，只是呆呆地望着她。可没过多久，我就突然明白了她所下的决心。我"啊——"的一声惊跳起来，不顾一切地朝她跑去。我一步一滑地爬上了满是贝壳的岩角，把自己弄得遍体鳞伤。我用双手紧紧地抱着发疯似的挣扎、哭喊着的彩子，弄得满身是血，最后终于一起回到了小屋前。

可是，我们的小屋，已经没有了。它与《圣经》和枯草一起，化作一道白烟，消失在无比高远的蓝天里了。

在此之后，无论是肉体还是灵魂，我们俩都被放逐于真正的黑暗隐秘之中。不管是在黑夜还是在白天，我们都遭受着折磨和煎熬。并且，别说是相互拥抱、安慰、激励以及共同祈祷和分担哀伤了，我们甚至都觉得无法在同一个地方一起睡觉了。

这，应该就是对我烧毁《圣经》的惩罚吧。

到了晚上，我们俩离得远远地躺着，一点都动弹不了，连蒙蒙胧胧地打个盹都做不到。而天上闪耀着的点点星光、海边传来的阵阵涛声，还有那唧唧的虫声、树叶在风中所发出的沙沙声、野果坠地时的咚咚声，仿佛都在一句句地低声吟诵着《圣经》上的话语，包围着我们，步步紧逼，窥探着我们苦苦挣扎着的内心，令人感到无端的恐惧。

而在如此漫漫长夜之后，则是同样漫长的白昼。这时，照耀着整个小岛的太阳、歌唱的鹦鹉、飞舞的极乐鸟、金花虫、飞蛾、椰子、凤梨，还有花朵的色彩、野草的芬芳、大海、白云、微风、彩虹，全都与彩子那令人目眩的身姿、令人窒息的体香混为一体，形成耀眼的漩涡，骨碌碌地旋转着从四面八方包围过来，仿佛要将我扼死似的。而在其中正同样忍受着煎熬的彩子，则用她那同时蕴含着上帝般悲悯和魔鬼般诡笑的眼眸，死死地盯着我。

铅笔快要写没了，已经写不了多长了。

我要将遭遇了如此折磨和煎熬之后，依然畏惧上帝责罚的两颗纯真的心封入这个瓶中，并将其抛入大海。

趁我们尚未向魔鬼的诱惑屈服的时候……

趁两人至少在肉体上仍保持纯洁的时候……

啊啊，上帝啊……尽管遭遇了如此折磨，我们俩却没生过一次病，在这小岛洁净的风、清纯的水、丰盛的食物、美丽的风景、愉悦的氛围以及鲜艳的花朵和欢快的小鸟的守护下，反倒一天天地变得更加丰腴、健硕、美丽……

啊啊，这是多么可怕的折磨呀。这个美丽、快乐的小岛，简直就是个不折不扣地地狱。

上帝，上帝啊。您为什么不狠下心来，将我们俩杀死呢？

——太郎记

第三瓶之内容

爸爸，妈妈：我们兄妹二人，很要好地，健康地，在这个小岛上，过日子。

你们，快点来，救我们。

市川　太郎

市川　彩子

琥珀烟斗

甲贺三郎 ｜ Koga Saburo

  那天夜里的光景，我现在回想起来，也仍会感到毛骨悚然。那是在东京大地震[1]发生后不久的事情。

  那晚十点后就变天了，随着台风的呼啸声，大颗大颗的雨点子噼里啪啦地砸了下来。那天自从早晨在报上看到"台风将于今天半夜袭击帝都"后，我在机关上班时就一直担心着这事，不幸的是，气象台的观测竟然准得出奇。我的担心也不是没有原因的。因为，那天夜里十二点到两点之间，轮到我去值夜警。暴风雨中的夜警，可真不是闹着玩的。其实，夜警这事，始于一月前的东京大地震。由于当时所有的交通机关全部瘫痪，社会上谣言四起，所以在火灾过后，山手[2]的居民就纷纷操起了家伙，成立了自警团。

  老实说，当我站在这涩谷町，遥望着远处下町冲天而起的白烟，看到泥浆满身，赤着脚，或仅穿着地袜，沿着道玄坂一路往高处逃难而来的人群时，不禁忧心如焚，担心这人世间将会变成什么样子。与此同时，我还会因各种花样百出的谣言而惊恐万分，所以大白天里我也会手持家传的宝刀，在自家四周绕圈子。

---

1 指发生于 1923 年 9 月 1 日的日本关东大地震。

2 指日本东京西半部地势较高的地区。居民多为有钱人和知识分子。

就这么着，在自警团执勤了好几天之后，人们的情绪才渐渐地安定下来。但当局也发布了不准手持凶器的禁令，自警团在大白天里的巡逻、警戒就被废止了。但是，夜间的巡逻、警戒却还一时终止不了。也就是说，自警团变成了夜警团，形成了一项以几户人家为单位，每户出一个男人，每天晚上几个人一起在这几户人家周围巡逻、警戒的惯例。虽说后来警视厅也主张废止夜警团，夜警团内部也出现了不少的反对者，可一旦投票表决，依然是主张继续下去的占多数。其实这对于像我这样在××省做书记工作，都已经四十好几，不久就能拿到养老金，而家里又没有别的男人的人来说，是一种负担。可是没办法，我也只得一周一次地在半夜里去敲梆子巡逻。

在那天夜里，自十二点钟交接班那会儿起，暴风雨就动起真格来了。我当时是比交接班时间略晚一点才去的，上一班的人已经巡逻回来了，一个是退伍军人青木进也大佐，另一个自称是新闻记者的年轻人，松本顺三。他们穿着外套正坐在简陋的值班室里等着。这个青木进也就是所谓的夜警团的团长，而那个记者——多半是探访记者 [1] 吧——是从下町跑来避难的。他所投奔的那户人家与我家只隔着两三家人家。

要说组织夜警团的唯一好处，就是打破了山手这地方所谓的"知识阶层"那种老死不相往来的陋习。这些知识分子原本都住在各自的贝壳——大的如海螺，小的似蛤蜊——似的家里，猫额头大小的一小块院子还用围墙分隔着。街坊邻居看着像是低头不见抬头见，可从来都不打招呼。如今至少是各家的户主相互认识了，还有来自四面八方的逃难者都从事着五花八门的职业，因此从他们身

---

1 指实地调查社会事件并加以报道的记者。

上也可获得各种各样的知识。不过，这些知识似乎也并不怎么靠谱，以至于后来都被归入了"哦，那不是夜警野话吗"一类。

青木进也的年纪似乎比我要大一些，他是夜警团的强烈支持者，同时也是个军备扩张论者。而松本顺三虽是个年轻人，却是废止夜警团的急先锋，同时也是个军备缩小论者。故而他们两人在思想上形同水火，在半小时一次的敲梆子巡逻的间隙中，会展开唇枪舌剑般的激烈交锋，其势头之猛，一点也不输于外面的暴风雨。

"这不是明摆着的吗？"青木大佐说道，"就拿这次地震中组织起来的自警团来说，一百个手持竹枪、破刀的人，也抵不上五个全副武装的士兵啊。"

"可这也并不能说明军队的必要性。"松本记者反驳道，"由于过去的陆军奉行精兵主义，认为只要训练好军队就行了，所以像我们这些一般民众根本得不到训练。尤其是山手这儿的知识分子，善于动嘴不动手，并且不愿意被别人指挥，集体行动一概不行。所以说，自警团的不顶用和扩张军队的必要性，完全是风马牛不相及的两码事。"

"可是，即便是你，也不得不佩服地震后军队在这里发挥的作用吧。"

"这个我当然认可。"松本说道，"可是不能因此无视军备缩小论。正如此次地震后所出现的'物质文明弱不禁风，经不起大自然的一击'之类的论调一样，简直是岂有此理。事实上，我们所拥有的文化并未因此次地震而遭到毁灭，不是也有些建筑物在地震中岿然不动吗？只要充分地应用我们所掌握的科学技术，就能够抵御大自然的暴虐。问题是，我们并没有将真正的文化运用于这个帝国的首都。要是我们能将日俄战争中耗费的军费的一半用于帝都的文化设施上，恐怕这次就不会遭受如此严重的摧残。因此，我们必须进一步缩减军费。"

我打着盹，将该青年的宏论与暴风雨的声响掺和在一起，迷迷糊糊地听着。然而，青木突然发出的高声，又将我彻底惊醒。

"不管怎么说，夜警团不能废止。它是好是坏暂且不论，现在每个家庭都做出牺牲，派人出来参加夜间巡逻，只有福岛那家伙最不像话。老实说，他家的房子还是烧光的好。"

估计在夜警团问题上，青木大佐被松本驳倒了，所以将气撒在福岛身上。福岛和他是隔壁邻居，最近刚盖了所很大的房子，也是他一贯的唾骂对象。

我吓了一跳，心想他们要是打起来，我要不要去拉架呢。可松本不吱声了，故而没出什么事。

到了一点三十五分多，他们两人将我留在小屋里，出去进行最后一次巡逻，而此时的暴风雨，也到达了顶点。

一点五十分的时候——为什么时间记得这么准确呢？因为值班室里有钟，我待在里面也无事可干，所以有点什么事的时候，总会看一眼时间——松本顺三敲着梆子一个人回来了。我问他青木哪儿去了，他说青木要顺道回家一趟，他们就在他家门口分手了。两点钟左右，青木回来了，由于不久之后，下一班的人就来了，我们说了会儿话后，就告辞了。出了值班室后，我跟松本往左，青木往右，分道扬镳。正当我们快走到自家门前的时候，听到狂风中有人在呼叫。

我们两人赶紧跑过去。值班室里的人也跑了出来。去那一看，只见青木在一个劲地大叫："着火啦！着火啦！"我忽然闻到一股焦糖味，心想难道是砂糖烧起来了。我们和从附近跑出来的人一起，用早就预备好了的水桶舀了水，冒着暴风雨全力救火。

要说还是人多力量大，不一会儿，我们就抢在火势蔓延开来之前，将其扑灭了。着火的那家，不是别家，正是福岛家。那火像是从厨房里烧起来的，烧着了厨房、茶间 [1] 和女佣的房间，但铺着榻榻米的客厅，一点都没烧着。

救完火后，人们都累得够呛，一边放心地喘着气，一边庆幸没有造成更大的灾难。可由于屋子里静得出奇，我觉得有些蹊跷，就用手电筒照着往里走去。来到房间与客厅交界的地方，发现有个黑乎乎的东西横躺在那儿。

用电筒一照，发现是个男人。我不禁"啊！"地大叫了起来，随即又后退了两三步。是个死人！只见房间里的榻榻米也被血浸泡得发黑了。

好不容易扑灭了火，刚定下心来的人们，听到了我的叫声，便又乱哄哄地涌了进来。

在众人举着的灯笼的照耀下，大家看得清清楚楚，那是一具惨遭杀害的尸体。大家只是围观着，都不敢靠近。有人举高了灯笼，借着亮光朝里屋望去，可以看到已经铺好的被褥，还有一个女人和一个小孩倒在被褥之外的地上。不一会儿，不少看热闹的人聚集过来，从他们口中可以得知，这三人是一对看房子的夫妇和他们的孩子。福岛一家人早就回老家避难去了，只留下福岛一人，可据说今天傍晚，他也回老家去了。

我一边听他们七嘴八舌地议论，一边观察着死尸的模样。突然看到松本不知什么时候也来了，更令人吃惊的是，他像是要将尸体抱在怀里似的，对此做了仔细的调查。作为一名探访记者，他似乎对这一套已经轻车熟路了。

他还用手电筒照着走进里屋，进行仔细调查。这种大胆的行

1　日式房屋中用于家人起居闲坐、吃饭的房间，有时也用作客厅，不是专用于喝茶的房间。

为，令我敬佩不已。

就这么一来二去的，长夜已尽，天光放亮了。

不一会儿，松本像是结束了对尸体的调查，他从里屋走了出来。此刻我就在他身旁，可他看都不看我一眼，马上又去察看客厅。我随着他的目光看去，环顾已经相当明亮的窗户后，发现角落里有一块榻榻米翘了起来，下面的地板也被掀了起来。松本像一只鸟似的飞扑过去，我也不由自主地跟了过去。

在被掀起的地板一角上，落着一张纸片。目光敏锐的松本顺三看到后似乎有些吃惊，他一度想将其拾起来，但立刻又打消这个念头，从口袋里掏出一个笔记本。我在他身旁瞄了一眼那纸片，见那上面写着些莫名其妙的符号。我又朝他的笔记本上看了一眼，发现那上面也写着与那纸片上一模一样的符号。

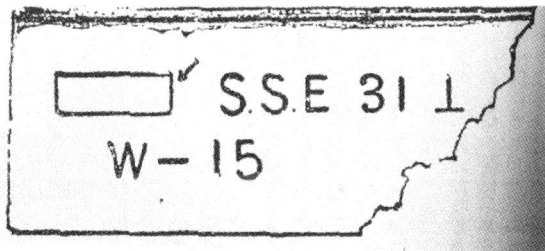

"哦，是你啊？"注意到我在偷窥后，松本急忙将笔记本合起来，"怎么样？去调查一下火灾的情况吧？"

我一声不吭地跟着他朝被火烧过的地方走去。只见被烧焦了一半的器物乱七八糟地散落着，被烧得又黑又焦的木头，正"嗤——嗤——"地冒着白色的水汽。这火看来确实是从厨房那儿烧起来的，可像是引火之物的东西，却一个都没发现。

"怎么样？果然是糖烧焦了吧。"

松本指给我看一个挺大的玻璃罐子，它的上部已经没了，只剩

下底部，罐底上粘着些黑乎乎的、板状的东西。我听到青木在喊
"着火了！"并朝他那儿跑去时，曾不无纳闷地在心中嘟囔过一声：
"难道是砂糖烧起来了吗？"不料竟然被他"听"到了。如此机敏，
实在是令人叹服，而玻璃罐中被烧剩下的东西，无疑正是烧焦了的
砂糖。

　　他仔细地检查着四周的一切。随后，从口袋里掏出一柄小刷
子，又从笔记本上撕下一张纸来，弯下腰将地上的一些东西扫到了
纸上，郑重其事地拿给我看。只见纸上有几个白色的小珠子正在骨
碌碌地滚动着。

　　"是水银吧。"我说道。

　　"是的。估计原先是在这个里面的吧。"说着，他又给我看了个
直径约为二分[1]的玻璃管碎片。

　　"这不是摔碎了的温度计吗？"我答道，同时也感到他似乎有
些故弄玄虚，"这跟火灾也有关系吗？"

　　"如果是温度计的话，就不会剩下这么多的水银了。"他答道，
"至于跟火灾有没有关系，现在还不清楚。"

　　是啊，他怎么会清楚呢？可我却觉得他似乎已经发现了问题之
关键。

　　这时，门口热闹起来，有许多人涌了进来，是检事和警察们。

　　我跟青年记者对一名警察说，我们在当天夜里值夜警，青木是
火灾的第一发现人，我们是听到了他的喊声才赶来的。警察要求我
们等一会儿再走。

　　死去的男人约四十来岁，现场留下的格斗痕迹很明显。他是被

1　长度单位。一分约为 2.4 毫米。

人用锋利的尖刀——显然就是那把被扔在现场的水果刀——一刀刺中左肺而毙命的。死去的女人大概三十二三岁，像是从被窝里出来去抱孩子的时候，被人从背后刺了一刀（也被刺中左肺部）而毙命。茶间与房间——那三人睡觉的房间——之间的隔扇，已经被刀划得不成样子了。枕边的小茶几上放着点心盒子和一个盆，盆中放着像是睡前吃过后留下的苹果皮。

除此之外，让人觉得奇怪的就是那块被掀起的地板和莫名其妙的纸片了。

问讯开始了。第一个是青木进也。

"夜警交接班后，嗯，已经过了两点二十分，我正往家里走。"青木说道，"由于走前门绕远，我就想穿过福岛家的院子，从我家的后门进去。就在这时，我看到他家厨房的天花板发出了红彤彤的火光，于是我就大叫了起来。"

"院子的栅栏门是开着的吗？"检事问道。

"由于夜警巡逻时，有时也会进入院子，所以栅栏门一直是开着的。"

"发现火灾之前，你大概是在什么时候巡逻的？"

"还没到两点吧。是吧？松本君。"青木扭头问松本道。

"是的。巡逻结束，回到值班室的时候，是两点不到五分，所以在家门前与你分手的时候，应该是两点不到十分吧。"

"'在家门前与你分手'是怎么回事？"

"我跟他一起巡逻的，然后我要回家一趟，松本君就一个人先回值班室了。"

"你也是穿过那院子回家去的吗？"

"是的。"

"那时没发现什么异常吗？"

"没有。"

"回去干什么？"

"也没什么大事。"

这时，警察来到了检事的跟前，尸检结果出来了。结果表明，被害人是在晚上十点左右死亡的。小孩子的尸体由于外表未发现任何异常，还有待解剖。与此同时，那个点心盒子也交给鉴定课去检查了。

从时间关系上来看，杀人与火灾是否有关还不好说。这也是警察们争论的一个焦点。

总之，大体上可以认为，凶手在与那男子搏斗后，用枕边的水果刀将其刺死，并从背后刺死了准备带着孩子逃走的女人。然后，他想要藏匿尸体，欲撬开地板，结果没成功，就划开了隔扇当柴火，想烧毁尸体。

"可是，在有夜警巡逻的情况下，凶手是怎么进来行凶作案，又是怎么逃之夭夭的呢？"一个警察问。

"那不是轻而易举的事情吗？"松本插嘴道，"夜警巡逻是从十点钟开始的，他只要在此之前潜入家中，等到大火烧起来，趁着乱哄哄的时候，悄悄地溜走不就行了吗？当然也可能是在两次巡逻的间隙逃走的。"

"你到底是什么人？"那警察像是被惹恼了，"好像什么都知道似的，你看到凶手逃走了吗？"

"我要是看到了，就立刻把他给抓住了。"松本答道。

"哼！"那警察更加生气了，"你别在这儿胡说八道了，快回家去吧。"

"还不能回家。"松本不为所动地答道，"我还有话要跟检事先生说呢。"

"有什么事要跟我说？"检事开口道。

"刑警先生们的理解似乎有点偏差。那孩子是怎么死的我不清楚。不过那两个大人，我认为不是被同一个人杀死的。也就是说，是不同的两个人分别杀死了女人和男人。"

"你说什么？"检事不由得提高了嗓门，"到底是怎么回事？"

"杀死这两个大人的，不是同一个凶手。不错，这两人都被同一把凶器杀死，也都是左肺部挨了一刀才死的。可是，一人是正面被刺，一人是背面被刺。一般来说，从背后刺中肺部要困难一点，是吧？还有，请看一下隔扇上的划痕。都是从左往右笔直的划痕，因为一般进刀的地方孔比较大，抽刀的地方孔比较小，所以这一点应该是很清楚的。你们再看看——"他转向刑警们说道，"看看那苹果皮。苹果皮都连得很长，是向左旋的，说明削苹果皮的人是个左撇子。划开隔扇和刺死女人的人都是左撇子。可是，刺死男人的人却是个右撇子。"

检事和我，不，应该说在场的所有人，全都茫然地聆听着青年记者滔滔不绝的解说，寂静无声。

"言之有理。"少顷之后，检事终于打破了沉默。

"你是说，这个女的，就是被死在那儿的男人杀死的，对吗？"

"对。"青年记者简单地回答道。

"那么这个男的是被什么人用他自己所拿着的凶器杀死的？"

"与其说是'什么人'，"青年记者说道，"还不如说多半是'那个人'为好啊。"

在场的所有人都惊呆了，全都默不作声地紧盯着青年记者。

"警部先生，那张纸片您不觉得眼熟吗？"

"是啊。"警部想了一会儿，呻吟似的说，"是啊，被你这一提起，我倒想起来了。这确实是那个家伙的事件发生时……"

"是的。"青年记者说道，"当时，我作为一名微不足道的探访记者，与该事件也有么一点关系。我记得在那个因'谜之男人商店盗窃事件'而出名的岩见庆二的房里看到过这张纸片。"

听到岩见庆二的名字后，我也不由得吃了一惊。岩见！岩见！那家伙也与这个事件有关吗？当时，报纸上以令人惊悚的标题报道了岩见事件。我对此也颇感兴趣，故而读得十分投入。原来是这样啊。怪不得松本刚才要将其与记在笔记本上的符号相比较呢！

在此，请允许我先将当时报纸上报道的事件，原封不动地向读者介绍一下。

这个自称为岩见庆二的青年职员是这样说的：

去年六月底的某个晴朗的下午，他——岩见庆二，上身穿着羊驼呢的黑色上衣，下身穿着白色的条纹裤子，头戴一顶麦秸草帽，足蹬一双白皮鞋，领带嘛，自然是蝴蝶结式样的领结了，这是一副公司职员的标准打扮。他胸前鼓鼓的，里面装着两个信封。一个信封里是本月的工资；另一个信封里装的是半年度的奖金——他曾一度以为今年夏天的奖金要泡汤了，故而已对此不抱希望了。他早已盘算过，即便从这两项收入中扣除每月付给西服店的分期付款和欠住宿处老板娘的钱，应该还会剩下不少。故而他此刻的心情十分悠闲，也没约什么人，只是一个人独步在银座街头，浏览着街边的展示橱窗，心里面想着那些自己想买却绝对不会买的东西。

散步当然是不用花钱的，但怀揣着可自由支配的金钱，尽管绝对不买，只是透过玻璃橱窗看看自己想买的东西的"享受"，也是无此经历之人所难以想象的。眼下，岩见庆二正沉浸在如此"享受"之中。

不一会儿，他在一家洋货店前停下了脚步。那时，倘若有人机敏地在一旁观察他的话，应该就能发现他悄悄地做了个小动作：抻了抻上衣的袖子。那是因为他在橱窗里看到了一对同事中某人所拥有的，自己也念叨了许久的金袖扣，而自己那副蹩脚袖扣简直令他无地自容，故而下意识地做了这么个小动作。

狠心离开这家店的橱窗后，他又朝着新桥方向走去，然后又在一家很大的钟表店前停下了脚步。他早就想要一只金壳表了，不过今天肯定是不买的。随后他加快了脚步，一路上盘算着“想买而不买”的事，过了新桥，在玉木屋的拐角右拐后走了两百多米，然后又左拐进入了一条小弄堂。这时，他不经意地将右手探入上衣的口袋，却意外地触碰到了一个小玩意儿，他略感纳闷地取出来一看，是个小纸包。赶紧打开，啊！这不是刚才看到的那副金袖扣吗？他擦了擦眼睛。忽然又觉得左边的口袋里沉甸甸的，而从左边口袋里掏出来的，居然就是金壳怀表！他一下子坠入了云里雾中，简直像童话故事一样：仰仗着魔法师的神力，不论要什么，都会从天而降。然而，他也没愣神太久。因为，他那只拿着金壳表的手，被一只从身后伸过来的强有力的大手给紧紧地拽住了。原来，他的身后站着个陌生大汉。

随后，他不容分说地被这个素不相识的大汉带回了刚才去过的洋货店。他还没明白过来怎么回事，店里掌柜的就说，没错，就是这人，不过店里没丢什么东西。紧接着他又被带到了钟表店。这时，岩见庆二也有点明白过来了。钟表店掌柜一看到他就说，没错，就是这个家伙。于是刑警——当然就是那个大汉了——立刻搜了岩见的身，并且从他腰间的口袋里取出了一枚戒指——还熠熠闪光呢。

“虽说是一张生面孔，”刑警对岩见说道，“倒也不像个生手嘛。”

“开什么玩笑？”意识到事态的严重性后，岩见也有点发急了，“我一点也不明白，这到底是怎么回事？”

"喂，喂，别装了，好不好？"刑警说道，"你买了金袖扣，又买了金壳怀表，这些都没问题。可你不能顺手牵羊，带走了钻戒啊。手法还挺高明嘛。"

"什么金壳怀表和钻戒，我都没买过呀。"岩见辩解道，"这个不难搞清楚。你们看一下我带的钱不就知道了吗？"

为了证明自己的清白，他从内口袋里掏出了装有工资和奖金的信封。可是，在看到信封后，他的脸色就变了：信封居然已经被打开了！

见此情形，刑警似乎也有点迷惑了。他放缓了声调说道："不管怎么样，你还是先到局里来一趟吧。"

到了警视厅后，岩见庆二毫不慌张，声明自己今天从未买过什么东西。听了他的陈述，警部不由得大感惊疑。因为，如果这个青年所说的话句句属实，那么这个事件就太奇怪了。这时，警部忽然想起一件事——他听岩见庆二说自己是某某大楼内的东洋宝石商会的职员时，就猛地想起了两三个月前那个"白昼抢劫"事件来。仔细追问下去后，他更为惊讶地发现，原来这个岩见庆二还是与该事件关系最深的人之一。

所谓的"白昼抢劫事件"，是这么回事：

事件发生在四月初，正是再过两三天便可观赏樱花的时节。一个阴沉沉的中午，某某大楼十层的东洋宝石商会的总经理，将当天从分店运来的几颗钻石收好，转身去打开保险箱。这个总经理办公室位于员工集体办公的长方形大办公室的凹陷处，只有一个入口。作为秘书，岩见庆二就坐在那入口的门外。总经理面对保险箱的时候，听到背后有动静，便回过头去看。只见身后站着一个蒙面男人，正将一支手枪对着自己。而他的脚下，还躺着一个男人。总经理顿时吓得呆若木鸡。蒙面人紧盯着他步步逼近，伸手就要去抓桌子上的钻石。就在这时，他的背后响起了异样的喊叫声。那是从倒在地上的秘书岩见庆二的嘴里发出的。这时，强盗退到了总经理办公室的门口。紧接着，在大办公室里上班的职员们开始朝总经理办公室门口跑过来。他们只见岩见从里面跑出来，嘴里喊着："不好了！总经理受伤了！快叫医生来！"而当职员们正要进入总经理办公室的时候，却与总经理撞了个满怀。

"强盗逃哪儿去了？"总经理喊道。

职员们全都感到一头雾水。他们只看到先是岩见嘴里喊着"总经理受伤了！"从里面跑出来，随即又看到总经理嘴里喊着"强盗逃哪儿去了？"从里面跑出来。而进入了总经理办公室的职员更是第三次大吃了一惊：因为岩见庆二还气息奄奄地躺在地上呢。

过了一阵子，事情才逐渐弄明白了：一个长相酷似岩见且模仿岩见穿着的强盗，扮作岩见的样子，在人较少的中午时分堂而皇之地穿过了大办公室，然后蒙上脸部，伺机而动。在总经理背过身去开保险箱的当儿，强盗就扑向岩见庆二，并用手枪的枪柄猛击，随即持枪逼近总经理。由于倒在地上的岩见发出了呻吟，眼见抢劫不成，强盗就逃走了。

总经理在强盗逃走后，急忙将钻石放入保险箱。关上了保险箱后，他就出来追强盗了。

众多职员赶来时，强盗又装成岩见的模样，高叫着"总经理受伤了！"从屋里冲出来，职员们全都上了当，所以进屋后看到岩见倒在地上又吃了一惊。而强盗也最终不知去向。然而，总经理暗自庆幸钻石总算是安然无恙，故而抚慰了众人，回到了自己的办公室后，为了慎重起见，他再次打开保险箱查看，结果发现有一颗价值数万日元的钻石不翼而飞了。看来是那手脚麻利的强盗在总经理将这些钻石放入保险箱之前，已经掠去一颗了。

接到报案后赶到现场的警官一时不知该如何是好。对于总经理和岩见庆二，他们自然进行了仔细讯问，总经理的陈述完全可信，而岩见庆二虽说当时还处在人事不省的状态之中，但也并没有可怀疑的地方。

知道银座商店盗窃嫌疑犯岩见庆二与该白昼抢劫事件也密切相关之后，警部的审讯自然是越发严厉了。虽然岩见申辩，自己没有在任何地方买过任何东西，但由于"人赃俱获"，就暂且对他进行拘留处分，把他关进了拘留所。

然而，一波未平一波又起。由于上司吩咐要特别留意岩见庆二这个青年，夜间值班的警察在一点左右巡视的时候，特意去看了一下他。结果令人震惊的是，岩见庆二已经不见了——不知道何时，他人间蒸发了！

此事立刻惊动了整个警视厅。怎么能让重要犯人越狱逃跑呢？警视厅立刻展开了紧急搜索，可是直到天亮，还是一无所获。结果是第二天上午十点钟，在岩见的住处将其抓获。

当时，刑警们是以死马当成活马医的心态，在他的住宿处安排了人蹲点，没想到在十点钟左右，他竟一脸茫然地自己回来了。

审讯时岩见庆二的申辩，又大大地出人意料。他说在昨晚十一点钟左右，有一个巡查来到拘留所，叫他出去一下，又对他说，他的嫌疑洗清了，所以能放他出去了。当时，夜已深，他口袋里有的是钱，就心想遇上了这些倒霉事后，该好好发泄一下，就坐电车到了品川，上了某妓楼，尽情尽兴地玩了个通宵，直到第二天上午才回家。

"你们这些人到底是怎么搞的？"岩见庆二还十分不满地说道，"一会儿放我，一会儿又抓我，简直是拿我当玩具耍！"

某某巡查被叫来后，岩见庆二立刻认了出来，说就是他放我走的。可巡查却说什么都不知道。警察也去品川的某妓楼调查了，发现岩见庆二所说的完全属实，连时间都一点不差。于是"智能犯罪组"与"暴力犯罪组"的刑警们便聚在一起开会研究，得出的多数意见是：这个事件与上次那个白昼抢劫事件一样，岩见庆二像是被什么人操纵了，而岩见庆二本身是无罪的。

但是，这个不幸的青年到底没有被即刻释放。因为，那个某某巡查对自己被乔装改扮的坏蛋所利用感到异常愤怒，为了证明自己的清白，他去搜查了岩见庆二的住所，结果发现了一张写有奇怪符号的纸片。最后，尽管在钻石抢劫事件中因证据不充分而被判无罪，可在商店盗窃事件中，由于"人赃俱在"，商店经理也可作为人证，所以岩见庆二还是被起诉，并被关押了两个月。

"当时，我作为一名探访记者，"松本说道，"对此事件极感兴趣，曾检查过岩见庆二的住处，所以这些奇怪的符号，我至今也还记着。如果你们能采一下这纸片上的指纹，那就可靠了。"

检事听取了他的意见，与警察商量了一下。这时，一个相貌粗鄙、身材肥胖的五十来岁的绅士，在巡警的陪同下，从大门口走了进来。他就是这户人家的主人，福岛。

看到了躺在地上的死尸后，福岛立刻脸色发白，浑身发抖。检事当即对他展开了询问。

"是的，他们是看房子的夫妇。一点儿也没错。"终于恢复了常态的福岛答道，"那个男的名叫坂田音吉，是以前来我家干过活的木匠。住在浅草的桥场那边。有两三个徒弟，人称'左撇子音吉'，在行内也小有名气，是个干活地道、稳重、踏实的家伙。他有四个孩子，最大的十岁。可是，在此次地震中，上面的三个孩子都失踪了，最小的孩子才两岁，由于被妈妈紧紧抱着逃了出来，才幸免于难。他本人自然是伤心欲绝，叫人看着都难受。我让家里人都去老家避难了——我自己因为事务缠身，不能一直待在老家，就留在了这，但时不时地也要回老家去看看。所以就让这对夫妇住到我家来看房子。我是昨天傍晚回老家去，今天早晨才回来的。"

"昨天，这两人有什么异常表现吗？"

"没什么异常表现。"

"最近有人来找坂田音吉干活吗？"

"没有。"

"你本人是否遭什么人嫉恨？"

"没有啊。"他看了一眼站在一旁的青木进也，又说，"不，最近倒是相当遭小区内的人嫉恨。那是因为我不参加夜警团的缘故。这位青木先生最是对我愤愤不平，还扬言要烧了我的房子呢。"

检事朝青木进也瞟了一眼。

"胡说八道。"青木满脸通红，结结巴巴地说，"你、你是说，是我放的火吗？"

"没有啊，我没说是您放的火。"福岛冷冷地回答道，"只说您说过那样的话。"

"青木先生，你说过这样的话吗？"

"是的。可那不过是一时冲动而已啊。"

"你发现火灾，是在几点钟？"

"刚才说过了，是两点过十分左右。"

"看这火烧的情形，从起火到被扑灭，怎么着也有二三十分钟吧。可是，你在此之前，大概在两点十分前，曾经穿过这家院子，是吧？"

"没错。"青木有些惊慌地答道，"难道真以为我——"

"不。现在只是调查事实情况而已。"检事厉声说道。然后，他转向福岛问道："你买过火灾保险吗？"

"买过的。房屋一万五千日元，动产七千日元。签了共计二万二千日元的保险合同。"

"家具等物，都留在这里了吗？"

"是啊。我找不到货车，只带了随身要用的东西回老家，其他的都放这儿了。"

"对于凶杀事件，你能想到什么线索吗？"

"没有啊，毫无头绪。"

这时，一名刑警来到检事身旁，低声地跟他说了些什么。

"松本先生，"检事喊青年记者道，"尸体解剖以及其他分析结果出来了。虽说这是仅限于相关破案人员所掌握的情况，可为了对你刚才所给予的帮助表示感谢，我觉得可以向你透露一些。你过来一下吧。"

说着，检事就将松本带到了房间角落里，低声跟他说了起来。由于我坐的地方离他们最近，所以也断断续续地听到了一些。

"哎！是氯酸钾中毒？啊呀！"松本说道。

听他们说话，似乎是小茶几上点心盒子里的糯米豆馅糕里含有少量的吗啡。这盒点心是当天下午两点钟左右，在涩谷的一家名叫青木堂的点心店里买的。买的人，模样极像岩见庆二。可是，糯米豆馅糕还没被人动过，小孩子是因氯酸钾中毒而倒下的。

不一会儿，检事回到原来的座位上，讯问又重新开始了。

"青木先生，你在夜警即将交接班的时候回了一趟家，请问这又是为了什么？"

"这个嘛——"青木答道，"也没什么大事。没什么值得一提的理由。"

"要是说不出什么理由，这可就于你不利了哦。"

这位前大佐不吭声了。我倒为他捏了一把汗。

"青木先生，照您刚才所说，"福岛说道，"起火的时候，您到过我家，是吧？"

"这事儿，你不用问。"检事代替青木回答道。这时，松本从隔壁房间里抱着一本大部头的书过来了。

"啊呀，福岛先生，听说您以前搞过药物学，还真有好书啊。老实说，我以前多少也接触过一些，这本山下先生的《化学品制法注解》，可真是好书啊。以前学的那些，我基本上已经都忘光了，可一看到这本书，就又想起来了。要说这氯酸钾中毒，还真是不常见啊。"

松本突如其来的一番话，弄得检事有些不知所措。松本见状便对他说："我看了山下先生的《化学品制法注解》，在氯酸钾的注解中，写着'用量过多可致死'。因为是用在小孩子身上，所以就很容易中毒了。"

然后，他又翻开书来，指着某个地方给检事看："你看，我还发现了这个。"

"这是什么玩意儿？"检事不解地看着松本手指着的地方，见上面写着：氯酸钾。将其与二氧化锰、氧化铜等金属氧化物混合并加热至二百六十度至二百七十度时，会释放出氧气，而成为该化学品最强烈的氧化物……而在该化学品中加入两倍分量的蔗糖加以搅拌，并滴入一滴强硫酸后，将会起火燃烧。

"我们发现火灾时，就闻到了砂糖烧焦的煳味。现场调查时，发现了一个较大的玻璃糖罐，已经摔坏了，底部粘着一层漆黑的碳化物。所以我是这么想的：氯酸钾被硫酸分解后便产生了过氧化氯，而犯人所利用的就是其性能。"

"原来如此。"检事这才点了点头，"这就是说，凶手为了达到放火的目的，将砂糖与氯酸钾混在一起，并添加了硫酸，是吧？"

"啊，不，我觉得这事不是凶手干的。因为，杀人与放火之间，相隔的时间很长。再说这化学品的调制，应该是早就完成的了。大概是在傍晚时分吧。"

"此话怎讲？"

"就是说，小孩子的死亡，是由于他妈妈在牛奶或别的什么饮料中加了糖的缘故。而这糖里面，早就被人加了氯酸钾。因此，小孩子一喝，就中毒了。"

"哦——"检事点了点头。

"因此，我觉得本案基本已经真相大白了。事情估计是这样的：小孩子中毒后十分难过，就从被窝里爬了出来，结果还是死掉了。看到这一幕的父亲，由于在地震中已经失去了三个儿子，现在连最后的一个小儿子也死在了自己的眼前，就发狂了。他从背后刺死了孩子的母亲，为了泄愤，又在隔扇上乱砍乱斩。而那个岩见庆二，不知出于什么目的，恰在此时来到了这里。于是两人就打了起来，最后坂田被岩见刺死了。但放火的不是岩见庆二，估计他也没有化学品方面的知识。再说如果是他的话，也不会采用这种拐弯抹角的方法。"

"那么是谁放的火呢？"

"应该是希望这个家被付之一炬的人吧。因为已经买了金额不小的保险嘛。"

"你胡说些什么！"一直默不作声听着的福岛，突然怒吼了起来，"你毫无证据，竟敢说我为了骗保人为纵火，真是岂有此理。别的暂且不说，我当天夜里就不在家里呀！"

"如果在家里而要放火，那就用不着氯酸钾了。"

"你再说这种无中生有的事，当着检事先生的面，我也要对你不客气。"

或许是有点佩服这位青年记者的沉着冷静吧，检事并没有阻止他说话。

"你既然这么说，那我就代替检事先生来加以说明吧。老实说，你这个计划十分巧妙，我也由衷地感到钦佩。我在现场捡到了一些玻璃管碎片和少许水银。直到刚才为止，我还没想出那是干什么用的。在听到小孩因氯酸钾中毒而死，并查了《化学品制法注解》，这才恍然大悟。检事先生，"他转向检事，继续说道，"氯酸钾和砂糖的混合物里只要再加一滴硫酸，对，只需一滴硫酸就行，就会猛烈燃烧起来。那么，有没有什么办法让一滴硫酸在适当的时候自动注入呢？利用水银柱，就是个令人惊叹的好主意。拿一根直径一厘米的玻璃管——正是玻璃碎片所表明的弯成 U 字形的那种玻璃管，将其一端封住。然后倾斜着从另一端慢慢地注入水银，直到被封住的一端全部灌满为止。随后将 U 形管放正，封口端的水银柱会略微下降一些。如果 U 形管的两端全都开放的话，左右两根水银柱应该高度相等，且保持静止。但一端封住之后，由于空气压力的缘故，两根水银柱就会出现大约七百六十毫米的高度差。亦即等于一个标准大气压。因此，如果气压减弱，封口端的水银柱就会降低，而开口端的水银柱就会上升。这是个不言自明的道理。由于昨夜两点左右东京处于低气压中心区，咨询气象台后得知，下午五点前后气压为七百五十毫米汞柱，凌晨两点为七百三十毫米汞柱。出现了二十毫米汞柱的气压差。亦即 U 形管封口端的水银柱会下降十毫米，开口端会上升十毫米。这样，如果在开口端的水银柱上端注入少量硫酸，到那时就会自动溢出来了。福岛先生，"松本回头看着满脸刷白、一声不吭的福岛继续说，"你为了骗取区区几万日元的保险，鬼迷心窍，先是杀死了给你看房子夫妇的孩子，接着又杀死了他母亲，最后连他父亲也杀死了。并且，你还想将自己所犯下的可怕的罪行转嫁给青木先生。你的罪孽太过深重。怎么样？你还不老实招供吗？"

福岛惊恐万分，他已经毫无招架之力了。

检事也为这位青年记者清晰明了的分析而折服。他说道："啊呀，松本先生，你真是了不起啊。像你这样的人才要是能进入我们警界就好了……可是，岩见庆二又为什么要偷偷地溜进来呢？将注有毒药的点心拿来，他又有什么样的理由呢？"

"这方面，我也不明所以。"青年记者松本十分干脆地回答道。

两三天之后，岩见庆二被捕的消息见报了。他所坦白的内容与松本所言，可谓是若合符节。可是，关于他为什么要潜入福岛家的理由，却一句也没提。

之后，我就没机会与松本顺三见面了。我又恢复了往日的生活，日复一日地上下于如同战场般拥挤的涩谷车站，奔波在上班的路上。

一天，我正一如既往，气喘吁吁地沿着坡道往上走，却被人从后面给叫住了。一看，是松本顺三。他笑嘻嘻地说是有事要向我打听一下，要我跟他去一下。于是我就跟他去了玉川电车楼上的饭店。

"听说岩见庆二被逮住了。"我说道。

"是啊。听说终于逮住他了。"他答道。

"你的推理分毫不差啊。"我由衷地夸赞他。

"瞎猫碰着死耗子罢了。"他若无其事地答道，"对了，我想要打听的是，福岛家的房子，大概是什么时候盖的？"

"这个嘛，呃——应该是在今年五月份动工的吧。地震前刚刚竣工。"

"之前那儿是一片空地吗？"

"嗯，是空地。好长时间那儿一直是空地。不过四周有围墙，入口处还有石阶。"

"哦，是这样啊。"

"这跟案子有关吗？"

"啊，不，只是想参考一下而已。"

随后，他不再提岩见事件的事了，说了些他当记者时所遇到的趣事。还从口袋里掏出个带金环的琥珀烟斗，装上烟，吸了起来，颇有些炫耀的意味。

与他分手后，回到家换衣服的时候，我忽然在口袋里触碰到了一个硬邦邦的东西。拿出来一看，啊！这不就是刚才松本那个引以为傲的琥珀烟斗吗？我思前想后，怎么也想不出这玩意儿到底是什么时候到我口袋里来的。

我十分困惑，但心想这总得还给人家呀。尽管总想着过几天得着机会就还给他，可总也没有机会。时间就这么一天天地过去了。

有一天，我收到了一封很厚的信。一看背面的寄信人是松本顺三，我迫不及待地打开信封读了起来。可一读之下，我禁不住"啊！"的一声惊叫了起来。

该信的内容如下：

好久没见了——或许我们永远也不会再见面了吧。

我终于破解了岩见庆二那奇怪的行为和暗号的含义。由于你对该事件也非常感兴趣，所以我想让你也知道一下。

首先，还是说一下那个商店盗窃事件吧。在那个案子里，岩见庆二应该是无罪的。为什么这么说呢？不仅仅是因为他不具备如此高妙的伎俩，从前前后后的情形来看，他的所作所为也都能证明他是无罪的。那么，那些东西为什么会在他的身上呢？我想，你应该还记得那个发生在某某大楼内的"白昼抢劫事件"吧。还记得强盗乔装改扮成岩见庆二模样的事吧。其实，那个"银座商店偷窃事件"，也是有人乔装扮成岩见庆二的模样后干的。这个坏蛋看到岩见在洋货店门口站定身躯，流露出十分想要金袖扣的表情后，便在岩见离开后走进店去，买下了金袖扣。然后又以同样的方式买下了金壳怀表，并将它们放入了岩见的口袋里。走到芝口那儿，岩见才发现了金袖扣，并感到莫名其妙。这时，那个坏蛋又抽出了他装有工资和奖金的信封。而在岩见发现了金壳怀表，第二次感到惊讶不已的当儿，那人就从信封里抽走了一些钞票，并将信封放回了岩见的口袋里，且飞快地将偷来的钻戒放入他的裤子口袋后迅速离去了。之后，岩见庆二就被刑警逮住，并由商店经理证明其偷窃。那么，这个坏蛋为什么又在夜里甘冒风险，装扮成警察，将已经遭受自己陷害的岩见庆二从拘留所里放出来呢？恐怕是为了跟踪他的缘故吧。因为这个坏蛋觉得，要是岩见果真偷了东西的话，那么在他因偷窃嫌疑被捕，又被释放后，肯定会因为心虚去查看一下自己藏匿赃物的地方。这就是这个坏蛋的真实目的，他认为岩见藏匿了什么东西。并且，应该就是在那个有名的"白昼盗窃事件"中不翼而飞的名贵钻石。那个潜入商会的盗贼，确实由于岩见的大呼小叫而一无所获地逃走了。而当那位总经理慌慌张张地抓起桌上的钻石放入保险箱时，有一颗最贵重的钻石掉到了地上。

总经理去追强盗时，岩见庆二看到了地上的钻石，贪念顿起，便飞快将其藏到了地毯下面。然后，他继续装死。当时的情形，一定是这样。那个盗贼后来从报上看到钻石失窃后，应该立刻想到这是岩见庆二所为。可想而知，当盗贼得知岩见庆二坏了他的好事，夺了那颗钻石后，该是对他如何地恨之入骨，又该是如何地赌咒发誓，非要夺回钻石而后快！当然，他一定是尽其所能地做了相关的调查。当然他也知道那些奇妙的符号，正显示了钻石的藏匿之地。但是，那些符号仅仅是岩见的备忘录，根据这些符号，岩见自然会想起具体的藏匿地点，但别人即便看到了这些符号，也依然不明所以。所以那盗贼还是一筹莫展。于是，那盗贼就想到了先让岩见被捕、拘留，然后自己再冒险释放他的办法。可这个他自以为得计的妙招，却因岩见释放后去品川花天酒地放纵而白白地浪费了。其实，事后来看，对于那个钻石的藏匿之处，岩见本人都感到头痛，觉得难以下手。

然而，那盗贼却因偶然的机会得知了藏宝之地。是因为岩见在这次事件中，偷偷地潜入某户人家，那盗贼才知道钻石就藏在那户人家的房子里。接下来的事情就比较容易了。那张纸片上指着长方形的那个箭头，表示石阶的角；S.S.E 则表示东南偏南；31当然是三十一尺的意思；倒丁字形则表示直角；W‐15是往西十五尺的意思。整个儿的意思是：从石阶角往东南偏南三十一尺，再拐直角往西至十五尺处。由于岩见庆二在藏匿钻石时，那儿还是一片空地，除了石阶就是萋萋荒草。对于这一点，你是十分清楚的。岩见因商店偷窃事件而吃了官司，失去了取出赃物的时机。而就在这段时间里，福岛在这片土地上盖起了房子。因此，他出狱后在看到福岛家的房子后，就一直在等待机会。并最终打算给看房子的人送去注有吗啡的点心，企图将他们麻翻，稳稳地取出钻石。再加上那天晚上有暴风雨，他便更容易潜入福岛家中。可是，对方不仅没有因吗啡而呼呼大睡，自己反而差一点被人白刀子进红刀子出地干掉。那块被撬起来的地板，就是他寻找钻石时留下的。

那么，那颗钻石后来又怎样了呢？

不瞒你说，已经被我收入囊中了。

读到这儿，想必你也已经明白了：我就是那个在某某大楼白昼抢劫的强盗。

为了证明我的手段，也为了给你留个永久的纪念——请不要惊慌——我将一只琥珀烟斗放入了你上衣的内口袋。这个烟斗可没什么古怪之处，请放心使用吧。

浴池

大坪砂男 ｜ Otsubo Sunao

一

来到了从关东平原一口气直上一千米的碓冰岭[1]，我的后背就感到了爱伯特式铁路[2]所带来的震颤。于是我将读了一半的书合上放在了身旁。

往下看，树木葱茏，苍翠欲滴。坂本地区那沿着古道一溜排开的旅舍，正沐浴在六月的明媚阳光下，如同安详静谧的山村一般。如此美景，简直就是游离于时间观念之外的仙境。

没料到的是，这一切忽然又全都消失在隧道的黑暗之中，耳边蓦然响起轰隆隆的车轮声。或许是灯光昏暗的缘故吧，一直坐在对面的青年的脸有一半处在阴影中，似乎一下子老了许多。他睁大眼睛看着我，嘴唇也在动，似乎在跟我说什么话。可一会儿他又转移了视线，掏出手绢一个劲地擦着额头上的汗。

等到明媚的阳光再次涌入车窗时，我的眼前又出现了一派美丽的山间景象。越过浓浓有致的茂密枝叶，可以看到远处光秃秃的岩

---

1 位于日本群马县和长野县交界处山口，是连结中央高地和关东平原的重要山口。
2 瑞士人爱伯特（1850－1933）设计的爬陡坡用的齿轮式铁路。

山上挂着一匹闪亮的白练。想必是一道飞流直下的瀑布吧。清爽宜人的夏天，也来到了碓冰岭的南坡。

豁然开朗的自然美景与封闭幽暗的阴郁隧道，列车就在这两者的明暗交替中奋力前行，爬上陡峭的山坡。其间，我看到一棵突出于山崖的松树，树干上挂着一长串美丽的山藤花，不由得嘟囔了一句："真美啊……"

这时，对面的青年似乎以为我在跟他说话，就接茬道："是啊，这儿新绿是有名的嘛。"

随后，他又忽地换了个口吻，问道："看来你是很喜欢侦探小说的啊。"

"嗯，我就是靠这个吃饭的。"

"哦，你是写小说的吗？"

"嗯，现学现卖呗……"

说着，我终于明白了他得出如此观察结果的来源——我身边合上的那本书的封面上印着"哈依拉特著，密室杀人事件"。

"你要写小说的话，就请来 S 高原吧。知道那儿吗？"那青年一下子显得十分热情。

"那儿不是滑雪场吗？"

"嗯，最近是以滑雪场而闻名的，可那儿原本是避暑胜地啊。现在，正是百花盛开的绝佳时节。再说这个时候城里人还没来，当地人都忙着插秧，非常安静，读书写作，是最好不过的了。"

"哦，是这样啊。"听得我多少有点动心了。

"说起 S 高原，就得数 K 浴场了。不瞒你说，那是我叔叔开的唯一的一家温泉旅馆。"

原来是这么回事。我想这青年说话怎么这么热情洋溢呢，原来是在给他叔叔拉客人。

我不禁觉得有些好笑，便说："不过，似乎环境太好了，没刺激，想不出什么杀人事件来的吧。"

"哪能呢？要说这'事件'，不是怎么着也都能发生吗？来个'浴室密室事件'，怎么样？"

"你看看，这不就落入了哈依拉特的俗套了吗？"

"今年新年里，天皇家里的什么人过来练习滑雪，也住在 K 浴场呢。"

"嗯，报上看到了。"

"那会儿还出了件事，报上可没登哦。被遮掩过去了……"

"哦——"

到了这时，我才一本正经地端详起那青年的脸来。

"现在是夏天，说说滑雪季节的事情或许也比较畅快吧。不过，这可是要绝对保密哦。"于是，他压低了声音，用异常兴奋的口吻叙述了起来。

二

"S 高原之所以在滑雪爱好者中小有名气，不就是因为那儿的雪质好吗？不过也就是在正月到二月初的那一阵子。那雪，你抓一把，吹口气，就腾起来了，像面粉似的。我想去那儿玩，正想得心里直痒痒的当儿，叔叔来信说，今年天皇家有人要来练习滑雪，你快腾出时间来帮忙。我当然立刻就兴冲冲地上路了。

"叔叔想起些陈年往事，似乎还有点忧心忡忡。我跟他说，时代不同了，不用那么紧张。我们一起商量了接待计划。可县里的事务官和警察等负责警卫的家伙们，脑袋瓜也十分老旧，非常啰唆、麻烦，简直让从东京来的人哭笑不得。

"那天，由于练习场上有比赛，客人全都去观看了，整个下午，旅馆里空荡荡的。我利用这时间打扫了卫生，和留下来的警察说了会儿话之后，就想去看看浴室里的池水温度是否合适，于是拿了钥匙就沿走廊走过去……

"这个贵宾用的浴室，是战前由于C殿下要上山来，我叔叔大为感动之下特意新建的。浴池底部铺着特地从东京运来的大瓷砖，曾经轰动一时，在当地传为笑谈。估计那殿下也以为温泉下面躺着些什么莫名其妙的东西而不怎么受用吧。

"当时，平整了里屋北面约二百坪的土地，并在其正中间，孤零零地盖了个浴室。走廊两侧只开了采光用的窗，没有门。后来，我叔叔把它当作纪念馆，为了不让一般人进入，还在走廊入口和浴室门这两个地方都上了锁。"

"再说四周都是茫茫白雪。嗯，条件都已具备了。"

"我打开那两道门，进入更衣室，那里还保持着晨浴后仔细清洁过的状态，也自然没发现什么异常。于是我将自己脱得只剩下一条兜裆布，打开了浴池外的玻璃门。里面由于窗户紧闭着，屋里充满了水蒸气，太阳光照进来后形成了朦朦胧胧的条纹。

"我伸手进浴池去试了一下，发觉有点烫，就泼了五六桶冷水。随后又一边放温泉，一边用搅棍来搅匀池水。可就在这时，搅棍上头缠上了一些黑乎乎的东西。紧接着又看到巨大的白色东西在缓缓移动。我吓了一跳，条件反射似的将搅棍往前一捅，感觉捅到了什么东西。与此同时，那个白乎乎的东西翻了个身，一张人脸忽地浮了上来。

"所谓吓得呆如木鸡，估计就是形容我那时的情形吧。水雾蒸腾的浴池里漂着一张女人刷白的脸蛋——烫过的头发散乱着；漆黑的眼眸睁得大大的，仿佛正盯着我看。

"我跳起身来，立刻逃了出去。仅系着一条兜裆布就闯进了警察的休息室。我那样子实在是太狼狈了，要是被人看到，恐怕事情就不好收拾了。

"那两个穿便服的警察赶紧稳定我的情绪，并与我一起返回了浴室。接着就将那尸体捞了上来。由于是浸泡在温泉里的，所以那尸体的肌肤还是暖暖的。那时，我自己的身体反倒是冰凉冰凉的，故而抱着那尸体，竟觉得像还活着一般，好像马上就会主动缠上来似的。我感到了某种莫名其妙的兴奋。

"可随后，我们三人就只有面面相觑了。因为怎么也想不通。不是吗？院子正中上了锁的浴室里，池子里怎么会浮着个全身赤裸的年轻女人的尸体呢？"

"窗户也都关着吗？四周的雪地上有没有痕迹？"我也终于被这青年的故事吊起了兴头。

三

这时，青年的脸上露出了一丝诡笑："很遗憾，没有成为'密室杀人事件'哦。因为有一个警察十分机警，他推开了浴室门对面的窗户一看，发现在屋顶除雪时形成的雪堆后面，散落着女性的服装、滑雪板、手套、眼镜等东西。还有一条笔直的滑雪痕迹。并且，那滑雪的痕迹不太深。除此之外，雪地上并无别的痕迹。很明显，这女人是一个人来的。尸体没有一点外伤。面对这些情况，我们三人的判断是一致的。

"就是说，这女的看准了当天大伙儿都外出的当儿，兜了个大圈子，悄悄地滑着雪来到了那扇窗下。她在那儿脱掉了衣服，溜进了浴室。她的目的无非就是要满足一下'战后派女郎'的虚荣心：

与名人同洗一池温泉，并由此体验一把刺激。她'扑通'一下就跳进了浴池。可是，她从冰天雪地一下子跳入滚烫的温泉后，就立刻发生了脑贫血，结果就失去了知觉，沉入池底，淹死了。毕竟当时周边空无一人，得不到及时的救助。

"这当然仅仅是凭空推测而已，可不管怎么说，发生了如此离奇的死亡事件，总归是我跟警卫人员的重大失责。必须考虑一下稳妥的善后措施，于是我们就暂且将尸体藏在警卫室里，又给浴室来了个大扫除。

"考虑到如果叫山下的当地医生来检查尸体的话，消息势必立刻就会泄漏给记者，那事态就一发不可收拾了。因此，经过商量后，我们就战战兢兢地向御医坦白了真相，并委托他做出鉴定。处理这种事，御医自然是轻车熟路的，很快就出具了一份毫无破绽的报告。另外，由于那女的是用假名字登记住宿的，这也是不幸中的万幸，最终县里出面将她临时性埋葬了，也没追究任何人的责任，这事就算过去了。我要说的事呢，就到此为止了。

"你看看，要是请求我叔叔让你也用一下那个浴室，说不定你就会灵感迸发，文思泉涌，写出不朽的杰作来呢。嗯，怎么样？"

长长地说完了这么一大段之后，青年的脸上露出了些许得意的神色。

四

出于个人不良习惯，我不由得想要反驳他这么一回："很精彩啊。不过呢，要是我的话，是要将它直接写成一个杀人事件的。"

"这恐怕有点难度吧。"

"有什么难的？要我说的话，什么窗没关好，年轻姑娘发生脑贫血，两个偶然因素同时出现才不合情理。反倒是合情合理地解释一切，更加简单明了。"

"此话怎讲？"

"有个男的，把那女人喊来，叫她用假名字登记住宿。然后利用旅馆里空无一人的当儿，搞到了钥匙，邀那女人一起进入那个浴室，目的就是要干掉这女的。动机嘛，有的是，随便想一个就行了。他瞅准了机会，摁住那女人的脖子，将其淹死。然后就将女人的内衣什么的全都扔到窗外，穿上女人的棉袄偷偷地出来，再溜进女人的房间，马上换上女人的滑雪服，戴上她的滑雪帽和防雪眼镜。这样就几乎看不出是男是女了。随后就不慌不忙地穿上女人的滑雪板，到外面滑上一圈，来到窗户下后，再把身上的一切都脱下来，扔掉。"

"然后，再从窗户翻进浴室，穿上自己的棉袄逃走吗？"

"嗯，差不离吧。不过这个男的必须具备一定的条件：必须要对旅馆内的一切了如指掌；必须在当天留在旅馆里；必须能随意使用钥匙；最后还必须能只系着一条兜裆布飞奔而出！"

当我一口气将这些全都说完后，青年的脸色发黑，五官都扭曲变形了。我将手搭在旅行箱的把手上，继续说道："这仅仅是一个侦探作家的空想而已。要是我的话，是会将你的故事写成这个样子的。不过，作为'密室杀人事件'来说，似乎太简单了些。其中唯一让我佩服的是，犯人足够狡诈，能瞅准大人物到来的当儿，利用当局的手将事件抹杀掉。"

说完，我就像一个戳穿了别人把戏的调皮孩子一般，缩起脖子，仓皇逃走了。此刻，列车终于开始滑入新绿葱茏的轻井泽。

恋爱曲线

小酒井不木｜Kosakai Fuboku

亲爱的A君：

　　为了祝贺您一生中最辉煌的盛典，我今天要由衷地送您一件纪念品——"恋爱曲线"。关于这件礼物，我本人感到极为得意。因为，无论是在举行婚礼的场合还是其他任何场合下，无论是在日本还是在中国、西洋，甚至从这世界开天辟地以来，都从未有人做过这样的尝试。作为一介贫穷的医学研究者，我相信即便我变卖了所有财产，倾尽所有买来的任何礼品，都不会令身为百万富翁之长子的您感到满意的。因此我在绞尽脑汁，深思熟虑后，才终于想到了这条"恋爱曲线"。我预感到这条"恋爱曲线"一定能够打动您的内心。就在我眼下给您写这封信的时候，我仍觉得自己的心脏在怦怦直跳，而这种体验是我有生以来所从未有过的。您所要与之成婚的雪江小姐，我也并非不认识，在此，我略表心意，恭恭敬敬地向您献上"恋爱曲线"，由衷地祝福你们的婚姻幸福美满。或许您以为像我这样一根筋的科学家是不懂什么爱情的，连使用"恋爱"这两个字都觉得有些滑稽可笑吧。然而，其实我也并非像您想象的那么"冷血"。我自认为血管中流淌着的血液多少也是有些温度的。应该说，正因为我的血管中也流淌着温热之血，才不能对您的婚姻无动于衷，才会绞尽脑汁地想到要送您这么个礼物以示祝贺，并给这礼物取了这么个喜庆吉利的名称。

您明天结婚，我今天晚上才赶着给您写信，或许极为失礼，但由于"恋爱曲线"必须在今晚制造，所以尽管我心急火燎，可这份礼物还是要等到明天早晨才能送到您的手边。眼下想必您一定忙得不可开交吧，但是我相信，无论您怎么繁忙，也一定会将我这封信从头到尾全部读完的。因此，我想就"恋爱曲线"究竟为何物，做一说明。要是用一句话来概括的话，所谓"恋爱曲线"，就是表现恋爱之极致的曲线。可如果不详细叙述这一开天辟地以来谁都没有尝试过的礼物由来，想必您是不会感到满意的，与此同时，我也会觉得十分遗憾。所以还请您不厌絮烦，耐心读下去。

为了让您清晰明了地理解这一"恋爱曲线"的由来，首先我必须阐明对您此次婚姻的所感所想。自与您最后一次见面到如今已相隔半年，在此半年中，我与您音讯不通，但现在却突然要送您一件世间少有的礼物。对此，想必您应该早就察觉到，这其中一定是有什么较深的理由。不，聪明如您者，恐怕会更进一步，已经洞察该理由究竟为何了吧。

您应该十分清楚，我这个被您称为"血管里流着冰冷的血"的家伙，是个爱情的失败者。因此，您这个相对于我而言的爱情胜利者，应该能够充分体会到，在我送您的礼物中，包含着多么哀伤的回忆。然而，由于您拥有着令众多女性失恋的经验而自己却从未品尝过失恋的痛苦，或许在收到我的这份礼物之后，您也不会产生多少同情心吧。因为，对于女性而言，您确实是一位神奇魅力的男性，所以在您看来，像我这种仅仅因为被人夺走了个女人，就堕入失恋深渊的男人，反倒是不可理解。然而，您对我到底怎么想，其实是无所谓的，反而我还十分羡慕您那种神奇的魅力，尤其是对您的财力，我更是羡慕得一塌糊涂。在此财力面前，首先是令雪江小姐的父母匍匐在地，接着连雪江小姐也无可抵抗地匍匐在地了。哦，不。我这样说的话，或许会显得我对您抱有可怕的敌意似的，其实我原本就是意志薄弱的人，从不对人抱有敌意。倘若我真的对您抱有敌意，就不会送您这样的礼物了。由于我知道我现在还深深地爱着雪江小姐——这么说或许失礼，我怎么可能对雪江小姐的丈夫抱有敌意呢？说实话，就在我写这封信的时候，我还在为你们俩的幸福生活着想呢。

半年前，我在饱尝失恋之痛后，断绝了一切社交，将自己关进了研究室，一头扎进了生理学的研究之中。自此以后，研究本身就成了我的生命，也成了我的恋人。虽说有时也会像肋膜炎的旧伤在阴雨天前隐隐作痛一样，我心里的旧伤也会阵阵抽痛，但我将其看作早已过去的陈年往事，把自己的精力全都花在了研究工作上，事实上，近来我已经成功地将这一悲痛往事压入记忆的底层，甚至连您的婚期都快要忘记了。不料在前几天，我接到一封友人的来信，说您要在明天举行婚礼。于是，被压在底层的记忆，竟又势不可当地浮了上来，最终促成了送您这一礼物的计划。

我想，您是一位实业家，所以恐怕不太了解一个科学家过的是什么样的生活，在考虑些什么问题，正在进行什么样的科学研究吧。从外表上看来，科学家的生活是多么冷冰冰，研究的项目又是多么地煞风景，可真正的科学家始终关心着人类同胞，始终满怀着对全人类最崇高的爱而工作着。因此，真正的科学家——那些似是而非的科学家就不得而知了——血管中流淌着的血比谁都热。换句话说，如果其血管里流淌着的血不比任何人都热，就成不了真正的科学家。

那么，我在饱尝了失恋之痛后，所选择的研究课题又是什么呢？是——您可别笑——心脏生理机能的研究。不过，我绝不是因为失恋伤心而选择这一研究课题，我可没有那种无聊的幽默感。要修理破损的心脏，就必须首先对心脏加以研究。再说我自学生时代起，就对心脏的机能研究抱有浓厚的兴趣——尽管这么说，有点像写小说的味道。其实就是我选了一个自己感兴趣的课题，仅此而已。不料这么个偶然的选题，居然发挥了意想不到的作用，最后竟能在您一生中最喜庆的典礼上，向您献上这一独一无二的礼物——"恋爱曲线"。

"恋爱曲线"！接下来终于要开始说明"恋爱曲线"了，但是在此之前，我还必须先说明一下心脏研究的一般方法。为了彻底了解心脏的机能，最好的办法是将它切除下来并移到体外。其实，心脏即便离开了躯体，只要给它提供适当的条件，它照样能够跳动。并且，不仅限于低等动物的心脏，一般的温血动物，乃至人类的心脏，也都能够独立地重复着扩张与收缩的运动。心脏被切除后，生物体就死亡了，但生物体死亡后，心脏却依旧跳动着！多么不可思议的现象啊。试想一下，要是现在将您的心脏取出来，让它单独跳动着，将会是怎样的景象？又试想，要是现在将雪江小姐的心脏取出来，让它单独跳动着，会是怎样的景象？再试想一下，要是将您的心脏和雪江小姐的心脏并排放在一起，让它们跳动着，又将是怎样的景象？您可知道，长有手足、躯体的人，所含虚伪的成分是很多的，而心脏取出之后是赤裸裸的，并不会对任何人有所顾忌，只会自然而然地跳动着。现在，在您结婚的前夜，我正一面愚不可及地想象着你们的心脏在我眼前噗噗跳动，一面给您写着信。

虽说一不小心就有点跑题了，不过还确实是这样，动物自不必说，即便是人的心脏，在躯体死亡之后将其取出并给予一定的条件，也照样能让它重新跳动起来。据说有个名叫克里阿博库的人，曾经从一具死后二十小时的尸体中取出心脏，试图让它重新跳动起来，结果在鼓捣了个把钟头后，那颗心脏果然又跳动起来了。也就是说，人死之后，心脏还能单独存活二十个小时。从某种角度来看，这也足以说明心脏对生命的执念有多深。这不禁让人觉得，从前人们将心说成是爱情的象征也并非偶然。因此，从某种角度来说，将心脏说成是人生种种神秘的藏匿之所也毫不为过。如此看来，欲探索人生之神秘的我，将心脏当作研究对象，也并非无缘无故。

要说明"恋爱曲线"的由来，就必须先说明如何将心脏取出来，再用什么方法让它跳动起来。尽管我十分清楚您事务繁忙，正在写这封信的我也必须在写完该信的同时，制造出"恋爱曲线"来，我内心也十分焦急，但请您务必耐心地读下去，我之所以反复强调，就是希望您能充分理解。老实说，我恨不得将这封信上的字字句句都镌刻在您的心脏表面。

我一开始是将青蛙的心脏取出后加以研究的，但考虑到医学毕竟是一门以人为对象的学问，应该尽量选择与人接近的动物加以研究，所以后期我便主要研究兔子的心脏。但是，兔子的心脏比青蛙要复杂多了，操作难度也很大，需要极为熟练的操作技术，所以刚开始时我需要助手协助，到后来则能够独立操作了。

具体的操作过程是这样的：我首先将兔子仰面朝天地绑在家兔固定器上，用乙醚将其麻醉。在观察到兔子已充分麻醉后，用手术刀和剪刀将其胸腔的心脏部位尽可能宽地切开，然后切开其围心膜。这时，一颗充满活力的、跳动着的心脏就完全呈现出来了。是的，深藏在胸腔内部的心脏暴露在空气里，依然能若无其事地跳动着。您看，心脏还真是个怪物！有人说"心不从愿"，看来还真是这样。在心脏暴露出来后，下一步就要将它切除并取出。但是，立刻下刀的话会造成大出血，那样的话整个手术也就一团糟了。所以必须先用细线将主静脉、主动脉、肺静脉、肺动脉等大血管统统结扎起来，然后才能用手术刀将心脏与这些大血管切割开来。

取出后的心脏，应立刻放入被加热到三十七摄氏度的洛克氏溶液之中。这时，栗子大小的兔子心脏，会暂时停止跳动。因此，必须手脚麻利地系住肺动脉和肺静脉的切口，并将主动脉和主静脉的切口与玻璃管相连接。然后将心脏从洛克氏溶液中取出来，将其与专门设置的一立方尺大小的箱子中的玻璃管相连接，再让加热到三十七摄氏度的洛克氏溶液流经心脏，这样心脏就会很好地又跳动起来。所谓洛克氏溶液，是一种由 1% 的氯化钠、0.2% 的氯化钙、0.2% 的氯化钾、0.1% 的碳酸氢钠配制成的水溶液。由于其与血液中的盐类成分基本一致，它流入心脏和血液回流心脏的状态相同，所以心脏能够持续跳动。但是，仅靠这种液体的流通，心脏还是会逐渐疲惫。也就是说，尽管心脏的求生欲望十分强烈，但没有了外来的刺激也不能持续跳动。说白了就是，再怎么逞强，不吃饭还是动弹不了。因此，通常还要给它添加一些能作为能量之源，亦即心脏之食物的少量血清蛋白或葡萄糖。这样便能让它跳上一段较长的时间。最好是用真正的血液来取代洛克氏溶液，不过对于一般实验而言，仅用洛克氏溶液也足够了。还有，要让心脏自由跳动，氧气也必不可少，因此，通常要输入的是含有氧气的洛克氏溶液。

那个能让心脏跳动的箱子里的空气，也被加热到了三十七摄氏度左右。洛克氏溶液从箱子的上面流入，流经心脏的液体则从箱子的下方流出。箱子里面，只有一颗心脏在跳动着。这景象给人的庄严感觉，恐怕您难以想象。取出后的心脏依旧是一个不折不扣的生物体，这个如同在玫瑰红底色上散落着黄色雏菊花瓣的肉体，是一个具有魔性的生物体。它就像浮游在岸边的水母一样，有规律地重复着收缩与扩张的运动。并且，当你一动不动地盯着这心脏看，就会觉得它是具有自我意识的。有时候，它似乎会露出因与母体分离而怨恨的表情；有时候，又露出因得以接触外界的空气而无比喜悦的表情，有时候，你甚至会觉得它正在嘲笑那些将它从躯体中取出并想要研究其机能的科学家。然而，这一切其实都是我的幻觉，就心脏本身来说，无论是在体内还是在体外，都极尽全力地跳动着，严格遵循着 all or nothing（要么全部，要么一无所有）的法则。也就是说，心脏一旦决定跳动，它就会全力以赴地跳动。像心脏这样忠于职守的工作态度，可谓是极为罕见的。就这一点而言，我觉得将其称为爱情之象征也最为恰如其分。也就是说，即便受到一些外来刺激，心脏也并不会因该刺激的强弱而改变其跳动方式。跳动的时候，总是全力以赴地跳动；不跳动的时候，决不跳动。我觉得心脏的这一特性，完全可以与不屈服于金钱或其他外力之真正的爱情相媲美。我认为，真正相爱着的两个人之间，有着某种能穿越其间任何障碍物的无线电波。并且，他们心脏的跳动，也是相呼应的。或许您也已经知道了吧，事实上心脏每跳动一次，都会产生电流，而为了研究这种电流，一种名为心电仪的装置已经被设计出来了。而这台心电仪，才是我所谓的"恋爱曲线"的真正制造者。

可是，在解释心电仪之前，必须先说明一下我是如何分析研究那被取出的心脏运动的。因为，仅凭肉眼观察，无法进行精确的比较和研究，所以必须给心脏的运动做适当的记录。而记录该运动的，就是所谓的"曲线"。因此，"恋爱曲线"，其实就是恋爱运动之记录的意思。估计您也听说用地震仪生成曲线来记录地震的事吧。这种记录是这样实现的：首先将涂有煤烟的纸卷在圆筒上并使其匀速转动。另外从运动物体那里引出一根细长的杠杆，并让其尖细的端部与纸筒接触。这样，随着物体的运动，煤烟纸上就会出现一条特殊的白色曲线。心脏的运动也完全可以用相同的方法记录在煤烟纸上，但由于我对心脏运动时所产生的电流特别感兴趣，所以我主要是通过如前所述的心电仪来推进研究的。

所有的肌肉在运动时，都会产生微量的电流。这就是所谓的"生物电流"。心脏也是由肌肉构成的脏器，所以它每跳动一次都会产生电流。而心电仪，就是能以曲线的方式表达心脏运动时电流产生状况的仪器。最早发明该仪器的是一个名叫威廉·埃因托芬的荷兰人。但这里所说的"曲线"，可不像上面所说的那么简单，其原理要更为复杂一些。首先是运用某种方法将电流从心脏引导出来，并让它通过一根比蜘蛛丝还细的、镀了白金的石英丝，石英丝的两侧则放上电磁铁，该石英丝会根据所通过的电流强弱不同而左右晃动，再用电弧灯照射该石英丝，这时石英丝影子左右晃动的振幅就会被放大，让它通过一道狭窄的间隙，并让拍照用的感光纸对其直接曝光，最后显影之后，显示心脏电流强弱的白色曲线就形成了。又由于感光纸是像电影胶片似的卷着，所以能形成二十分钟、三十分钟的连续心电曲线。我所要献给你的"恋爱曲线"，就是呈现在这种感光纸上的曲线。

作为研究的准备工作，我首先研究了取出的心脏对于各种药物的反应。首先给心脏输送洛克氏溶液，拍摄下常态下的曲线，然后在洛克氏溶液中掺入所要试验的药物，并拍摄下反映此时心脏变化的曲线。虽说用肉眼观察心脏的话，看不出心脏在这两种不同情况下有什么变化，但只要比较一下两条曲线，就会发现明显的不同。据此，就可知道该药物对心脏会起到什么样的作用。从洋地黄制剂、阿托品、毒蝇碱等剧毒，到肾上腺素、樟脑液、咖啡因等药剂，几乎涉及了能对心脏起作用的所有毒药。我将它们的作用效果，全都一一做成了曲线。但是，如果仅限于此，也谈不上是什么新的研究成果，因为已经有许多人做过同类研究。其实我也只是将此作为我真正要做的研究的对照而已。

那么，我真正要研究的到底是什么呢？倘若归纳为一句话来说，那就是各种情绪与心脏机能的关系。即我们通常所说的喜怒哀乐之类的表现，会给心脏生物电流的产生带来怎样的变化。正如谁都经历过的那样，感到惊恐或愤怒的时候，心脏的跳动会发生变化。我要做的，就是对已经取出的心脏加以客观的观察。人们在感到惊恐的时候，血液中肾上腺素会有所增加。这一事实早已为其他学者所承认。因此，将惊恐之时的血液输入取出后的心脏，那么曲线就应该呈现出与肾上腺素通过时同样的变化。以此类推，在产生惊恐以外的其他情绪时，血液里也肯定出现了某种变化，因此，将动物产生喜怒哀乐等情绪时的血液输入取出的心脏中，并用心电仪记录下曲线，就能推断出各种情绪产生时血液中会出现何种性质的物质。

然而，这样的研究自然困难重重。理想状态是让被取出心脏的那个动物发怒或悲伤，再将它发怒或悲伤时的血液输入其心脏。当然这是痴心妄想。那么就只能退而求其次，用甲兔的心脏，用乙兔的血液。也就是说，采集乙兔产生各种情绪时的血液，将其输入到甲兔的心脏里去，并对此加以研究。

还有一件事情似乎更为困难。就是怎样才能让兔子发怒或悲伤。因为兔子没有表情，无法从它们的脸上看出喜怒哀乐的模样来。因此，我们自以为激怒了兔子，也可能它根本就没生气；我们自以为逗乐了兔子，也可能它毫不动心。这一点，令我困惑不已。

因此，我只得中止兔子的实验，而以狗取而代之。亦即，取出甲狗的心脏来，然后激怒或逗乐乙狗，采取血样后输入甲狗的心脏。尽管这样也确实获得了曲线，但还是不太理想。因为，好不容易将狗逗乐了，在采血的时候却又将它激怒了，结果只能测出与愤怒时十分相近的曲线。而将其麻醉后再采血的话，又只能获得无情绪状态的曲线。因此，只有愤怒或惊恐时的曲线还比较理想。

基于上述种种原因，要想描绘出产生各种情绪时的血液对心脏之影响的理想曲线，就必须用人来实验。因为若是人的话，则无论是愤怒时的血液、悲伤时的血液，还是欢乐时的血液都比较容易取得。而用人来做实验的困难之处也显而易见，那就是人的心脏很难搞到手。就连死人的心脏都很难弄到，更别说是活人的心脏了。无奈之下，我只好仍用兔子的心脏来做实验。与此同时，血液方面也是个难题。由于谁都不乐意提供鲜血，我就只能用自己的血液来做实验。具体做法是，我通过阅读各种小说，让自己或悲或喜或愤怒，然后每次用注射器从自己左胳膊的静脉里抽出五克血液用于实验。为了防止血液凝固，跟之前在采兔子或狗的血液时一样，注射器中要预先放入一定量的草酸钠。

研究一下如此获得的曲线就会发现，欢乐时、悲伤时、痛苦时的曲线状态有着明显差异。惊恐时的曲线果然与输入肾上腺素时的曲线相类似；快乐时的曲线与输入吗啡时的曲线相类似。但是，它们也仅仅是相类似而已，在一些细微之处，仍可发现各种特殊的差异。随后，我又通过练习，使自己只要看一眼曲线，就立刻就能分辨出哪个是惊恐时的曲线，哪个是快乐时的曲线，哪个是肾上腺素的曲线，哪个是吗啡的曲线。与此同时，通过多种实验，我又发现这些变化无论是对于兔子的心脏、狗的心脏，还是羊的心脏，都是一样的。

然而，您可能不知道，从事学术研究的人，其研究的欲望会不断增强。因此，通过兔子、狗和羊的实验已经获得了同样的结果，按理说我应该满意了，可我还是想更进一步，用人的心脏来做实验。如前所述，由于人的心脏在人死后二十小时内，还是能让它重新跳动起来。因此，即便是死人的心脏，我也很想要。于是我就拜托了在病理解剖教研室以及临床科教研室的朋友。

说来也巧，我很幸运地弄到了一颗女性的心脏。该女性是个十九岁的结核病患者。她由于被恋人抛弃，过度的绝望损害了健康，住入内科病房后就成了个不归之客。据说她还活着的时候常说："我的心脏肯定裂了一条大口子，在我死后一定要解剖我的心脏，给医学做参考。"而她的主治医生正好是我的朋友，所以遵从她的遗言，将她的心脏给了我。

到目前为止，我动手术取出的一直都是兔子、狗或羊的心脏，从没取出过人的心脏。虽说面对的已是一具尸体，可当我的手接触到女性那蜡一般苍白、冰冷的皮肤，准备下刀时，仍感到一阵异样的战栗，从手指尖的神经而传遍全身。然而，在割开薄薄的脂肪层、暗红色的肌肉层，切断肋骨，打开胸腔，割开心包取出心脏的过程中，我到底还是渐渐恢复了往日的冷静。当然了，这个女孩的心脏并没有裂开什么大口子，不过显得十分瘦小。对于之前看了许多活着的动物的心脏的我来说，刚开始接触这颗心脏时，甚至都不觉得这是颗心脏。因为是在死后十五小时取出的，已经冰凉冰凉了。所以，我握着这颗心脏，一时间愣在那儿了。等我回过神来后，就赶紧将它放入温暖的洛克氏溶液中，仔细地加以清洗，然后又将它放在箱子中，输入洛克氏溶液。起初，它一动也不动，就跟睡着了似的，可过了一会儿之后，它开始动起来了，又过了一会儿，竟然剧烈地跳动起来。尽管这一切都是预料之中的事情，可我觉得就跟那女孩活过来了一样，我感到了一种神圣的庄严。不知不觉间，我居然忘记了这是在做实验，只是呆呆地看着这奇妙的运动。并且，想象着这颗心脏的主人。

失恋！这是多么悲惨的命运啊。我当时根本就没将这当作别人的事情。因为，我自己不同样也是一个饱尝失恋之苦的人吗？这颗心脏的主人还活着的时候，这颗心脏又是怎样激烈且悲痛地跳动着的呀？如今，那种陈旧、痛苦的记忆，似乎被洛克氏溶液洗刷干净，它能够毫无挂碍地重复着收缩、扩张这两种简单的运动了。恐怕那女孩在失恋之后，她的心脏一天也没有平静地跳动过吧。跳吧！跳吧！洛克氏溶液有的是。现在，你可以尽情地跳动了！

忽然，我发现心脏跳动的力度明显变弱了。也难怪。从它开始跳动到现在，已经过去了一个小时。唉，我居然失去了一个科学家应有的冷静，让不由自主的空想白白浪费了时间，忘记了本该进行的情绪研究。这好不容易才获得的宝贵实验材料，竟被我随意地挥霍掉了，我为自己而感到羞愧。这时，我突然想到，我还可以做失恋的情绪研究呀。将我这个失恋之人的血液输入这颗失恋之人的心脏，倘若能获得曲线的话，那不就是最为理想的失恋曲线吗？

事不宜迟，我立刻动手操作了起来。跟往常一样，我从自己的左胳膊上抽出了血样，将其输入心脏，并启动了心电仪。只见那颗已渐趋衰弱的心脏，接触到了我的血液之后，立刻就恢复势头，猛烈地跳动了大概三十来次，然后又衰弱下去，最后停止了跳动。也就是说，这颗心脏死掉了，永久地死掉了。可是，它所留下的曲线却十分清晰。分析研究之后发现，该曲线与悲伤、痛苦、愤怒或惊恐等曲线都不属于同类，却又似乎带有那么一点点相似性。

到此为止，我已经做成了失恋曲线。要不说科学家的研究欲望无止境呢，因为我随即又想到，作为与之相反的情绪，我还得做成一条恋爱曲线。可是，曾经品尝过爱情的滋味，如今只感觉到失恋之苦的我，又怎么才能做成恋爱曲线呢？这岂不是比登天还难吗？考虑这种足以令人灰心丧气的困难之后，反倒激发了我非得做成不可的热情。后来，这种想法几乎就成了一种强迫症了。与您不同，除了雪江小姐，我从未对任何其他女性产生过爱恋之情——这么说或许十分失礼。事到如今，我更是不可能再对别人产生爱恋之情。如此看来，恋爱曲线终究是难以获得了。然而，尽管自己已经意识到这一点，可强迫症一旦形成，也很难将其消除。于是我就不停地思考着能将失恋转变为爱恋的方法。想啊，想啊，我甚至一度怀疑自己是否想得发了疯。

然而，前些天我出乎意料地从某人那里收到了您终于要与雪江小姐结婚的通知。俗话说，烤过的木柴容易着，得到了这一信息后，我内心那失恋的痛苦之火便再次熊熊燃烧起来。也就是说，我已经到达了失恋的顶点。这时，我产生了一种信念：直接利用已经达到顶点的失恋，做成恋爱曲线。

想必您也在数学课上学过负数与负数相乘得到正数的内容吧。我就是要运用该原理将失恋转变成恋爱。也就是说，我认为，将已达到失恋顶点的我的血液输入同样达到失恋顶点的女性心脏，这时所得到的曲线，就是表示恋爱之极限的"恋爱曲线"。说到这，估计您会问，到哪儿去找达到失恋顶点的女性呢？可是，这种担心是多余的。因为，我之所以会想到上述原理，就因为我已经找到了达到失恋顶点的女性的缘故。那位女性不是别人，就是写信来通知我您将与雪江小姐结婚的那位。

想必您也已经猜到了吧。给我写信的这位女性，正是由于您要结婚而使其达到了失恋的顶点。您爱过许多女人，想必多少也懂一些女人的心思。正如我只爱雪江小姐一个人一样，这位女性也只真心实意地爱着一个男人。因此，你们的婚礼，就直接导致她的失恋达到了顶点。同样因为您的婚礼而导致失恋到达顶点的我与她，共同做成一条曲线的话，根据如前所述之原理，所获得的曲线不就是"恋爱曲线"吗？并且，由于失望至极，这位女性已经决定赴死了。

您想想，还有什么比死志更坚强的东西？我听闻了该女性的决心后，简直为自己"失恋度"之低而害臊。我从她身上获得了异乎寻常的勇气。今夜，我与她见了面，听了她的决心，也向她介绍了我的计划。她当即表示，自己乐意赴死，请我取出她的心脏，再输入我的血液，制作成曲线送给您。于是我下定决心，着手制造"恋爱曲线"。

现在，我就在研究室内心电仪旁边的书桌上写这封信。由于谁都不会想到有人半夜三更地在生理学研究室里制造什么"恋爱曲线"，所以根本不会有人来打扰计划的实行。

夜深人静。除了养在院子角落里用作实验的狗叫了那么两三声，就只有时近寒冬的夜风轻轻摇晃玻璃窗所发出的声响了。为我提供心脏的女性，已经在我的脚边沉沉睡去了。刚才，在我向她详细解释了制造"恋爱曲线"的计划和制作顺序后，她就非常勇敢也非常爽快地服用了大量的吗啡，她再也活不过来了。她服用吗啡，我则动手加热洛克氏溶液，准备心电仪，然后开始写这封信。她服用了吗啡之后，愉快地看着我忙这忙那，做着准备工作。而当我开始写这封信的时候，她已经进入梦乡。啊，这是多么美丽的死法啊！一想到虽然还能听到她轻微的呼吸声，却再也不能听到她的说话声之后，我正在写信的手，就不由自主地瑟瑟发抖。我刚才所写下的内容，肯定是有些不得要领的，可我现在没有工夫来重读和改正，因为我必须马上取出这个女人的心脏了。

四十分钟过去了，我终于取出了她的心脏，并将其在箱子里安装好，接通了洛克氏溶液。在做开膛手术的时候，她的心脏还在跳动着。这也是遵照她生前的愿望来做的。为了获得完美的"恋爱曲线"，她希望在她的心脏还跳动着的时候将其取出。动用手术刀的时候，我还担心年轻的她是否会睁开眼睛呢，可事实上，直到心脏整个儿取出为止，她一直安详地沉睡着。甚至现在，仍给人以轻轻呼吸着的感觉。在电灯光的照耀下，她死后的模样依然是那么美丽。

这颗心脏，眼下正欢快地跳动着，盼望着我的血快点输入其中呢。好了，下一步就是从我自己身上采血的程序了。为了完成完美的"恋爱曲线"，满足她那悲壮的愿望，我决定采用一种以前从未尝试过的血液流通法。在此之前，我都是用注射器在自己的左胳膊上采血的，可这一次则不同，我将玻璃管插入左臂的桡动脉，并用橡胶管将我的血液直接输入了她的心脏。作为对她自愿提供心脏这一番厚意的报答，我这么做也是理所当然的。同时，这也是制作完美的"恋爱曲线"所必需的环节。

二十分钟过去了。

我的动脉血终于进入了她的心脏。由于血流的势头很猛，一点也不凝固，所以这个实验十分完美。心脏充满活力地跳动着，看到心脏强劲跳动的模样，我竟然一点都感觉不到左臂的疼痛。左臂的伤口处渗出了一些鲜血，为了擦拭这些鲜血，我不得不放下了钢笔，拿起了纱布。啊呀，血滴到了信纸上了。请您务必原谅。注入她心脏的血不会再流回我的身体。我的血每时每刻都在减少，可我的脑袋却很清醒。我要放下钢笔，好好观察一下她的心脏，重温一下往日的旧梦。

十分钟过去了。

因为缺血，我浑身上下都渗出了汗水。下一步就该拧开弧光灯的开关，转动感光纸了。我早已做好了坐着不动就能拧开开关的准备了。电灯开着也没有关系，不会影响曲线的制造。

心电仪运转起来了。然而，除了心电仪运转的声音，我的耳朵里还响起了另一种奇妙的声音。这也是由于贫血的缘故！

曲线正在形成，将要奉献给您的"恋爱曲线"，正在形成。然而，我却无法把它给冲洗出来了。因为，我打算，就这样用尽我全身的鲜血。我已经安排好了，当我的鲜血流尽，当我倒下的时候，弧光灯、摄影装置以及室内电灯的开关等，都会自动关闭。我们两人的尸体，再过不久就会被黑暗包围。

我握笔的手颤抖得十分厉害。我的眼前开始发黑了。可是，我还要用尽最后一点力气，向您做最后的说明。其实，在我写这封信之前，我已经给教研室主任和同事写了信。所以这封信就是我最后的遗书。明天早上，我的同事会将此"恋爱曲线"寄给您，请您永久保存。

估计您早已猜出为我提供心脏的女性是谁了吧。我现在正沉浸在无限的欢喜之中。尽管我自己是看不到这条"恋爱曲线"了，可我毫不怀疑一条真正的"恋爱曲线"正在逐步形成。在我流尽最后一滴血的时候，她的心脏也停止了跳动。这不是恋爱的极致又是什么呢？

啊呀，我的血已经没有多少了，她的心脏也快要停止跳动了。您看，不想只为金钱、与根本不爱的您结婚的她，最终回到自己真正爱着的人——也就是我身边来的她——雪江小姐的心脏，马上就要停止跳动了……

人油蜡烛

小酒井不木 | Kosakai Fuboku

入夜之后，风，越刮越大，发出了饿兽一般的呼啸声，掠过僧房、大殿里的梁柱。大雨如注，仿佛要冲垮整个大地似的。粗大的雨点借着强劲的风势，如同用力掷来的砂砾似的时不时地敲打着门窗。无论是屋外的檐廊地板，还是屋里的柱子，都发出了啜泣般的声响。屋子在风雨中摇晃着，简直令人怀疑它是否已浮在空中。

屋里闷热异常，几乎叫人喘不过气来。当然，这正是夏秋之交的暴风雨的明显特征，而这种闷热又加重了人们内心的焦躁，放大了暴风雨之可怕。因此，年方十五岁的小和尚法信，会被屋顶上掉落的灰尘吓破胆，从而蜷缩在房间角落里，也是情有可原的。

"法信！"

从隔壁房间传来的老和尚的喊声，又将他吓得浑身一颤。他的眼睛呆呆地瞪得溜圆，就像刚被人从噩梦中叫醒一般。

"法信！"老和尚的嗓门拔高了。

"来，来了。"

"你辛苦一趟。就跟往常一样，去大殿那边转一圈看看。"

听到这话，法信又猛地缩起了身子。

庙里就住着他们师徒二人，要说在平时，倒也优哉游哉，可一到这种时候，就叫人吃不消了。狂风暴雨，如此可怕，孤身一人怎么敢去检查门窗呢？

"我说，师父——"

他好不容易才从嘴里挤出这么几个字来。

"怎么啦？"

"您看今晚就……"

"哈哈哈！"老和尚放声大笑，"害怕了是吧。好吧，我也去。你跟我来。"

法信像被人拽着似的，进了老和尚的房间。

原本在看书的老和尚拿起不知何时准备好的烛台，点上火，率先朝大殿走去。老和尚已年过半百，脸部消瘦，被淡淡的蜡烛光从下往上一照，像骷髅似的，看着叫人发瘆。

进入大殿后，烛火便剧烈地摇曳起来，让他们两人的身影在天花板上跳起了舞来。大殿里的空气凝滞、浑浊，就像踏进一个深不见底的洞窟似的。法信惶恐不安，甚至开始担心是否还能再回自己的房间。

大殿的正中安放着一座真人大小的阿弥陀如来[1]像，在老和尚递上的烛光照耀下，显得愈发庄严肃穆。老和尚嘴里念着佛，在佛像前站了一会儿。一件件金色的佛具，都反射着摇曳不定的烛光。香炉、灯盏、花瓶、木刻的金色莲花、须弥坛、功德箱上的金属件，全都像不知名的昆虫似的闪闪发亮。而在这些为数众多的佛具之间似乎还隐藏着什么怪物——譬如说一只巨大的蝙蝠，正张开翅膀贴在哪个阴暗角落里。法信大腿上的肌肉，开始不由自主地抖动起来。

1　阿弥陀佛的尊称。

老和尚又迈开了步子。他走得比先前快了。看来，即便是他，也感受到了某种恐惧。看了一遍门窗之后，老和尚脸色苍白地叹了一口气。看样子，他总算放心了。

可是，刚走出去不久，老和尚像是想起了什么事似的又马上返回了大殿。然后他走到阿弥陀如来的跟前，在日常念经用的座头上跪了下去，他将烛台放在一边，开口道："法信，拜佛。"

法信像个牵线木偶似的当场拜伏下去。他跟着老和尚一起念了一会儿经，然后抬起头来，见阿弥陀如来那慈悲忍辱[1]之尊容，增添了一抹柔和之色，而这种在暴风雨中依旧岿然不动的崇高模样，反倒将法信引入了梦幻一般的惊恐世界。

"这风，真是大得可怕呀。"

老和尚一开口，法信又吓了一跳。

"我说，法信！"过了一会儿，老和尚突然转向法信，用一本正经的口吻说道，"今夜，当着阿弥陀佛的面，有件事我必须向你忏悔。我要向你坦白我所犯下的弥天大罪。所幸的是，此刻风雨大作，不用担心被外人听见。你就给我洗耳恭听吧。"老和尚眼中寒光一闪，提高了嗓门继续说道，"或许你以为我是个得道高僧吧，其实我是个破戒无惭[2]之徒，是个没资格坐在阿弥陀佛面前的狗畜生啊。"

"啊？"这话太出人意料了，法信听后不禁叫出声来。他全身的肌肉都变得跟化石一样僵硬，两眼直勾勾地盯着老和尚的脸，仿佛要在他脸上看出个洞来。

"我是个杀过人的大恶人。嗯，也难怪你要大吃一惊。其实，

1　佛教用语。指忍受种种侮辱和痛苦而不动心。
2　佛教用语。破坏戒律而不知羞耻的意思。

在你来寺里之前，我还用过一个名叫良顺的小沙弥。他，就是被我杀死的。"

"胡说！胡说！师父，您在胡说八道！求您了，这种吓人的话，不要再说了。"

"不，不是胡说，是真事。当着阿弥陀佛的面，怎么能胡说八道呢？那个良顺，对外声称是病死的。其实，他是被我弄死的。不过，这里面是有缘故的，有个曲折离奇的缘故。要说到这事，确实羞于启齿，可我还是要你听一听。

"老衲出家为僧已经四十年了，四十年来，可没少闻人体焚烧时所发出的气味[1]。起初，还觉得很难受，可随着年龄的增长，却越来越觉得好闻，喜欢得不得了。最后竟到了一天不闻人肉脂肪焚烧发出的气味，就心神不定、坐立不安，甚至想剖开胸膛，抓心挠肺的地步。尽管自己也知道这是邪恶无耻的，可就是不能自已。烧烤鱼类，或烧烤牛肉时所发出的气味，根本满足不了我。焚烧那叫人联想起骇人的彼岸花颜色的人肉所发出的气味，是任何其他东西都无法替代的。

"前一阵子我借给你看的《雨夜物语》中，有个名叫《青头巾》的故事，你还记得吗？就是那个讲从前有个老和尚，有着恋童癖，在他迷恋的孩童死后，悲伤不已，不愿意与之死别，就将他的肉全吃了，后来因食髓知味，就不断地将村里人杀来吃的故事。我跟他一样，都是活在人世间的恶鬼。并且，就是由于这个缘故，我最终将良顺弄死了。

"有一次正好良顺病了，我就趁此机会给他下毒，神不知鬼不觉地将他弄死。由于谁都没想到我会去杀死他，所以给他火葬时根

1　日本古代的和尚也帮人焚化尸体。

本就没人怀疑。可是，在火葬之前，我已经悄悄地将他身上的肉全都剜了下来。当然，这事没有一个人知道。

"你猜，我会怎么处理良顺的肉？老实说，我也不想动不动就杀人。我想尽可能地长时间闻到烧他肉的气味。左思右想之后，我终于想到了一个好办法。倒不是别的，就是将他肉中的脂肪，做成蜡烛。因为，作为寺里的和尚，一早一晚地在佛像前点上蜡烛，闻其气味，谁都不会觉得奇怪。再说，制成蜡烛之后，我就能长久地享受这种气味了。就这样，尽管有点费事，我还是偷偷地制造起人油蜡烛来。我在普通的蜡烛中融入良顺的脂肪，如愿以偿地制成了许多蜡烛。

"于是，我就在每天诵经的时候，诚惶诚恐地点燃那种蜡烛，满足自己那狗畜生都不如的卑劣欲望。即便不在诵经的时候，有时我也会悄悄点起蜡烛享受一番。并且，没有遭到神佛的任何惩罚，一直平安无事地活到了今天。细想起来，还真是十分恐怖。

"可是，法信，你要知道，我所制作的蜡烛虽多，数量毕竟还是有限。就算每天只点完一支，一年也会减少三百六十五支。随着蜡烛的不断减少，我心里感到了一种难以名状的焦躁。最近两三天，我有一种挥之不去的惶恐，觉得必须采取些行动了。法信，我已经烦恼得吃东西都咽不下去了。

"现在这里点着的，就是用良顺的脂肪制作的最后一支蜡烛。从刚才起，我就开始坐立不安了。法信，我需要下一个'良顺'啊。法信，我要杀了你！

"怎么了？你干吗？你想逃走？没用的！今夜风雨大作，正是杀人的大好时机。别哭呀。你哭也好，喊也罢，又没人听到。你和那被蛇盯上的青蛙一样，无路可逃。好了，你还是死心吧，就满足一下我那不可思议的欲望，变成我的蜡烛吧。"

说完，老和尚一把揪住了法信的胳膊。法信呢，已经吓瘫了，像一摊烂泥似的，哭都哭不出来。不过，当他想到眼下已到了生死关头，就怎么也不甘心，便情不自禁地恳求起来："师父，您饶了我吧。我不想死啊。求求您无论如何也要饶我一命呀。"

"呵呵呵呵。"老和尚恶魔般地笑了起来。此时，暴风雨将大殿摇晃得更加厉害。

"行了！事到如今，不管你怎么说，我都不会放过你的。你还是早点死心吧！"

话音刚落，老和尚将手伸向腰间，"唰"的一下，抽出一件亮闪闪的东西来。

"啊，师父啊，饶了我吧。不要动刀子，饶了我吧。我不想死啊，求求您了。"

听了这话后，老和尚那刚刚挥起的胳膊，又轻轻地落了下来。

"法信，你这么不想死吗？"

"是啊。"法信双手合掌朝老和尚跪拜。

"好吧，我就放你一条生路。但我有个条件，你肯为我做任何事吗？"

"肯！你要我做什么都肯。"

"真的吗？"

"真的。"

"那么好吧，你就来帮我杀人吧。"

"啊？"

"你自己不死，就得帮我来杀人。这个杀人帮手，你做不做？"

"太，太吓人了。"

"做不到吗？"

"可是——"

"既然这样，还是杀了你吧。"

"不要啊，师父！"

"你到底要怎样？"

"我，我什么都帮你做。"

"哦，肯做我的杀人帮手了吗？"

"是，是的。"

"好！那我们就马上动手吧。"

"哎？"

"马上就杀人呀。"

"在哪儿……"

"在这儿。"

"杀谁呢？"

老和尚没有回答，而是一脸杀气地举起左手来，指了指阿弥陀如来像的方向。

"是阿弥陀佛吗？"

"非也！是躲在佛像背后的，乘着暴风雨溜进寺来偷香火钱的小偷。来吧，就让他代替你去死吧。"

说完，老和尚站起身来。可没等法信也跟着他站起身来，眼前却出现了一幕异样的光景。

从那阿弥陀如来像的背后，蹿出了一个大老鼠似的黑乎乎的怪物，将遇到的东西踢得满地都是，一溜烟地逃了出去。过了几秒钟，法信才意识到这就是来偷香火钱的小偷。

"啊，师父！"

他大叫了一声。不可思议的是，这时的他居然忘记了恐惧，竟想立刻追赶上去。老和尚一把揪住了他的胳膊，用与刚才判若两人的口吻，和颜悦色地说道："别管他。他要逃，就让他逃走吧。法信，对不住你了。刚才跟你说的什么蜡烛，是我情急之下编造出来的故事。我看到阿弥陀佛背后有动静，就知道是小偷乘着暴风雨进来偷香火钱了。我心想，要是冒冒失失地喊起来，还不知道对方会怎么样呢。要真动起手来，说不定我们两人都会成为他的刀下之鬼，所以就想到必须用计将他吓跑。幸好那小偷听信了我刚才的那些话，自个儿跑了。你别担心，这支蜡烛就是普普通通的蜡烛，良顺也确实就是病死的。其实，我今晚读的就是《雨夜物语》，所以才想出了这么个吓唬你的故事。"

说着，他又递出右手捏着的那件发亮的东西，继续说："你说是刀子，其实是把扇子。心惊胆战的时候，确实容易看错。嗯，刚才那个小偷，肯定也把它当成刀子了……"

这时，暴风雨依旧在疯狂肆虐着。

妈妈

佐藤春夫 | Sato Haruo

那家伙像仙人似的，带着点"神圣的邂逅"。每一根手指甲都有七八分长。由于他还一个劲儿地劝我买一只幼小的白孔雀，使得我莫名其妙地对当晚那种童话般的氛围十分陶醉，于是就说了句"那么贵的东西，买也行啊"之类的话。然而，可巧的是，他报的价格比我愿意接受的价格贵了一倍，根本谈不拢。于是那桩生意就算泡汤了。可是这个为小鸟店拉生意的"仙人"，似乎并没有因此断了向我推销鸟儿的念头。过了一星期左右，他就又来向我推销鹦鹉了。

"仙人"首先将此鸟带了来，并做了介绍：会说话。发音清晰、动听。还会说一长串听不太懂的话。虽然只会唱"鸽子叫咕咕，鸽子叫咕咕"[1]这么一句歌词，但声调极为自然，这是该鸟的潜力所在。因为它还只有三岁，稍加调教，完整地唱一首童谣什么的，应该毫无问题。此鸟的名字叫"罗拉"，说着他又叫我家的女佣去买来了饼干，拿着让这鸟看着，说："罗拉呀。"

于是这只鹦鹉就扭动身体，将大嘴巴抵在胸脯上（像是在卖弄风情），也说道："罗拉呀！"

1　日本童谣歌曲。

这声音我听着就跟某位三十四五岁的夫人所发出的哆声哆气差不多。

"仙人"说这只鹦鹉是雄的，可根据其声音和身段，怎么看也像个女子。

金太郎（我们家所豢养的一条哈巴狗的名字）围着大鸟笼狂奔并吠叫着。可罗拉面对这种发疯行为毫不畏惧，她模仿着犬吠声加以应战。当金太郎斗志昂扬地将脸贴到鸟笼上去时，罗拉便用她那怪异无比的长嘴巴予以迎头痛击，吓得金太郎仓皇后退。看到金太郎的这副狼狈相后，罗拉忽然"呵呵呵呵"地笑了起来。不仅如此，还跟公鸡报时似的，得意洋洋地踏起了舞步。随后，她又低下头转了一个身，"唰"的一下将尾巴像一把扇子似的展开，跳起了回旋舞来。

"您看看，好玩吧？""仙人"察觉到我的眼神有异，便不失时机地煽动道。

于是，在多少有些勉强的情况下，我以极高的价格买下了这只鹦鹉。老实说，我后来也有点后悔。妻子看透了我的心思，很不高兴地说我老是经不起别人的煽动。可我觉得这"仙人"，尽管外表上有些邋遢，但其灵魂还是比较纯洁的。再说我也知道这种黄帽子鹦哥[1]属于品种高贵的鸟类，所以我在一天半日之内，也不会因此感到灰心丧气。根据我饲养其他鸟类的经验，好鸟都是聪明鸟，而它们所谓的聪明，其实就是某种神经质罢了。所以这种鸟在适应环境变化之前，往往是不叫的，但她总会变得越来越好玩的——我也只得这样来自我安慰了。不管怎么说，罗拉似乎不怎么待见我。不论我要她说什么，她都不理不睬。只有在金太郎或乔治吠叫的时

1　鹦鹉科中体形较小，有长尾巴的一类的俗称。

候，她才会学狗叫。

据我妻子说，第二天早晨，在我还在睡懒觉的时候，罗拉模仿了鸡的"咯、咯、咯咯、咯咯咯"的叫声，以及人在唤鸡时的"笃、笃、笃、笃"的喊声。

"然后，她还说了些听不懂的话。"阿茂（女佣的名字）说道。

"你说'听不懂的话'，难道她说的不是日本话？"

"不是的。是日本话。好像是在说'我是……呀'，就是中间的听不懂。"

"还有，她不是还喊'妈妈、妈妈'了吗？"

"是啊。她喊了。那声音就像小女孩似的。"

"发音清晰吗？"

"呃，不是很清楚。"

我吃早饭的时候，妻子跟阿茂就这么你一言我一语地向我汇报了罗拉的行状。

吃过了早饭，我拿着一片苹果上二楼，去逗引鹦鹉。尽管有食物做引诱，却也仍是费了老大的劲，才让她说了声："罗拉呀。"

那天我一天都在外面，傍晚回来后，长谷川（书生[1]名）一见到我就汇报说："您回来了。那鹦鹉总是在说'欧塔盖桑[2]、欧塔盖桑'的。"

就这样，家里人全都关注着罗拉的一言一行。没过多久，大家就发现罗拉学小孩子哭学得最像。除此之外，还发现她似乎还会说许多话。出于好奇，我便将罗拉所说过的话在笔记本上一一记录了下来：

1　指一边帮人家做家务一边求学的青年。
2　日本人对鹦鹉的习惯性称呼。

·罗拉呀。

·妈妈——有多种说法。声调各不相同。有撒娇的口吻，有高声招呼的口吻，还有命令的口吻。有时喊过"妈妈"之后，就哭起来了。有时用不同的声调喊过三遍"妈妈"之后，就笑起来了。

·鸽子叫咕咕，鸽子叫咕咕——只有这一句学得很像。有时也说破了，变成"鸽咕咕"或"鸽咕"。有时还十分拙劣地吹口哨哼唱这首童谣。

·罗罗呀——这应该是"罗拉呀"的讹音。模仿的是婴幼儿的声音。

·欧塔盖桑——

·官官——

·啊，这儿也有的呀——

·啊，也掉在那儿了——

·阿姨——

·是啊——

·我要生气了哦——

·我乖乖地等（瞪?）着呢——

这些话全都是用五到八岁的小女孩的口吻说的。"啊"这个感叹词，在别的时候也常说。这些话都说得相当清晰。

·笃笃呀。笃、笃、笃、笃、笃、笃——唤鸡的声音。或是妈妈在把小孩子撒尿时发出的声音。

·咯、咯咯、咯、咯、咯、咯、咯、咯——是公鸡在招呼小鸡或母鸡时发出的声音。

· 汪、汪、汪、汪、汪——狗（应该是小狗吧）叫声。

· 笑声。

· 婴儿（或更像是三四岁的小孩）的哭声。

· 不着调的唱歌声——又唱又叫地拖得很长，不要说含义，连发音和声调都是即兴式的，根本捉摸不透。

·（或许还有其他，但大抵如上所述。）

这些里面要说学得最像的，还得说是小孩子的哭声。简直到了逼真的程度。事实上直到现在，我还是很难分清楚隔壁婴儿的哭声和罗拉所模仿的哭声。

罗拉似乎很喜欢阿茂。只要阿茂一上二楼，她肯定会叫喊起来，或模仿起小孩子的哭声来。由此可见，在我们家的成员之中，罗拉最喜欢的就是阿茂。可气的是，阿茂并不给她喂食，给她喂食的是我和长谷川。由此也可见，罗拉对于男性一律都不待见。见到我妻子或阿茂靠近，罗拉会将脖子伸出笼子，让她们抚摸自己的脑袋，并显得十分高兴。而男人若也想做同样的动作，她就立刻逃之夭夭，绝对不会将脑袋探出笼子之外。罗拉如此不待见男人，一定是由于之前的主人是女性的缘故吧。

"罗拉呀。"

如此哆声哆气地喊她的那位夫人，无疑就是她原先的主人。这种声音很像胖乎乎女人的说话声。在我妻子与阿茂之间，罗拉更喜欢阿茂，这估计也是因为我妻子较瘦，阿茂较胖的缘故。

除此之外，罗拉似乎还特别喜欢邻居小孩和她说话。只要他们来到我们家二楼的窗户下大叫一声什么，她就会喋喋不休地说上一长串。是的，能让罗拉接连不断地说话的，只有邻居家的孩子。可见她是在与小孩子为伴的氛围中长大的。这一点，也可在罗拉说话不完整的现象上得到印证。而这个讨厌男人的罗拉，从来没模仿过男人说话的声音。也许她以前所在的家庭，是没有男人的。

从她会学狗叫，以及金太郎向她挑战时她的表现来看，罗拉以前就跟小狗混得很熟。估计她以前的主人家里就养着小狗。

罗拉还会学人们唤鸡的声音，也会学"咯、咯、咯、咯、咯"的鸡叫声。

有鸡，有小狗，有一位三十四五岁的胖夫人抚养着几个小孩——小孩，会有几个呢？这似乎是某个位于僻静的东京近郊的家庭，而这个家庭里是没有男人的。尽管如此，这还是个热闹的家庭。罗拉会笑，经常笑，还会撒欢，唱些不着调的歌。

"妈妈"——O'ksan.

"妈妈"——Ok'san.

"妈妈"——Oksa'n. [1]

"呵、呵、呵、呵。"

听到罗拉如此学说，我能想象出这样的场景来：檐廊上，三个小女孩和母亲一起围在罗拉的黄铜丝鸟笼前，各自嘴里都喊着"妈妈"，要罗拉学说，然后又"呵呵呵"地笑个不停。

——可是这个人家只有妈妈，没有爸爸。没有爸爸，却有婴儿——三岁，顶多四岁的"官官"，时不时地会哭起来……

如此这般，我想象着先前豢养罗拉的那个家庭的情况。在此期间，我妻子则继续十分努力地辨认着罗拉不时冒出来的只言片语，并力图予以解释。她说，罗拉即便同样在说"妈妈"这个词儿，也有着不同的发音：撒娇的口吻、闹别扭的口吻、颐指气使的口吻。而罗拉模仿小孩子哭声和不着调地胡乱唱歌时，最让妻子开心。当

---

1 罗马字部分表明罗拉喊"妈妈"时的不同声调、语气。

初买下此鸟时，她还表示过不满，现在，她早将此事忘得一干二净了（她，我妻子，没生过孩子。时常会因没孩子而觉得冷清，并表示遗憾）。

总而言之，罗拉的"只言片语"让我产生了对于某个家庭的想象，而让我妻子产生了对于孩子们的想象。

兴致好的时候，罗拉会挺着怪异的嘴巴，举起怪异的爪子，在很大的笼子里兜圈子，或倒挂在鸟笼顶上，嘴里却用温柔的女孩子声调说着："我乖乖地等着呢。"

反差如此之大的"言行不一"，常令我大笑不已。

我十分喜欢罗拉，总想跟她亲近一些，所以尽量亲自给她喂食。饼干、苹果、香蕉、糖豆儿，等等。这些罗拉都很喜欢吃。在给她喂食的过程中，我对她的习性又有了一个新发现：只要我手里还有东西，罗拉不会马上吃我已经给她的东西。她会将得到的食物扔掉，并要求我重新给她。而当我全都给完了之后，她才下到笼子底部，捡起刚才被自己扔掉的东西来吃。

关于这一现象，我是这么理解的：罗拉以前的喂食者往往在她还没吃完的时候，又给她新的食物。这分明是孩子的行为特征。并且，恐怕还不是一个孩子，而是有两三个孩子在争先恐后地同时给她喂食。

"啊，还有哦。"

"也掉在那儿了哦。"

罗拉肯定是在这些小主人这么喂食的时候，记住了他们所说的这些话的。总体而言，罗拉所说的话中，除了"罗拉呀"之外，似乎都不是别人有意教她说的，所以她说起来会那么自然。也正因为这样，她的话会引发我们的想象，会让我们较容易地想象到她是在一种怎样的场景下学会的。

譬如说，"罗拉呀"这一句，就完全是正在牙牙学语的小孩子的腔调。这肯定是"官官"的声音。肯定是"妈妈"抱着"官官"来到罗拉的笼子旁，"官官"便"罗拉呀"地说个不停的结果。

罗拉说话最多的时候是大清早和下午三点钟左右。那正是上学或上幼儿园的孩子出门之前和放学归来的时候（当然了，所有的鸟也都是在早上和下午的这个时候叫得最欢）。而在晚上九点或十点钟的时候，听到有人上楼的脚步声后，罗拉时常会冷不丁地"妈妈，哇——哇——"地哭起来，和小孩子突然醒来呼唤妈妈的声音一模一样，简直会叫人情不自禁地说出"官官，别哭，别哭"来。

有妈妈，有小孩子——有两三个，甚至还有刚开始牙牙学语的婴儿。妈妈怎么看也不像是个寡妇。因为如果妈妈是寡妇，也只可能是新寡妇（不然怎么会有婴儿呢？），但在一个男主人刚刚亡故的家庭里，妈妈怎么会乐乐呵呵的呢？孩子们怎么会开开心心，叽叽喳喳的呢？还有，如果男主人是在不久前去世的，那么罗拉也会学一点他的说话声吧。就算没学会他说话，那么至少也不会这么讨厌男人吧。由此可见，曾经哆声哆气地喊她"罗拉呀"的夫人，绝不是一位寡妇。可是，她的丈夫却不在家里。

海员！他们家就是个高级外洋海员的留守家庭！

我对凭直觉突然想到这一点的自己，感到非常满意——那人一定四十来岁，也许不是船长，但也许是船上的事务长。反正他的留守家庭生活十分富裕。在零食上，孩子们从不缺少糕点和水果。罗拉也总是从她们那里分到一点。有小狗、鸡和鹦鹉消遣解闷的孩子们和夫人，总是在等着男主人归来。对了——

"我乖乖地等着哦。"

这不就是孩子对父亲说的话吗？孩子们把鹦鹉当作朋友，于是就将时常对父亲讲的话教给了她。

很少回家的男主人忙着疼爱孩子和夫人都忙不过来，自然也就不会去逗引鹦鹉了。或者应该说，男主人一回家，罗拉反倒遭受大家的冷落了吧。这样的话，罗拉自然不会亲近男主人，也不会喜欢男人了。

与此同时，如果男主人是个外洋海员的话，那么，这只鹦鹉不仅有"欧塔盖桑"这样的通用名，还有着罗拉这么洋里洋气的名字这事，也就合情合理了——是男主人坐着自己的船，从国外将有着"罗拉"这么个名字的鹦鹉作为礼物带回家的。

"这只鹦鹉的名字叫罗拉哦。"

"哦，是吗？真可爱呀。罗拉呀。"

我能够想象出当时他们夫妻间有过这么个对话场景。不过"罗拉"应该是很小的时候就被带到日本来的。这也是她尽管有个外国式的名字，却不会说一句外国话的原因。并且连"罗拉呀"这样的声调也完全是日本式的。

即便如此，罗拉不说"妈咪"，而说"妈妈"，对此我感到十分欣慰。老实说，对于近来出现的，在我国某些档次稍高一点的家庭里将父母称作"爹地"和"妈咪"的现象，我是极其反对的。到目前为止，我们这些搞文学的人当中，已经有人发表过与我相同的意见了，可我在反对的程度上要比他们任何人都更为强烈。这可不仅仅是什么装腔作势或令人不快的小问题。到底有什么理由要扔掉我们从小就喊惯的"爸爸""妈妈"，而非得要让孩子们喊"爹地""妈咪"呢？对此，我绝不认可。扔掉语言就等于扔掉良心。我希望我的孩子对我们怀有自己小时候对父母所怀有的那种爱心。虽说我没有一个孩子，但如果有的话，与其听"爹地""妈咪"这种简化的称呼，还不如干脆让他们喊"爹""娘"呢。或许我就是个多愁善感之人吧。可是，人有一点"多愁善感"之心，又有什么不好呢？

我甚至想说，让孩子们用外国话来说充满着人生最初的感动，并在其一生都留下最深印象的话语，是绝对难以容忍的。据说在台湾[1]，是禁止台湾籍的小孩子在学校里用土话交谈的。有时，还会对犯禁的孩子施以鞭刑。那么，尊重国民与国语之权威的当政者，为什么不对如今中流以上日本人的小孩子们喊"爹地""妈咪"而处以严惩呢？我甚至都考虑到了这一步。

我为罗拉从好孩子那里学到了好的语言，并且还能用包含不同感情的声调来喊"妈妈"而感到由衷的高兴。一想到尽管那家的男主人是会自然而然地接触到许多外国习俗的外洋海员，而他夫人却坚持让自己的孩子喊自己为"妈妈"，我就感到那位夫人和那个家庭是颇有些底蕴的。

每天听着罗拉的"鹦鹉学舌"，就发现她最喜欢学婴儿，也学得拿手。无论是模仿其哭声，还是模仿其支离破碎的唱歌声。比起其他的小孩来，罗拉肯定是与婴儿待在一起的时间最多。这也难怪，别的孩子都大了，如前所述，她们都要去上学，只有一半时间待在家里……

就这么着过了两个星期之后，那个给小鸟店拉生意的"仙人"又上门来找我了。这次向我推销的是一只幼小的"蓝天鹅"。我问他有着如此美丽名字的鸟到底是个什么玩意儿，"仙人"却说不出个子丑寅卯来。虽说还是只小鸟，看不出什么名堂，可怎么可能有蓝色的天鹅呢？要说这 Blue，也许就是灰色吧？那么这 Blue Swan 或许就是一只普普通通的天鹅吧。就算是什么稀罕的鸟儿吧，我也不会随随便便地买下的。因此，我并没怎么搭理他。

"上次的那只鸟儿，怎么样啊？"

---

1 当时，台湾还是日本的殖民地。

或许"仙人"是觉得我对上次买的鸟——也就是罗拉不满意，才不理他的吧。

　　"哦，你是说罗拉吗？很有意思啊。"

　　"会讲话吗？"

　　"嗯，会讲好多话呢。"

　　"哦，那就好啊。"

　　"可是，讲不了整句，净讲些片言只语。听不太明白。不过这不是鸟的错，是老师的错。她学了不少婴儿的话语。所以尽管意思听不明白，感情倒是挺丰富的。"

　　于是我将我对罗拉的喜爱、观察以及想象说给了"仙人"听，并告诉他，尽管我用眼睛看不到，可用心却能从罗拉身上感觉到她曾经在一户好人家里待过。与此同时，我妻子能从罗拉身上联想到几个小孩，大大地满足了她的母性本能。

　　"如果那些不是别人有意教它，是它自然而然地学会的，那它可就真的很了不起，是只很聪明的鸟啊。估计在那个人家待了很长时间，有三四年了吧。或许鸟在学笑或哭的时候，多少也会带着点感情的吧，您说呢？"

　　"这个嘛，就不太明白了。""仙人"回答道。

　　"不过，听的人，倒是会被她牵动一些感情。哦，对了。罗拉之前是不经常放在店里展出的吧？"

　　"是啊，没展出过。哦，对了，有件事之前还忘了跟您说了。罗拉的嘴和指甲长太长了，可以让它咬一些木片什么的。这鸟娇生惯养的，您一看就明白，没怎么收拾啊。正像您所说的，是在尽是女人和孩子的家庭里长大的。这也是没在店里展出过的证据啊。因为，要是放在鸟店里，每隔半个月，就会用蜡烛烤它的嘴和爪的，哪会让它们长那么长呢。"

"你的指甲倒是应该用蜡烛烤一烤了。"我笑道。

"嗯，这也不能让它长太长啊。""仙人"看着自己那只夹着香烟的手，随口应付着。

我适可而止地停止了玩笑话，继续叙述自己关于罗拉的日常观察和想象——

最后我还有一个疑问，那就是，那位夫人为什么最后会将自己如此喜爱，与自己如此亲密的罗拉卖到小鸟店去呢？我问了"仙人"，他说不是"卖"，是"换"——用罗拉换了只别的鸟回去了。那就更奇怪了，这说明她既不是为了换钱用，也不是玩鸟玩腻了。于是，我的某种推测就显出了合理性了。

我是这么考虑的：那位想象中的夫人肯定是失去了一个孩子。而且，那孩子就是"官官"。正因为这样，当罗拉在半夜里或其他什么时候用带着睡意的声音高喊："妈妈。哇——哇——哇！"并放声大哭时，夫人想起那个已经失去的小孩子，肯定会觉得肝肠寸断。除此之外，我绞尽脑汁也想不出还有什么理由能让夫人将这只丈夫作为海外的礼物带回来的，并且已经与她的女儿们成了好朋友的鹦鹉转让给别人。再说，罗拉学婴儿的哭声也学得实在太像了，恐怕无论是谁听了，也都会得出与我同样的结论吧。

我相信自己的推测。当然也希望那位孤寂的夫人并没有在丈夫不在家的时候失去自己的小孩。

一来二去地，罗拉来到我家已经有两个月了。而她（我总觉得罗拉是个女孩子）也能把我呼唤金太郎或乔治时吹的口哨学得惟妙惟肖了。我非常喜欢罗拉。罗拉也渐渐地与我亲近起来了。可我时常有些担心：罗拉完全适应了我们的家庭之后，由于我家没有小孩子，她会不会将已经学会的模仿小孩子的说话、哭笑全都忘掉呢？还有，随着岁月的流逝，那位夫人的丧子之痛想来也会渐渐地淡化，那么，她会不会在缅怀爱女的时候，想要重新见见能生动模仿爱女声音的罗拉呢？然而，不论我怎样地多愁善感，罗拉依旧在我的身边一点点地变成另一个罗拉。

犯人

太宰治 ｜ Dazai Osamu

　　"我爱你。"布尔明说道，"真心诚意地，爱着你。"

　　玛丽亚·加夫里洛芙娜的脸，一下子就红了，头也低得
更低了。

普希金《暴风雪》[1]

　　多么地平淡无味。少男少女谈恋爱时的对话，不，即便是成年人热恋时的对话也一样。那种装腔作势的陈词滥调，让人在一旁听着，浑身都起鸡皮疙瘩。

　　可是，下面所说的，可不是什么可以一笑了之的事情。因为，可怕的事件，发生了。

　　说的是一对在同一家公司工作的青年男女。男的二十六岁，名叫鹤田庆助。同事们都叫他"阿鹤""阿鹤"的。女的二十一岁，名叫小森英。同事们都"小森""小森"地喊她。阿鹤跟小森，好上了。

　　某个深秋的星期天，上午十点钟，他们两个在东京郊外的井之头公园幽会。要说这个钟点和地点，选得都不好。可他们两人都没

1　普希金创作于 1830 年 10 月 20 日的短篇小说，收录在《别尔金小说集》里。

钱，有什么法子呢？他们尽量往没人的地方钻，甚至拨开灌木丛一路往里走，可还是有带着孩子出来玩的人打那儿经过，怎么也找不到两人独处的机会。他们两个，都想找个可以独处的地方，都到了心痒难搔的程度了，可又都十分害羞，怕被对方看透了自己的那点心思。于是他们就赞美晴朗的蓝天、既美丽又使人感慨的红叶、清新的空气，抨击这个污浊的社会，感叹"小人得志，老实人吃亏"。诸如此类，说的都是些言不由衷的闲话。他们分吃了盒饭，极力装出心里面除了诗情画意之外没一点杂念的表情，忍受着深秋里飕飕的寒风。就这么着，挨到了下午三点钟光景，那男的终于绷不住了，愁眉苦脸地说："回去吧。"

"嗯。"那女的应了一声。可随后，她又随口说了一句无聊的话："要是有个能一起回去的家，该多好啊。回到家，生旺了火……哪怕是三铺席 [1] 大小的一个房间也好啊……"

别笑。男女谈恋爱时，说的总是这些陈词滥调。

可是，这一句话，就像一柄尖刀似的，深深地扎进了那小伙子的心里。

房间！

阿鹤住在位于世田谷的公司宿舍里。那是个六铺席大小的房间，不过是与另外两个同事一起住的。小森寄宿在位于高圆寺的姑姑家里。下班回去后，就跟女佣似的干家务。

阿鹤的姐姐，嫁给了三鹰的一个小肉铺老板。他们家的二楼，有两个房间。

那天，阿鹤把小森送到了吉祥寺车站。给她买了去高圆寺的车

1　日本习惯用榻榻米（铺席）的张数来表示房间的大小。一张传统榻榻米的面积是 1.62 平方米。

票，给自己买了去三鹰的车票。在拥挤的站台上，阿鹤与小森握手告别。不过他这个握手的举动，还包含着"你等着，我去租房间"的含义。

"啊，您来了。"肉铺里只有一个小伙计，正磨着切肉的菜刀。

"我姐夫呢？"

"出去了。"

"去哪儿了？"

"聚会。"

"又是去喝酒了吧？"

阿鹤的姐夫是个酒鬼，很少老老实实地待在家里干活。

"我姐在吧？"

"嗯。许是在二楼吧。"

"我上去看看。"

阿鹤的姐姐给今年春天里出生的女儿刚刚喂过奶，正陪着她睡觉呢。

"姐夫说过的，可以租给我的嘛。"

"哦，或许他是这么说过的吧。不过他说的不算，我还有我的打算呢。"

"什么打算？"

"这就不用跟你说了。"

"是要租给'乓乓'[1]，对吧？"

"是又怎样？"

"姐，我这次可是要正经结婚的呀。求你了，还是租给我吧。"

1　指二战后专为美军士兵服务的站街女郎。语源不详。一说为招客时的拍手声。

"你每月挣多少钱？连你自个儿都喂不饱呢。你知道眼下这房租是什么行情吗？"

"女方也能负担一点的呀……"

"你也不去照照镜子。就你这模样，有哪个女的肯倒贴给你？"

"好吧，好吧。我不租了，行了吧？"

阿鹤站起身来，下了楼，可心中还是丢不下这事，恨得牙直痒痒。他操起店里的一把切肉刀，说了句"我姐说要用"，就返身上楼，对着他姐姐猛地戳了一刀。

他姐姐一声没吭就倒了下来，鲜血喷了阿鹤一脸。他抬起房间角落里小孩子用的尿布，擦掉了脸上的血迹，喘着粗气来到楼下的房间里，在装着肉铺营业款的文具箱[1]里抓了几千日元的钞票，塞进了上衣口袋。这时，正好有两三个客人来买肉，伙计正忙着呢。

"您走啦？"

"嗯，看到我姐夫，带声好。"

来到了外面，夕阳西照，雾气迷蒙。这会儿正是公司下班时分，街上一片嘈杂。阿鹤分开众人朝车站走去，买了去东京的车票。来到站台上等上行列车[2]时，他觉得时间过得很慢。哇！真想这么大叫一声，他浑身发冷，尿意很急。他自己都不相信自己会变成这个样子，看看别人，一个个的都神情悠闲，平和安详。

就这么着，在这个昏暗的站台上，离开人群，他一个人孤零零地站着，呼呼地喘着粗气。

虽说实际只等了四五分钟，可他感觉至少等了半个多钟头。

电车来了，车内十分拥挤。

---

1 放纸笔的小盒子。也会放一些零钱、支票、便条等。

2 去东京的列车。相反，离开东京的列车称"下行列车"。

上车。由于人的体温的缘故，车内很暖和，但车走得很慢。他真想在车内狂奔一阵。

吉祥寺、西荻洼……真慢啊，太慢了。车窗玻璃裂了，裂出了一道波浪线。他用手指抚摸着这道波浪线。摸着，摸着，不由自主地漏出了沉重、哀伤的叹息。

高圆寺到了。下车吗？他突然感到一阵眩晕，浑身发烫，他好想看一眼小森。杀死姐姐的事此刻也被他抛到了九霄云外。此刻他的胸中，只有没租到房间的遗憾。下班一起回家，生火做饭，说说笑笑地一起吃晚饭，听着收音机一起睡觉。可以让他过上这样生活的房间，没有租到。遗憾、窝囊。与这种懊恼、怨恨相比，杀人所带来的恐惧，简直不值一提。对于恋爱中的年轻人来说，这也是极为自然的事情。

可内心经过剧烈的斗争后，当他终于朝车门迈出了一步之时，只听得广播里响起了"高圆寺发车"的播报，车门也"嗖"的一声关上了。

他将手插入上衣口袋，手指触碰到一大叠纸片。什么玩意儿？他猛地明白过来了。啊！是钱啊！他感觉自己总算又活过来了一点。好吧。那就尽情地玩吧！毕竟他是个年轻男人嘛。

他在东京车站下了电车。

今年春天，阿鹤的公司与别的公司比赛棒球赢了，上司带着他去了日本桥一个叫作"樱花"的酒馆消费。结果他跟一个名叫"麻雀"的、比他大两三岁的艺妓打得火热。在那之后，在"关闭饮食店"命令发出之前，他又跟着上司去了一次"樱花"，也遇上了"麻雀"。

"'关闭'之后，只要您来这儿叫我，也是随时都能见面的。"

阿鹤想起了当时"麻雀"对他说的这句话。

下午七点钟的时候，他来到日本桥"樱花"的大门前，镇静地报上了他公司的名称，说是找"麻雀"有事。尽管他的脸有点红，可女侍们谁都没觉得有什么奇怪，一下子就把他带进了二楼的一个包间。

进入包间后，阿鹤立刻脱下衣服，换上这儿的棉睡袍。

"浴室在哪儿？"

"这边请。"

要带他去浴室的时候，他又说道："单身汉的日子不好过呀。顺带着把衣服也洗了吧。"

他略带羞怯地说着，抱起了多少带着点血迹的衬衣和假领子。

"啊呀，我来洗吧。"女侍说道。

"不用。已经习惯了。麻利着呢。"阿鹤十分自然地拒绝了。

血迹很难洗。洗过了衣服，他又刮掉了胡子，成了个漂亮小伙子。回到包间后，他将衣服挂在衣架上，又仔细检查了其他衣物，确认没有血迹后，才放下心来。紧接着，他一连喝了三杯茶，然后横身躺倒，闭上眼睛。睡不着。他"霍"地一下子坐了起来，恰在这时，打扮成良家妇女模样的"麻雀"进来了。

"啊呀，好久没见了。"

"能弄到酒吗？"

"能弄到呀。连威士忌都弄得到，要吗？"

"行啊。去弄一瓶来。"

说着，他便从上衣口袋里抓了一把一百日元的钞票，朝她扔了过去。

"要不了这么多。"

"要多少就用多少好了。"

"好的。"

"顺便，再买包烟。"

"什么烟？"

"淡一点的。不要那种手卷的。"

就在"麻雀"走出包间的当儿，停电了。一片漆黑之中，阿鹤突然感到了害怕。他听到嘀嘀咕咕的说话声。可是，这是他的幻觉。他又听到走廊上有蹑手蹑脚的脚步声。可是，这也是他的幻觉。阿鹤喘不过气来，想号啕大哭，却又一滴眼泪也没有。他心跳得厉害，脚却像被抽了筋似的，软绵绵的没一点力气。他又躺倒了身子，将右胳膊用力按在眼上，假装在哭。然后又用低低的声音喊着："小森，对不起。"

"晚上好，阿庆。"

阿鹤的名字叫庆助。

阿鹤听到了一个细如蚊声的女人声音，确实是听到了。他吓得毛发倒竖，发疯似的跳起了身来，拉开移门，逃到了走廊上。走廊上黑咕隆咚，寂静无声，远远地传来隐隐约约的电车声。

楼梯下面，微微地亮了起来，是手持油灯的"麻雀"上来了。看到阿鹤后，她吓了一跳。

"你，你在这儿干吗？"

就着油灯的亮光看去，"麻雀"的脸十分难看。小森，我好想你啊。

"一个人在房间里待着，有点害怕。"

"干黑市的，还怕黑？"

"麻雀"以为阿鹤的钱，是在黑市上倒卖货物赚来的。阿鹤看她往那上面想，心里反倒轻松了。他撒欢似的问道："酒呢？"

"让女侍去弄了，说是马上就拿来了。最近有点麻烦呢，真是讨厌。"

威士忌、小吃、香烟。女侍像小偷似的轻手轻脚地拿来了。

"嘘——喝的时候，可得轻声着点哦。"

"明白。"阿鹤像个黑市大佬似的，泰然答道，随即哈哈大笑。

下面，是比蓝天更蓝的碧波

上面，是黄金般璀璨的阳光

然而，

不懂得休息的帆正渴求着怒涛狂澜

仿佛在暴风雨中，才能获得安详

阿鹤其实并不是那种文学青年，他的爱好是体育，却又十分懒散。可是，他的恋人小森，却十分爱好文学。她那个随身携带的小包里，总是放着一两本文学书。今天在井之头公园幽会时，她还给阿鹤朗读了那个二十八岁时死于决斗的俄国诗人，莱蒙托夫的诗集。原本对诗歌毫不感兴趣的阿鹤，却非常喜欢这本诗集中的诗歌，尤其是这首名叫《帆》，充满朝气，略带胡闹色彩的诗，非常合他的心意。他说这首诗与他如今恋爱中的心态十分契合，还让小森给他反复朗读了好多遍。

仿佛在暴风雨中才能获得安详……在暴风雨中……

在"麻雀"的陪伴下，阿鹤就着油灯开怀畅饮威士忌，渐渐地就进入了晕乎乎、飘飘然的醉乡。到了将近晚上十点钟的时候，电灯忽又"啪"地亮了。但是，对于此刻的阿鹤来说，不要说电灯了，就连油灯都不需要了。

拂晓。

凡是感受过拂晓之氛围的人，应该都有所体会。日出之前拂晓时分那种氛围，绝不是令人舒畅的那种。天空中仿佛传来了众神震怒一般的鼓声，与朝阳截然不同的、黏糊糊的暗红色光芒，异常血腥地抹红了树梢。阴森森、惨不忍睹的拂晓之氛围，正在步步逼近。

阿鹤透过厕所的窗口眺望秋日的拂晓，觉得胸胀欲裂。他脸色苍白，摇摇晃晃地回到了包间，在张开嘴巴睡着的"麻雀"身边盘腿坐下，一连喝了几口昨晚剩下的威士忌。

钱，还剩下不少呢。

醉意上来。他钻进被窝，跟"麻雀"做爱。躺着又喝了几口威士忌，他迷迷糊糊地睡着了。醒了，清楚了自己的处境：进退两难，走投无路！他的额头全是油腻腻的汗水，他辗转挣扎，叫"麻雀"再去弄了一瓶威士忌。喝酒。做爱。迷迷糊糊地睡觉。睁开眼睛后，继续喝酒。

不多会儿就到了傍晚。他喝了一口威士忌，感觉要吐。

"回去了。"他气喘吁吁的，好不容易才吐出了这么一句。他想要再说句笑话，可觉得自己真的要吐了，就一声不吭地拿过衣服来，在"麻雀"的帮助下穿好了，忍着恶心，跌跌撞撞、摇摇晃晃地出了日本桥的"樱花"。

外面是一派冬天般的黄昏景色。一昼夜，就这么过去了。

桥畔有人在排队买晚报，阿鹤也跟在后面。买了三种晚报，从头翻到尾，什么都没发现。没报道？没报道就更令人不安了。是"禁止报道"，是要秘密缉拿凶手，肯定是这样！

不能坐以待毙。反正还有点钱，能够逃到哪儿就算哪儿，无处可逃了，就自杀。

阿鹤不想被抓。因为一旦被抓，就会被亲戚以及同事们唾骂、痛骂、咒骂，这是他无论如何也受不了的。

可是，他已筋疲力尽了。

再说，报上还没报道呢。

阿鹤鼓起勇气，朝位于世田谷的公司宿舍走去。他要在自己的"窝"里，再美美地睡一夜。

　　在公司的宿舍里，阿鹤与另外两名同事一起睡在一间六铺席大小的房间里。这时，同事不在，好像是上街去玩了。这一带或许是因为"搭便车"的关系吧，能用上电灯。在阿鹤的桌子上，插在杯子里的钱菊，花瓣已经有点发黑，正奄奄一息地等待主人归来。

　　阿鹤一声不吭地铺好了被褥，关掉了电灯，躺了下来。可是，他马上又坐了起来，开亮电灯，用一只手遮着脸，"啊啊"地低声叫了几下，不一会儿他又横身躺下，睡得像死人一样了。

　　第二天早上，有个同事将他推醒了。

　　"喂，阿鹤。你上哪儿溜达去了？你那个住在三鹰的姐夫，打了好多个电话到公司里来，弄得我们都不知该怎么办了。说是阿鹤一回来，就让他来三鹰。是不是有人得了急病？可你倒好，无故旷工，也不回宿舍，小森也说不知道你上哪儿去了。好了，不管怎么样，你先去三鹰看看吧。听你姐夫的口气，还真是非同一般呢。"

　　一番话听得阿鹤毛骨悚然。

　　"只说要我去？别的呢？"阿鹤跳起身来，穿好了裤子。

　　"嗯，好像是有什么急事。你还是马上去的好。"

　　"好，我这就去。"阿鹤有点迷糊了。自己难道还跟这人世间有什么关联吗？一瞬间，他觉得像是在做梦一般。但很快他就自我否定了：我是人类的公敌！是杀人魔鬼！

　　自己已经不是人了。世上所有的人全都联合起来，集中力量，来抓自己这么个恶鬼了。说不定自己所要去的前方，有一张强韧无比的蜘蛛网正等着抓捕自己呢。可是，自己还有钱。只要有钱，就尽情地玩乐，忘掉恐惧——哪怕是暂时的也好。能逃到哪儿就算哪儿吧，到了真无处可逃的时候，就自杀。

阿鹤去盥洗室十分用力地刷了牙，又含着牙刷跑到食堂，瞪着杀气腾腾的眼睛翻看了餐桌上的几份报纸。没有，无论是哪份报纸，都对他的杀人事件保持着沉默。他的心里，七上八下，惊恐异常，就像有个间谍正站在他背后似的，就像看不见的洪水正从无边无涯的黑暗中铺天盖地地朝自己涌来似的，就像自己随时都会发生爆炸似的。

阿鹤只在盥洗室里漱了口，连脸都没洗就回到了自己的房间。他打开柜子，从自己的衣物中取出夏天穿的衣服、衬衫、粗绸的夹袄、和服腰带、毯子、三条鱿鱼干、西洋笛、相册等。凡是看着能卖钱的东西，全都拿了出来，塞进背包里，连桌上的闹钟也揣进了上衣口袋。他早饭也不吃，用沙哑的嗓音低低地说了声："我去一趟三鹰。"就背起背包，出了宿舍。

他首先坐井之头线来到涩谷，将背包里的东西全都卖掉了，连背包都卖掉了。总共卖得了五千多日元。

再从涩谷坐地铁，在新桥下车，走到银座附近，停了下来，在河边的一家药店里买了一盒 200 粒装的安眠药溴米那，又折回新桥，买了一张去大阪的快车车票。倒不是要去大阪办什么事，只是觉得坐上了火车，他心里就多少踏实了一些。再说，阿鹤长这么大，还一次都没去过关西呢。畅游关西之后再命赴黄泉，也应该对得起自己了吧。据说关西的女人真不错呢。反正自己有钱，有将近一万日元呢。

他在车站附近的市场上买了好多吃的东西。正午过后一点，上了火车，这趟快车很空，阿鹤坐得十分舒畅。火车飞快地奔跑着，阿鹤忽然写起了诗。对于毫无艺术细胞的阿鹤来说，这一冲动无疑是十分奇怪、唐突的。甚至可以说，这是他有生以来，头一回受到这样的诱惑呢。似乎人之将死，无论是怎样的庸俗蠢货，都会受到诗歌的诱惑。这可真是奇妙无比。怪不得无论是放高利贷的，还是高官大臣，他们都要在临死前吟一首被称作"辞世之歌"的和歌或俳句呢。

阿鹤皱着眉，摇了摇头，从上衣口袋里取出一个笔记本来，又舔了舔铅笔。要是写得好，就寄给小森，给她留个纪念。

阿鹤慢慢地开始在笔记本上写了起来。

> 我有 200 粒溴米那。
> 吃下去，就死了。
> 我的生命……

才写了这么一点点，就写不下去了，因为，没得可写了。重读一遍，味同嚼蜡。太蹩脚了，阿鹤就像吃了什么苦东西似的，从内心里感到不舒服。他不由得紧紧地皱起了眉头，将笔记本上的这一页纸撕下来，扔掉。诗，就算了吧。

接着，他开始给在三鹰的姐夫写遗书。

> 我要去死了。
> 下辈子，变作猫或狗再来到世上。

又没得写了。他盯着笔记本上的这些字看了一会儿，然后猛地将脸——那张像烂柿子一样难看的、哭丧着的脸，扭向窗外。

这时，火车已经进入静冈县的地界了。

在此之后，有关阿鹤的消息，便无人得知，就连他最亲近的人也无从调查，无从揣测了。

五天后的某个早上，阿鹤突然出现在了京都市左京区的某商会。他要求会见过去的战友，一名姓北川的公司职员。之后，两人就一起去逛了京都的街市。阿鹤钻进一家旧衣铺，嘴里开着玩笑，将身上穿着的上衣、衬衫、毛衣、长裤全都卖了，买了一身旧军服穿上。他用剩余的钱请客，大白天的就开始喝酒，然后十分愉快地跟这个叫北川的青年告别，自己一个人在京阪四条车站坐车前往大津。为什么要去大津，不得而知。

在夜晚的大津街头，阿鹤独自一人徘徊着，在这儿那儿的，喝了不少酒。到了八点钟左右，他来到大津车站前的秋月旅馆。此刻，他已经烂醉如泥了。

他操着一口江户口音，卷着舌头说话，要求住宿。他被领到房间里后，立刻就仰面朝天地躺了下来，两条腿猛烈地拍打着。等掌柜的拿来登记簿时，他倒还能准确地填写自己的姓名和住址。他又要求喝水醒酒，似乎是在一连喝了好多水之后，吞下了那200粒溴米那。

阿鹤死后，人们在他的枕头旁发现了散落着的几张报纸、两张五十钱的纸币、一张十钱的纸币。除此之外，就没有任何的随身之物了。

直到最后，哪张报纸上也没出现过关于阿鹤杀人的报道。倒是他自杀的消息，出现在了关西的一些报纸上，也只寥寥数字，刊登在不显眼的角落里。

在京都某商会工作的北川看到了阿鹤自杀的消息后，大吃一惊，立刻赶到了大津。跟旅馆里的人商量后，北川给阿鹤东京的宿舍发了电报。宿舍里的同事急忙去了三鹰，阿鹤的姐夫家。

此时，阿鹤姐姐的左胳膊还没有拆线，正用白布吊在脖子上呢。而阿鹤的姐夫，依旧是醉醺醺的。

"唉，因为不想闹得满城风雨，所以只在这儿那儿的，能想到的地方找了下。没想到竟会这样。"

阿鹤的姐姐哭哭啼啼的，现在她总算领教了，恋爱中的年轻人，是不能不当一回事儿的。

金鱼死了

大下宇陀儿 | Oshita Udaru

一

"啊呀呀，这可真是糟蹋了！"有人像是脱口而出似的自言自语道。

井口警部听到后，便回过头去问："你说什么？什么东西被糟蹋了？"

被人这么一问，平松刑警也脸红了，他不好意思地答道："呃……是……金鱼。这三条可都是上等的虎头[1]啊。全都死了。这不是糟蹋吗？"

听到他这一回答后，刑侦人员和鉴定课的人员差点全都差点笑出声来。

因为，眼前还躺着个死人呢！

院子里靠近檐廊的地上，埋着个很大的濑户物[2]的金鱼缸。这口缸埋得很深，只有口沿露出地面。金鱼缸旁的地上趴着一具尸体——身穿斜纹哔叽的和服，一只脚跋着院子里穿的木屐。

1　金鱼品种之一。头部有许多肉瘤，体圆，腹部鼓起，无背鳍。

2　日本爱知县濑户市及其周边地区烧制的陶瓷器的总称。不太讲究的时候，日本人也将所有陶瓷器都称作"濑户物"或"濑户烧"。

后来知道，其死因是氰化钾中毒。

尸体的双手朝前伸着，形成要去抓住金鱼缸边缘的姿势。估计受害人痛苦挣扎着爬到了金鱼缸旁，也许是想漱口或喝水吧。而就在这时，他口中残留的毒药滴入了水中，害死了金鱼。可是，眼下要调查的是这个被毒死的人，而不是被殃及的金鱼。平松刑警不说人，却先说金鱼，所以显得有点滑稽可笑。

这件事是五月六日的早上被人发现的。

地点是在冈山市近郊的 M 町，受害人是一个名叫刈谷音吉的独身老人。直到四个月前，他还是个当铺老板兼放高利贷者，最近则成了无业人员——至少表面上是这样的。

发现者是老人的邻居，名叫岛本守，医学学士，是一个开业医生。他在报案的同时，也叙述了发现该事件的大致情形："今天早晨，我出诊去看一个急诊病人。可是，无论是出去还是回来的时候，都发现老人家的大门开着五寸光景，我觉得有些奇怪。因为左邻右舍都知道，这个老人相当乖僻，平日里居家十分小心，大白天也插着门，要是不按门铃，他是绝不会开门的。所以，我有点担心。我和他是隔壁邻居，也时常搭话。再说就在前天，我那花了不少心思栽培的牡丹开了花，还分了一盆给他呢，我们站在院子里，说了一会儿话。不过从那以后，我就再也没见过老人，所以我非常担心。于是在回家差不多半小时之后，我就去了趟老人的家……"

他到底是个医生，说一看就知道老人是中毒死亡的。当时，老人已经没有体温了。

无论基于岛本医生的看法，还是之后市警察署的医生的意见，老人的死亡时间都在前一天的傍晚到今天上午九点之间。开着大朵的牡丹花的花盆就放在离金鱼缸很近的地方。眼下，那些美丽的花朵正笑看着往前扑倒在地的老人尸体，洋溢着有些令人毛骨悚然的妖魅气氛。

虽说现在是大白天，可屋里还亮着灯。当然，这应该是从事发当时起，就一直这么亮着的。面向庭院的檐廊（与金鱼缸相距六尺左右）角落里放着个方形的威士忌酒瓶和两个九谷烧[1]的酒杯。从一个酒杯上，十分清晰地检查出了受害人的指纹，但另一个酒杯上却没有一点指纹，看来是被人仔细地擦去了。然而，即便这样，大体的情形也能够猜个八九不离十了：老人穿着院子里的木屐，坐在檐廊上跟谁一起喝威士忌酒。

经过调查，发现剩下的半瓶左右威士忌中混有氰化钾。因此，老人只喝了一口，顶多两口，就觉得受不了了。他挣扎着爬到金鱼缸旁边，就死了。一定是这样的。凶手虽然陪着老人一起喝威士忌酒，但恐怕他只劝老人喝，自己不喝。在看着老人死去后，他就将自己杯中的威士忌酒又倒回了酒瓶里，并擦掉了自己的指纹，悠悠然……或者是急匆匆地离开了现场。

办案人员展开了仔细的搜查。

屋内并不凌乱，没有凶手翻箱倒柜寻找东西的迹象，此案似乎并非盗贼所为，因此或可推断为复仇或情杀一类。总之，在现场并未找到一丁点可供破案的线索。

可就在这时，那个令人发笑的平松刑警又开始关注起金鱼来了。看来他真的是个金鱼迷。他唠唠叨叨地跟同事们说，这已经死掉的三条金鱼，恐怕价值一万日元，自己的工资少得可怜，是无论如何也买不起的。他还对尸体的第一发现人岛本医生说着同样的话。

"我觉得金鱼比女人更美丽。你跟老人站在院子里说过话的，是吧？当时金鱼处于怎样的状态？"

1　产于日本石川县九谷的彩绘瓷器。

"这个嘛，我当时并没有太注意。不过，我那会儿确实也觉得这些金鱼很美。正优哉游哉地游着呢。"

"是吗，我要是也能看到就好了。"平松刑警叹了一口气，似乎真的觉得很遗憾。

二

受害人刈谷音吉老人，原本是个放高利贷的，性情乖僻，平时居家十分小心，大白天也都插着门，不按响门铃就决不让人进门。并且，他既没有妻子儿女，也没有女佣，过的是彻彻底底的单身生活。综合这些特点来加以判断，倒也不难寻找破案的线索。

没过几天，当局就找出了三名嫌疑犯。

这三人都经常出入刈谷音吉老人的家。由此入手，经过一定程度的秘密调查，将他们随机分别叫到了警察署，井口警部亲自审问了他们。

第一名嫌疑人名叫进藤富子，女性，是一家相当大的日式餐馆"清流亭"的老板娘。实际年龄已接近五十，但由于善于保养和化妆打扮，看上去似乎才三十出头而已。针对她的审讯情况大致如下：

"五月五日傍晚到十二点钟左右，你在哪里？"

"我没上哪儿去呀。我就在自家店里，坐在'清流亭'的账台里面。"

"不对吧。我们已经调查过你店里的女侍和厨师了。你是在傍晚时分出去，在十二点钟左右坐出租车回来的。"

"嗬，嗬。调查得还真仔细啊。好吧，那我就告诉你吧，'清流亭'就是靠我这一介女流一手维持着，其中的艰辛简直没法跟外人说。说白了，我是有'后台老板'的。那天我就是到'后台老板'

那儿去的。"

"你'后台老板',就是那个被人毒死的刘谷音吉吗？我们已经了解到你每个月都会去他那儿一两次，而且都是在晚上去的。"

"拜托你别说这种不明不白的话，好不好？我当然认识刘谷音吉，早就认识他了。就他那么个又小气、又乖僻的家伙，我会要他照顾吗？"

"那么你每个月去他那里一两次，又是为了什么呢？"

"为了什么？这个我就不用跟你说了吧。我绝不会说的。"

一旦嫌疑人拒绝回答，警察也没有强制其答复的权限。因此，针对进藤富子的审讯，也只能到此为止。

第二名嫌疑人，是某金属镀层工厂的工程师、高管，名叫中内忠，是个工科学士。他借了刘谷音吉的高利贷，想来是被催逼得很难受。然而，审讯时他说，刘谷老人在讨债的时候虽然很凶悍、很乖僻，可也不乏有趣之处，并说他们之间并未因借贷而产生怨恨。他也跟"清流亭"的老板娘一样，总是在夜里去刘谷老人那儿。街坊邻居还听到过他和老人在门口争吵的声音。就人品而言，中内忠给人的感觉是个温文尔雅、通情达理的绅士。据说他的兴趣爱好是打高尔夫球和读书。审讯时，井口警部与他的对话如下：

"你们工厂所做的镀层，是哪一种类的？"

"什么都做。有小件，也有大件的。"

"好像技术还相当先进啊。当然也有利用电力来给工件添加镀层的，是吧？"

"是啊。有电镀的。"

"电镀时，都使用些什么化学品呢？"

"各种各样都有。有金、银、镍、钴等金属的化合物，还有酸、碱等。"

"黄铜也镀的吧。"

"是啊，那是自然……"

"电镀黄铜或银的时候，要用哪些化学品呢？"

这时，中内忠这位工科学士的神色略显慌张，而这一变化自然没有逃过井口警部那双敏锐的眼睛。因为，井口警部已经有了电镀时必须用到氰化钾的预备知识，所以他在提出这个问题时，自然会特别注意对面这位电镀工厂高管的表情。

工科学士"咯"地咽了一口唾沫。然后点上一支烟，在脸色恢复正常后，平静、缓慢地说："这可不行。你是想让我说出我们工厂里也有毒死刈谷音吉老人的氰化钾，是吧？哈哈哈哈。好吧。我告诉你。我们工厂里确实有，并且频繁使用，但那是禁止携带出门的，使用时也十分小心。我们有规定的，即便是像我这样的人，也不能随便将其带出厂门。"

紧接着，井口警部询问了他五月五日夜里的"不在场证明"。

他说那天他夜里去看电影了，问他看的是什么电影却一下子回答不上来，只说是"西部片"。问他看的是不是彩色电影时，他倒立刻就答上来了："是彩色的，非常漂亮。虽说故事情节还是老一套，平淡无奇……"

于是，警察们给全市所有的电影院都打了一遍电话。结果是：五月五日那天晚上，没一家影院上映"西部片"。

"给我盯住那个工程师！"

井口警部立刻给他的手下下了一道严厉的命令。

三

"清流亭"的老板娘进藤富子、工科学士中内忠，在刈谷音吉中毒被害的事件里应该说都有较大嫌疑。但是，当局仍由于缺乏有力的证据，在布置了监控的前提下，就暂且放他们回家去了。

过了一会儿，井口警部就传唤了第三名嫌疑人。不无嘲讽意味的是，这家伙就是将"虎头"拿到刈谷老人家去的金鱼店老板。

此人名叫笹山大作，四十五岁。

这个金鱼店老板的嫌疑跟工科学士中内忠差不多，也跟刈谷老人有着借贷关系，还因此和他打过官司。金鱼店老板因为还不上钱，借钱时用作担保的住宅和土地都被老人占去了，还屡次被老人催着搬家。因此当局认为他对老人一定怀恨在心。

从面相上来看，这个金鱼店老板像个十足的老好人，审讯时的对话如下：

"刈谷老人被人杀死了，这事你知道吗？"

"知道。活该！"

"啊呀，真是令人震惊啊。看来你跟他有着深仇大恨啊。"

"可不是吗？我被他害惨了。那老头，贪得无厌，性情乖僻，没有像他这样的。他怕交税，所以表面上不干高利贷了，可背地里还偷偷地干着呢。我估计他攒着一两亿日元。可他既不存银行，也不买股票，藏着掖着，但肯定是有的。既然他被杀了，家里应该能查出好多捆钞票吧。"

"不，没发现什么钞票捆。关于这点，我们也觉得奇怪。你有什么可提供的线索？"

"他的财产怎么处理的，我可不知道。反正那老头也是个角色。要说前一阵子还真吓了我一跳。我欠着他利息没还。他跑来说：'你弄几条高档金鱼来，冲抵你欠的利息。'我气不打一处来，就弄了三条顶多值五千日元的'虎头'过去，还漫天要价，说是值三万日元……"

"刈谷老人原本就喜欢金鱼吗？"

"谁知道呢。估计也不太喜欢吧。可跑过去一看，见院子里埋着一口缸，开口一尺五寸左右，里面除了水，什么都没有。四周还撒了白砂，挺讲究的，看样子是想郑重其事地养金鱼的架势。可他自己说从没养过什么活物，养金鱼也是头一回。我心想，这可不成啊。就提醒他说要做避雨遮阳的盖子，还要围上防猫的铁丝网。怎么样，那些金鱼还好吗？"

"好什么好？跟老人一起死掉了。是被老人嘴里滴出的氰化钾毒死的。"

"啊呀，那可真是可惜了。就是说，那些金鱼我拿过去还不满一整天，就全死掉了。"

"不满一整天？你是什么时候拿金鱼过去的？"

"是在五月五日的早上啊。他跑来说要金鱼，是在那前一天的傍晚。不知怎的，还要得很急。可不巧的是，我那儿没有那种足以冲抵利息的金鱼。我说要到同行那里去拿了才能送过去，要他等上两天，可他就是不答应，说是急用，要马上拿去。五月五日是男孩节，正是做生意的好日子，我原本想去公园里摆摊，可被他这么催着也没办法，只好一大早地往方向相反的老头家里跑，将'虎头'送了过去。"

刈谷音吉老人是五月五日的晚上被杀的，金鱼店老板则是那天早上送"虎头"过去的，虽说有着"早""晚"之别，可他毕竟在当天遇见过老人。这一点，倒也不能不引起注意。

紧接着就开始询问案发当时的"不在场证明"。

金鱼店老板回答说，当时他正在弹珠店[1]玩呢。于是井口警部

1　利用弹珠游戏变相赌博的店。

就命令平松刑警去调查一下他的话是否属实。之所以要平松刑警去调查，只是因为井口警部觉得让这个喜欢金鱼的家伙去调查金鱼店老板的行踪似乎较为有趣，仅此而已。

平松刑警此刻正在外面问询调查别的事情，等他一回到警署，就立刻被叫到了井口警部面前。

"怎么样？有什么收获没有？"

"嗯，走了一点点门路，结果就……"

"哦，查到什么了？"

"据说刈谷音吉最近买入了不少的金锭，有些是旧的小判[1]，是从做金银生意的人那儿听来的。"

"是吗？这倒是头一回听说啊。好啊。这方面也得彻底调查一下。还有，你去调查一下金鱼店老板和弹珠店的事吧。"

井口警部跟平松刑警介绍了审讯金鱼店老板笹山大作的情况。平松刑警一开始倒是默默地听着，可当他听到笹山大作是在五月五日男孩节的早晨将"虎头"送到刈谷音吉老人家去的时候，就禁不住两眼放光，惊叫了起来："啊？你说什么？那几条'虎头'……"

四

"喂！你怎么了？'虎头'又怎么了？那些'虎头'不是已经死掉了吗？"

井口警部不禁面露惊讶之色，追问道。平松刑警答道："是啊。死掉了。可是，死掉之前，还是活着的。"

看他的眼神，似乎在整理着思路。

1　日本江户时代流通的一种椭圆形的小金币。一枚为一两。

"笨蛋！这还用说吗？死掉之前当然是活着的了。"

"嗯……是啊。那是理所当然的事情……它们活着的时候要是能优哉游哉地游动着就好啊。"

"嗨！你在胡说些什么？那是金鱼，是吧？活着的时候自然是优哉游哉地游动着了。难道说'虎头'们都是玩倒立的吗？"

"啊，对了……对了，'虎头'因为头比较重，游起来很多时候都是脑袋冲下的——可是，还是不对啊。"

"真拿你没办法！你到底是怎么了？"

"是这样的。不好意思。事不说不明。该案的第一发现人，是岛本医生，对吧？"

"是啊，这没有问题。"

"可是，岛本医生曾对我说'这些金鱼很美丽啊，正优哉游哉地游着呢'——嗯，应该就是这么说的吧，是在案发现场说的。那会儿，我只关注金鱼，还问过岛本医生，那些金鱼活着的时候是怎样的。因为岛本医生说过，他送牡丹花给刘谷老人的时候，跟他在院子里站着说过话。我就想，那会儿他应该是看到金鱼的。岛本医生果然说，虽然没怎么在意，但还是看到金鱼的，说金鱼优哉游哉地游动着，很美丽。"

"知道呀。这些我都知道呀。可那又怎么了呢？"

"照岛本医生的说法，他送牡丹花过去的日子是案发当日，也就是五月五日的前一天，对吧。还说自那天以后就再也没见到过刘谷老人。可是我们现在知道，那几条金鱼被放入那个埋在地里的金鱼缸，是五月五日，亦即男孩节那天早上的事情。五月六日的前天应该是五月四日，那时，金鱼缸里应该还没有金鱼呀。不存在的金鱼，岛本医生又是怎么看到的呢？应该看不到才对呀。可他却对我说什么'优哉游哉'……"

平松刑警的话尽管有点绕，可井口警部听到这里也终于明白了事情的严重性。

岛本医生撒谎了！

估计是他看到了已经死去的金鱼，就想当然地以为这些金鱼是早就养着了的，结果就说成自己看到了还没放入金鱼缸的金鱼。

"原来如此。那么这里面确实有点蹊跷啊。"井口警部不禁陷入了沉思。

"是吧，当然也有可能是他弄错了。可是，根本不存在的东西，却说看到过，这就……"

"必须立刻彻查那个医生，会有收获的。因为他就住在受害人的隔壁，还是个医生，具备毒品的相关知识。估计也有办法搞到氰化钾吧……就这么定了，先查岛本医生，弹珠店的事情先放一放。"

于是，他们两人同时从椅子上站了起来。

井口警部几乎发动了所有部下，首先将岛本医生监视了起来，并对案发现场的那个金鱼缸也做了调查。

注意力转移到这方面之后，自然而然就发现了不少新疑点。

那个嗜财如命、刻薄无情的怪老头，连小鸟都没养过一只，怎么会想到养金鱼呢？这本身就是个不小的疑点。

一调查，果然发现了问题。

金鱼缸的四周，铺满了白砂。将白砂拨开后一看，发现这个看起来埋得很深的金鱼缸，其实是很容易取出来的。金鱼缸的底下，还有个橘子箱大小的空洞。也就是说，这个金鱼缸底下，原本就是个藏匿东西的场所。

遗憾的是，这个空洞，如今真是个名副其实的空洞。空空如也，里面什么也没有。可是综合了金鱼店老板关于刘谷老人多么有钱的说法，和平松刑警从做金银生意的人那儿打听来的信息，大家全都心知肚明。曾经藏在这里的，就是他买来的金锭和旧小判。

金鱼缸位于院子里一棵枫树的树荫下，从这儿可以看到岛本医生家的白墙。如果那白墙上有洞的话，从岛本医生家那边，肯定也能看到这口金鱼缸。想必刈谷音吉老人经常要来查看一下金鱼缸底下。或许他考虑到金鱼缸里光有水没有金鱼，万一被人看到了难免会起疑心，所以才急匆匆地要来金鱼放入吧。可以设想，岛本医生早就窥视着刈谷老人的一举一动了，并对他经常查看金鱼缸底下的离奇行为感到不可思议。到此为止，这个谜，基本也就解开了。

"没事的。放手干吧！"井口警部跃跃欲试地喊道。

<h2 style="text-align:center">五</h2>

医生岛本守一开始十分顽固，矢口否认任何罪行，可经过入室搜查，并在他家的地板下找出了时价约为一亿日元的金锭、白金以及其他贵金属后，他再也无法隐瞒，只得供认自己毒杀刈谷音吉老人的罪行了。

他所供认的内容，基本上与当局所料想的差不多。

而其中最意味深长的，则是有关金鱼缸的内容：

"作为医生，我曾为刈谷老人治疗过神经痛，我们就是以此为契机开始交谈的。当我注意到那个金鱼缸里藏了些什么东西后，就对这个不招左邻右舍待见的老人表现出了热情和关怀，目的自然是想知道那里面到底藏了些什么。有一次老人说漏了嘴，说现在允许黄金自由买卖了。于是我就猜出那里面藏的估计是金锭。至于那瓶威士忌酒，当然也是我拿去的。我经常看到老人一个人坐在檐廊上喝威士忌酒，所以在送牡丹花去的时候，故意带了半瓶威士忌酒过去。说是因为这酒味儿特正，所以特意拿来也让他尝尝。当时，跟他站在院子里说话是事实，但我没去看那个金鱼缸。要是我当时仔细看了那个金鱼缸，当然会知道那里面只有水，没有金鱼了。事实上我总是故意不朝金鱼缸看。因为我担心要是那样的话，老人会对我产生戒心。我只是想当然地以为，既然是金鱼缸，那么里面一定养着金鱼。所以才觉得那几条后来死掉的金鱼，在我送牡丹花过去的时候，应该是在金鱼缸里优哉游哉地游动着的。当刑警问我的时候，为了迎合他，就随口这么说了。我后来回想起整个事件，觉得作为第一发现人，我应该是做得滴水不漏，警察绝对不会怀疑到我的。可没想就因为这么一点点的疏忽而遭到了怀疑。说老实话，我真是觉得太遗憾了。同时我也深刻地体会到，坏事还真是做不得的啊……"

到此为止，可以说本案已经告破了。

除了岛本医生，虽说另外还有三个嫌疑人，可事情既然已经水落石出，他们自然都是清白之身了。

关于他们的调查结果，自然是不会公开了，可在案子告破之后，"清流亭"的老板娘进藤富子一次喝醉了酒，曾怒气冲冲地对她的朋友，另一所日式餐厅的老板娘说："要说起来，我真是偷鸡不成蚀把米啊。以前，我因为借了他的钱，吃够了那个狠毒的放高利贷老头的苦头。一直盘算着怎么报复他。我原想先色诱他，然后玩'仙人跳'，敲他一笔，可谁知那老家伙是个冷血动物，油盐不进。我去了他家几次，非但没勾上他，反倒被警察怀疑上了。警察问这问那的时候，我又不能把'色诱计划'交代出来，真是窝囊透了……"

那个镀层工厂的工程师中内忠，则在家里对老婆说："我再也不去了，真的。那天我其实是去后乐园 [1] 钓鲤鱼的。可这事说出来丢人，只好说是去看电影了。真是有苦难言啊。平时你倒是总劝我别去的，我要真听了你的话就没事了。这都怪我。我向你道歉。"

说着，他半开玩笑地双手贴在榻榻米上，给老婆磕了个头。

再说那个金鱼店老板，有一天出乎意料地去拜访了破案第一功臣平松刑警。

"虽说是事后才知道的，可还真是吓了一跳啊。"

"什么事？"

"你们不是连我都怀疑的吗？开玩笑了！我是恨那老头，可我要是想弄死他，是不会用什么氰化钾，让他死得那么爽快的。我肯定会用扁担或棍棒什么的将他揍死。否则的话，怎么出得了胸中这口恶气呢？要说那老头被人毒死，也算是老天报应。大快人心啊。话说回来，我还得谢谢您呢。"

"你开什么玩笑？这话叫别人听了，还以为是我毒死的刘谷音吉呢。"

"哦，是啊。这倒是我说错话了。可是，不管怎么说，我是要感谢您的。这不，给您带来了礼物。听说您喜欢金鱼，我正好有几条'虎头'的鱼苗，就给您送来了。要是养殖得法，会成为珍品的，可值钱了。送给您了。鱼饵嘛，眼下就喂蛋黄好了。氰化钾什么的，可绝对不能用哦。"

他连同水草一起，非常热情地给平松刑警送来了几条小金鱼。

这下可乐坏了比起死人来首先叹息死金鱼的平松刑警。那天他早早地就下班了。

1　位于日本东京都文京区的游览环道式庭院。日本江户时代由水户藩主德川赖房及其子光国建造。因为是公共产业，私人不可去垂钓。

他家里虽然没藏着金锭，却养着凸眼¹、琉金²、朱文金³等各种各样的金鱼。他将虎头放入一个木盆中后，久久地凝望着，还喜滋滋地吹起了口哨。

1　日本产的一个金鱼品种。

2　金鱼品种之一。体短，腹部圆鼓，尾鳍特别长，构成三尾或四尾。原产中国，经由琉球传入日本。

3　金鱼品种之一。为鲫鱼与三色凸眼金鱼的杂交种。尾鳍长，有白、蓝、红、黑等鲜明的斑纹。日本原产品种。

抱茗荷传说

山本禾太郎 | Yamamoto Nogitaro

女子的名字叫作田所君子。君子没见过自己双亲的脸，也不知道他们的名字。甚至连自己的出生地点都不知道。君子刚懂事那会儿，就跟祖母二人住在山边一个窝棚似的简陋小屋里。她们像是从很远的地方流浪到那儿的。

根据祖母哄她睡觉时所讲的故事，君子出生在摄津国[1]的风平村或风下村，可现在君子已经连国名、村名都记不得了。如同梦幻般依稀记得的是后门有棵大柿树，有年夏天，一条六尺来长的大蛇，从屋顶一直爬到了这棵树上。还有大如款冬叶片的向日葵将脸朝向太阳。可是，这些记忆对于寻找自己的出生地毫无帮助。只有一个记忆是明确的，那就是站在后门口朝左手边望去，很远的地方有一座高山。山顶尖如枪刺，上面孤零零地立着一棵松树。每当山顶被美丽的夕阳染成紫红色，那棵松树就呈现出黑色的剪影来，如同用浓墨画就的一般。这一奇妙的场景，君子倒是记得清清楚楚。

自流浪在外之后，每逢遇见美丽的夕阳，君子都要站在农户的门口仔细加以辨认，可是，没有哪一次是和记忆中的山峰和松树相

1　日本旧国名之一。相当于今天的大阪府西部和兵库县东南部。

一致的。因此，即便是她自以为很清晰、很明确的记忆，也完全有可能是她的想象。

祖母在君子八岁那年就去世了。根据祖母所讲的故事，君子的父亲是在她出生后的第二年秋天去世的。君子的父亲是个善根[1]很深的人，曾在家中另建小屋，专供前往四国、西国等圣地[2]朝拜的朝圣者住宿。

朝圣者们来到村子里，一打听该村的"善根之宿"，村民们就立刻会将他们指引到君子家。因此，他们家的小屋里曾住过各种各样的朝圣者。有慈眉善目的老夫妇，也有尼姑打扮的美貌妇人。那些受到留宿一夜恩惠的朝圣者，在小屋里换下了风尘仆仆的旅装后，通常都会来到正屋，恭恭敬敬地拜会君子的父母。这时，君子的父亲就会吩咐君子的母亲煮蔬菜、高汤或火锅等端给朝圣者们吃。有时候他自己也会去小屋，津津有味地听朝圣者们讲述他们的经历和见闻。有时候则是朝圣者到正屋来与他交谈。据说每逢此时，君子的母亲总是在君子父亲的身旁，一句话也不说，默默地听着。

可是，朝圣者也并不总是美貌的尼姑或慈祥的老夫妇，也会有脸上带有伤疤、目露凶光的大汉，颤颤巍巍、幽灵一般的老人，缺胳膊少腿的残疾人等。像这样令人害怕的朝圣者其实也为数不少。当这样的朝圣者前来投宿的时候，君子的母亲由于惶恐不安，往往就缩在里屋，不出面接待。

照这样说来，似乎祖母所讲的故事非常有条理。可事实并非如此。祖母讲起故事来，总是心血来潮，想到什么就说什么，一点也不顾先后顺序。再说那会儿君子刚刚懂事，并且都是在睡觉之前听

1　佛教用语。产生诸善法的根本。在此是乐善好施之意。
2　与神佛有关的神圣的场所。

的故事，老实说，如今已是遥远而虚无缥缈的记忆了。回想起来，就像梦中的场景似的。

然而，虽说当时住的是窝棚似的简陋小屋，可那些故事却是她与祖母两人相依为命的时光中最美好的回忆。因此，记忆逐渐淡化之后，她就用自己的想象去一个个地加以修补。如今，都在她心中成长为像模像样的"事实"了。

譬如说，一想起美貌尼姑前来借宿的故事，君子的眼前立刻就会呈现出当时父亲的模样、坐在一旁静听的母亲的模样，以及作为朝圣者尼姑的模样。一切都是那么历历在目，就像看电影一样。

君子父亲死的那天——不，应该说是被杀的那天才对，有两位朝圣者借宿在他们家中。一位是年纪约六十二三岁的老婆婆，满头白色短发，一根黑色的都没有。那身板，结实得像男人似的。相貌倒是颇为优雅，可她那不怎么像老人的体格，总给人那么一丝别扭和瘆人的感觉。

另一位朝圣者也是女性。三十七八岁的年纪，与君子的母亲相仿。她用防寒头巾将脸裹得严严实实的，只露出两只眼睛。其实她长得眉清目秀，一双眼睛非常美丽动人。这位朝圣者即使是待在屋里，甚至在吃饭的时候也不摘下头巾。她自己说，由于身患孽病[1]，容颜异常丑陋，不能示人，只能裹着头巾去祈求菩萨了。

虽说无论是那个白头发的老妇人，还是裹着防寒头巾的年轻夫人，身上的穿着打扮都与一般的朝圣者并没有差别，但却都透着一股高雅之气，让人一眼便可看出，她们不是那种"乞丐朝圣者"，而是所谓的"虔诚朝圣者"。

尤其是那位裹着防寒头巾的女朝圣者，让君子的祖母特别留

---

1 因前世作孽遭报应而得的难治之症。

意。因为她长得太像君子的母亲了。防寒头巾里露出的那对眼睛，就像从君子母亲的脸上移过去的一样。不仅如此，其身形样貌，也与君子的母亲一般无二。倘若她将防寒头巾摘下的话，简直就跟君子的母亲难分彼此了。

尽管那二人装作是在投宿时偶然遇到的，可总让人觉得她们是同行者，并且还是主仆关系：那白发老妇是裹防寒头巾妇人的用人。

由于那是发生在自己父亲被杀的当天夜里的事情，所以君子在听祖母说那两个朝圣者的故事时，就像听鬼故事似的，吓得缩成一团。虽说现在也不是记得那么清楚了，可只要一想起来，眼前还是会出现父亲临终时的模样、白发老妇、裹着防寒头巾的女子，以及尼姑打扮的朝圣者来，就像一幅描绘地狱场景的图画一般。

正因为这样，这一幻象浮现在君子心头的次数也最多。

君子的母亲自那两位朝圣者前来投宿的四五天前起，就开始发高烧了，所以正卧床不起。她的脖子上长出了淋巴肿块，并因高烧不退而有些神志不清。因此，她应该不知道有这么两位女朝圣者前来投宿。他们住在乡下，距离有医生的市镇，有十七八里路。再说，在他们的村子里，得了一般的病，往往不会请医生来看。君子的父亲拿出自己去四国朝圣时所携带的、被视作灵物的拐杖来，用它抚摸病人的头颅，自己还念了些咒语什么的，坐在妻子的枕边，整夜守护着。

那两位朝圣者由于要趁早赶路，所以天刚蒙蒙亮，就来跟主人辞行了。君子的父亲离开病人的枕边，来到了客厅。两位已经穿好行装的朝圣者，首先恭恭敬敬地对父亲的留宿之恩表示感谢，随后又说，听说夫人患病，您也一定十分难受，作为对留宿的回报，同时也是去四国朝圣者的分内之事，现献上这枚金色的护身符，请将它泡水后给病人服用。这枚护身符只有去四国朝拜十次以上的人才能得到，十分灵验。君子的父亲十分感激地收下这枚护身符，并郑重其事地道了谢。

那两位朝圣者上路后，祖母跟往常一样，去她们所住的房间看了一下，发现她们也像大部分朝圣者所做的那样，将房间里收拾得干干净净、井井有条，没落下一件东西。按照惯例，来此投宿的朝圣者在临走时，都会在大门上贴一张符。因此他们家的大门上已经贴了很厚的一叠。现在，那上面又增加了那两位朝圣者新贴的符。

祖母讲的故事，君子只留下一个朦朦胧胧的记忆，但她觉得自己确实看到过那些朝圣者贴在大门背后的符：厚厚的一叠，像印了花的板羽球的拍子似的。

那天早晨，君子母亲的烧退了，君子父亲将朝圣者给的金色护身符泡在水里，端给她喝的时候，她说什么都不肯喝。父亲像哄孩子似的将碗递到了母亲的嘴边，想硬往她嘴里灌，可母亲摇着头，就是不喝。父亲手里端着碗，对着母亲的脸看了一会儿，说了声"别浪费了"，就"咕咚"一口连水带符地喝了下去。可谁知没过一个钟头，君子的父亲就口吐黑血，痛苦挣扎了一会儿就一命呜呼了。

在祖母所讲的故事中，君子记得最清楚的就是这一段。或许是关系到父亲离奇死亡这一重大事件的原因，但也可能是由于这里藏着一个巨大谜团的缘故吧。那谜团就是：得到了灵验的金色护身符的父亲，为什么会马上死掉呢？

那两位朝圣者似乎也并非是借宿君子家的那一天才出现在这个村子里。在此前的两三年间，她们已经来过五六次了。每次来，都会到处去问村里有没有病人，知道没有病人后，她们马上就离开了。而得知有病人时，会问清楚病人在哪一家。可她们又不去病人家，往往是直接就去了邻村。在君子的父亲死后，才听村民们说，她们那天也是在得知君子家有病人，并且病人就是君子的母亲之后，才前来投宿的。因此，怀疑这两位朝圣者与君子父亲之死有关，这也完全是合情合理的。但君子回想起来，似乎祖母从未说过那两位朝圣者杀死了父亲这样的话。当然，也可能说过，而君子已经忘了亦未可知。与此相反，祖母说过她认为父亲死得其所的话，倒是留在了君子的记忆深处。

君子的母亲是个叫她朝东，她就一年到头都朝东；叫她朝西，就一连三年都朝西的十分听话、又异常温顺的老好人。可是，如此温顺的一个人，叫她喝金色符水时，却会那么地固执，拼死不喝，这一定是受了菩萨的神谕。而父亲却马上就喝了，这恐怕也是佛祖的惩罚吧。

倘若君子的记忆没出现差错的话，父亲似乎是有遭受佛祖惩罚的原因。而父亲之所以要培养自己的善根，甚至到了远近闻名的程度，恐怕也不是无缘无故的。君子现在回想起来，祖母似乎不怎么说作为亲生儿子的君子父亲的事。与此相反，作为儿媳妇的君子母亲的事情她倒说得很多，多到了几乎每天、每夜都要说的地步。

君子的母亲，其实是君子父亲的填房，要比父亲年轻二十多岁，是个容貌与心灵都十分美丽的女子。据说她非常疼爱君子那同父异母的哥哥，可惜那孩子在君子出生之前就夭折了。正所谓红颜薄命，身世飘零，她在嫁给君子的父亲之前，已经结过婚了，但因为感情不和被那家人赶了出来。然而，这一可悲可叹之事，她一向只字不提。在嫁给君子的父亲后，她总算找到了一个安稳的归宿，婆婆喜欢她，丈夫宠爱她，后来又生了君子这个独生女。可就在她获得了安逸和幸福的时候，丈夫却又惨遭横死。

讲起君子母亲的时候，祖母的眼里时常会泪光闪烁。然而，尽管她非常喜欢这位儿媳妇，却似乎对她的底细知之甚少。就连她怎么会与君子父亲缔结良缘，君子也从未听祖母说起过。

听祖母说，在君子出生之前，她的母亲经常有些精神恍惚，就像将自己的魂灵忘在了前世没有带来似的，说她温顺自然没错，但要是说她有些呆头呆脑也完全可以。然而，尽管如此，她那让人感觉空如洞穴的体内，似乎又亮着一点白色的荧光，有些令人不寒而栗。更为不可思议的是，尽管她从未收到过别人的来信，却每个月都要写信，并亲自走上十七八里路，将信投入镇上的邮筒。祖母十分留意这位儿媳妇的身世，因此对于她在信上到底写了些什么也非常好奇，只是苦于没机会得知内容。只有一次，她发现了一张媳妇写错后扔掉的信纸。她悄悄地捡来一看，见那上面总共不足十行字，却是一些让人看着怪不舒服的咒语。到底是些怎样的字句呢？君子觉得自己好像听祖母说过，但现在已经连一个字都想不起来了。

然而，就是这么个怪人，在生了君子之后，就变得非常圆通、温和，简直像换了个人似的。仿佛原先附在她身上的什么鬼怪离开了，因此她又恢复了本来面目。自那以后，君子的母亲就再也没写过一封信。

祖母的只言片语原本只像梦幻的碎片似的留在君子的记忆里，可现在她却在想象的世界无拘无束地探寻着母亲的身世之谜。

父亲横死之后，已经完全退烧的母亲听到了前一夜有两位朝圣者前来投宿，尤其是在听到其中一位裹着防寒头巾的朝圣者还跟自己十分相像后，便异常震惊，且再次卧床不起了。

父亲死后，原本就不怎么富裕的家庭急速地堕入了没落的深渊，由于耕地已经脱手，长工们四散而去，宽敞的房屋里孤零零地只剩下祖母、母亲和君子三人了。后来，为了获得盐米之资，母亲只能不分昼夜地纺纱织布。日子是一天苦似一天，毫无疑问，长此以往，三人必定统统饿死。某一天，母亲说是要回老家一趟，就将祖母一人留在家中，带着君子动身上路了。

关于父亲横死后家道中落，以及母亲动身回老家的事，君子也是在较长的一段时间里，断断续续地听祖母讲的，而且祖母的故事向来不按照先后顺序，总是颠三倒四的。因此，君子如今回忆起来，也只是些零零碎碎的片段。可奇怪的是，每当她回想起祖母所说的母亲动身上路的故事，总会联想起抱茗荷[1]族徽和山茶花。这一部分肯定不包含在祖母的故事里面，毫无疑问，这是君子回想起该故事时，自己联想到的另一个亲眼看到的场景。令人感到不可思议的是，为什么会从母亲动身上路的故事联想到抱茗荷族徽和山茶花呢。

君子家的族徽是什么样的，她已经没有印象了。因为在君子刚开始懂事的时候，家中就已经没落，家里已经找不出一件带有族徽的东西了。她依稀记得祖母唯一的一个放些日常小玩意儿的灯笼盒子上的族徽，是一个圆圈里有四个小方块的那种。那当然是"圆圈四方形族徽"了。因此，在君子的记忆中，应该不会出现抱茗荷族徽才对。

山茶花也是如此。君子和祖母一起居住的那个山边棚户似的小屋附近，是没有山茶花的。即便她在山里，或别人家的院子里看到过山茶花，那也跟母亲回老家没有一点关系。因此，那山茶花肯定是君子她在一个发生了足以让她留下深刻印象的重大事件场所里看到的。

自君子跟母亲回老家起，到重新回到祖母身边为止的这段时间内发生的事情，君子也听祖母讲过好多遍，但那些事情均非祖母亲眼所见，因此君子觉得其中所说的大部分只言片语，或许是祖母想象出来的事情。

1　茗荷指襄荷的花和叶。抱茗荷则是指以襄荷的花、叶左右相对的形式所构成的图案。

那天一大早，天还没亮透，君子就被母亲带出了家门。然后就是坐火车、换车、坐船。一路上，她时而打瞌睡，时而呼呼大睡却又不时被摇醒，迷迷糊糊的，具体情形一点都记不得了，所能依稀记得的仅仅是她们最后和陌生人同坐一辆马车，而下了马车之后，她们又走了很长很长的路。那是一条田间小道，既有河流，又要翻过小山丘，怎么也走不完，仿佛没个尽头似的。一路上她们还经过了几个安静的小村子，村里人家的篱笆墙脚下开着山茶花和菊花。君子被母亲一会儿背着，一会儿牵着手走过这段路。途中她们应该还住过店的，但到底是住过一夜还是两夜，就想不起来了。君子只记得天黑后走在乡间小路上心里怕怕的，还有黑魆魆的小镇上的小旅店前昏暗的四方形煤气灯。到了第二天，她们也还是走着同样的小路，记得母亲那会儿裹了防寒头巾。

关于这一路上的记忆，如梦似幻，毫无头绪，就连哪些是想象出来的路上风景，哪些是上路后真正看到的景色，也根本分不清。但是，君子觉得母亲那会儿裹着黑色绉纱头巾这事是确凿无疑的。

走上一段长着稀稀落落松树的长长坡道，来到坡顶一看，展现在眼前的是一片辽阔的平原，一直伸展到遥远的地平线。放眼望去，看不到一户人家，只见右边远处有一个非常大的池塘，池塘的尽头有一小片森林，森林外有一道白色的围墙围着。此刻，太阳偏西，池塘那宽阔的水面上泛着冷冷的青光。

当时，母亲还曾指着那片小森林和君子说了些什么，可到底说的是什么，君子现在怎么也想不起来了。如今想来，这其实是非常重要的。要是能回想起母亲当时所说的只言片语，那么如梦幻般的疑团，肯定一下子就能云开雾散了。可遗憾的是，君子怎么也想不起来了。

下了山，到森林边再一看，发现这林子还是挺大的。长长的水田的尽头，立着个大名[1]城堡似的门楼。来到大门前，站定了身躯，母亲犹豫片刻后，对君子说，你在这儿等一会儿，我进去一下就出来。说着，就把君子留在大门外，自己裹着防寒头巾走入了门内。然而，她却就此消失了，再也没有从大门里出来过。

自彼至今，已经过去了整整十年的时光，可君子仍能在心中描绘出当时自己那种孤苦伶仃的小模样。周围没有一户人家，自然也没有行人经过。估计等了有一小时左右吧，即便是孩子，也无法再老老实实地待在原地了。君子悄悄地走进了大门，见里面有好多棵大树，一条与门外的道路相同的道路，一直延伸到森林内部，根本不知道房屋在哪里。君子不由得害怕起来，转身回到了门外，抽抽搭搭地绕着围墙走，可围墙上的小门关得死死的，不得其门而入。并且，无论是往左绕，还是往右绕，围墙的尽头总是池塘。这时太阳已经西沉，寒风凛冽。最后，君子只好哭着重新回到大门口。

这个地方的院子有点像神社，这儿那儿的，立着石灯笼，一条像是通往池塘的小河上架着石桥。有一个仓库似的屋子与长长的围墙相连，天花板上挂着放龙吐水[2]的盒子和防火用木桶。玄关如同神社的社务所[3]一般，很大，一旁的天花板上，挂着戏台上老爷坐的轿子。君子哭着用身体拱开像是便门似的一扇门。也不知屋里有没有人，反正四周鸦雀无声。君子抽泣着站在那儿，见不像有人出来的样子，就悄悄地朝里面张望了一下。里面也没人，乌黑发亮的地板上，整齐地放着像是用蔺草做的拖鞋。君子"妈妈！妈妈！"地喊了两三声，没人应答。君子走投无路，在昏暗的院子傻站着。

过了一会儿，从里面传来了轻轻的脚步声，随即，就出现了一

1　日本江户时代直接供职于将军，俸禄在一万石以上的领主。
2　日本旧时灭火时用的手压消防水泵。
3　神社中处理日常事务的场所。

个脸部扁平的老人。老人看到君子站在那儿一点也不觉得惊讶，他立刻走下院子，对君子说了声"跟我来"，就径直朝大门口走去了。君子无法可想，只得跟在他的身后。

老人一声不吭地沿着围墙往前走。君子心想只要跟着这位老伯伯走，兴许就能回到妈妈身边了吧。她生怕落下太多，时不时地小跑一阵，紧紧地跟在那老人的身后。他们离开了围墙，穿过宽阔的树木间的空地，又沿着小河走了一会儿，就来到池塘边。夕阳透过树木枝叶的空隙照射下来，池水泛着晦暗、钝重的反光。老人在池塘边站定身躯，等君子走过来后，指着池水说，你妈妈就在这里。

由于有树枝遮蔽其上，那儿的水面比别处更昏暗，只有透过树梢的阳光才能照到那儿。那儿的水面上，漂浮着君子母亲的尸体。

君子自以为将老人的脸记得很清楚。因为他不仅让自己看到了母亲的尸体，还一路将自己送回祖母的身边。可即便如此，随着岁月的流逝，老人的相貌在君子的脑海中也渐渐模糊起来，与之后遇见的柴钱旅店[1]的老板，或同住一屋，让人放心的江湖老艺人的脸发生了混淆，不分彼此了。最后，终于被他逃出了记忆的边界，到如今，就再也想不起来了。或者说，自以为记得很清楚这事本身，就是很靠不住的。就连那个当地豪门似的大房子，也只留下些许如梦似幻般的模糊记忆。

听祖母说，君子是在随母亲上路后的第六天夜里，独自一人抱着一个大人偶回到了窝棚小屋。祖母问，妈妈呢？君子答，进入大门后再也没出来。还说，妈妈死了，浮在水池里。仅此而已。别的话再怎么问，就什么也答不上来了。问她是跟谁一起回来的，也只回答说是一个陌生的老伯伯。问她妈妈是怎么死的，就不知道了。

1　只需付做饭用的柴火钱的简易小旅店。

祖母仔细查看了君子抱回来的人偶，想从那上面找到些线索。那人偶内穿带有菊菱图案的深红色绉纱衬衣，外罩暗紫色底子上染出野菊花图案的绉纱衣裳。腰带像是有些年头了，连祖母也认不出这是什么织物，只知道是一种锦缎。尽管看不出这个人偶出自哪里，但肯定是老货，连其身上穿着的衣裳，也绝对不是现在的东西。如此古色古香的玩意儿，居然保存完好，连头发都没掉一根，虽说脸蛋变成了红棕色，反倒显得更好看了。不管怎么说，这正是个哄孩子的高档玩具。可是，从这个人偶上，一点也找不出有关君子母亲离奇死亡的蛛丝马迹来。

在此之后的一段时间里，祖母总说自己不相信君子的母亲已经死了，但她毕竟已年老气衰，不仅行动不便，连精神志气也都快消磨殆尽了。最后，她像是不再抱什么希望，终于说出因家境过于贫寒而回老家筹钱的母亲，肯定是由于筹不到钱，走投无路，才投水自尽的话来。

君子认为自己确实看到过母亲的浮尸，并且认定那绝不是由日后行走江湖时所看到的池塘风景，与母亲之死相结合而形成的梦境。祖母所讲的故事——当然她也没全都记住——有时也会像回忆梦境似的突然在她心头浮起，可那不就是用想象一片片粘接起来的梦话吗？

然而，那个人偶，她至今仍一刻不离地带在身边。只要有这个人偶在，母亲死亡前后的事情就不完全是梦幻。可是抱着一个人偶被陌生老伯伯送回到祖母身边的情形，君子已经一点都不记得了。

祖母是在君子八岁那年去世的。

之后，君子就扔掉了窝棚小屋，到镇上去给人家看孩子。不过君子并不喜欢做这样的工作。有一天，她独自一人来到郊外，见一片空地上有一对像是夫妇的江湖艺人在表演杂耍，周围围着一圈人。女的坐在道具、行李旁敲鼓，那个像是她丈夫的男人则在表演吞鸡蛋，吞缝衣针。

一番表演结束后，那女人站起身来，端着一个空盆一个铜板两个铜板地收钱。不一会儿，观众都散去了，空地上只剩下那两个江湖艺人和君子，可君子还不肯离开。等到那两人将行李道具都装上了小车，身上的行装也都整顿好了，君子还是没有要离去的意思。最后，君子就这么跟着那两个艺人一起走江湖了。

江湖艺人一般都是天气暖和的时候往北走，天凉以后再往南走。并且是去年走东海道，今年就走中仙道，每年都变换着巡演的路线。君子其实并不喜欢走江湖卖艺这样的行当。并且随着她一年年地长大，越来越不喜欢了。除了这行当本身，还有一件事也越来越让她受不了。那就是之前像父亲似的师傅，喝了酒之后就开始调戏她。师母倒是对她很好，也总是想方设法地保护着她，与此同时，由于君子不死心，想弄清楚母亲去世前后的事情，想寻找母亲淹死的那个池塘，这样的生活一忍就忍了十年。

今年也是这样，凉风初起后，君子他们开始往南走。某一天，完成了表演后，到了晚上师傅就喝起酒来。由于那天赚得比平日里多些，他的酒也喝得比平时多了些。于是，他就又开始挑逗、调戏君子了。君子激烈反抗后，师傅恼羞成怒，竟然挥舞着菜刀说："看我杀了你！"两人闹得不可开交。当天夜里，师母看到君子实在无法忍受，就将她放跑了。并且还给她写了一封介绍信，叫她去投奔一个住在四十里外的镇上的妇人。那人是师母以前在江湖上认识的，后来洗手不干了，过上了正经人的生活。

君子提着用包袱布包着的人偶，连夜上路。长达十年的江湖艺人生涯，就此结束。

来到师母介绍的那户人家的第二天，君子趁着没人的时候，悄悄地将人偶拿出来看了，因为她有些担心，人偶在这么长时间里，总是用包袱布包着，会不会出毛病。所幸的是，除了衣裳有些走样外，人偶并无一点损伤。君子想重新给人偶穿好衣裳，就解下了它的腰带，并将它身上的衣物全都脱了下来。君子拥有这个人偶已有十二三年，可将其衣物全都脱掉，今天还是头一回。因为祖母死后，她为了养活自己，不得不去给人家抱孩子，后来成了江湖艺人后更是居无定所，根本没有像今天这样安闲的时间和心思。

出乎意料的是，将人偶身上的衣物都脱光后，君子发现了一些不可思议的东西：人偶的左胸上画着个黑色的梅花似的图案。看得出，这绝不是制作人偶时不小心刻坏的，明显是人偶制作好后，有人用墨故意画上去的。

君子随后又不经意地看了看人偶的背部，见那儿写着"抱茗荷传说"这几个字。要是君子的记忆中没有抱茗荷族徽的话，肯定不明白这是什么意思。可是，为什么要将这几个字写在这呢？它们又有着怎样的意思？君子百思不得其解。除了仍旧用人偶的衣物将这个不可思议的秘密掩藏起来，君子也别无他法。

君子在走江湖卖艺的十年间，每到一个陌生的地方，总要向当地人打听"附近有没有一个像湖泊那么大的池塘"，其目的自然是为了寻找那个如梦幻一般留在她记忆深处的，位于池塘边被森林包围着的大房子。来到这里后，她也同样打听过，而这户人家的主人告诉她，七八里开外，就有一个大池塘。并且告诉了她一个古老的传说：

当地的地主有一对双胞胎儿子，但他们兄弟间的关系极差，经过了一系列的明争暗斗，最后，弟弟放火烧了全家。整个集镇因此化为一片焦土，灰飞烟灭了。后来，当地人便将双胞胎视为仇人转世，予以极度的憎恶。可是，后来的地主又生出了双胞胎。地主老婆为此而痛苦万分，结果就抱着刚出生的双胞胎纵身跃入池塘，投水自尽了。这个池塘至今仍被叫作"双子池"。而这个池塘周边的旱田里所长出的茗荷，竟然都是两两合抱的。

不久之后，君子进入"双子池"畔的豪宅之中，做了一名女佣。受雇于该家之后，原本潜伏在君子体内的记忆，就一个个地浮现上来。大名城堡般的门楼、挂在玄关旁涂着漆的轿子、装着龙吐水的箱子等物，都看到了。只不过正如现实总比想象丑恶一样，这些东西不仅全都蒙上了厚厚的灰尘，而且都已经破旧不堪，面目全非了，与潜藏在君子记忆深处的模样截然不同。然而，这些东西依旧激活了君子的记忆。尤其是当她抬头看到镶嵌着抱茗荷族徽，像是大名乘坐的黑漆轿子时，如同拨云见日一般，立刻就回想起了记忆深处的那个抱茗荷族徽。那是她当年目送母亲走入大门时所看到的，母亲戴的一直垂到后背上的防寒头巾上，就印染着这么个大大的族徽。

君子还去记忆中漂浮着母亲尸体的池塘边看了。只见开着美丽花朵的山茶树树枝遮蔽在水面之上。凋落的山茶花有些漂浮在深棕色的、仿佛由琥珀化开而成的水面上，有些则沉入了浅浅的池水底部。凝望着这一泓池水，君子似乎觉得能透过它而看到母亲那美丽的尸体正静静地躺在池底。

这么浅的池塘，能淹死人吗？君子忽然想到了这一点。将唯一的独生女留在大门外的母亲，会自杀吗？不肯喝裹防寒头巾朝圣者的金色符水的，不是父亲，而是母亲啊。母亲是被人杀死的吧——母亲是被人杀死的——这么一想的话，君子觉得之前那些如梦似幻的谜团，多少能解开一些了。现在这户人家里因中风而卧床不起，既不能说话又动弹不得的老妇人，尽管头发很少，可不就是全白，不带一根黑发的吗？还有那个男用人的父亲虽说已经死了，但肯定

189

就是十年前送自己回去的那个老伯伯。

如果这个因中风而卧床不起的白发老妇和未亡人（这里的夫人）就是当年的那两个女朝圣者的话，那么她们肯定以为母亲已经喝了那金色符水死掉了。而当数年之后，母亲突然出现在她们眼前时，她们自然是一定要将其杀死的——这样的推想，应该是合乎常理的。说起这个未亡人，也让君子感到极其不可思议。因为她的相貌，很像君子小时候记住的母亲。母亲被杀的原因，会不会就在这里呢？

如此这般，左思右想，君子为了解开谜团而苦苦思索着，最后她觉得破解谜团的关键，应该还在人偶上。

一天夜里，君子又悄悄地将人偶拿出来查看。她首先脱掉了人偶的衣服，从和服到衬衣再到腰带，君子仔细检查了一遍，没发现什么离奇之处。她心想，人偶背上写着的"抱茗荷传说"，肯定就是指那个双胞胎相克的传说了。那么人偶左胸上的那个梅花图案，又是什么意思呢？君子仍百思不得其解。想到最后，君子又觉得人偶背上的那个"抱茗荷传说"，应该是揭示某一内容的标题。因此，该内容应该藏在人偶的什么地方才对。人偶的衣物和外表已经检查过多次了，没发现什么线索，那么再想寻找，自然就只能检查其内部了。君子拿定主意后，就猛地将人偶的脑袋拔了下来。果不其然，人偶的肚子里面藏着一张字条。

"从前，有一对双胞胎姐妹，她们也同'抱茗荷传说'中双胞胎兄弟一样，天生为敌。她们长得十分相像，简直叫人难分彼此。她们的母亲给了她们俩一人一个人偶，为了区分，就分别给这两个人偶穿上了不同的衣裳。可仅是这样的话，脱了衣服还是分不清哪个人偶是谁的，故而又在一个人偶的左胸上画了个梅花图案。那是因为姐妹中有人的身上，在相同位置也有梅花形黑痣的缘故。姐妹

190

二人从小就不和，长大后就争抢起同一个男人来了。最后姐姐获胜，与该男子结婚了。可是由于她们长得实在是太像了，那男子也难以区分，所以这种争抢并未因此而结束。后来那男子死了，姐妹俩失去了争夺的对象。但是很快，这对天生敌对的姐妹开始争夺起庞大的家产来。然而，事到如今，已经不必争斗了。就连这个人偶，也不再需要了。就把它送给失去了母亲的人吧。"

没有日期。也没有署名。然而，读着这张字条，君子就明白人偶左胸上那个梅花图案是怎么回事了。那是由于君子从记忆深处回想起母亲左胸上黑痣的缘故。可是，这张如同书信一般的字条，又给了君子一个更大的疑问。君子拿着这封"书信"，不由得陷入了沉思。

此刻夜似乎已经很深了，四周死一般地沉寂。君子忽然注意到，走廊上有轻微的脚步声，像是有人在蹑手蹑脚地走路。君子急忙吹熄了灯。周围立刻变成漆黑一片。君子蹲在房间的角落里，屏住了呼吸。她听到那个蹑手蹑脚的脚步声来到了自己的房门后，就停住了。过了一会儿，又传来了极其轻微的移门滑动声，仿佛有幽灵要进来似的。君子凝神静听，把眼睛睁得像猫头鹰一样。只见有个幽灵般的幻影进入了房间。真是幽灵吗？真是幻影吗？还是个什么人？君子无法分辨。那黑影进入君子的房间后，就一动不动地站住了。君子一点点地后退，将身子像蝙蝠似的贴在墙壁上。她定睛凝视，觉得黑暗中像是"噗——噗——噗"地冒出了好多个五彩的肥皂泡。君子快速地眨巴着眼睛。就在这时，那黑影像是受到了什么惊吓，急匆匆地出了房间，并且静静地拉上了移门，沿着走廊，朝着与来时相反的方向跑掉了。这时，君子听到远处的走廊上，响起了另一人蹑足潜行的脚步声。

这样的情形，也不是从那天夜里开始的。事实上已经是第三次了。令人感到不可思议的是，三次都是远处走廊上响起的另一个脚步声挽救了君子。君子觉得自从自己对母亲是否自杀产生了怀疑，并决心凭借自己梦幻般的模糊记忆来探究母亲的死因以来，身边就出现了监视的目光，甚至感到自己的生命都受到了威胁。既然像今夜这样的情形居然出现了三次，那么毫无疑问，其目的就是要了结自己的性命。出自人偶肚子的那封信上不是写着"事到如今，已经不必争斗了。就连这个人偶，也不再需要了"的话吗？其言外之意，自然是杀了母亲后，就不必争斗了，人偶也不需要了。可是，有人还是害怕君子探究母亲的死因。为了断这个祸根，所以有人要杀死自己。杀死母亲的人，也就是杀死父亲的人。居然还想杀死我？你休想！我一定要为父母报仇！——君子毫不畏惧，反倒勇敢而坚定地下了决心。

自那以后，君子每天晚上都严阵以待，做好了准备。果不其然，过了十天左右，那黑影又出现了。这是第四次出现。跟前几次一样，黑影先是在君子房间的移门前一动不动地站立了好长时间，然后轻轻地拉开移门，跨入漆黑一片的房间，然后像是在观察屋里的动静似的，又站立不动了。君子在黑暗中凝神观瞧。然后，又像前几次一样，走廊上传来了另一个人的脚步声。那黑影像是含含糊糊地嘟囔了一句什么，马上就退出去，拉上了移门，溜走了。君子立刻追了上去。那黑影笔直地走到长长的走廊的尽头，打开防雨门，穿过树林，沿着能看到池塘的檐廊静静地往前走去。君子跟在其后面，在无处藏身的、长长的檐廊上，她像一只蜘蛛似的紧贴着房间的移门一侧挪动着身子。那黑影随时都可能转身扑向她，因此她不得不极力抑制着恐惧所导致的急促呼吸。不一会儿，那黑影就拐过走廊，跨过小桥，消失在一所独立的小屋中。那儿正是未亡人的房间。

果然不出我所料! ——君子心想。不过,这位未亡人,虽说不知道是母亲的姐姐还是妹妹,但总是自己的姨母。可那又怎么样呢?既然她曾经与母亲争夺过父亲,杀死了母亲,现在又想杀死自己,她分明就是恶鬼。即便她是自己的姨母,也要向她报仇!

折返后刚要进屋时,君子听到走廊上有人用低低的声音在喊她:"松江小姐。"君子吓了一跳,立刻站定身躯。"我会保护你的。"那是男仆芳夫的声音。

这时,外面像是起风了,依稀能听到"双子池"里芦苇摇晃时所发出的声音。

"我当时还是个孩子,一点也不知道父亲他到底做了些什么。可是,我从小就了解的父亲,是个性格十分开朗的人,晚上喝了一点酒,有时还会唱上那么一两段呢。那是我几岁时的事情来着?应该是在九岁或十岁那会儿吧。从未在外面过过夜的父亲,居然有两三天没有回家。在当时我的心目中,似乎觉得更长,有三四天那么长——因为我没有母亲,所以会觉得父亲不在家的日子比实际更长些。我觉得就是从那时起,父亲性情大变,酒比以前喝得多了,脸上也没了笑容,更别说唱小曲了。由于当时我还是孩子,所以对此并没怎么在意。可随着年龄的增长,就越来越觉得父亲的心中有个巨大的烦恼,并且深以为苦。有一次,他跟未亡人在一个没人的地方窃窃私语。我走过去后,他的脸色立刻就变得刷白刷白,并狠狠地瞪着我。我一直搞不清父亲心中的烦恼到底是什么。或许是父亲也不想怀着巨大的罪恶感去世的缘故吧,在他临终之时——"

当时,芳夫是在漆黑一片的房间里,站在君子的面前说的这番话。可当他说到这里,就突然停了下来,侧耳静听了一会儿。

"父亲临终之时……"芳夫进一步压低声音后继续说道,"'我杀过人啊——成了孤儿的君子,好可怜啊'——他就是这么说的。

你第一天来到这里，我就注意到了。我知道，你不是白石松江，是田所君子。你放心。我绝不是你的敌人。"说完这些话后，芳夫就消失在黑暗的走廊上了。

然而，君子的内心还留有一丝疑问。真的是未亡人杀死了母亲吗？这一点还要进一步加以确认。如果真是她杀的，应该让她活着多受些罪吧。于是，君子便将心思用在了这两个目的上。

几天后，君子去仓库将一块裹在琴上印有抱茗荷族徽的油布取了来。等到夜深人静之后，她就将这块油布像防寒头巾似的裹在头上，悄悄地去了未亡人的房间。拉开移门后，君子一动不动地站在昏暗的房间里。未亡人当时像是还没睡着，立刻坐了起来。起初，她像是不相信自己的眼睛似的，怔怔地望着君子的模样。可在下一个瞬间，她就"啊！"地低低叫了一声，像游泳一样挥动双手，摸索着走近君子。随即，她又像是看到了什么，泥塑木雕似的僵在了那里。

原来，君子的背后还站着个芳夫呢，连君子自己也不知道。

第二天，未亡人终日卧床不起。君子则若无其事地做自己的事情。可每当君子有事进入未亡人的房间时，芳夫总是站在其窗外。

又过了几天，君子趁未亡人不在的时候，将人偶放在了她房内的壁龛里。她打算以此作为最后的试探。当未亡人上厕所回来后，起初还没注意到人偶，可当她看到后，就急忙将其抱在怀里，慌慌张张地环视着房间内部，随即又将人偶轻轻地放到了榻榻米上，好像这是个十分可怕的东西。然后，嘴里轻声嘟囔道："啊，她果然知道了……"

躲在外间窥视着这一切的君子与芳夫，不由得面面相觑，相互点了点头。

一天，君子将一枚金色的护身符放在一个浅碗里，用水泡着，端到中风卧床的白发老妇嘴边，要她喝下去。老妇人带着中风病人所特有的表情看了一会儿碗里，随即就"扑簌簌"地流下了眼泪，并像是在求饶似的，点了好几下头。坐在一旁的芳夫，看着这一幕，显得十分不解。君子便跟他说了自己父亲临死时的惨状。

芳夫说道："松江小姐，你是女人，就不要做这种冲动之事了。这种事情让我来做吧。为了你，我赴汤蹈火也在所不辞。因为我要替我父亲赎罪，我有义务为你的父母报仇雪恨。"

那天并没有风，可"双子池"的水面上居然掀起了波浪。池塘的上空覆盖着乌云，似乎马上就要下雨了。

下午，起风了。

傍晚，下起雨来。

入夜之后变成了暴风雨。夜深之后，包围着这个住宅的森林里的每一棵树，仿佛都变成了妖怪一样，在这骇人的狂风暴雨中跳起了诡异的舞蹈。

芳夫站在漆黑的走廊上，手里握着一柄磨得锋利的斧子。当狂风吹来，原本看着挺结实的房屋，也会发出可怕的"吱嘎"声，当暴雨横扫过来时，防雨门上便响起擂鼓般的声响来。芳夫轻轻地拉开了移门。屋里的未亡人像是因连日的劳累而身心交瘁，双手无力地放在被子上，睡得正酣。芳夫蹑足来到她枕边，高高地挥起了斧子。这时，又一阵骤雨横扫在防雨门上。紧接着是一声撕绢裂帛般的尖叫，君子从外间闯了进来。她在未亡人的身边双膝着地，跪了下来。未亡人的左胸袒露着，上面有一颗梅花形状的黑痣，而她那双微微张开着的眼睛里，则噙满了泪水。

清一色

山本周五郎 ｜ Yamamoto Shugoro

一

山手[1]租屋街上"柏树公寓"的二楼十号房间，发生了一起杀人事件。

被杀的是一名被称作"绚夫人"的女性。她是总部设在旧金山的某动物油脂公司销售总监，美国人詹姆斯·菲尔德的小老婆。

那一天。

绚夫人自下午起，就在她自己的房间里跟以下的三个男人玩花纸牌[2]。

高野信二，新闻记者，二十九岁，住在该公寓的二楼，十二号房间。

吉田仑平，无业人员，四十一岁，住在该公寓的二楼，十一号房间。

木下潘一，酒店服务员，二十四岁，住在十一番桦山公寓。

当天的胜负情况是这样的：一开始，是绚夫人一枝独秀。到八

---

1 此处指日本兵库县神户市内的区域名。
2 将不同的花牌相互搭配起来玩的一种日本纸牌。

点钟吃晚饭的时候，除了高野，另外两人都输得很厉害。木下濬一欠了二十贯；吉田仑平欠了将近四十贯。吃过晚饭后，他们仍继续玩牌。吉田仑平多少扳了些回来，可木下濬一还是一败涂地。

在此，我们先介绍一下绚夫人的出身。地震前，在这个开埠城市[1]的红灯区，她是人称"No. 7 的阿绚"，曾有段时间在山手、海岸、南京町[2]一带独领风骚。其泼辣的样子、强劲的体力、无穷的性欲、天才的玩花牌本领——样样俱全。从身体到内心角落，她都是个十足的娼妇。因此，尽管现在窝在租屋街上，做了美国人的小老婆，但在玩花牌和玩男人这两样上，她依旧是精力过人。

钟敲十点的时候，牌桌上的鏖战也鸣金收兵了。一算账，大家都输给了绚夫人。可是这天，吉田仑平没带钱（也不光是这一天），要写 IOU[3]。就在这时，出了一点小情况。

由于写 IOU 的卡片用完了，绚夫人就去八号室，菲尔德的房间拿。可她进屋不一会儿，就跟菲尔德大吵大闹了起来。

"你这个婊子！看我杀了你。"

菲尔德刚说了这么一句（在此就不一一照搬他所说的英语了），绚夫人立刻歇斯底里地回骂道："你这个畜生！"

"干上了啊。出墙货和醋钵头。"吉田仑平说着吃吃直笑。

不过吵架很快就结束了。菲尔德骂骂咧咧的，噔噔噔地快步下楼去了。绚夫人则回到了客厅。

"怎么了？"

"哼！还不是老一套。"她没有过多理睬提问的木下濬一，将拿来的菲尔德做生意用的空白单据反过来，递给了吉田仑平。

1　指日本兵库县东南部的神户市。该市于 1867 年开港，故称。

2　日本神户的中华街。因 1868 年神户开港后，来到此地的华人中以南京人居多，故称。

3　欠条。源自英语 I owe you。

高野信二笑道："太斤斤计较了吧？"

"有什么好笑的。真刀真枪的嘛。"绚夫人抖了抖肩膀，抽出一支"布兰奇小姐"[1]，点上了火，"两三天内就要去上海了，正急着筹钱呢。要是手头再宽松一点，倒贴些也无所谓。现在可不行！"

"厉害！"

说完之后，高野信二晃了晃脑袋。绚夫人一把抓过吉田仑平递过来的借条，瞄了一眼那上面的金额，猛地一把给搡了回去，怒吼道："仑平，你怎么回事？你欠我三十八贯五十！搞什么鬼？"

绚夫人这话说得也太冲了，饶是吉田仑平脸上也有点挂不住。可他接过来一看，借条上果然写的是二十八贯五十。吉田仑平一声不吭地订正了借条。

"你已经欠了将近三百贯了，仑平，你差不多也该跟我清一清账了吧？"

"知道，知道。你也别这么气势汹汹的好不好。"

吉田仑平低三下四地苦笑着，却并不接她的话茬。绚夫人将IOU扒拉到桌子角落，忽然扭头朝木下潘一看去。木下潘一已经付清了赌账，站起身来就要回去了。

"我这就告辞了——还得去上班嘛。"

"好吧，那就回见了——"绚夫人说着，避开众人迅速地用一只眼睛朝他眨了一下，"拜托你的事情……没问题吧？"

"晓得了！"

说完，木下潘一就出了房间。与此同时，吉田仑平也嘟嘟囔囔地回自己的房间（就是绚夫人对门的那个房间）去了。

---

1 荷兰出产的一种女性用香烟。

二

　　吉田仑平和木下潘一都走了，可高野信二还留在房间里。

　　"玩不玩对花（用花纸牌赌钱）？"

　　"也行啊。"

　　"洗牌。"

　　花纸牌又被拿了出来。说好了一局定胜负后，开始选庄家，结果是高野信二坐庄。

　　"这回我可要翻本了。赌技不好，手气好，有什么办法呢？"

　　"少说废话。"

　　洗完牌后发牌。绚夫人鼻子里哼了一声，嘟哝一句"空仓"，就将手中的牌全都摊开了——七张牌都是空牌。

　　"啊呀！"高野信二边低头看着自己手里的牌，边啧啧有声地咂着舌。

　　这时，走廊上跑来一个勤杂工，敲了敲门，探头进来。

　　"高野先生在这儿吗？啊，高野先生，有人要见您。"

　　"谁呀？"

　　"嗯，有点怪。不肯说名字，穿着也怪模怪样的。"

　　"怪模怪样？好吧，我这就去！"

　　"这边请。"

　　高野信二心想"能凑个'清一色'的全蓝[1]啊"，只得将手中的牌全都合在桌上，跟着勤杂工出了房间。

　　楼下的客厅里有个衣着破烂不堪，一看就是个流浪汉的家伙等

1　指换到全带有蓝色短笺的花纸牌。

着呢。高野信二报了姓名后，那家伙略显腼腆地说："您出来一下，嘿嘿，就在那边……"

"什么事？"

"我怎么知道？那边的先生说是有话要跟您在外面说说。说是在家里说，不太方便……"

"奇了怪了，谁呀——"

尽管觉得有些奇怪，可高野信二还是跟着那家伙来到了外面。那家伙一声不吭地在前面走着。穿过御代官坂，来到街角处后，那家伙东张西望地看着四周。

"怎么了？"

"哎——"那家伙歪着脑袋说道，"就是这儿呀，人去哪儿了呢？刚才还在这儿……"

高野信二不由得焦躁起来，朝着黑暗处"喂——喂——"地喊了几嗓子。可四周连个人影都看不见，自然也没人应声。问那"流浪汉"，到底是什么样的人找自己，说是他走到那边十字路口时，有个穿黑西装的人从暗处走出来，塞给他两个五十钱的银币，要他把高野信二叫到这儿来，仅此而已。

"简直是胡闹！算了，算了。"

高野信二以为是哪个做记者的朋友在跟他恶作剧，所以扔下这话之后，就回去了。这期间大概有七八分钟，顶多也就十来分钟吧。

上了公寓的二楼一看，见绚夫人家的门开着，可她的人却不见踪影了。

"哎？"他嘟囔着三步并作两步走了进去，只见绚夫人连带椅子一起，正仰面朝天地躺在牌桌后面呢。

"夫人！你怎么了？"

高野信二以为她是什么病症发作了，所以喊了这么一声后，就绕过桌子去察看。见绚夫人的裙摆被高高地掀起，白白胖胖的大腿一直暴露到根部，他赶紧将其拉了下来。这时，有一股浓烈的血腥味冲入他的鼻腔。他刚觉得有些纳闷，随即就看到绚夫人的左胸上插着一柄短刀。并且，从她那袒露的胸脯到地板上，全是鲜血。高野信二像踩着了弹簧似的蹦了起来，一下子就冲到了走廊上，嘴里高喊着："杀人啦！"

三

　　接到紧急报警后，刑事课长巴谷立刻就带着四五名部下驱车赶了过来。

　　等大家都赶到现场的时候，绚夫人已经死了——甚至没等到临时叫来的开业医生采取任何抢救措施。巴谷课长立刻指示法医对尸体进行检查。

　　凶器是到处可见的日本式的短刀，长九寸五分。一刀刺在绚夫人的心脏正中间，且用力很猛，几乎没了刀柄。量过刺入的角度和深度之后，法医便将短刀交给了刑警，好让他们去检查印在刀柄上的指纹。

　　"——刀口是朝上刺入的，这种杀人手法在日本倒是很少见啊。"法医说着，仔细地剥下了死者身下的衣服。在检查是否有过性行为时，发现了死者性器官亢奋的事实。

　　巴谷课长简单听取了证人的陈述后，立刻进行了现场踏勘。

　　对门把手、阳台上开着的窗子、桌子等所有相关之处，都进行了指纹采样。

　　这个房间三面都有门，一扇门通走廊，一扇门通卧室，一扇门通阳台。通卧室的门关着，其他两扇门都开着。

阳台连着消防梯。消防梯可以在楼内自动控制升降，而公寓的主人有每晚十点钟收起消防梯的习惯。控制按钮就在二楼楼梯的拐角处，无论何时，只要按一下这个按钮，就能放下消防梯。走下梯子后，只需将其往上一抬，消防梯就会自动收上去的。巴谷课长过去察看的时候，那梯子是收着的。

室内并无打斗过的痕迹。绚夫人就是正对着桌子往后倒下的。根据高野信二关于她裙摆被高高掀起的陈述和性器官亢奋的事实，再结合尸体的位置来考虑，很容易让人联想到凶手并非陌生人。

"凶手曾坐在这儿。"巴谷课长坐在受害人对面的椅子上说，"然后瞅准时机，从这儿刺过去的。当时，是隔着桌子用左手抓住受害人的右肩……呃，不——"

说到一半，目光无意间落在牌桌的巴谷课长，不由得露出了惊讶的表情，随即便仔细察看起桌上的花纸牌来。因为他记得高野信二说当时只看了一眼手里的牌，就将其合在桌上了。可现在，纸牌明明是翻开着的。并且，已经是清一色的"蓝"牌了。很明显，这副牌已经被打过了。

"嗯——"巴谷课长点了两三下头，自言自语道，"这可有点蹊跷啊！"

确实，这一异常情况，十分引人注意。似乎破案的关键，就隐藏在这一细节之中。

检事局[1]的矢岛首席检事和仓石判事[2]赶到时，去桦山公寓的刑警也回来了，并报告说，木下濬一还没有回到公寓。

"说是早早地吃过午饭出去后，就一直没回来过。给他工作的

---

1 日本二战前旧法院制度下隶属于各法院并配有检事（检察官）的机关。
2 日本法院的官名之一。

酒店也打电话询问过了，那边也说没来过。"

"辛苦了！"

巴谷课长立刻命令要对木下濬一和将高野信二叫出去的"流浪汉"展开调查，随即开始了临时审讯。

进行临时审讯的场所是花草盆景室。也在二楼，就处于发生凶杀案的十号室的正对面。按照排号顺序，这个房间应该是十三号，但十三这个数字不吉利，所以就放了些公寓主人精心培育的花草盆景。现在，稍作归置，搬入一些桌子椅子，便充当起了临时的审讯室。

四

首先被唤入临时审讯室，回答巴谷课长询问的是柏树公寓的主人夫妇。

"把房间租给詹姆斯·菲尔德夫妇居住，还是去年三月份的事情。是二楼的八、九、十号这三个房间。房租是每月八十日元。他们家主人每年来这里住两次，每次两个月左右。他们的夫妻关系可不太好，今年春天里曾大吵过一次，菲尔德先生还拿着手枪追着绚夫人直跑。

"关于绚夫人的为人，你们只要稍稍调查一下就会知道，应该是不太光彩的。仅我们所知，她总是跟两三个男人保持着关系。关于这一点，我想菲尔德先生也心知肚明。可是，大概由于他非常爱绚夫人吧，从未听说过他们要分手。

"据说绚夫人是玩花纸牌的高手，一天到晚都有来玩牌的人进出她的房间。今天也是这样，似乎从下午起他们就一直在玩花纸牌。桦山公寓的木下濬一先生好像也来了。吉田仑平先生和高野信二先生原本就都住在这二楼上，也不光是今天，似乎是经常跟她一起玩牌。至于他们每次玩牌是否一定赌钱，我就不太清楚了。

"十点钟左右，听到了二楼他们夫妻的吵架声，不一会儿，菲尔德先生就急匆匆地跑下了楼，我看到他直接就这么出去了。我内人还说，肯定又是因为吃醋而吵架。我也说，是啊，摊上这么个老婆，男人的日子好过不了。

"随后我就去把消防梯收好了。回来时正遇上木下潘一先生从二楼上下来。和往常一样，他跟我笑眯眯地说了声'再见。您歇着吧'。他是个很客气的人。说完，他就回去了。那是在菲尔德先生出去过后十五到二十分钟的事吧。

"木下潘一回去后不久，似乎就有一个陌生男人来找高野信二先生。高野信二先生跟他说了两三句话，就一起出去了。不知道他是什么时候回来的。过了大概十到十二三分钟，听到他在喊'杀人啦！'，我大吃一惊，就跟内人一起去了二楼，看到高野信二先生脸色刷白，正在走廊上大声地叫喊着，看到了我，立刻就告诉我绚夫人被人杀死了。于是，我就给警察打了电话。"

上面的话虽然是公寓主人一个人说的，但他的妻子也表示完全认同。

第二个被叫来的是勤杂工，但询问很快就结束了。紧接着就是吉田仑平。

吉田仑平是个胆汁质[1]类型的人，脸色很难看，一见面就给人以赌鬼印象。他说起话来，从不正面看对方，要么看旁边，要么低着头。

"你是有前科的吧！"

吉田仑平刚一落座，巴谷课长就冷不防地喊了这么一嗓子。吉

1　古希腊希波克拉底四种体液说中的气质类型之一。性急、易怒、意志坚强。

田仑平吓了一跳，脸部肌肉抽搐着低下了头。然后，他结结巴巴地说道："要说前、前科，也只因为赌博被抓、抓了那么三回。你们一查就、就知道了。我跟绚夫人认识，还是地震之前的事，那会儿，她还在 No. 7 的雪宾馆里卖呢。地震后，我一直在大阪，去年年底才回到这，碰巧遇见了她，通过她的介绍，我就租了这儿二楼的一个房间。

"关于今夜所发生的事件，我可什么也不知道。十点半……呃，估计还更早一点吧，我记不太清楚了，我就回到自己的房间，躺在床上抽烟。后来听到高野在走廊上大喊'杀人啦！'，才急急忙忙地跑出来，这才看到绚夫人被人杀死了。"

"听说你玩花纸牌的时候输了又没钱，写了借条？"

"是的。金额是三十八贯五十——"

"当时，跟那个女人是否有什么争执？"

"没有！我只是糊里糊涂地写错了金额而已，并没有什么争执。再说——"

这时，巴谷课长轻轻地将沾满鲜血的短刀放到了桌上。

"这玩意儿，你有印象吗？"

吉田仑平刚看到的时候，就十分明显地露出了惊讶的神色，可还是在迟疑了一会儿之后，才承认这把刀曾经是自己的。但又说由于现在对于刀剑之类管得严，自己早就将它收起来了，连藏在哪儿都不记得了。

吉田仑平的回答很单纯，给人的感觉也很老实。巴谷课长将凶器收起之后，换了一种温和的语调，问他有没有听到惨叫之类的声响，可吉田仑平回答说没有。又问了两三句之后，就让吉田仑平回休息室了。

在吉田仑平之后接受询问的是高野信二。由于最初就是高野信二向警方报告的事件经过，所以巴谷课长的询问就集中在了获取关键性证言上。

"你当时被人叫到外面去的时候，为什么要将手里的花纸牌合在桌上？"

"刚才我也说了，我坐庄，洗牌、发牌后，绚夫人说了声'空仓'，就将手里的牌摊在桌面上了。我看了看自己手里的牌，觉得是有可能'清一色'的，所以就去看桌面上的牌。就在这时，有人来叫我，所以我就将牌合在桌上后出了房间——"

"原来如此。"巴谷课长将上嘴唇上修剪得十分整齐的胡须咬在了嘴里。

"这么说，你仅看了一眼手里的牌就将其合在桌面上，然后出去与人见面了？"

"是啊。"

"这可就奇怪了嘛。"

"怎么了？"

"现场勘察时，发现你的牌明显被换过，并且，已经有两三张蓝牌，也就是说，'清一色'已经完成了。"

"这，这怎么可能……"

"这就是说——"巴谷课长紧盯着高野信二惊恐的双眼，说道，"如果不是这样的话，那么就是在你出去之后，有人跟受害人继续玩牌了？"

"可是，我也只离开了十分钟左右啊。"

"你不是已经想到手里的牌有可能凑成'清一色'了吗？那么只要换上两三张就凑齐也很正常呀。"

"……"高野信二无话可说。

五

与来到现场的检事、判事简单地交换过意见后，巴谷课长就带领两名部下搜查了高野信二、吉田仑平和菲尔德的房间。

当巴谷课长在吉田仑平的房间里有了意外的发现而回到临时审讯室时，先前布置的警戒线发挥作用了：那个将高野信二叫出去的"流浪汉"被逮来了。巴谷课长对他进行简单的询问后，便让他去别的房间里候着。

然后，巴谷课长再次将吉田仑平叫来。

第二次接受审讯的吉田仑平，显得比第一次更加战战兢兢。而巴谷课长的态度却与先前大为不同，显得十分随和，说话的语气就像跟老朋友聊天似的。

"你欠了绚夫人不少钱，是吧？"

"呃，是的……"

"大概有多少？"

"也没有多少，就一点点……"

"有三百日元左右吧？"

吉田仑平吓了一跳，用眼角瞟了一眼巴谷课长的脸。可巴谷课长仍不动声色地继续说道："今天你也写了借条，不是吗？"

"呃，是的。"

"可是，你写的借条不见了。现场没有啊！"

"……"

"不仅如此，绚夫人的文具箱被人翻过了。一些现金，还有两三个人写的借条，都不见了！"

"什么？"

吉田仑平咽了口唾沫。看了一眼一声不吭地盯着自己的巴谷课长的眼睛后，终于熬不过，开始结结巴巴地辩解起来："我可是——呃，不，不。我没必要去偷那些东西的。因为，因为我欠绚夫人的钱，是，是另有办法还的。"

"另有办法？什么办法？"

"这个嘛——"吉田仑平刚鼓起勇气辩解了一句，就被顶了回去，只得满脸尴尬地低下脑袋。

"什么办法？说！"巴谷课长提高了嗓门说道。

吉田仑平脸涨得通红，愈发狼狈了，最后终于像是横下心来似的坦白了："老实说吧，绚夫人与我，维持着一种特殊的性关系。她跟我说好的，只要我满足了她那种异乎寻常的性欲，每次就能勾销二十贯的借款。"

原来绚夫人还在雪宾馆里高张艳帜的时候，接的都是外国客人。时间一长，她便适应了粗暴荒淫的性生活，在那之后，身体瘦弱、文质彬彬的日本男人，就怎么也不能满足其欲望了。

尤其是一个名叫奥尔的挪威人，还教了她一些特殊的技巧，从此她的要求也发生了根本性的改变。奥尔离开日本时，给她留下了一些特殊工具和药物。而能够巧妙运用这些工具和药物的，只有当时在古兰德大酒店厨房里打工的吉田仑平一人——

"所以我从大阪回来后，绚夫人就死乞白赖地把我拖到了这所公寓里，帮我安排了房间。从那时起，我就一直为满足她的性欲而服务，而她则为我付房租和伙食费等。"

"哦，还有这么回事啊。"听完了吉田仑平的辩解后，巴谷课长轻轻地点了点头。然后，咬着上嘴唇上的胡须思考了一会儿，突然取出一叠单据扔到了桌子上。

"这些，你都不陌生吧！"

"啊——"吉田仑平只看了一眼，就脸色大变，额头上也渗出了一颗颗汗珠。

"这些都是从你的房间搜出来的。塞在通风管里的，是吧？这你又怎么解释。难道也是跟绚夫人有什么特殊约定吗？"

"饶了我吧。"吉田仑平垂头丧气地答道。

"我确实打开了绚夫人的文具箱，从中拿走了三十日元左右的现金和一叠IOU，可是，可是……"说到这儿，他猛地抬起头来，脸上显出拼死的表情，连从额头上淌下来的汗都顾不得擦，"可是，绚夫人绝不是我杀的。我没有瞎说！听到高野高喊'杀人啦！'之后，我就从床上跳下来，跑到走廊上，然后进入绚夫人的房间，看到了她的尸体。我心想，这可不得了了。这时，公寓主人夫妇也来了，他们大吃一惊，说是要打电话报警，就跑下楼去了。高野也说要给自己的报社打电话，叫我在那儿看着，说完他也下楼去了，就我一人留在房间里。我忽然看到衣柜上的文具箱，我知道那里面有现金，而我也正需要现金，所以就将它拿下来打开，翻了起来，一翻就翻出了IOU。我想，绚夫人死了，我那个特殊的还款办法也不管用了，要是被菲尔德拿到了这些借条，肯定会催我还钱的。所以就想拿回去烧毁。于是我就将这些借条和IOU一起塞进了怀里，把文具盒放回原处，后来我就将IOU塞进了通风管。除此之外，我就什么都不知道了。我说的都是真话，一句假话也没有啊。"

陈述完毕之后，吉田仑平的额头和两鬓都被汗水湿透了。正好这时一名刑警进来报告，说是詹姆斯·菲尔德回来了。巴谷课长就让吉田仑平先退了下去。

六

巴谷课长为了让自己休息一下，便点上香烟，在角落里的一张椅子上坐了下来。可刚一坐下，刚才去调查指纹的那个警察就来向他汇报，说是没有获得满意的结果。短刀的柄上倒是有两三个十分陈旧且不清晰的指纹，但那显然不是行凶时留下的。窗框上和门把手等处，也都没有像样的收获。

紧接着法医也来汇报。虽说准确的报告还有待于尸体解剖，但关于性器官亢奋已经可以得出结论：是他人用手指拨弄的——这也只是从受害人本人的手指并未弄脏这一点上得到的推测。

"看来，还是吉田仓平的嫌疑最大啊。"仓石判事像是自言自语似的低声说。

"根据前后的关系来推断，能在高野信二离开的十分钟内完成犯罪行为的，只有吉田仓平。"

矢岛首席检事也点头说道："嗯，估计他是在高野信二出去后立刻进入房间，然后开始玩牌，并伺机刺杀了绚夫人。"

巴谷课长却轻轻地摇了摇头："那么将高野信二喊出去的流浪汉又是谁雇的呢？因为吉田仓平事实上没离开他房间一步。即便如高野所说，雇流浪汉将他喊出去是他朋友的恶作剧，吉田仓平的嫌疑也仍有不充分的地方，那就是——"

巴谷课长用手指敲了敲那一叠借条。

"吉田仓平所藏匿的这一叠借条中，并没有他今晚写的三十八贯的那张 IOU。当然了，在现场也没发现那张。"

也就是说，吉田仓平署名的那张票据不翼而飞了。是谁？出于何种目的将其拿走了呢？

在刑警的引导下，詹姆斯·菲尔德走了进来。

看模样，这是个四十来岁的金发男子，眼睛是棕色的，十分引人注目，还时不时地会像猫眼似的闪一下亮光。总的来说，不像个坏人，日语尽管说得结结巴巴，但还是能够清楚表达的。

他较为镇静地说道，自己刚从八番的酒吧"小姐"那儿回来，听说绚夫人被人杀死了十分震惊。然而，他在继续往下说的时候，悲伤之情便渐渐地难以自抑，让人感到他是深爱着受害人的。

"我是总公司在旧金山的KBD动物油脂公司的东方营销总监。负责当地与上海以及香港的业务，每年有春秋两次，每次八周左右滞留在当地。跟绚夫人认识，是去年春天里的事情。跟她商量之后，我们就在柏树公寓里租屋同居了。我要说的是，我是真心爱她的。"菲尔德掏出手绢来，轻轻地按了按鼻子。

"绚夫人原本就是个多情的女子，异乎寻常地喜欢性生活，因此老有些不干不净的男女关系，还时常在外面过夜。可是，一来她以前就是干那个的，二来我不在这里的时间也比较长，所以我也只能睁一只眼闭一只眼了。正因为这样，我们的关系总是不怎么太平。时不时地会爆发一些剧烈冲突。有一次我甚至想先杀了她，然后自杀，就拿着手枪追着她跑，不过最终还是下不了手。我想，她也知道我是不会真的杀她的。这次，我在六周之前来到此地，因为世界经济不景气，我们公司的销售也受到影响，总部下了命令，要缩短滞留时间，我打算就在这两三天内去上海——"

就在这时，走廊上突然响起了急促的脚步声。紧接着，两名刑警一左一右扭着木下濬一的胳膊走了进来。

"怎么了？"巴谷课长问道。

木下濬一转过苍白、紧张的脸来，大声叫喊道："误会！这是误会啊！"

七

刑警止住了木下濬一叫喊之后汇报说，他是从九号房（即菲尔德夫妇的卧室）的窗户那儿溜到阳台上，从消防梯处跳到后院时被抓住的。

"从卧室？这个家伙？"

巴谷课长十分疑惑地看着木下潘一。木下潘一痉挛似的抽动着嘴唇，大声喊道："这中间、中间是有缘故的。那是——"

巴谷课长命令刑警先将木下潘一带到休息室去，然后催促因这一意外事件而受惊的菲尔德继续往下说。

"今天，我们约好了要去帝国剧场看戏，算是我去上海之前与绚夫人的告别。可是，快到中午的时候，她突然不高兴了，喊来几个男人开始玩花纸牌。我催促了她好几次，她也不肯动身。最后，我只好放弃，自己去办事了。下午茶和晚饭，我都是一个人吃的。我心里非常窝火，正想出去喝酒的时候——大概是快到十点钟的时候吧，她进来了。我当时因为身边缺少零钱，就跟她说，能否给我些零钱。不料她非但不给，还对我破口大骂，粗话连篇，难听极了。我也因为憋了一天的火，终于忍不住了，也大声地骂了她。说了声'我今晚不回来了'，就出去了。"

"听说你当时威胁过绚夫人，还说过'要杀了你'之类的话，是吗？"

"或许说过吧。因为我憋了一天，已经火冒三丈……"

"你是直接去的酒吧吗？"

"常去的那个'小姐'酒吧是最后才去的，先去坂下后街逛了两三家。具体是哪几家已经记不清了。不过，到了那儿我就能认出来的。"

"或许过会儿需要你配合。"巴谷课长如此答复后，礼貌地请菲尔德回休息室去。

然后，巴谷课长叫来自己的部下，让等候在另一个房间里的流浪汉去休息室辨认，是谁雇他将高野信二叫出去的。

检事和判事，这回谁都不开口了。随着事件调查之进展，这个小小的临时审讯室里的气氛，也越来越紧张、凝重了。

不一会儿，流浪汉回来了。他做出证言：雇自己的人确实就在休息室里。然而，当他说出那人是谁后，巴谷课长的眼中立刻露出了失望的神色。

接着，木下濬一被唤入了审讯室。

八

木下濬一已经完全慌神了。他肤色白皙，眉清目秀，怎么看也是个奶油小生。可现在已成了惊弓之鸟，正在瑟瑟发抖，毫无风度可言。不过倒也还能结结巴巴地回答巴谷课长的询问。

"我从绚夫人的卧室里逃出去，确、确有其事。不、不过这跟杀人事件毫无关系。这一点，我、我可以对上帝发誓。"

"行了，行了。在对上帝发誓之前，你还是先老实交代吧。你为什么回去之后，又藏匿在绚夫人的卧室里？"

"这个嘛……这个……"

"嗯？痛痛快快地说！"

"是这样的……从上周三起，我就跟绚夫人发生了肉体关系。后来，绚夫人会制造机会，把我约到她的卧室里去。"

巴谷课长皱起了眉头——这个女人怎么这样？过的是何等糜烂的生活？

"你认识那个人吧？"巴谷课长指了指房间角落里被刑警看押着的流浪汉。木下濬一飞快地瞄了一眼，便点了点头。

"认识。"

"那你就把你今晚所做的事情，原原本本地都讲出来吧。"

"我坦白！"

到了这时，木下滿一终于恢复了平静，开始交代以下的情况。

根据他交代，他跟绚夫人的肉体关系确实到了荒淫无耻的地步。这一星期以来，他们几乎是天天在一起鬼混。今天，木下滿一在酒店上的是深夜班，十一点钟上班，所以应该是没办法厮混的。可绚夫人在跟菲尔德吵了架，回到客厅后，就一如既往地给木下滿一发了暗号：右手的食指在桌子上轻轻敲三下。意思是：今晚菲尔德不在，你过来。然后趁着高野信二与吉田仑平说话的当儿，偷偷地跟他咬耳朵：待会儿出去找个人，把高野那小子叫出去。这样我就能把消防梯放下去。

为什么要这么做呢？因为最近两三天以来，高野信二似乎察觉了他们两人的特殊关系，想掺和进来捣乱。今天晚上，玩牌结束后，本该是三个男人一起走的，可高野偏偏若无其事地留了下来。这一点，绚夫人早就料到了，所以就安排了这么一出。

木下滿一出去后，走到御代官坂那儿，就找了那个流浪汉，要他将高野信二叫出来。然后，他藏在建筑物旁侧偷看，见高野信二与流浪汉确实出去了，他就绕到了建筑物的背后。这时，他发现消防梯果然跟约好的一样，已经放下来了。于是，他就上了消防梯来到绚夫人房间的阳台上，随后又跟往常一样，翻窗户进入了卧室。

可他在绚夫人的卧室里躺下来不一会儿，就听到高野信二在高喊"杀人啦！"。他大吃一惊，想立刻逃走，又考虑到自己的处境也很危险，可不走的话，自己也脱不了干系，所以就翻窗来到了阳台上。可奇怪的是，刚才他由此上楼的那架消防梯，竟然收起来了。

如前所述，要将消防梯放下去，就必须按主人房间里或二楼楼梯口的按钮。除此之外，别无他法。于是，木下滿一想找到机会后再逃走，就重新回到绚夫人的卧室里藏了起来。可是，这个机会还没等到，警察们就要进来搜查了，他实在待不住，明知是下策，也只得从阳台上跳下去。果不其然，他一跳下去，就被守在那里的刑警逮了个正着。

"如此说来，你就藏在发生凶杀案的隔壁房间里了？"巴谷课长深深地皱起眉头，厉声问，"那么，你有没有听到十号室发出的惨叫，或争吵的声响？"

"没有。没听到过这类声音。不过——"说到一半，木下潘一突然提高了嗓门，"对了，我刚才忘了说。我上了阳台后，就在外面敲了敲绚夫人房间的玻璃窗，说了声'来了！'。这时，我听到屋里是有回应的。不过现在想来，那声音好像不是绚夫人的声音。"

"是什么样的声音？还记得吗？"

"嗯，似乎记得又似乎记不得。反正是低沉、沙哑的嗓音。"

针对木下潘一的审讯就到此结束了。

等到木下潘一在刑警的押解下去了休息室后，巴谷课长站起身来，心情烦躁地在室内兜起了圈子。然后，他走近矢岛首席检事，低声而又急促地说："木下潘一朝屋里打招呼的时候，里面的凶杀已经结束了。估计凶手在高野信二离开之前就守在阳台上等候机会。所以，看到高野信二出去后，凶手就进入房间，杀死了绚夫人。而在看到木下潘一从阳台进入卧室之后，凶手就返回到阳台上，顺着消防梯下楼去了。消防梯是只要从下往上推，就会自动收上去，想必凶手将梯子推上去后就离开了。也就是说——

"一、高野信二出去之前，凶手已经在阳台上了。

"二、在木下潘一到来之前，凶杀已经完成了。

"三、凶手是在木下潘一进入卧室之后，顺着消防梯下楼离开的，这一点可由放下的消防梯被收回来证明。

"由此可见，凶手是在绚夫人给木下潸一放下消防梯之前，亦即公寓主人收起消防梯之前，顺着消防梯登上的阳台。如果不是这样的话，就来不及完成凶杀。因此，凶手就是——"

巴谷课长刚说到这儿的时候，高野信二匆匆忙忙地走了进来，走近巴谷课长后低声而明确地说道："凶手抓到了！巴谷课长！"

九

"哎？！你说凶手怎么了？"巴谷课长几乎跳了起来。

高野信二笑嘻嘻地说道："把戏被戳穿了！能让我再看一下现场吗？"

"行啊。走吧。"看到高野信二那一副胸有成竹的模样，巴谷课长就十分爽快地领头走向了十号室。高野信二进入十号室后，立刻来到了牌桌旁，仔细观察了摆放在桌面上的花纸牌。

"巴谷课长，这儿的纸牌，都没被动过吧。"

"没动过。"

"好啊！"高野信二高声喊着，掏出了笔记本和铅笔，十分麻利地将"清一色"的蓝牌画成了速写。

"'清一色'已经成了嘛，嗯。巴谷课长，这是凶手挖的陷阱啊。可他没想到，自己竟掉了进去。"

巴谷课长只是静静地看着高野信二，一声也不吭。画好了速写之后，高野信二便从衣柜上取下了另一个花纸牌盒子，强忍着偷笑说："请到休息室外面去。等我发出信号后，请毫不犹豫地立刻进来。到时候我就可以揭开谜底了。不过，在此之前，请不要干涉我在室内的行为。别担心，案子已经真相大白了。"

他高声说完这些话之后，就步履轻快地回休息室去了。对于高野信二这一出人意料的行动，巴谷课长虽然略感惊讶，但还是按照他所说的那样，来到了休息室的外面，等待他的信号。

高野信二返回了休息室。

现在，他已经恢复了一个新闻记者所应有的职业性冷静。进屋后，他对看守着的刑警说课长喊他去，将他打发到了外面。自然，那名刑警出去后就再也没回来。

"啊，好累啊。"高野信二点了一支烟，跟打哈欠似的说道。

"怎么样？我刚才去打听了一下，审讯好像还有一会儿呢。我们来玩'对花'吧。没事儿。我刚才跟巴谷课长打过招呼了。"

说着，他就拿出了花纸牌。吉田仑平和木下濟一也正闲得无聊，听他这么一说，马上将椅子移到了桌子边上。菲尔德则又掏出了手绢，按了按鼻子说他现在没心思玩这个。

高野信二一边洗牌一边调侃道："怎么了？是不是听说凶手动过纸牌，想避嫌疑吗？"

"No！"菲尔德猛烈地摇了摇头，可随后又露出笑容，说尽管自己心里还有点过意不去，还是一起来玩吧。说完，就也将椅子移到了桌子边上。

四个人围着桌子坐好后，就开始选庄家，被吉田仑平选到了坐庄。洗牌、发牌后，木下濟一表示这一轮不要。于是就剩下高野信二与吉田仑平、菲尔德三人决胜负。

"啊呀，这可就倒霉了。"高野信二看着手里的牌自言自语道，"这不是一模一样了吗？和绚夫人玩时一样——还是等蓝牌，真是怪了——"

刹那之间，屋字里掠过了一股阴郁之气。高野信二瞟了菲尔德一眼。

接着，就开始抽牌、换牌了。可是，这一过程并不长。就在每人都摸过四轮之后，高野信二突然站了起来，并朝屋外喊道："巴谷课长！请进！"

就在其余三人不知所措的当儿，巴谷课长随同检事、判事一同走了进来。

高野信二对那三人说道："大家都站起来，离开桌子。好，就这样。"

那三人像中了邪似的，战战兢兢地离开桌子。高野信二请巴谷课长来到桌子跟前。然后，他掏出刚才画的那个"清一色"的速写，说道："巴谷课长，你看这里摊开的纸牌，它摆放的顺序很奇怪啊……"

十

高野信二沉着而又明确地继续说道："玩花纸牌在排牌的时候，一般有两种方式。一种是按照二十、十、五、空白这样的顺序，从右往左摆放，另一种则是从左往右摆放。可是，凶杀现场摊出'清一色'的牌，就跟这速写画的一样，是从右往左，按照二十、空白、十、五摆放的。这是一种十分奇怪的摆放顺序。只有不会玩花纸牌的人，或者至少是不遵循常规的人，才会摆出这样的顺序来。然而——"

他指着他们刚才打牌的桌面说道："然而，这儿也出现了同样奇怪的摆放顺序——"

"圈套！陷阱！！"菲尔德突然怒吼了起来，还想去抓桌上的纸牌，可立刻就被身旁的一名刑警抱住，动弹不得。巴谷课长靠近桌子，对照着高野信二所画的速写和菲尔德的纸牌，确认其跟凶杀现场之"清一色"的摆放顺序完全一样。然后，他似乎十分满意地点了好几下头。

被刑警紧紧抱住的菲尔德还在嚷嚷着，并用各种语言申辩说这是个圈套，自己上当了。

高野信二忽然厉声说道："如果说这是个圈套，那么我就给你看看更为确切的证据吧。"

说着，他毫无顾忌地走到菲尔德的跟前，从他上衣的右边口袋中将露出一半的手绢和一张单据抽了出来。

"这是你的吧？"

"……"菲尔德疑惑地看着高野信二。

"这张单据是你做生意用的，是吧？"

"是啊。"

高野信二大步走到巴谷课长的跟前，将单据递给他看。这是一张用于鲸鱼油脂买卖的用过的旧单据——

"这？"巴谷课长的脸上露出了不解的神色，见此情形，高野信二便将单据翻了过来。啊，那上面墨迹新鲜地赫然写着：38.50仑平！

这不就是在现场丢失的，吉田仑平当天晚上写的IOU吗？

"菲尔德先生，你跟所有的罪犯一样，都在一些无关紧要的细节上犯下了重大的失误。你刚才从审讯室回来后，就一直不停用手绢擦鼻子，对不对？而这张随着手绢掉落的单据，正好被我看到了。所以，一切都真相大白了。

"你的失策，就在于这一张单据上。你在杀死了绚夫人之后，十分小心，唯恐遗落下什么东西日后成为证据。你为了将嫌疑推在我们这些牌友身上，特意将合下的牌翻开，并凑成'清一色'的模样。这可真是处心积虑啊。然而，你正是因为这一点，为自己种下了祸根。

"估计你是在起身离开之际，看有东西掉在了地板上，就惊慌失措地将其捡了起来。一看，发现是自己做鲸鱼油脂生意时用过的单据，就心想：啊呀！这东西留在这里，不就马上怀疑到我身上来了吗？危险！危险！于是你就将这张单据塞进了口袋。

"你不知道，这张单据你是捡不得的。菲尔德先生！因为这是你今晚走出去之后，吉田仓平给绚夫人写的借条。如果你不是杀死绚夫人的凶手，这张单据是绝不会到你身上去的！

"根据我的记忆，这张单据是被绚夫人扒拉到右桌角上去的。或许它不知怎么的就掉到地板上去了。并且，掉下去的时候它还翻了个儿，正面朝上了。要是它反面朝上的话，或许你就不会去捡它了吧——"

听到这儿，詹姆斯·菲尔德浑身发软，双膝跪倒在了地板上。巴谷课长也心悦诚服地紧紧握住了高野信二的双手——这也是情理之中的事情。

三十分钟过后。

深夜的京浜国道上，飞驰着一辆破旧的福特牌汽车。车内洋洋得意地坐着的，正是我们的高野信二君。

"特别奖金二十日元。因事件调查之功而加薪——嗯，五日元肯定是有的吧。嘿嘿，不错啊——"

随即，他一边为报道打着腹稿，一边不无遗憾地嘟囔道："那个女人，我泡了她那么久，还一次都没上过。唉，真是遗憾啊！"

雪

楠田匡介｜Kusuda Kyousuke

（一）严寒杀人事件

"喂喂，是啊。我是田名网……是的，我还在警视厅呢……哦哦，您是久保田检事吗？哦，来这儿了……哦哦，是这样啊。是的，我当上外公了。我女儿嫁到这儿来了嘛……久保田先生，您好啊……嗯嗯，我就是特意申请休假来看看外孙的呀。哦？出了凶杀案了……不至于非要拉上我吧……行啊，行啊……您过奖了。那我就露一下面？哪里，哪里。"

如此这般地说了一通之后，田名网警部走出了电话间。

"出什么事了，外公？"

"喂喂，怎么连你都突然叫起外公了。拉倒吧，虽说我有了外孙，可也没有立刻叫人外公的吧？"

"可是，他爸，刚才在电话里，你自己不就是这么说的吗？"

"啊哈哈哈，被你听到了？"

"你那么大声，还听不到吗？我还担心吵醒宝宝呢，这不是刚睡着嘛……"

"嗯嗯。"

田名网警部用大手抆了一把脸庞，一屁股在火炉前坐了下来。

"有案子了？"

"嗯，是啊。唉，都来到桦太了，好不容易得着这么个歇口气的机会……"

"就是前一阵被杀的，那个叫什么来着的倔老头吗？"

"啊，是啊。我推托过一回了。可原先在东京地方法院的久保田，来这儿当检事了，这回就是他打电话来的。唉，要说这日本国说大也大，说小也小啊。"

这位警视厅搜查一课的系长，田名网幸策警部，被报社记者和熟悉的人称为"网兄"，这次休假，来到了惠须取[1]。

惠须取，这个发生了凶杀惨案的小镇，位于北纬五十度的国境往南一百多公里的西海岸，面朝北冰洋，镇上只有一条沿海岸线的大道。大正时代末期，桦太造纸公司曾以其雄厚的资金实力在这个从密林中开辟出来的小镇上，建造造纸厂，开煤矿。

田名网警部乘坐警察署派来迎接他的狗拉雪橇，来到了被称作"下町"的街市。这天十分难得，是个无风的大晴天。雪橇在"针叶树墙"间跑得飞快，将橇底滑板压出的、让人听着十分舒畅的吱吱声和丁零零的铃铛声抛在了后面。

警察署是一幢原木构建的建筑，地板很高，由沙俄时代郡公所改建而成。听到了雪橇的铃铛声，署长便亲自迎了出来。

"啊呀，辛苦了。劳您的大驾，真是不好意思啊……"

"哪里，哪里。"

田名网警部一进屋，就感到火炉的热气直扑自己那被冻得发僵的脸蛋。他一边往里走，一边用手用力地搓揉着自己的脸蛋。这时，久保田检事起身出迎，并伸出了手来。

1　地名。位于日领时期桦太岛西部。1946年改为乌格列戈尔斯克。

"啊呀，好久没见了。挺好的吧……"

"你也好啊。没想到会在这个地方遇见你啊。怎么说来着，你的孩子在造纸厂工作？"

"是啊，大女儿嫁到这儿来了……"

"哦，是这么回事啊……刚才听古市君说过……一来是想见见你，二来也想听听你的意见，所以就打电话给你了，就算帮我一个忙吧。"

"啊哈哈哈。你看你说的，我能帮你什么忙呢？"

"是啊。从前那些报社的记者总说，只要去找'网兄'，准有案子。所以不都追着你来吗？"老同事古市署长说。

"你说反了。是有案子，我才去的，不是我去的地方总有案子。照你这么说，我不就成了凶手了吗？啊哈哈哈。好吧，我既然来了，就了解一下案情吧，不一定能帮上什么忙，就算是增长一点见识吧。"

"这是个十分棘手的案子。凶手干得滴水不漏，门窗都是从里面反锁的，简直可以当作'密室杀人'的样板了。"久保田检事气鼓鼓地说。

"要是在本部的话，有鉴定课帮衬着，我们还能干点事，可是在这儿……"

"那是个无比刻薄的倔老头，人人都讨厌他。就连他老婆，也是看到他就头疼。虽说不经过彻底调查还很难说，可似乎他在金钱方面也挺遭人嫉恨……反正这个叫早川久三的老头，在一个非常寒冷的夜晚被人杀死了……"

如此这般地开了个头后，古市署长就将案发经过，详详细细地说了一遍。

桦太冬天的早晨，总是来得比较晚。那天也是如此，到了九点钟，太阳才刚刚露面。

久三老人平日里总是天没亮就起床了，今天却很特别，到了这个时候似乎还没起床。

到了十点钟，他还没到茶间来，他的妻子首先就感到奇怪了。

"老头子今天这是怎么了？"她停下了正在盛饭的手，不由得嘟囔了起来。已经坐在餐桌旁的五十岚和伊东也都觉得有点奇怪。

"还不来吃早饭，真是稀罕啊……"

"就是呀，望月，你见过老板没有？"妻子阿常朝门槛外喊道。

"没有。今天早上，我还没见到过他呢……也许在书库里？"

"也许吧……可是，那儿还没生火呀。你去看一下吧。"

望月出去了。不过很快就回来了，他说："书库的门反锁着，可里面也没人应声。"

"没人应声？"阿常不由得直起了身子。她心想，老头子近来心脏不好，书库里还没生火，他会不会因寒冷而导致身体麻痹什么的呢？想到这儿，她坐立不安起来。

伊东、五十岚、望月和阿常四人匆匆吃过早饭后，就一起去了书库。见那把只能从里面开关的门锁确实锁着，那门又十分厚重，用力推了推，纹丝不动。大家一看不把门弄坏是打不开了，就找来了撬杠，开始不顾一切地撬起门来。虽说这时已经不顾惜门是否会被撬坏，可那门还是很难撬开。大家撬得额头冒汗，总算把门弄坏了，进去一看，发现之前的担心很不幸地变成了事实：早川久三深深地陷在他那把安乐椅中，耷拉着脑袋，死了。

"啊！老头子！"阿常扑了过去，可刚要去触碰他的身体，却立刻又像触了电似的跳开了。大家全都吓了一跳，走近一看——

"……"

全都噤若寒蝉，呆若木鸡了。

久三的身上并无搏斗留下的痕迹，头上还戴着帽子，像是在打瞌睡似的坐着。可是，从脑袋到脸颊再到脖子上，却牢牢地沾着黑血。脚边滚落着一根铁制的、非常结实的拨火棍。看来他是受到了十分沉重的打击而死掉的，因为那根拨火棍已经稍稍有点弯曲了。

书桌上放着一个皮革的小文件盒和一两本日本书。一张写了一半的"小丑帽"[1]，旁边滚落着铅笔和钢笔。大家呆呆地站了一会儿后，猛然意识到事情的严重性，便赶紧跑出去给警察打电话。

从书库回到茶间后，大家的脸都白得像纸似的。并且，一个个的全都心神不定。

昨天晚上，早川家总共来了三位客人。

其中之一，是五十岚新造，他特意从东京过来买早川的藏书。他是久三老人少年时代，还在东京旧书店里当学徒时的同事。后来，久三来到刚被日本占领不久的桦太，创立了自己的家业。新造也不含糊，在神田[2]拥有了一家自己的旧书店。这次，久三打算将自己庞大的藏书全都处理掉，所以才将五十岚这个老朋友叫到了桦太来。然而，久三生性暴躁，昨晚就是为了一点小事，把正在哼唱谣曲的五十岚劈头盖脸地痛骂了一顿。

第二位客人，是桦太航路"第二惠须取丸"的伊东宪助事务长。当年久三身体还十分强健时，曾去北海道那边搜寻旧书，他们就是那会儿认识的。可是近来，久三把他当作用人使唤了。

由于久三的自尊心极强，是个自我中心主义者，所以尽管他还患有心脏病，可只要一激动起来，不管对方是谁，他都极尽讽刺挖

---

1 大页西洋纸。英国的笔记用纸。因纸上有小丑帽子的水印图案，故名。
2 东京都千代区东北部的地名。以书店多而闻名。

苦甚至恶毒咒骂之能事。对于身份低于他的人或用人们，他的态度更是与专制君王差不了多少。昨晚他就将伊东骂了个狗血喷头。

第三位客人，是附近高泽寺的和尚，年纪轻轻的，还不到三十岁，就已经是世袭的住持了。

这三位，再加上也分不清是雇员、书生还是助手的青年望月，一共四人，一起在久三家吃了晚饭。除了主人久三以外，另外三人都相当能喝，后来确实也都喝得晕晕乎乎了。于是他们先是自吹自擂，后来又开始唱曲子。可就在这时，估计是在十点半左右，也不知出于什么缘故，久三突然对五十岚说了这么一句话："我说，新造，别的都好说，就是那卷《极乐寺缘起》不能给你。再说那玩意儿是不能用来换钱的呀。"

他说话的声音很低，只有坐在身旁的五十岚一人能够听到。这时，伊东已经唱起了小曲，和尚和望月给他用手打着拍子。

"我说久三，要是这样的话，你大老远地把我从东京叫来干吗呢？老实说，我就是冲着《极乐寺缘起》来的，要不然，谁肯来桦太这个鬼地方呢？"

"啊？怎么着，新造。'桦太这个鬼地方'？哼！你要是不愿意待，就请便吧！明天就有船。"极不愉快的久三可不仅是说说而已，他扔下酒杯就站了起来。

"哎！你看你这是怎么说话的？喂？"五十岚原本是个为人谦恭的商人，可这会儿酒已上头，也憋不住了，边说着话，一边就要站起身来。

"别介，别介。五十岚——"高泽寺住持山村常显隔着餐桌劝阻着。

久三出去后，屋内一度陷入冷场，但很快就恢复了酒席所特有的活力。

不一会儿，伊东站起身来，在茶间跟久三说了些什么，像是在恳求他，但久三显得很不耐烦，随即进入了书库，伊东也紧随着进去了。书库的门半开着，从里面传出很大的说话声——是久三在痛骂伊东。随后就是"咣当"一声关门声，和"咚咚咚"的脚步声——伊东神情激动地回来了。

"真是个倔老头！"伊东恶狠狠地说道。

"哦，啊哈哈哈……"五十岚像是想起了什么似的大笑了起来，并将酒杯递给了伊东。于是，他们两人又开始推杯换盏起来。一边喝着，一边还一会儿握手，一会儿搂肩，还扯开嗓门不停地说着什么。这时，和尚山村脸色刷白，晃晃悠悠地回来了。他刚才像是去上厕所了。

"啊呀！大师父，你这是怎么了？"看到他这副样子后，五十岚吃惊地问。

"太难受了，全吐掉了。没事儿，马上就好了。好久没这么喝大了……"

"哦，已经十二点了！"说着，像是酒已经醒了的山村站起身来。五十岚和伊东想留他可没留住，于是，他们也站起身来，一同去送他了。

离玄关十米左右的过道尽头处，有一扇书库的小窗。窗里透出微弱的灯光，看来久三还在里面。

"哦，对了，对了。"正要下台阶的时候，山村像是想起了什么，朝书库方向走了一两步，随后又像是改主意了，穿上他那双套了防雪护罩的高齿木屐，走了。

"啊，雪停了哦。"

屋外传来了山村的说话声。

（二）豪华的书库

案发之后，惠须取警察署的署长立刻带领手下赶到了现场，并做了初步调查，却发现这个发生在雪夜的"密室杀人事件"迷雾重重，让人仿佛走入迷宫。

久保田检事一行，在二日路的本厅接到报案后，也立刻坐上狗拉雪橇赶到了现场。于是，搜查本部又忙忙碌碌地展开了新一轮的调查，可结果依然是一无所获。仅从邻居广濑医生那儿，获得了一份证言。

说是案发当夜，广濑医生因为要去看一个急诊患者，在半夜两点不到，走在通往诊疗室的走廊上时，他隔着玻璃窗看到隔壁人家还亮着微弱的灯光。

"哎？还没歇着哪？"出于好奇心，他掀起窗帘望了一下，见书库里灯火通明。"嚯，老头子干劲十足啊。可是，深更半夜的，天又这么冷……"

那会儿，他并没怎么觉得奇怪，可当他在诊疗室拿了包返回时，却发现灯光"嗖——"的一下，像是被什么东西吸走了似的，突然变暗，随即便消失了。

这时，由于玄关柱子上的挂钟刚好敲了两下，广濑医生还说："要是在从前，这就是丑时三刻啊。"

前来接他的人说："这种陈年老话，还说它干吗？"

"那就上路吧。"广濑医生对他摊了摊手说。

也正因为他们还这么开过玩笑，所以时间记得特别清楚。

之后，这位广濑医生和造纸工厂附属医院的若尾院长给尸体做了解剖，推定死亡时间为凌晨两点前后。警方将案发当时正在久三家的三个男人当作嫌疑对象，进行了询问。

阿常和一位用人，也是久三的远亲，名叫阿浅的年老妇女，由于她们的卧室离现场较远，且已被证明在案发时分并未起床，所以被排除在外。而那三个男人：五十岚、伊东和望月在审讯中都声称半夜起来上过厕所，只不过时间上有先有后罢了。

　　五十岚与伊东睡在同一个房间里。伊东说："五十岚上厕所回来时，把我给吵醒了。"

　　可五十岚所提供的证言则是："我去上厕所之前，伊东一直就是醒着的。"

　　而望月则又有一套说法："我起来上厕所时，书库里还亮着灯呢。等我回来重新睡下时，隐隐约约地听到说话声和那扇又厚又重的门关上的声音。"所谓"又厚又重的门"，自然是指书库的门。而且从他的这番话中，可以听出某人似乎有嫌疑。对此，检事当然不会轻易放过，追问之下，望月答道："仅凭脚步声听不出是男是女，可那说话声很明显是一个嗓门很粗的男人。"

　　嗓门很粗的男人……自然是被海风吹哑了喉咙的伊东了。因为五十岚说起话来调门很高，像女人似的。而受害人早川久三说起话来则是叽叽咕咕，声音很低的那种。

　　有关这一点询问伊东时，他回答道："我不记得了。不过我夜里确实起来过，这是事实，可我连碰都没有碰过那扇门。粗嗓门……我也觉得那是指我。可我再次钻入被窝之前，没遇见什么人呀。难道是我睡迷糊了？或许自言自语地说过'啊，真冷啊'之类的话亦未可知。反倒是望月那家伙，一个人睡在那种作了案也没人知道的地方，并且还是早川死后最大的受益人呢。"临了他也没忘记还击一下望月。

　　就连早川的老妻阿常也说："望月来我家干了好多年，我们准备在我丈夫死后给他五千日元左右的退职金。"

再说望月近来相当放荡不羁，据说还被早川呵斥过。原来，自从去年秋天起，望月学会了吃喝玩乐，到了年底没钱还账，就挪用了早川老人的货款，受到了老头子要解雇他的威胁。关于这一点，望月是这么解释的："我是挪用过老板的一些钱，这是事实。不过只有三百块。这笔钱，最近会有朋友汇过来。至于五千块退职金的说法，我也听到过那么一两次，可老板是个没准脾气的人，所以我也没太当真。解雇不解雇的事情，我就不知道了。反正老板是个心血来潮、反复无常的人，一会儿招人喜欢，一会儿招人恨，所以说，那天夜里，别说是家里的五个人了，这惠须取镇上所有的人，都有行凶的动机。"

那天夜里的雪在十点钟左右停止了，屋外的雪地上，只留下和尚山村回去时留下的足迹。书库用原木建成，十分结实，并从里面闩上了门闩。因此，藏在里面的凶手，要出去也只有走门出去。

警察署长介绍完毕后，田名网警部叹了一口气说道："这可真是个棘手的案子啊，简直叫人无从下手……真是个十分高明、布置周密的凶杀案。虽说我还并不了解那是扇什么样的门，可凶手居然能从里面将门闩上，可见其确非等闲之辈。好吧，能让我先看下现场吗？"

二十分钟之后，他们一行人就来到了早川家。

"嚯！这可真是……太壮观了。"田名网警部一踏进作为案发现场的那个书库，就由衷地发出了赞叹声。

这是个由旧桦太时代的原木小屋改造成的书库兼书房的房间。有十铺席大小，内壁都贴了木纹清晰的柏木护墙板。为了保温，护墙板与墙壁之间，还填满了木屑。窗户是可以御寒的双层式。三面墙几乎都被书架占满，书架上分门别类，井井有条地摆放着和、汉、洋三大类书籍。

室内的家具、器具等更是尽显华贵，全都是模仿罗曼诺夫王朝风格，用桃花心木制作而成。从一侧天花板上垂挂下来的，是洋溢着叶卡捷琳娜二世（十八世纪）气息的挂毯。死者所坐的椅子，椅背木饰上刻着罗曼诺夫王朝的浮雕，还镶嵌着银饰。烛台和文件夹等，无论是形状还是颜色，都像是中世纪的高加索民间工艺品，看着都叫人心驰神往。

垂挂在天花板中央的是一盏用雕花玻璃制作的西式吊灯，富丽堂皇，并且可以通过蔓草模样的黑色金属链条来上下升降。往吊灯里面窥探一下，便可发现其中的六角形油壶也是用雕花玻璃制作而成的。

就连那根被用作凶器的金属拨火棍，上面也镶嵌着蔓藤模样的纹饰。

那扇门框已被撬坏的门，用厚达两寸的栎木制成，带有宽约三寸、纵向很长的山陵浮雕，一条隔一条，凹凸相间。门锁是落入式，只能从里侧上锁。那根插闩用硬木制成，长约一尺，宽约一寸五分，厚五分左右，很沉。上面也镶嵌着阿拉伯风格的纹饰。一头固定在门上，能从上方落入门框上的L形锁扣内。并且转动灵活，落入锁扣时会发出"咔"的一声，十分动听。

"早川这家伙，虽说名声不太好，可照这看来，品味还是相当高雅的嘛。"田名网警部一边听久保田检事和古市署长的介绍，一边仔细观察书库内部后，如此说道。

为了防寒，窗户的缝隙上都贴了纸条，火炉那四寸粗细的烟囱，在伸到室外之前，也拐了两个弯。

"这样的话，是连一只老鼠都进不来的，炉口上都装了铁条嘛。"久保田检事也苦笑道。

田名网警部在一把椅子上坐下来，一声不吭地整理着自己的思

231

路。既然人是死在这个连蚂蚁都爬不进来的房间里的，那么其可能性便是：

1. 自杀或死于事故。

然而，由于自己没法殴打自己的后脑勺，所以不太可能是自杀。如果是死于事故，那么，这个重量的凶器——拨火棍，必须从相当高的高度落下才行。可事实上，天花板的高度明显不够。

2. 凶手并未入室却达到了行凶的目的。

然而，那根拨火棍显然不能当作暗器来使用。至于利用某种机械装置，设定好时间通过电力机制或室外操控发射的方式，则室内的空间又太小了。

3. 受害人在室外受到攻击，被搬入室内后才死去。

由于他并未离开这个家，只要一出声，大家都能听得到，因此也不太可能。

4. 在门被撬开前，凶手并未逃走。

然而，这个房间并无任何可藏身的地方。即便藏身于墙壁之中，可要瞒过那四人的眼睛且逃走，也是不可能的。那么，就只有一种可能性，那就是：在门上设置机关，行凶后，凶手在室外进行操作，将门锁上。

田名网警部站起身来，借助高倍放大镜重新观察那扇门。可无论是门里还是在门外，都找不到如此操作的痕迹。

"久保田检事，门是从外面锁上的——这一点是明白无误的。可他是怎么锁上的——怎么在外面让插闩落下的——就不得而知了。看来，这个凶手要比我们棋高一着啊。真想不到在靠近国境线的这个地方，居然有如此可怕的家伙。现在，他肯定正在暗笑我们的无能吧。"过了一会儿，田名网警部自己打破沉默，对久保田检事如此说。

"也不见得。正所谓'聪明反被聪明误'，他越是机关算尽，就越可能留下破绽。除非他是个'流窜犯'或疯子。"久保田检事尽管口气很硬，可还是毫无办法，就像被冻在厚厚的冰壁中，一点都动弹不得一样。

"能把未亡人叫来询问一下吗？"田名网警部请求古市署长道。

年龄五十开外——看起来更加衰老的小个子妇人——未亡人阿常，战战兢兢地站到人们的面前。

"想跟您了解一些情况。"在表示了哀悼之后，田名网警部对阿常说，"这次来的客人，都是您丈夫请来的吗？"

"是的。伊东由于封冻，三四天里开不了船。每逢这种时候，他都会住到我们这里来。这次也是这样，从前天起就住我们家了。正好高泽寺的住持也来了，大家就说，算是给要坐这趟船回东京的五十岚送行，一起吃顿饭，好好聚一聚……"

"你们跟山村师父，一直都有来往吗？"

"是啊。因为高泽寺是我们家的家庙。我丈夫跟他们的上一代住持很熟，经常为了下围棋或书籍的事情一会儿吵架，一会儿和好的，来往很多年了。他在两三年前去世了，或许是因为他们俩对脾气吧，去世的前一天他还在我们家玩呢。哦，他是在我们来这儿的第二年，才从岩国[1]那儿搬来的，他在年轻时钻研学问十分用功，到了这儿也没荒废，他有好多书，可是……"

"可是？"

"哎，这事儿，该怎么说呢？当时因为现在那位常显要上大学，要花很多钱，就卖给我丈夫一些书籍和别的什么东西。"

"哦，怪不得您丈夫的藏书中，有不少盖了高泽寺的印章。"说

1　日本山口县岩国市。

到这，田名网警部突然改变了话题。

"那天夜里，到了十点钟左右雪就停了，所以有人进出的话，就会留下脚印。可见除了山村师父，并没有别人离开。那么，只能认为凶手就在当时还在家里的这些人之中。那么，这些人之中，有谁对您丈夫怀恨在心，或者说，您丈夫死后，谁最能获得利益？"

"这个嘛……阿浅是我丈夫的远亲，最近又说要把她孙女过继过来，所以我丈夫一死，最吃亏的就是她了，所以阿浅怎么会做这种事……"

"听说望月因为钱上面事情，跟您丈夫有些过节，是吗？"

"我丈夫死后，是要给他五千来块退职金的……可是，他总不至于为了这么点钱，做出这种事来吧。不过，过年的时候，他倒是挪用过我丈夫一些钱，还用了他的印章，我丈夫一怒之下说要赶他走，在新年里打了他。"

"哦，还打过他？"田名网警部不由自主地抬起了头来。

"我丈夫还不止一次地对伊东以及几十年没见面的五十岚说了许多很过分的话，我听着的时候都觉得坐立不安。在这方面，我丈夫他……"

田名网警部点了一支烟，继续问道："那天夜里，您丈夫进了书库之后，就一次都没出来过吗？"

"是啊，没出来过。"

"那天夜里，您进入过书库吗？"

"没有。"

"您丈夫进入书库之后的事情，您知道吗？"

"好像伊东进去过，不过很快又出来了。"

"只有伊东一人进去过吗？"

"这个嘛……"阿常想了一下回答说，"伊东出来后，过了一会儿，我走过那儿的时候，见门开着一条缝，里面有说话声。"

"哦，是谁在里面呢？"

"不太清楚——一个是我丈夫……"

"是您丈夫的说话声，没错吧？"

"啊？是啊。"阿常被田名网警部这突如其来的提问吓了一跳，不由得仰起脸来，"因为门还开着一条缝，所以我还以为有谁会出来呢。"

"那么，后来呢？"

"门很快又关上了。所以不知道里面到底是谁。"

"他们说了些什么事？"

"因为门关上了，听不清。不过现在回想起来，似乎是五十岚……哦，不，还是说不准……后来，我在厨房待了两三分钟，回到客厅里时，看见大家全都在座。山村脸色刷白，正好刚上完厕所回来。"

"之后，山村马上就回去了，是吗？"

"是的。大概还不到五分钟吧……"

"好的，谢谢您。"说着，田名网警部就让阿常回去了。

(三) 三个男人

阿常前脚刚出去，阿浅后脚就被叫了进去。

这个老婆婆，看年龄已经六十好几了，一副在殖民地居民身上的常见模样：历尽世道沧桑，可内心依旧十分坚强。现在，当着可怕的警察大人的面，战战兢兢的，无论问她什么事情，她都只能说出自己想说的一半。田名网警部从她的话中弄清了两三个无关紧要的情况。

那就是，那天阿浅搬了多少劈柴进书库；什么时候给书库里的火炉生火的；吊灯油壶里的油，是加得满满的。

阿浅走出去后，田名网警部"哎——"地长叹了口气，又摇了摇头。

"有什么收获吗？"古市署长问道。

"一无所获。"田名网警部没好气地说道，随即又转向检事问："久保田检事，指纹的分类出来了吗？"

"哦，已经安排了，但是，这儿可比不上警视厅的鉴定课，也不知道能否指望得上。"

"哪里，哪里，能给分析一下还是很有帮助的。一会儿回到署里，请给我看一下……下面，询问一下伊东……请叫他过来吧。"

伊东长着一张四方脸，浓眉大眼，皮肤被海风吹成了紫红色，四十来岁的年纪，结结实实的身体，一看就是个生活在船上的人。他严严实实地穿着双层制服。

"我是伊东宪助。"

"我是警视厅的田名网。杀害早川的凶手还没找到，所以想得到你的配合。"

"只要是我力所能及的……"

"那天夜里两点钟前后，你们都起来小便过，那么，在此之前，你是否因异常的声响而惊醒过呢？"

"没有呀。"他颇觉奇怪地看着田名网警部。

田名网警部继续问道："你起来小便时，书库里的灯亮着吗？"

"这个嘛……望月君说是亮着的，我可不记得了。"伊东边思考边回答道。

"据说那天夜里你跟早川吵过架，是吧？"田名网警部直勾勾地看着对方的脸问道。伊东就像是看到了什么耀眼的东西似的眨了两三下眼睛，但很快就低下头去。他那张紫色的脸膛上掠过了一道阴影。

"你在书库里跟早川说过什么，是吧？我想知道内容。"

"这个嘛……"他停顿了一下，想了想又说，"平时，早川会托我去买各种各样的东西，我呢，也会买下他收集来的各种东西。最近，我需要一笔资金，就挪用了一点公司里的钱。因为我可能会在三月份换一条船，所以跟早川提出来能否通融一下。谁知他非但一口拒绝，还要我把以前借的一千来块也马上还给他。因为我给他办过许多事，所以我们之间一千块、两千块这样的金额，原本是不当一回事的。可他却说，要是不马上还的话，他就要把我挪用公司钱的事给捅出去，所以我不由得火冒三丈……"

"于是就操起了拨火棍！"

"哎？没有的事。我可没杀他。当然了，要说早川这家伙，还真是谁都盼他死的……或者说，要是有人将他吊起来，说不定我会去帮着拉脚的，可是……"说到最后，他居然苦笑了起来。

"那么，他到底是谁杀的呢？"

"……"

"望月说，你半夜三更从那扇门里出来过的。"

"他、他是为了掩盖他自己才这么说的吧？"

"可是，你除了挪用公司公款外，还干了些别的见不得人的买卖吧？走私啦，贩卖毒品啦……"

"……"

"早川知道你的底细，而这次正是让他永远保持沉默的好机会，是不是？当然了，望月也有相应的动机，五十岚那天夜里也跟早川争吵过。可是，你在半夜里醒来，当时书库又只有早川一个人。所以你就若无其事地走进去，趁他不备，给了他致命一击！你说！你是怎么把门给锁上的？"

伊东像是害怕得不行，身体渐渐地颤抖起来，脸上的表情惊恐万分，放在膝盖上的两只手也在瑟瑟发抖，嘴巴半开半闭，眼睛怔怔地盯着空中的某一点。过了一会儿，他像是求救似的将目光挨个投射到在场之人的脸上。

"还有呢，伊东！你写的那张三千日元的……就是你写给早川的那张借条，不见了。"

"……"

"除了金额之外……还写着如果你不能按时还款，就必须移交相当之物条件的……那张借条呢？"

"烧了。"伊东回答道。他的语调中呈现出了一种破罐子破摔的意味。

"想来也是如此吧。"田名网警部说着，抽出一支香烟。伊东也显得满不在乎地从自己的口袋里掏出烟丝来塞入烟斗，并点上了火。田名网警部透过烟雾看了他一会儿，舒缓了脸上凝重的表情，说道："你是有嫌疑的，因此暂时禁止外出，一切都要听从警方的指示。公司那边，我们会通知的。"说完，就让他出去了。

伊东走后，田名网警部嘟囔道："尽是些刺头啊。"

"你是怎么知道那张借条没有的呢？"久保田检事也抽出了一支香烟，问道。

"啊，你说那个呀。来，看看这个吧。"说着，田名网警部就把压在书籍下面的一大张"小丑帽"抽了出来，摊开在桌上。

"请看。这儿不是用铅笔随手写了两三个'￥3,000.00'吗？"

"这不是什么书的价格吗？"

"一开始我也是这么认为的。可这下面还潦草地写着 POSER [1] 呢。很显然，这是在和伊东说话时无意中写下的。我调查了一下，发现早川还真有这么个习惯。尽管不知道早川已经借给了伊东三千块，还是要借给他三千块，可我能猜到，那天夜里他们讨论过三千块钱的事情。还有就是看了那个文件盒才明白的。那里面有两三个装有借条的信封。有一个信封上写着'伊东¥3,000.00 三月末'的字样，里面却没有借条。估计是早川在跟伊东说话时，将借条拿出来给他看了吧。并且在后来放入文件盒时，没将借条放入信封，而是将其放到了最上面。第二天破门而入时，伊东趁着大家惊慌不已的时候，手脚麻利地将其抽走了，尽管他刚才只说是一千块。"

"既然是这样，那么他在行凶时，为什么不拿走呢？"

"谁？"

"伊东啊！"

"啊哈哈哈，伊东不是凶手。至少就目前而言。"

"哎？那你刚才为什么要对他那样的话呢？"

"我现在就是要让伊东和其他人觉得我们在怀疑他。"

"啊……"古市署长一脸疑惑地问，"这么说，你也没看到过那张借条了？"

"没看到过。"

"好吧，三千块的具体金额就算了，你还说了什么'移交相当之物'……"

"啊哈哈哈，你说这个呀。是我瞎猜的。像早川这样的家伙，又怎么会凭空借给别人三千块钱呢？啊哈哈哈。"

最后接受询问的是五十岚。

1　指难题。

伊东说那天夜里是五十岚上厕所回来时将他吵醒的，可在五十岚的陈述中，伊东在此之前就一直是醒着的。而五十岚与早川的争执，也是为了钱。

"他大老远地把我从东京叫来，可到头来开出了叫人无法接受的天价。其实我也就要他那本土佐光行的《极乐寺缘起》。光是这一本，就抵得上其他一百本了。谁知他还翻老账，说起以前不愉快的事情来……伊东上厕所回来，我是知道的，可中间睡着了，不知道他到底出去了三分钟还是三十分钟。最后一个进入书库的，我觉得应该是山村吧。"以上就是五十岚的陈述。

不知不觉间，天已经黑了，煤油灯也点了起来。大家似乎都已经疲惫不堪，只顾一个劲儿地抽烟了。

针对五十岚的询问结束后，田名网警部终于站起身来。然后，他去伊东和五十岚睡的房间查看了一下，接着又查看了望月的房间。突然，田名网警部问一个身穿和服的人："刚才望月是穿着大衣出去的吗？"

"没有啊。天气暖和了，再说他又走得很急。"

"哎？没穿着大衣出去吗？嗯。"

田名网警部沉吟片刻之后，突然朝厨房走去，问正在准备晚饭的阿浅道："你知道望月的大衣哪儿去了吗？"

"哦，您说望月先生的大衣吗？就在老爷去世的那天早晨，送洗衣店去洗了呀。"

"送去洗了？哦，阿浅，当时送去洗的，只是大衣吗？"

"不，还有睡衣也一块送去了。"

"哦，还有睡衣！"田名网警部不自觉地提高了嗓门。

望月为什么要在桦太的大冬天里，并且是案发那天的早晨将自己仅有的一件大衣送洗衣店去洗呢？田名网警部对此深感疑惑。从早川家出来后，他去洗衣店看了看，发现那件大衣还有睡衣都已经洗好了，正在用熨斗烫呢。

"发现什么异常吗？"田名网警部问道。

可洗衣店老板只是十分遗憾地摇了摇头。

(四) 是谁关的灯？

"啊呀呀，欢迎，欢迎啊。"山村常显忙不迭地说着，亲自跑到大门口将田名网警部接了进去。

"不好意思，我这次来，是为了早川的案子，想得到您的帮助。您能谈谈最近所了解的有关他的事情吗？"在经过了一番寒暄，又说了些在桦太的生活，以及东京方面的情况之后，田名网警部便切入了正题。

"想必您也看到了，早川是个书迷……说来也是，像桦太这么靠北的地方，既没什么可看的，也没什么可听的，一年之中有大半年都生活在冰雪之中，等候渡轮带来所买的书，自然就成了唯一的乐趣。您看，就连我不也弄了这么一大堆杂书吗……"说着，山村便回头看了看书架。他的身后有一排很大的书架。那上面，除了佛教典籍外，还有许多历史书、古书、泉镜花和森鸥外的全集，以及国外的系列丛书。书脊上那些美丽的烫金文字，在淡淡的煤油灯光照耀下熠熠生辉。

"哦，这可真是蔚为大观啊……"田名网警部也是个非同一般的爱书人，所以尽管嘴里只是敷衍而已，可内心里还是相当羡慕的。当然了，如果不是真正的爱书人，是不会为这么多装帧精美的书籍所打动。尤其在这么个偏僻的地方，书籍或许就是爱书人唯一的乐趣了吧。

"父亲从年轻时候起，就收集了不少日本的古籍，我也继承了他这一爱好，成了这样一个书虫……"山村笑道。随即，他又放低了声音说，"我在外面求学那会儿，父亲已将他藏书的大部分都转让给早川了。"

"是啊，我也听说了……请问您父亲跟早川之间，有过什么过节吗？这倒不是现在出了这案子我才这么问。呃，这事儿或许问您的话，听着有点怪……"

"倒也没什么过节……只是转让给他的这些书中，有一些父亲觉得十分可惜……"

"这次早川决定要将他的藏书出手，那些盖有高泽寺印章的书自然也会散逸四方，说来也是十分可惜。"

"是啊。因为那些书毕竟是父亲的，哦，从父亲所留下的藏书目录来看，有些还是爷爷的，甚至更早一些的……"

"哦，那么古老啊……那本目录现在还保存着吗？"

"嗯，在的。我还时常会翻看一下，重温一下旧梦……"山村凄然一笑，站起身来，去拿来了藏书目录。这是本和式装订的小册子，封面上用不像出自僧人之手的行成流[1]笔法，流丽婉转地写着《寺宝及传承书籍目录》高泽寺。田名网警部接过来后，一页页地翻看着，见上面记载着汉籍、佛典以及两三本物语的书名，还有一些则是抄本的目录。其中有一行留有贴纸的痕迹，又用墨涂抹过，但仔细辨认的话，还是能读出《大和·极乐寺缘起》的字样来。

"都是些珍品啊。要是按照现在的行情来算，可不得了啊！"

"是啊。其中还有如今全日本也只有两三册的宋版佛典呢。我也跟他说过，至少这书得物归原主，可我们这个小寺，也出不起价

---

[1] 指日本平安时代中期的著名书法家藤原行成（972 – 1028）的书体。

钱啊。"山村如此答道，显得非常缺乏底气。

两人的交谈中断了一会儿之后，田名网警部又开始提问道："早川已经不在了……他活着的时候，最后见到的人就是您。您能谈谈当时的情形吗？"

"我也听说了，他是死在那个书库里的吧。听说是死在半夜里的，可我在那两小时前就已经离开了……他这人说起话来总是阴阳怪气，讽刺挖苦的，叫人下不了台。他对我也总是那么冷若冰霜。"

"您进入书库，大概是什么时候？"

"您问的是？"

"是在您觉得难受去上厕所之前，还是之后？"

"是在那稍前一些。"他的脸上露出了惊讶的神情。

"是吗？那么您看到书桌上的文件盒了吗？"

"这个嘛……"山村盯着灯芯看了一会儿，像是在思考该怎么回答，"呃……您这么一说……嗯，还是没有吧。"说着，他又将视线回到田名网警部的脸上，问道："那个文件盒，怎么了？"

"嗯，文件盒有点问题啊。"

"哦，有什么问题？"

"里面的东西不见了。"

"哎？不见了什么东西？"山村端着茶盅的手微微发颤。

"借条。"

"是这样啊。"山村又恢复了先前的平静。他给田名网警部换了一杯新茶。

田名网警部喝完茶后，说道："啊，打扰了您这么长时间，真是过意不去啊。"随即便起身告辞了。山村拖着长长的影子，将他送了出去。

回到警察署后，田名网警部就运用他的老办法，将从每个人那里听来的情况一条条地写在纸上，并一一加以分析、解剖。他的这张表上，一共分成了五十个项目。针对每一个人，都分成事实、疑问、嫌疑、指纹，以及动机、行动、情况、证言、操行等项，跟心理学的分析表差不多。旁人一看这表，是完全不明就里的，而田名网警部则对这项工作乐此不疲。因为，倘若能一个个地加以排除的话，凶手的轮廓就会一点点地浮现出来。

田名网警部翻来覆去地将这张表琢磨了好多遍，又用很小的字体添加了一些数字，画了一些简图，然后进一步加以研究。忽然，他碰到了一个难题，那就是：吊灯。那天夜里吊灯所处的高度，与现在一样。那就是说，吊灯是在那个高度的位置上熄灭的。可是，吊灯的下面并没有可用作踏脚台的桌子、椅子。不用踏脚台而能熄灭那么高的吊灯，那人的个头必须有五尺七八寸高了。可作为嫌疑对象的望月、伊东、五十岚和山村，身高都不满五尺五寸。那么，凶手是用什么办法将吊灯熄灭呢？是用了什么器物来熄灭的吗？总之，是凶手熄灭的。这一点应该是没错的。

田名网警部暂时将这个问题放在一边，在无视吊灯的前提下，又将整个案子设想了一遍。结果发现了一种可能性。但是，吊灯是怎么熄灭的，这个问题也不能真的弃之不顾啊。

田名网警部让人将望月叫来又询问了一下，但也没问出什么新情况来。至于那件曾一度引起他怀疑的大衣也是因为在案发当天的上午，早川吩咐他打扫厕所，他用铁棒敲开冻得像石块一般坚硬的屎尿时，溅到了身上，才送去洗的。睡衣则是因为穿久了，就顺便一起拿去洗了。仅此而已。将此情况与早川家的人核对后，发现清扫厕所的事实和时间完全符合，再说大衣已经洗过了，再怎么追查也无法证明是否曾沾染血迹。

"怎么样？有点眉目了吗？"久保田检事走了进来。

"没有。"田名网警部愁眉不展地摇了摇头，从检事递上的香烟盒中抽了一支烟说，"就目前而言，人人都有作案动机，可又没有一件物证。如果非要拉上几条，自然也并非没有，但那些都是间接证据罢了……行凶后熄灭吊灯一事，可以说是行事异常缜密，也可以说十分大胆，甚至是十分草率。"说着，他站起身来，幽幽地望着久保田检事的眼睛说："我说，久保田检事，据说冰天雪地里——尤其在下雪的夜里，时常会出现一种叫'雪女'的妖怪。这个案子，说不定也是雪女干的呢。"

久保田看了看田名网警部，没说什么，站起身来出去了。田名网警部用空洞、呆滞的眼神目送他，随即就闭上了眼睛，陷入沉思之中。

烟灰，从已经熄灭了的香烟上，"吧嗒"一声落到他的膝盖上。

二十分钟。三十分钟。一个钟头。

田名网警部脸上的苦闷之色越来越浓。

过了一个半小时左右，田名网警部"啪"地睁开了眼睛，从口袋里掏出一个装苏格兰威士忌的银制容器，用兼做盖子的小杯子，接连喝了两三杯。很快，他的脸上就泛起了红晕。

然后，他按铃叫来了那天在现场外围察看并写出调查报告的巡查。这位年轻的巡查这天不当班，但还是在和服外套了一件大衣后，很快赶来了。

"休息日把你叫来，真是不好意思啊。是这样的，我忽然想起你在报告中提到的一件事了。你在现场外围察看时，发现烟囱上有一层薄薄的积雪，是这样吗？"

"是的。"巡查拿起报告来确认了一下说，"绝对没错。"

"那就是说，那天夜里的雪，在十点多停了以后，后来又下起来了？"

"是啊。"

"大概在什么时候？我就想知道这个。"

"哦，是在一点三十分左右吧，雪下得并不大，下了大概十分钟，又停了。之后，月亮就出来了。"

"哎？一点半左右？如果是这样的话……你能准确地证明这个时间吗？"

"应该可以的。我想，巡逻日志中也有记录吧。哦，对了，为了慎重起见，您可以借阅一下停泊在港口轮船上的航行日志。"

"好，谢谢。"田名网警部说着，一方面叫人去查巡逻日志，一方面又写信给停在港内的两艘轮船。

三十分钟过后，回复来了，两方面都明确记载着"一时二十五分至三十七分，小雪"。

田名网警部的脸上泛起了喜悦之色。因为他终于找到了一丝头绪，觉得自己的一番辛苦总算是有了回报。

田名网警部给早川家打电话，向派驻在那里的刑警确认，那天夜里，伊东、五十岚、望月这三人中，穿西服的是谁。得到的结果是，穿西服的是伊东。

于是他十分满意地回到了造纸公司的宿舍。然后，又给公司实验室打电话，跟他们要那天夜里最低温度的记录。看了几张表，得知其数字不出自己所料后，就采取了一个古怪的行动。他穿得严严实实，睡到了不生火的公司实验室里。他一边"滋——滋——"地嘬着洋酒，一边瞄着油灯和钟。

而最终的收获是：那天夜里，没有人去碰过现场的那盏吊灯——也就是说，那盏吊灯是自己熄灭的。

（五）雪

第二天，是个十分暖和的大晴天。积雪开始融化了，十分难得地出现了雪水顺着冰凌"吧嗒、吧嗒"往下掉的景象。

田名网警部给警察署打过电话后，就坐上狗拉雪橇，下山往市镇而去。当雪橇停在警察署那用原木建成的、带有阶梯的旧式建筑前，他就迫不及待地从雪橇上跳了下来。

"啊呀呀，好冷！"他不由得惊呼着缩起了脖子。因为有一滴雪水掉进了他的脖领子。

"怎么了？"古市署长跑出来问道。

"啊呀，还真是吓了一跳。"

警察署的窗户今天倒是开着的，可田名网警部从明亮的室外进入后，眼睛还是一下子适应不了，一时间，什么都看不见。

"感谢你的电话。"久保田检事说道。

由于眼前一片漆黑，田名网警部显得有点张皇失措，等到眼睛适应之后，这才看清楚了围坐在暖炉周围的人们的脸。

"啊，哪里。我也是想到了一件事而已。说来惭愧，外地人不熟悉当地的情况……来到了这么冷的地方，也正因为这么冷，所以有点一头雾水的感觉。"嘴里这么说着，田名网警部就在别人的谦让下，在一把椅子上坐了下来。然后，一边烤着手，一边搓揉着被冻僵的脸颊。

温暖的阳光透过窗户满满当当地照射进来，让平日里灰蒙蒙、阴沉沉的警察署，像投入了一大把花束似的，立刻四壁生辉，生动活泼了起来。对于这些一年里有大半年生活在冰雪之中的人来说，这种难得造访的太阳光，就是最令人愉快的事情了。

"因为冷而一头雾水，是怎么回事？"

"嗯，是啊，造成了天大的过失啊。"田名网警部又转向广濑医生说，"啊，广濑医生，前些天，真是失礼了。"

"哦哦，广濑医生也早就来了。"

"案子，破了吗？"广濑医生问道。

"嗯，是的。"田名网警部微笑着，在桌上摊开一张大纸，按照他的老习惯，在纸上简短地写着要领，开始说明起寒夜杀人事件的真相来。

"首先，除了那天夜里睡在早川家的那三个嫌疑人之外，又出现了一个新的嫌疑人。"

"哎？那是谁？"

"高泽寺的住持……山村常显师父。"

"什么？是山村？！"久保田检事说道，"可是，山村回去的时候，早川不是还活着的吗？"

"嗯，活着……应该说被认为是'还活着'的。这个所谓的'还活着'，只是根据状况做出的推断，到目前为止，并没有加以认真研究啊。"

"可是，那盏吊灯，是直到半夜两点钟还亮着的。是吧？广濑医生。"

"是啊。一直亮到两点钟。"

"吊灯确实是在两点钟熄灭的。可是，这丝毫不能证明早川'还活着'。我认为，吊灯熄灭与早川之死，应该分开来考虑。"

"那么你说，吊灯是谁熄灭的？难道不是凶手熄灭的吗？如果不是凶手熄灭的，那就是说书库里除了受害人之外，还有别人了。"

"然而，并没有什么人去熄灭吊灯啊。"

"啊？这又是怎么回事？没人去熄灭吊灯吗？"久保田检事不由得叫了起来，随后又嘟囔道，"这怎么可能？"

"那么，这是怎么回事呢？"古市署长也问道。

"是它自己熄灭的呀。"

这一出乎意料的回答，令所有人都茫然若失，大家全都呆呆地望着田名网警部。

"是风吗？俄罗斯的谚语中倒是有'贼风[1]杀人'的说法的。"久保田检事不无调侃意味地说着，不由得皱起了眉头。

"还是有什么人，将灯芯部分降下来，然后吹熄的吧。"广濑医生也附和道。

"是啊。其实之前我也是这么想的，并且总是钻在这个牛角尖里，怎么也钻不出来。我在设想凶手的行凶过程时，就是由于这盏灯的关系，总是想不通。于是我就回到原初状态，并将该灯排除在外，重新设想行凶的可能性。结果就想出了一种与作案时间相符合的情况来——尽管还并不怎么清晰明确。然而，吊灯熄灭这是个不容否定的事实，不能将其弃之不顾。只不过它也可能不是被人吹熄，而是自己熄灭的。后来我断定出它是自己熄灭的。"

"可是，吊灯里的煤油，到第二天也还剩下一半呢。那屋子又十分严实，没有透风的地方呀。"久保田检事加以反驳道。

"是的，煤油并没有烧完。好吧，我们就来列一下吊灯熄灭的原因吧。"

说着，田名网警部就在手边的那张大纸上如此写道：

1. 煤油燃尽（充分条件）

2. 吹灭（包括被风吹灭）

3. 灯芯被压住

1　指从门窗的缝隙里吹进来的风。

4.灯芯落到金属口以下

5.受到激烈震动

6.氧气被燃尽（包括被泼水等）

"大概就是这些吧。除此之外，还有一种可能……"说着，田名网警部又写了个"7"。

"啊，对了。还有煤油冰冻的时候。"一个年轻的巡查突然间插嘴道。

"对！就是这个！煤油冰冻时，吊灯也会熄灭。那天夜里两点钟，广濑医生所看到的，正是煤油因为寒冷而发生冰冻，从而导致吊灯熄灭的情况。你们在桦太生活的时间都比我长，煤油冰冻后油灯是怎么熄灭的，应该都比我更清楚才是。其实，也就是广濑医生所看到的那样。"

"嗯，说来也是啊。那天夜里可真够冷的。"

"是啊。根据记录，那天室外的气温低到了零下三十六度。或许是这种事太平常了，所以常年住在桦太的你们，根本没在意。反正我看到了燃尽的黑色灯芯，就觉得有些不可思议。经过调查，发现出现这种情况，只有两种可能。一是灯油枯竭的时候，一是灯油凝固的时候。由于油壶里还剩那么多的煤油，那就只可能是后者了。那么，要到什么程度，煤油才会凝固呢？我是综合那个房间的各种状况，才断定吊灯是在两点左右熄灭的。然后倒推回去，那个房间里的暖炉，应该也熄灭了很长时间。于是就发现，由于早川有病在身，深更半夜地在那里待上两三个小时，不合情理。换言之，就能得出早在吊灯熄灭前，早川就已经死了的结论。

"关于暖炉已熄灭之事，是有事实证明的。将阿浅那天搬进去的劈柴数量和剩下的劈柴数量比较一下，就能估算出暖炉燃烧的时间。而据此得出的结论则是，暖炉是在十二点左右熄灭的。估计在此之前，受害人想到自己就要离开书库，就没再往炉子里添柴了吧。所幸的是，这一点能够得到证实，证据就是这份报告书。"

田名网警部将那天的室外察看报告书，摊开在了大家的面前。

"烟囱上积有薄雪。那天夜里，雪是十点过后停止的，在一点半又下了。后下的雪，能留在烟囱上而不被融化，就说明当时的烟囱已经冷透了。因此可以认为，暖炉里的火，至少在一个多小时前就已经熄灭了。根据这些情况加以推理后，我就得出了凶杀案发生在十二点前后的结论。这样的话，之前一直相信着有完美的不在场证明的山村常显，也作为嫌疑犯之一浮现出来了。"

"原来如此，"久保田检事说着，松开了抱在胸前的双手，"可是，广濑医生的尸检报告上，是将死亡时间推定为两点左右的呀。"

"是的。关于这一点，曾让我大伤脑筋。当然了，当着专业医生的面，我这样的外行这么说十分失礼，可是……我还是觉得广濑医生写的尸检报告，在死亡时间上有可能弄错了，至少并非是无可动摇的。其实，有关受害人的死亡时间，即便是经验丰富的专职法医，有时也会弄错。不好意思，对于广濑医生这确实是十分失礼。一个很好的实例就是，去年夏天，在东京千住，发生了一起五味达酱油店老板被杀的案子。当时担任解剖的是东京帝国大学法医教室的宫永博士，虽说事件发生在夏天，尸体腐化较快，可居然发生了将十六岁的少年与五十岁的老人搞混了的错误。那份尸检报告给我们的侦查工作带来了很大的混乱。所以说，即便是专职的法医有时也会犯错。何况……哦，当着广濑医生的面，说这样的话，实在是太失礼了。"说着，田名网警部就看了看广濑医生。

"不，不。或许真如田名网警部说的那样亦未可知。因为我也好，若尾医生也罢，都好久没做过法医解剖了，很难说不会出什么差错的。"广濑医生十分爽快地接受了。

"那么，为什么你们二位会出现这么大的差错呢？估计还是受了'吊灯在两点钟的时候还亮着'这一先入为主的观念影响吧。既然凶杀发生在十二点前后，那么我的排查表中所留下的，就只有山村。山村在十二点不到一点的时候，见过早川。他可以说是受害人生前所见到的最后一个人。大家的证言中都提到了山村回来时脸色刷白。而他本人则说是因为喝醉了，呕吐过。而一个出家人竟会杀人，并且杀的还是老朋友，这说起来都是反常的。

"据说他回去时，在朝玄关走去的时候，还朝书库方向走了几步。要我说，这就是山村在演戏了……往坏里说，这就是他阴险恶毒的小技巧了。如果不是这样，那就是他想去确认一下自己在库门上弄的手脚——关于那扇门，我会在后面加以说明。这就是我的解释。那么，他的杀人动机是什么呢？

"那是为了一卷书，以及因此而起的怨恨。我去拜访过山村，他给我看了说是家传的、十分陈旧的藏书目录。那上面的大部分书籍，已作为借款的质押归了早川，其中还有些像宋版佛典那样的珍贵书籍。除此之外，我还在那上面看到一件更为宝贵的东西。虽说已经用墨涂抹掉了，但还是能看出写的是'《大和·极乐寺缘起》一卷'。那书上有后醍醐天皇[1]的亲笔题词，词为花山院大纳言师贤所撰，而图画出自土佐光行之手。我也问过五十岚，他说他就是为了这书才千里迢迢地从东京赶到桦太来的。

"这可是日本现存的唯一一本马越翁所藏之残卷啊，其价值在国宝之上。这一卷书，就是这次凶杀案的直接动机。这里早川编写

1　1288－1339年，日本镰仓时代后期、南北朝时代初期在世。第96代天皇，南朝初代天皇，讳尊治。

的藏书目录，在写着'高泽寺藏书'的地方，并没有这卷书的书名，仅在边框外写着书名《极乐寺缘起》，由此我断定这书虽然在早川这里，可并不真正为早川所有。也就是说，不是他买的，而是作为质押被放在这里的，甚至是借来的，只不过由于山村的先人去世了，就自然而然地保存在他这里了。估计山村曾一再要他归还，可他怎么也不肯放手。就这么一来二去的，到了早川的藏书随时都可能转手他人的地步，于是，山村就在那天夜里来做最后的交涉了。

"在此之前，五十岚和伊东都已经跟早川吵过架了，因此不会再次进入书库。而山村也非常清楚，早川的家人极少进入书库。于是，他就将那一卷书藏在怀里，带回去了。

"我去拜访他的时候，还问他是否看到文件盒，他想了一下说桌上没有文件盒。于是我就猜想他可能就是凶手。回来后，我又对他所说的话进行了分析。他为什么要撒谎呢？那是因为他偷了那一卷古书的缘故。这件事使他陷入混乱之中，恐惧又蒙蔽了他残存的良心，于是他就撒了一个谎。此外，山村还从文件盒中拿走了他自己的凭据，后来伊东又盗走了借条，所以文件盒上有山村的指纹，而伊东的指纹又覆盖其上。

"在明白了凶手是山村之后，也就能发现所有的间接证据全都指向他。可是，还有一个关键性的问题没有解决。那就是，他是怎么从那个密闭的房间里出来的呢？或者说，他用什么方法在室外让那个插闩落下的呢？这个问题，曾让我伤透了脑筋。真是个可怕的家伙啊。然而，虽说没有像'哥伦布的鸡蛋'那么简单，可一旦明白过来后，就发现这简直和骗孩子的把戏没什么两样。其实，我也真是受了孩子游戏的启发才明白的。或者说，他那种做法还比不上小孩子的游戏呢。来，你们看一下这儿！"说着，田名网警部指了指窗外。

明亮的阳光下，孩子们正在忘乎所以地打雪仗。好几颗雪弹击中警察署的护墙板，留下了一个个白色的"包"。最先留下的"包"已经开始融化，很快就滑落下去，只留下一摊黑色的痕迹。

"久保田检事，你看，就是那雪球。"

"哦。"久保田检事点了点头。

"我也是昨天早上看到了孩子们的雪球之后，才注意到的。要在室外不落痕迹地落下插闩……在某本小说上是采用了钉子和细线。先用钉子固定住插闩，然后在室外抽动细线，拔出钉子。可是，那扇门上，并没有钉子所留下的痕迹。

"山村在行凶后，马上就面临被人发觉的危险。他立刻想到，必须让书库的门打不开。这样的话，还能为自己提供'不在场证明'。他不愧是在冰天雪地的世界里长大的。他知道只要让插闩自动落下就行了，于是他想到了利用雪的黏着力。好在这里雪到处都有。他急急忙忙地跑出书库，在厕所的洗手池里取了雪来。虽说会在那儿留下取雪后的痕迹，有一定的风险，但也顾不上了。他用雪将拨开了的插闩固定在门上。当时室内尚有余温，因此，用不了一分钟，雪融化后就会因自身重量掉落。这时，插闩就会自动落下，而插闩上沾着的雪，会很快地完全融化干净。由于我生长在温暖的地方，所以一开始并没有想到雪的功能。这也可以说是一大悲哀吧。其实，即便掉落的雪并不能完全融化，在这个冰天雪地的桦太寒冬里，有一点雪也不会引起人们的注意。

"到此为止，可谓是天衣无缝。可是，他还是留下了一处败笔。那就是，他没工夫将抓过雪的手擦拭干净。他用湿漉漉的手关书库的门时，无名指和中指在门把手的里侧留下了痕迹。

"早川是旷代罕见的书籍爱好者。国外称作 Bibliomania [1]。大槻文彦[2]博士将其译作'珍书颠家'。对于这样的人来说，书籍的魅力要远远大于金钱和宝石。古今东西，就有多宗因为书籍而犯罪，甚至杀人的案子。受害人早川是个书痴，而凶手山村也是个无可救药的书痴。这个悲剧的起因就在于此。由此也可见，书痴那种常人所难以理解的心态，是十分凶险、可怕的。

"最后所剩下的问题，就是拨火棍上没有指纹的事了。一开始，我以为凶手戴着手套行凶。可这个案子显然是突发性的，不是那种早有预谋的。如果凶手正巧戴着手套，那就要设定其为穿西服的人。可一般来说，手套也是放在大衣或衣服的口袋里。那天穿西服的人，只有伊东一个。可他的手套是崭新的，没有一点可疑的痕迹。我心想，凶手总不会事先准备了什么布吧。可是事实上由于山村是个和尚，衣袖特别长，他正是用衣袖裹着拨火棍行凶的。由于他又是个隐忍的僧人，所以这方面也造成了我判断上的又一个盲点。

"这个发生在雪夜，又利用雪作案的事件，终于告破了。案子本身也充分体现了地方特色，真是发生在寒冷地区，充分利用了寒冷特点的犯罪啊。"

---

1 英语，书籍收集狂，书痴。
2 1847－1928 年，日本国语学者。独立编写国语辞书《言海》。著有《广日本文典》等。

正午的杀人

坂口安吾 | Sakaguchi Ango

十一点三十五分，郊外电车到达 F 车站。这趟开往 F 站方向的电车，从始发到末班，每隔三十分钟一班，因此，下一班要在十二点零五分才会到。这不由得让文作有些担心能否赶上截稿的时间。

"啊，还有五十天啊。"

下了电车之后，文作不由得叹了一口气。流行作家神田兵太郎为文作所在的报社写连载小说，已经写了一百来篇了，而约定的是一百五十篇，因此，在全部完成之前，文作必须每天坐电车来 F 站。从车站到神田家，文作花了十分钟。

有一个身穿西服的年轻女子走在他前面。

"哦，看来这人也是'跑神田家'¹的。"文作凭直觉得出这么个结论。

沿着田间小路走到头是一座小山丘，一旁还有个神社。登上小山丘，就是神田兵太郎的家。附近除了他家，再也没有人家了，因此，这是个生活极为不便的地方。

年轻女子站在神社前，显得有些犹豫不决。见此情形，从后面赶上来的文作便毫不犹豫地跟她搭了话。

1　指定期去神田家取稿子的报社、出版社的记者或编辑。

“您是去神田老师家吧。”

“啊？”

“神田老师家在山上，要从这儿转过去。”

“嗯。我知道的。”

“哦，是吗？不好意思，打扰了。”

文作鞠了一躬，略带慌张地走上了坡道。因为，这女子只有二十一二的年纪，且长得美貌惊人。

“真是令人难以置信，‘跑神田家’的人里面居然还有如此美貌动人的妙人，简直够得上‘日本小姐’的范儿了。所谓典型的美人标本，不就是她这样的吗？不过长得也太中规中矩了，还有些冷冰冰的。对我表现得熟视无睹，这也太没眼力见了吧。”

“跑神田家”的女记者中，有一位名叫安川久子的杂志记者，是个大美人——这在记者圈里已是人尽皆知，或许就是这一位吧。虽说是流行作家，可神田兵太郎是个著作销量几十万的流行作家，不是那种每个月都大量书写的流行作家。因此，要想让他写稿可不那么容易。可是，最近某女性杂志却每月都刊载他的文章。据说这是向他派出美女记者安川久子之后的事情。

“神田兵太郎这位老师还真叫人捉摸不透。有人说他性无能，也有人说他是同性恋。结果美女记者却攻克了他这个堡垒，他到底是怎么回事，就更叫人搞不懂了。”

按响了神田家的门铃，毛利明美小姐便开门出来，将文作引入一个大客厅。这幢西洋式建筑的结构很怪，有一个大得莫名其妙的客厅，在其周边附带着几个小房间，仅此而已。今年六十岁的神田兵太郎，最近几年迷上了空手道，写作之余会在这个大客厅里拳打脚踢地练上个把钟头，然后洗澡。由于他一般会在写完报刊连载的文稿后练习，所以文作也见识过几次神田老师的矫健身手。每逢那种时候，神田老师就会施展开他那看着依旧十分年轻的身体——简直叫人不相信他真有六十岁了，浑身大汗淋漓，就像淋了一场阵雨似的，嘴里面还"哎！呀——"地怪叫着，横冲直撞。在练完后，他就冲进浴室去洗澡。

"刚练完空手道，这会儿正洗澡呢。"明美说道，随即就让文作在一张放在客厅角落里的椅子上坐了下来。

这位毛利明美小姐也是个人物。她原本是个业余的脱衣舞女，自从在女子大学的演艺会上表演脱衣舞并艳压群芳之后，就对自己的肉体充满了自信，甚至产生了一脱成名、颠倒众生的野心。不久之后就学会了挑选名画家，自己给他们做模特儿的玩法，在她征服了这些所谓的最高级女体鉴赏家，感到心满意足之后，便开始了与文人神田兵太郎的同居生活。

有着性无能、同性恋之传闻的神田老师，居然会和明美小姐同居，这也曾让那些记者、编辑一时摸不着头脑。不过最后他们得出了一个似是而非的结论：正因为神田老师是性无能，是同性恋者，所以极可能是一位最纯粹的女体鉴赏家。而他与明美小姐之间，估计是这么一种方式的结合。

由于文作总在这个时间来取稿，所以明美小姐很快就端来了早就准备好的三明治和咖啡。

"稿子写好了吗？"

"嗯，写好了。都在这儿呢。"明美小姐从壁炉台上拿起稿子交给他。

"太好了。老师总这么守时，真是帮了我们的大忙了。"

这样的大家，时间观念反倒是十分严格的，神田老师总是在正午之前将够连载一次的稿子准备好。当然了，如果能将四五天连载的稿子一起准备好，文作就更求之不得了，可既然人家每天都这么准时交稿，他也不能再提什么更高的要求了。

"喂！浴巾！"神田老师在浴室里大声喊道。

"来啦——"明美小姐立刻朝浴室跑去。

文作进来时就听到有"哗——哗——"的水声，直到这会儿才停止，看来神田老师刚才一直在洗淋浴。

"给。冷。冷。冷。快！快！快！"明美小姐似乎因为寒冷而在催促着他。估计是在给他裹上浴巾吧。神田老师似乎是吹着口哨跑进寝室的，在将神田送进寝室后，明美小姐一个人出来了。

"老师非常喜欢淋浴嘛。"

"是啊，三九天也洗，怪不得皮肤还这么年轻呢。"明美小姐的脸上露出了不快的神情，可她又像是要加以掩盖似的，立刻问道："你在电车上有没有看到一位漂亮小姐？"

"有啊，看到了，还一起走到神社那儿呢。那是谁呀？"

"安川久子小姐。"

"果然是她。真是个美人啊。"

"嗯。"明美小姐又沉下脸来。

"怎么了？"

听文作这么一问，明美小姐便强作苦笑道："不，没什么。老师正等着她，刚才又问起了。说来了就赶紧领进起居室。自己刚洗完澡，还光着身子呢，猴急猴急的。"

"要跳脱衣舞吗？"

"胡说八道！"

就在此时，门铃响了，眼见得是安川久子到了。由于神田老师早就吩咐过，所以明美小姐立刻领着安川久子穿过大客厅，进入了神田老师的起居室。起居室、寝室和浴室，这三个小房间是并排着的，每个房间都有通往大客厅的门，各个房间横向之间也都有相通的小门。也就是说，可以不出入大客厅而往来于浴室、寝室和起居室之间。因此，明美小姐感到不快也并非毫无来由。

"安川小姐到了！"

明美小姐打开寝室的门大喊了一声，随即"砰"的一声门关上了。谁知神田老师在寝室内也大叫了起来："明美！明美！"

明美小姐不耐烦地重新拉开寝室的门，将脸探进去问道："又怎么了？"

神田老师唠唠叨叨地说些什么。明美小姐再次关上房门，回到了文作身旁。

"男人可真是蛮不讲理啊！"

"怎么了？"

"自己将美女留在隔壁房间，却叫我出去散会儿步。"

"就神田老师而言，应该没什么问题吧。"

"什么老师、老师的？这位老师就是日本最大的色鬼呀。"

"嚯——"

"'嚯'什么'嚯'？走吧！这里的空气太肮脏了，淫风正打着旋儿呢。"明美小姐拉起文作的手就往外走。恰在此时，响起了正午的汽笛。

"我也跟你去银座散散心吧。"

"我可不直接回银座哦。先要去画插图的老师那儿转一下，然后才回去呢。"

走在山丘的途中，他们遇到了用自行车装东西往上爬的书生木曾英介，他去商场买东西了。

"安川小姐在起居室里，你还是别去里屋的好。"

明美小姐提醒木曾道。她把文作一直送到了电车站。

文作先去了画插图的老师家，交了稿件，取了画好的插图，然

260

后在快到三点的时候回到了报社。可他刚一进屋，就被社会部的三四个记者拦住了去路。

"刚才上哪儿晃悠去了？"

"别开玩笑，好不好？我是去取小说的稿子和插图，哪有工夫闲逛呀？"

"你小子没杀死神田兵太郎吧？"

"吓唬小孩儿哪？"

"神田兵太郎自杀了！也有人怀疑他是被杀的。不管怎么样，你小子还是先藏起来吧。"

"为什么？"

"在干完这里的活儿之前，不想把你交出去呗。神田兵太郎就死在你去他家的那段时间里。如果真是他杀，那么你小子就是头一号的嫌疑犯。"

"我在那儿的时候刚好是正午。神田老师刚洗完淋浴，还活蹦乱跳着呢。"

"慢来，慢来。你要坦白，就来这屋吧……"

社会部的这几条莽汉将文作像犯人似的围在中间，推推搡搡地把他押进了旁边的一个房间。

明美小姐把文作送到了车站后，就溜达着散开了步，在一个农民家买了刚生下的鸡蛋，并在那里聊了二十来分钟。等她回到神田老师的住宅时，已经是一点多钟了。

书生木曾英介这时正在厨房前的空地上劈柴。进屋之前，明美小姐先循着劈柴的声响来到了木曾英介的身边。

"安川小姐呢？"

"不清楚啊。"

"她还没回去吗？"

"我一直在这儿劈柴，屋里的情况一概不知……"

果然，他的身旁散落着很多劈柴。

明美小姐进屋后，十分果敢地敲了敲起居室的门。此时整个住宅内没有一点声音，真是死一般的寂静，这让明美小姐不由得产生了一种不祥的预感。然而，出乎意料的是，起居室内却传来了安川小姐清澈明亮的应答声。

"请进！"

"啊呀，安川小姐，就你一个人在吗？"

"是啊。"

"老师呢？"

"我不知道他在干什么。我一直在等他……"

"他在写稿吗？"

"不知道。我还没见到他呢。"

"哎？从您来到这里？"

"是啊。"安川久子说，已经一个小时了，她一直在边等老师边读自己带来的一本书。明美小姐看了看四周，果然，和刚刚领安川小姐进来时一模一样，毫无改变。

于是，明美小姐去寝室看了看。

结果她一眼就看到了赤身露体俯卧着的神田老师，下半身盖着浴巾，右边的太阳穴被手枪打了个洞，手枪就落在他的右手旁，没有了体温，他已经死了。

警察审讯时，安川久子如此答道："我在起居室里的时候，没听到隔壁房间有什么动静。"

"你一直待在起居室吗？"

"不，我出去过两次。"

"出去干吗？"

"因为电话响了。总是没人接，我就出去看了下，或许是对方等得太久了，等我去接的时候，已经挂了。"

"大概在什么时候？"

"在我到那儿不久后，估计是十二点零五分，或十二点十分左右吧。"

"当时屋里没别人了吗？"

"反正我是什么人都没看到。"

"你离开房间几分钟？"

"一小会儿。我'咔嚓咔嚓'地按了按电话，发现对方已经挂了，就回房间去了，就这么一小段时间。"

"那时，你听到枪声了吗？"

"没注意。或许是因为收音机响着，所以才没听到。"

"是你开的收音机吗？"

"不是的。我到那儿时，就已经开着了。"

那收音机，是神田老师自己开的。据说是他在开始练空手道的时候开的。

明美小姐和文作离开那儿时，也都听到收音机是开着的。明美小姐说，本想去关了收音机再出去的，后来觉得"还是让他们方便行事些"，就没关。

"你的心胸可真宽啊！"

有记者对此深感敬佩后，明美小姐还意味深长地微笑道："因为连我都觉得有些不好意思嘛。"结果，某报纸就对这一桥段做了生动的报道。

木曾英介的证言如下："我回去的时候，大概是在十二点零五分吧。为什么会知道时间呢？因为我将自行车停在神社前，想先歇一会儿再爬坡的时候，正好听到了正午的汽笛声。您问电话吗？这个我不知道。因为我在厨房卸完货，就马上开始劈柴了。"

木曾英介今年二十八岁。曾是终战那会儿的学生兵[1]，长得十分英俊。面对记者们不怀好意地提出的，神田老师是否酷好男色的问题，他不动声色地回答道："我只不过是老师的学生、书生、男用人。其他的事情一概不知。哎？情人？老师的情人不是明美小姐吗？哎？安川久子小姐与老师的关系？这种事情，我怎么会知道呢？我对于神田老师的私生活毫无兴趣。"

"你没听到枪声吗？"

"我要是听到的话，一定会有所行动的。我可是忠于书生之义务的。"

"关于他自杀的原因，你知道些什么？"

"什么都不知道。说起来文人可分为两种：要自杀的和不自杀的。不自杀的文人可谓人类之中与自杀最无缘的人了。"

"他杀方面的原因，你知道些什么吗？"

"如果说我杀死老师的理由，那是绝对没有的。至于别人，就不得而知了。"

"你和明美小姐的关系如何？"记者不依不饶地追问道。

木曾像是非常不解地望着他的脸，嘟囔道："如果说我们关系亲密，那么老师的存在必不可少。为什么这么说呢？因为，我们能够生活在同一个屋檐下，全拜老师所赐。像我这种不具备生活能力的人，要是没了老师，绝对不可能与明美小姐在同一个屋檐下过日子。你们只要看一眼明美小姐的脸，就应该能明白。"

"那么，你们关系亲密吗？"

---

1 二战末期，日本因兵员不足而直接从学校征召入伍的学生。

"看来，我要是'嗯'地应一声，能让全体日本人都信以为真。哈哈。"他带着一脸的嘲笑离去了。

最后，嫌疑人归结为三人：毛利明美、安川久子和木曾英介。这样的话，文作的证言就显得至关重要了。然而，由于文作随口跟社会部的那些家伙说了点安川久子的情况，结果掀起了很大的波澜。因为，他们的报纸在次日做了十分大胆的报道，几乎将安川久子写成了重大嫌疑犯。

当天上午，本社记者矢部文作从十一点三十五分到站的电车上下来后，看到同车前来的安川久子站在坡道口，正看着一个较大的手袋内部，若有所思，犹豫不决。文作就上前搭话道："您是去神田老师家吗？"

"是啊。"

"我们一起走吧。"

"不用了。"

她冷冰冰地拒绝了文作的好意。从那儿到神田家，只需三分钟就能走到。结果安川久子在晚了十五分钟之后，才被明美小姐迎进屋，并在其引导下，心事重重地穿过大客厅，进入了起居室。十五分钟减去三分钟是十二分钟。那十二分钟里，她到底干了些什么呢？

读到这样的报道后，文作攥着报纸冲进了社会部，并将报纸摔到桌上。

"我是说过她抱着手袋愣愣地站着，可没说什么看着手袋里面若有所思呀！"

"外行少管闲事！"

"少来这一套。我以前也在社会部吃过三年饭的。什么'十五分钟减去三分钟是十二分钟',在这十二分钟里,她杀得了神田老师吗?直到正午为止,老师还活得好好的呢。这一点我可以证明。"

"谁说她在那十二分钟里杀人了?'那十二分钟里,她到底干了些什么呢?'——看清楚好不好?"

"不就是十二分钟吗?随便干点什么不就过去了吗?"

"可那山坡下既没有弹珠店,也没有茶馆,除了农田,什么都没有啊。那十二分钟,她是怎么过的呢?"

"好吧。你等着,我马上就能证明她是无罪的。顺带着,我也把犯人抓出来给你看看。"文作怒气冲冲地跑了出去。

读了各家报纸的报道,文作觉得自己首先得保持冷静。因为各家报道似乎都不利于安川久子,均认为:如果是自杀,就是在她去接电话的时候;如果是他杀,那么凶手就是安川久子。因为,没人相信她待在隔壁房间而没听到枪声。其中有一张报纸甚至已经将她当作了凶手。甚至还自作主张地断定:当时,赤身露体的神田老师企图非礼安川久子,于是安川久子便用早就准备好的手枪射杀了神田老师。

"简直是胡说八道!那么楚楚动人的美人,有那么好的身手?西服上没一点污渍,妆容纹丝不乱,能做到吗?再说那神田老师可是空手道的高手,久子真能对付得了,那就是女猿飞佐助[1]了。"

不管怎么说,文作每天去神田家取稿,已经去了一百次了。可在此一百次之中,见到神田老师的,只有极少数那么几次,绝大部分情况下,都是取了稿子,吃了三明治就离去了。可是,一百次这

---

1 传说中的日本战国时代有名的忍者,也是真田十勇士之一。行动神出鬼没,擅长暗杀。

个数字还是非同寻常，要是用作"日参[1]"，恐怕是连神佛都会感动。再说，近来应该再也没有别的什么人，像他这样频繁出入神田家。

"首先必须搞清楚作家神田兵太郎的生活状态。而有可能做到这一点的，除了我，还能有谁呢？"

虽说他一时自信满满，可仔细一想，却发现自己连神田老师到底是性无能者还是同性恋者，又或者是具有正常性功能的人，都没搞清楚。尽管已经完成了"百日日参"，却发现自己根本没接触到他的真实生活。

即便是在法医之中，也存在着自杀与他杀这样两种说法。他杀说的根据是，子弹是从太阳穴稍后的地方——亦即是从斜后方射入的。但是，也不能断言自杀者就不能从这一角度开枪。

应该说，他杀说的依据毕竟都是间接的，而赤身露体地自杀这种行为本身就十分怪异。这一点，首先引起了人们注意。更加怪异的是，浴巾盖在了腿上。如果不是犯人在行凶后盖的，那么就是直到自杀前的那一瞬间，还是按在胸口处的，自杀后滑落下来，并在他倒下时落到了腿上——只能这样考虑。

然而，用手枪自杀时，必须用一只手使用手枪。这样的话，他就只能用另一只手来按住浴巾。想象一下一个人在马上就要自杀的时候，还像不倒翁似的将浴巾披在身上，并用一只手按住，另一只手扣动扳机的模样，怎么看都显得十分滑稽可笑。

如果是一个长期遭受神经衰弱之苦的患者，突然想到还是死了算了，他在多半已经丧失正常意志的状态下扣动扳机的话，或许会采取这种极不雅观的死法吧。但是一个刚练了个把钟头空手道，还

---

1 指每天都到同一座神社或寺庙去参拜、祈祷。

冲了十分钟淋浴的人，居然在此之后马上自杀了，这叫人怎么也接受不了。再说了，既然想到要披好浴巾，就说明还有穿好衣服的意愿。那么，又何必在没穿好衣服之前匆忙自杀呢？

来不及穿好衣服就仓促行事，这样的情形比起自杀来，他杀的可能性应该更大。但是，这一条也同样不能成为判定为他杀的决定性理由。

更加不合情理的是，神田兵太郎盼望着安川久子来访，结果他却将安川久子晾在隔壁房间里，连一面都没见，就自杀了。这算是怎么一回事呢？

关于这一点，安川久子又提供了一个颇为怪异的情况。

"我在神社前驻足不前，是因为神田老师说了'在那儿等着'的缘故呀。"

"他是在什么时候这么吩咐你的？"

"就在那前一天。下午两点左右吧，老师打电话到杂志社来，说是有东西要给我，要我正午时分在神社前等着。"

"那你为什么没等到正午呢？"

"因为虽说那儿离老师的家很近，可一个人待在那儿还是有点害怕。再说，瞒着别人偷偷摸摸地做事不好，所以在快到正午的时候，就去了老师家。"

"要给你的东西，是什么呢？"

"我当时想，估计是稿子吧。因为除此之外，也想不到什么别的了。"

然而，神田兵太郎的寝室（也兼作书房）里，并没这样的"稿子"，连写到一半的"稿子"也没有。再说，安川久子所说的"稿子"的截稿时间，还早着呢。

尽管安川久子提供了这样的信息，可从神田兵太郎这边的情形来看，他似乎并未打算准时赴约。他盼望着安川久子前来，却又不去约定地点。他如果想去赴约，完全可以做到。淋浴别洗那么长时间就行了。可是，他却慢条斯理地洗了十分钟，回到寝室之后也不马上换衣服，直到正午过后死去为止，一直是赤身露体的。

"叫你在神社前等着的那个电话，是神田兵太郎本人打的吗？"

"是神田老师亲自打的。这一点毫无疑问。"

不过，没人听到神田兵太郎给安川久子打过这样的电话。当然了，这种秘密电话，打的时候自然是要避人耳目。

"是不是本想搞'强迫殉情[1]'来着，结果又临时变卦，改成自杀了呢？"

文作倒是想到了这一点，但考虑到神田兵太郎是个非常热爱生活，生命力极其旺盛的作家，说他搞什么"强迫殉情"，这本身就十分牵强。

除此之外，还有一件非常"怪异"的事情。出事的那天早上，名叫贵子的女佣，收到了一封快信，说是"母亲病危，望速归"。是早上七点钟寄到的，贵子则是在九点钟左右出门。贵子的家，在坐火车也需要三小时才到的地方。她回到家里一看，发现母亲身体好好的，家里也没人写过这样的快信。

那封快信，明美小姐与木曾英介也看到过，据说字写得很难看。贵子说是将信扔在自己的房间里后出的，可后来去她房间找，却怎么也找不到。

就间接证据而言，这一条可说是最最离奇的了，可即便如此，也还是不能作为他杀的证据，但可以据此认为凶手觉得女佣在场有诸多不便。可为什么会觉得诸多不便呢？大家就全然摸不着头脑了。

---

1 杀死并不想殉情而死的情人，然后自杀。

与此同时，主张他杀的法医还说过这样的话："神田兵太郎最后的生存时间是在十二点零五分到十二点十分之间。因为无论是从尸体状况还是解剖结果来看，都表明他不可能在此时间点之后仍存活着。而十二点零五分与十二点十分之间，竟有两次从外面打来的电话，这也可以理解为是凶手所安排的吧。"

这话的言外之意是，神田兵太郎是在十二点零五分与十二点十分之间有电话打进来的时间段里被射杀的，所以这两个电话是杀人计划的一部分。

可是，除了安川久子，再也没有第二个人听到电话声。虽说是因为没人接，安川久子才去接的，可要是将电话打进来的时间假定在十二点零五分与十二点十分之间，那么至少第二个电话的铃声响起来时，木曾英介是有可能听到的。

明美小姐与文作走到大门口时，正好听到正午的汽笛。两人在下山途中与木曾擦肩而过。这一段路程大约两分钟。木曾推着自行车上坡，可即便这样，走到家里也顶多只需三四分钟吧。

电话装在大客厅靠近厨房的位置，因此，一般而言，在厨房门口劈柴的木曾英介应该听得到电话铃声。

"我是按照正常速度推着自行车上坡的。根据在神社前听到汽笛声这一点来判断，到达厨房门口估计是在十二点零五分或零六分吧。可是，我在搬柴、劈柴的时候，是听不到电话铃声的。你们现在是事先知道有电话打进来，内心有所期待，所以才听得到，与我劈柴时的情况不一样。"木曾英介对去实地验证的人们如此说道。

这时，明美小姐"啊——"地惊呼一声，像是突然想起来什么似的，盯着木曾的脸说："我说，木曾，那么长时间的电话铃，还响了两次，老师为什么不出来接呢？他不是最讨厌电话铃响得时间长的吗？我们在的时候，只要电话铃响过三遍，他就会勃然大怒，大喊大叫的。要不就自己冲出来，拿起听筒来。"

木曾极不耐烦似的回答道："说到声音，也是挺怪的。那会儿为什么会开着收音机，我可不知道。不过我知道老师听收音机，主要是听体育节目和新闻，其他时间段里，就和家里没有收音机一个样。当然了，说不定心血来潮时也听一些别的。那天或许就是'心血来潮'了亦未可知。反正，这也是那天的'异常'之一吧。"

根据明美小姐的记忆，那收音机，是神田老师开始练习空手道的时候打开的。而根据文作的记忆，从他到那里起，一直到他离开那里为止，收音机一直是开着的。反正不记得有谁去关掉后又打开。

木曾说："要是在平时，我会进屋去把收音机关掉，可那天听说安川小姐在，心想兴许有必要这么开着，所以才没多管闲事。尽管知道收音机开着，也没有关掉。因为这本身就是异常事态嘛。"

这里又多了一处"异常"，不过还是不能当作他杀的证据。剩下的问题，就是那柄手枪是谁的了。因为明美小姐和木曾都不知道神田兵太郎持有枪支。

"老师寝室里所有的抽屉、壁橱深处，我都了如指掌。就连老师本人不知道的角落我也了解得一清二楚。我可以肯定，这把枪不是我们的。"明美小姐说得斩钉截铁。可是，没有能证明这话的证据。

虽说警察当局尚无定论，可各家报纸却像串通好了似的，死咬着他杀嫌疑不放。并且，自杀也好，他杀也罢，安川久子没听到枪声总是不合常理的。如果是他杀的话，凶手或许会在掩盖枪声上做些手脚，可要是自杀的话，就不可能做什么手脚了。因此，他们都将安川久子没听到枪声当作他杀的证据。而话里话外的，似乎已经认定安川久子就是杀人凶手了。

"混蛋！就算是他杀，凶手也不会是安川久子。"

每当读到这类报道，文作就感到气不打一处来。可是，就凭他那两下子，想破了脑袋也无法证明久子清白。

于是，他决定去拜访一下老朋友巨势博士，听一听他的意见。他们两人以前都是文学青年，还一起办过同人杂志。

"我就知道你差不多该来了。因为就你这颗脑袋瓜，是怎么也对付不了的。"

巨势博士心情很好地将文作迎入屋里。

"坐吧。为了等你来访，我已经把东京所有报纸上关于该事件的报道都做了剪报。各家报社像是串通好了似的，都漏掉了一些事情。你们的报纸尤其过分，似乎对你的证言过于信以为真了。"

"理所当然，因为那些都是我在现场亲眼所见的呀。"

见文作来势汹汹，巨势博士也没加以反驳。

"各家报纸全都漏掉了，你到神田家之前所发生之事的调查。"

"我到神田家之前的事情，调查了也没用啊。因为直到我离去的时候，神田兵太郎还活得好好的呢。"

"非也。非也。他是死是活另当别论，他家既然出现异常情况，就必须事无巨细地加以调查。"

"'异常情况'？什么异常情况？"

"譬如说收音机，还有在此之前的寄给女佣的快信，以及更前一些时间的神田打给久子的电话等。因为那电话是在出事前一天的下午两点钟打的，至少也要从那个时刻起，将相关各人在此之后的活动全都调查清楚。"

"只有闲得发慌的侦探才会这么干吧？"

"书生木曾英介当天是去哪儿买东西的，你知道吗？有关他的'不在场证明'，也只有一家报纸做了调查。根据他们所了解的情况，木曾英介是去离F车站约七英里的Q车站的商场买洋烟、洋酒等东西。他买了胶卷的那个照相馆还提供如下证言：木曾的出现约在十一点钟前后。他将冲洗好的胶卷和新胶卷塞进口袋后，还闲聊了四五分钟，然后才骑自行车离去。Q车站与F车站之间的距离，骑自行车约需三四十分钟。当然了，如果是自行车赛车选手的话，或许用不了二十分钟，但按照通常情况来考虑，木曾在Q车站购物的时间与他自己的证言相符合。"

"如果木曾的行为有什么可疑之处，那也是在与我们擦肩而过之后的那几分钟里吧。"

"关于这一点，各报纸也都提到了。我现在考虑的是各报纸未做调查的部分——当然了，各报纸都未做调查的部分，你也未做调查，所以即便问你，你也说不上来。你还是讲讲自十一点三十五分在F车站下车后的事情吧。"

"除了在神社前与安川久子交谈了几句外，一路上没什么值得一提的事情。"

"在神田家呢？"

"按响门铃，明美小姐开门出来，把我领入了大客厅。明美小姐从壁炉架上取来纸稿，之后，她又端来了三明治和咖啡，我们一起吃了……"

"明美小姐也吃的吗？"

"是啊。每天都是这样的呀。因为神田老师吃饭没个准时间，所以明美小姐总是等我到了，跟我一起吃三明治，喝咖啡。不过平日里都是女佣端来的，那天则是明美小姐亲自端来，跟我面对面地吃喝的。大概过了十分钟吧，我们把三明治吃掉后，神田老师在浴室里高喊'浴巾'，明美小姐就起身跑了过去。"

"在此之前，她一直跟你在一起吗？"

"是啊。除了她去厨房取三明治那么一小会儿。然后，神田老师就关了淋浴，将浴巾裹在身上……"

"你看到了吗？"

"废话！我怎么可能去偷窥别人的浴室呢。神田老师吹着口哨跑进寝室，明美小姐则回到大客厅里。这时，明美小姐似乎很不高兴，她问我，安川小姐是不是跟我坐同一班电车来的，老师正盼望着呢。原来那个美人就是安川小姐——我这才恍然大悟。这时，安川小姐就到了。明美小姐将安川小姐带进了起居室。突然神田老师在寝室里大声地喊明美小姐，明美小姐就将脑袋探进了房间。"

"仅仅是将脑袋探进门内，是吧？"

"是的。说是老师让她出去散会儿步。"

"真亏他说得出口啊。你也听到了吗？"

"没有。声音太低了，我没听到。明美小姐'咣当'一声关上了门，怒气冲冲地回来后，就催我出去了。就在这时，正午的汽笛声响了。"

"就是说，你没见到神田兵太郎的面，是吧？"

"我去了一百次了，有幸见到他老人家的，大概只有三十次吧。他不喜欢社交，也是出了名的。"

"你不是他的娈童吧。"

"开什么玩笑？"

"你看，关于神田兵太郎的性生活，各报都写得有声有色，其实不过是他们的想象而已。并且，还都觉得神田兵太郎是个花钱大手大脚的家伙，故而没有分文积蓄也是理所当然。或许对于不了解真相的人来说，神田兵太郎的饮食生活和性生活是充满着神秘色彩的吧。可他真会将年收入一千万日元全都花个精光吗？与此同时，他的小气也是出了名的，那么，没有分文积蓄难道不奇怪吗？"

"纵情享乐者的生活，不就是这样的吗？"

"人家安川久子小姐可说了，除了出事前一天的电话，老师还从来没跟她说过私房话呢。关于安川小姐的私生活，各报社也都十分起劲地调查过，可没发现什么值得大书特书的。而毛利明美方面呢，也都说她没有别的情人。"

"偷情嘛，当然总是背着人干的，是不是？尤其不能让老婆知道啊。"

"你们都把最重要的事情给漏掉了。光调查安川久子有什么用呢？越调查不就越让人知道这位可怜的小姐的清白本相吗？为什么就不能绝对信任久子小姐呢？其中一个很大的原因，就是因为你。你自己或许并未察觉，各家报纸都把安川久子当作凶手一般来报道，其最大的依据就是名叫矢部文作的记者，为十一点四十五分至十二点这一时间段提供了无可动摇的证言。"

"这一点我绝对认可。不过，我只说过她站在神社前，仅此而已呀。"

"不，问题不在这里。问题在于你到了神田家之后，亦即十一点四十五分到正午之间。你并没有见到神田兵太郎。可是，你，以及其他人都以为你见到了神田兵太郎。"

"神田兵太郎那时确实还活着呀。他那声音，我听得真真的。"

"可是，可是，你听到的仅仅是他的声音！当然了，还有口哨声和洗淋浴的声音，是吧？但安川久子小姐却坚持说她没听到枪声啊。那天里所发生的异常情况全都是声音。就连收音机，不也是声音吗？并没有发生什么视觉上的异常。因此，要是绝对相信安川小姐的话，会得出怎样的结论呢？尽管有收音机的干扰，她也不可能听不到隔壁房间里发出的枪声。她不是连大客厅的电话铃声都听到了吗，怎么会听不到隔壁房间的枪声？哪怕仅仅是一瞬间。这么一想，结论不就明摆着了吗？那把手枪，根本就不是在她来神田家之后发射的。"

"我在大客厅里那会儿，也没听到枪声。"

"既然是这样，那当然就是：手枪是在此之前发射的。"

"可是，明美小姐不是还跟神田老师说过话吗？"

"能跟死人说话的，肯定就是凶手啦。最近，一种叫作'磁带录音机'的玩意儿在各地流行开来了。在收音机的掩护下，用磁带录音机的声音来代替真人声，就并非难事了。"

面对着呆若木鸡的文作，巨势博士耐心开导道："我说，你既然是为了那位楚楚动人的久子小姐而奋起调查，为什么又不肯绝对相信她的证言呢？是记者的自尊心在作怪，是吧？因为你总以为自己的经验是不容怀疑的。爱情和神明是一样的，都是在瞬间感召人们。倘若你能将安川久子小姐当作上帝一样来信赖，并意识到她的证言比自己的经验更加神圣，那么这个案子你就能轻而易举地破解开了。找出真凶手和真正爱上一个女人，应该是一回事。真实的东西，最后都是一样的。所以我比起侦探工作来，更忙于崇敬美女呀。"

说完，巨势博士就将文作晾在那儿，自己去和情人幽会了。

几天后，经过文作的艰苦奋战，终于揭发出明美小姐的罪行。

原来，自从她察觉到神田兵太郎对安川久子动了色心之后，就开始计划杀死神田兵太郎，并夺取其全部财产。她听到了神田兵太郎给安川久子打的电话，所以就想办法把女佣贵子和书生木曾英介都支开，并在文作到来的一小时前，杀死神田兵太郎。然后，利用磁带录音机，给人造成凶杀发生在午后的错觉，巧妙地为自己制造了一个"不在场证明"。

遗憾的是，尽管文作为破此案尽心尽力，但他与那位楚楚动人的美女之间的关系，似乎并无多大的发展。

俘囚

海野十三 | Unno Juza

"我说，到外面去透会儿气吧！"

"嗯——"

我有点儿喝多了，脚底下软绵绵的，走起路来踉踉跄跄。我把脑袋搁在了松永的肩膀上——其实应该说是两手围在他那粗壮的脖子上，紧紧地搂着才对。从我嘴里喷出的火热气息直扑他那红红的耳垂，然后又反弹到我的脸颊上。

凉飕飕的空气，从领口处钻了进来。等我回过神来一看，发现已经到了天台上。四周一片漆黑，只有脚下波光粼粼的，发出阵阵闪光。

"来，这儿有长凳，坐下吧……"

他将我那已经软作一团的身子，靠在了长凳的椅背上。啊，冰冷的木板条，好舒服。我的脑袋猛地往后垂了下去，显得有些傻乎乎的。我"吧嗒"一下张开了嘴。

"怎么了？"他说道。我听着，只觉得他的声音是从一个奇怪的角度传过来的。

"不许逃走……香烟！"

"哦，是要抽烟吗？"

他十分殷勤地先将烟给点着了，然后插入我的嘴唇之间。我一连吸了好几口。够味儿，过瘾，真过瘾。

"喂，你不要紧吧。"不知从何时起，松永已坐在了我的身旁，跟我紧挨着。

"没事儿，才喝了这么点……"

"快到十一点了。今夜还是早点回去的好啊，夫人。"

"你少来！"我破口大骂道，"想拿我开涮吗？还'夫人''夫人'的呢，哼！"

"你老公再怎么是'冷血博士'，夫人你每天都那么晚回家，也会被发现的呀。"

"早就被发现了。怎么着？被发现了不好吗？"

"当然不好了。不过，并不是说我怕他发现。"

"嚯，是吗？听你这声音，就是害怕了。"

"反正我觉得惹毛了他不好。不要弄得满城风雨，惊涛骇浪的。风平浪静地度过我们的快乐时光不好吗？所以说，今晚你还是早点回家，用你那两条雪白的胳膊搂住博士的脖子为好啊。"

我听得出来，话里话外的，他确实有点怕我丈夫。这个松永，虽是个青年，其实还是个孩子，并且还十分崇拜偶像。我丈夫是个博士，还十多年如一日地一头扎进研究室搞研究，这无形中对他构成了巨大的压力。博士又怎么了？在我看来，我丈夫就像个纸糊的人偶似的，是个大傻瓜。如果他不傻，又怎么会没日没夜地在研究室里摆弄那些死尸呢？最近这三四年来，我根本就没碰过他身体一根手指头。

这会儿，我又懊恼地想起了早就存在的烦心事。

照这么下去，这个小伙子早晚要离我而去的！

肯定会离我而去的吧。啊——这可怎么办？真要是这样的话，我活着还有什么意思呢？没有了松永，我一天也活不下去。事到如今，我也只能使出最后的撒手锏了。对，就是那个撒手锏！

"来呀——"我一把将他的身体拉得离我更近一些，"把耳朵凑过来点。"

"要干吗？"

"听了我下面要说的话，你可不许大惊小怪地喊出声来。"

他一脸疑惑，把耳朵凑了过来。

"好事儿！"我放低声音，对着他的耳朵眼儿说，"为了你，今晚我们就将那人给办了吧！"

"哎？"

听了这话之后，我怀抱中的松永变得四肢僵硬。怎么这么没用呢？不是已经二十七岁了嘛……

家里的一切都沉陷在无底的黑暗之中。

真是天助我也！今晚一整夜都没有月亮。

我走在长长的走廊上。"咚咚咚咚"，鞋跟敲出的声音特别响。走廊灯孤零零地悬在满是蜘蛛网的屋顶下。走到尽头，拐一个九十度的弯，一股浓郁的药剂味儿扑面而来。我丈夫的实验室就在前面。

站在我丈夫的屋前，我"笃笃笃"地敲了敲门。没有回应。

没回应又怎么了？我照样要进去。一扭门把手，门就轻轻松松地被打开了。看来我丈夫根本没想到我会来，所以每一道门都没有上锁。我穿过一排排架子，那上面放着许多泡在酒精里的标本，我不断地往里走去。

最里面的一间就是解剖室，正在铿锵地响着金属器具的碰撞声。啊，解剖室！这是我最不愿意进的房间，可是……

打开门一看，我的丈夫果然站在低了一级的解剖室中央。

他正弯着腰站在解剖台前摆弄死尸。听到开门声后，他吃了一惊，抬起头来，白色的手术帽和大口罩之间，只露出一对眼睛。只见他眼神里的困惑，旋即变成了愤怒。可是，今夜我不怕他的愤怒。

"后边的院子里，有莫名其妙的呻吟声。还有什么东西在一闪一闪地发着亮光。我害怕，睡不着。你快去看一下吧。"

"嗯——"我丈夫发出了野兽般的哼哼声，"别胡说八道，哪会有这种事？"

"确有此事啊，肯定是从那口枯井里传出来的。都是你不好，那口井是有来头的，可你却用它做了那种事情……"

那口所谓的枯井，就在后院里，确实很有些年头了，可我丈夫却把它当成一个地下的垃圾箱，将解剖后剩下来的碎骨头渣滓全都扔下去。由于那口井很深，即便扔点骨头渣滓下去，也一点都看不出来。

"闭嘴！明天给你看去。"

"明天怎么行呢？要看就得现在去看。你要是不去看，我就去报警。让警察署派人来看好了。"

"等等！"他的声音有些发抖了，"我又没说不给你看。走吧，带我去看。"

丈夫气鼓鼓地将手术刀扔在了解剖台上，又郑重其事地给死尸严严实实地盖上了一块防水布，这才离开了解剖台。

他从架子上拿了一只很粗的手电筒，急匆匆地走了出去。我跟在他后面，落下十步左右。他还穿着手术服，背影难看极了。每走一步，脚还在地上拖一下，像个人造人似的。

看着他这副寒酸的背影，我心里甚至产生了一种想扑上去猛推其后背的冲动。之后过了许久，我时不时地还会重现当时这种异样的感觉。并且，每次重现，都让人觉得很不愉快。至于到底是什么令我如此不快，当时我还不太清楚，后来当这个谜底一下子被揭开后，我就沉浸在语言难以形容的惊愕和哀叹之中了。反正诸位慢慢就会明白，在此我就按下不表了。

来到鸦雀无声的后院后，丈夫他"啪"地一下打开手电筒。刷白的亮光照在点景石和长得很长的草丛上，就像就着亮光看风景照的底片似的。我一声不吭，只管拨开杂草往前走。

"不是什么都没有吗？"他嘟囔道。

"什么'什么都没有'？在枯井那边呀。"

"没有就是没有。是你自己胆小产生的错觉，哪儿有呻吟声？"

"啊！你看，不对呀！"

"什么？"

"你看呀，井盖……"

"井盖？啊，井盖开着。这是怎么回事？"

这个井盖，是个很重很重的铁盖。直径有一米多，非常重。那上面开着一个椭圆形的孔，有十五到二十厘米宽，近似于圆孔。

丈夫慢吞吞地朝着那个神秘的枯井走去。他像是不太明白是怎么回事，想要看看井里面。这时，他的半个身子悬空着，注意力也全都集中在井口下面，一点都没提防紧跟在背后的我。好机会！

"嗨！"

我猛地一下撞在我丈夫的腰上。遭此突然袭击之后，他似乎才发现我的加害之心，大叫一声："鱼子！你干什么？"

可是，话音未落，他的身影已经从地面上消失了，掉进了深深的枯井中。由于他临时撒开了手，手电筒翻着跟斗掉到了草丛里。

成功了！我立刻清醒地意识到了这一点。可是，这就能让人放心了吗？

"你终于下手了。"另一个声音从背后靠近过来。尽管我知道那是松永的声音，却还是被吓了一跳。

"快来搭一把手。"我捡起手电筒，照着脚边的一块石头说道。那石头足有腌萝卜干用的镇石的一倍大。

"干什么？"

"把它滚到这边来……"

松永将石头翻着滚动过来。

"行了，行了。"剩下的事情都是我一个人干的，"哎——哟！"

"夫人，快住手啊！"

松永慌慌张张地想要阻止我，可我依旧喊着号子滚动着这块大石头。刹那间，石头顺势掉进了枯井里，这是我给丈夫最后的礼物。过了一会儿，从地底深处传来了一声无可名状的惨叫声。

松永站在我的身旁，浑身瑟瑟发抖。

"来，再次用绞车，把井盖盖上吧。"

随着一阵"哗啦啦"的铁链声，沉重的铁盖又重新盖在了枯井之上。

"你透过那孔，看一下下面。"

铁盖上开着一个椭圆形的观察孔，长二十厘米，宽十五厘米。

"开什么玩笑……"松永吓得直往后缩。

要是沉沉的黑夜永无止境该有多好啊，要是温柔的被褥里与他的两人世界，永远被世人遗忘该多好啊。可是，清晨的亮光还是毫不留情地透过窗帘照了进来。

"我去上班了。"

松永是个老实巴交的银行职员。为了长久的幸福，我也只能让他去上班。

"走好。下班后，早点回来。"

他那微微浮肿的眼睛流露出一丝担心，走了。

没有用人的宽敞宅邸里，寂静无声，像鬼屋似的。打零工的女佣一般是一周才来一次，补充食材，拿走要洗的衣物。我现在想睡到什么时候就睡到什么时候，拥有绝对的自由。那个对我呼来唤去、脾气急躁、遇事说不上三句就暴跳如雷的丈夫已经不在了。所以，一直这么在床上躺着也无所谓，可是，不知道为什么，总有些心神不宁，让人躺不下去。

最后，心里七上八下的，我还是起床了。换好了衣服站在镜子前，我那苍白的脸色，血红的眼睛，干巴巴的嘴唇——

你，杀死了你的丈夫！

对着镜子中的脸，我心里说道。

喂！杀人凶手！

我做了一件无可挽回的事情。丈夫的肉体，如今正在窗外的枯井里一点点地腐烂吧。他再也没有力气重新站在土地上了，就像折断了的铅笔芯似的，他的生活"啪嗒"一下就被硬生生地中断了。他的研究工作，他原本就只有我这么一个的家人，还有他的财产都离他远去了。到目前为止，他所做过的所有事情，全都白费了。造成如此后果，到底是谁的罪孽？当然了，杀死他的人，是我。可是，促使我杀死他的，却是他自己。我要是嫁给别的男人，肯定不会成为杀人凶手。是我那不幸的命运，把我变成了杀人凶手。可是不管怎么说，人总是我杀的，就是眼下这个出现在镜子里的女人杀的，这是想抹也抹不去的事实。"谋杀亲夫"这几个字，已经变成了出现在我肉体上的大瘊子，这是谁都能够看得到的。我能够感觉到司法之手，正一点点地伸向我的肌肤。

啊，早知道心情会变得如此之糟，我就不去谋杀什么亲夫了！

惶恐、不安，一阵阵地向我袭来，真叫人难以忍受。难道我就没有什么救命稻草了吗?

"对了,有的有的。钱啊,丈夫留下的金钱。快找钱去!"

有一次我进房间时,看到丈夫正在数一大叠钞票。那是五年前的事了,就算他在研究方面用掉一部分,也应该剩下了不少。对,先找到钱,其他想做的事情等今晚过后再说。

那天,自起床后到傍晚时分,我一直寻找着亡夫所藏匿的财产。从茶间开始,寝室、书房的书箱、书桌的抽屉,一直到西服衣柜,全都找遍了。结果大失所望。本以为应该留有不少的财产,实际上统统加起来还不到五十日元。如果要更彻底地寻找,恐怕就该去丈夫的解剖室,到死尸的肚子里去找了。不过那个地方我到底还是不敢去。我明白,如果不打算去那儿寻找的话,那么在别的地方再怎么费功夫也是白搭。存折倒也找到了好几个,可那上面的余额,都在一日元以下,就像串通好了似的。我终于明白,丈夫的财务状况原来这么恶劣。虽然大大出乎我的意料,可事实如此,又有什么办法呢?

在失望之余,我唯有发呆而已。既然这样,看来就只有将这幢鬼屋和土地卖掉了。等松永来了,找个适当的时机,跟他商量一下吧。他肯定马上就会来的。我再次面对镜子,重新梳好了头发。

可人不走运的时候,真是喝凉水都塞牙,坏事总是一起来。那个该死的松永,左等不来,右等不来。三十分钟、一个小时,不知不觉地,夜里十二点钟都敲过了,新的一天都到了,却还是不见他的人影。

果然不出我所料!松永这小子从我身边永远地逃走了!

我是为了他,才恶向胆边生,横下心来干了那事。可是,这事肯定将这个大孩子吓坏了。所以他便从已成杀人凶手的、主动投怀送抱的淫妇身边逃走了。说不定再也见不到他了,见不到那个可人的小伙子了……

没过多久，烦闷不堪的夜晚过去了。第二天的天气很好，好得简直令人生气。我闷在家里，当然只会越来越生气。我发作了好几次，像野兽一般大吼大叫，将自己的身体向灰色的、脏兮兮的墙上乱撞。那无可救药的孤独感、无法消除的罪恶感、愈演愈烈的恐怖与战栗——这些苦闷无比可怕，几乎快把我逼疯了。如果我能把枯井上那块沉重的铁盖掀开的话，说不定我就会纵身一跃，追随那已被我杀死的丈夫而去。

叫喊、挣扎、发作，我终于把自己弄得筋疲力尽后，将自己抛到了床上。我模模糊糊地睡着了，可是，噩梦连连。忽然，我从这"白日梦"中睁开双眼。因为在模模糊糊的睡梦中，我听到面朝院子的玻璃窗上似乎有动静，于是就转过脸去看。

"啊！"我不由自主地大叫了一声，立刻跑了过去。因为我看到有人正不停从窗外朝屋里窥探。那是一张圆圆的脸蛋——毫无疑问，那是我原以为逃走了的松永的笑脸。

"啊呀，阿松，快进来——"我赶紧开门，问道，"昨晚你为什么不来？"

松永来了我当然很高兴，可又有点恼他这时才来，所以就先问了这事。

"不好意思，昨天晚上让你担心了。可是，我实在是来不了啊，出大事了。"

"什么'大事'，是跟年轻姑娘吃饭吗？"

"哪有那种好事。我昨晚被警视厅扣下了，直到三十分钟前才被释放。"

"啊，警视厅？！"

我吓了一跳。这么快就暴露了？

"是的，真是天灾人祸啊。"他的脸上忽然显出了兴奋的神色，"是这么回事。半夜里有人偷了银行金库里的现金逃走了。到底是谁，还不知道。不过值班人青山金之助被杀了。可奇怪的是，所有能进入金库室的入口，全都关闭着。要说空洞什么的，也只有往里送风的风机口和楣窗位置的换气窗。换气窗上嵌着铁条，是拉不掉的。风机口上有盖子，虽说并非不能拆掉，可那是直径才二十厘米的圆孔，再说外面还连着同样直径的大铁管子。直径才二十厘米啊，再怎么使劲，人的身体也钻不过去。可尽管是这样，却明摆着有犯人进入的证据。你看看，怎么会有这么奇怪的事情？"

"被偷走了很多现金吗？"

"呃，三万左右吧。由于这事太蹊跷了，所以不允许见报，我们银行职员也全都受到了怀疑，连带着我也被禁止外出，几乎被关了一整夜。真是遭了罪了。"

松永从口袋里摸出一根香烟来，津津有味地吸着。

"真是个奇怪的案子啊。"

"太奇怪了。即便不是侦探，也能想象出作案现场的情形来。在一个没有入口的房间里，巨额现金被盗，值班人员被杀。"

"那个值班人员是怎么被杀的？"

"从胸部到腹部，有一条细长的手术刀痕迹，还被十分古怪地烧灼过。乍一看像是旧伤疤，其实不是。"

"啊——这是怎么回事呢？"

"解剖之后，还发现了更为奇怪的事情。应该说，比起那条古怪的旧伤疤来，伤疤下面的情形更吓人。剖开肚子后，发现那人连心、肺、胃和肠子都没了。也就是说，所有的内脏器官都不翼而飞。这样的怪事从未听说过吧。"

"啊呀——"我嘴里这么应着，心里却产生了一种奇怪的感受。

我想起了在这种情况下理应想起的事情，不由得打了个冷战。

"可是，这个奇妙的脏器丢失现象，反倒解救了我们这些银行职员。因为它从反面证明，这个案子肯定不是我们干的。"

"你是说……"

"就是说，溜进这个没有入口的金库室的家伙，在偷走了三万日元之后，还偷走了值班人员的内脏。当然了，他到底先干了哪件事，就不得而知了……"

"真是个大胆的结论啊。这样的事情，可能吗？"

"这可是由一个叫什么来着的有名侦探得出的结论。调查此案的警察，也对此颇为认可。当然了，结论虽然有了，可并不等于就能马上破案。可是，这世上还真有人干得出这种可怕的事情来啊。"

"行了，这事儿就别再提了……既然你已经回到我这儿来了，还有什么话可说的呢？我去开一瓶有年份的葡萄酒，一起喝上一杯，转转运气吧……"

于是，我们频频碰杯，一起沉醉于这美味的西洋酒之中。凭借着酒力，我们将所有阴霾和惊恐一扫而光。真是太痛快了。然后，尽管天还没有断黑，我们就拉上了窗帘，上床睡觉了。

那天夜里，我睡得真香啊。松永回来所带来的安心感，连日来的劳累，这些都被美酒消融了，令我酣睡如泥……

第二天早晨，等我醒来的时候已经是天光大亮了。睡得真好啊。我觉得自己从头到脚，都已经恢复了元气。

"哎？"

以为正睡在我身边的松永却不在了。无论是床上还是房间里，都不见他的身影。

或许是去院子里散步了吧。可我等了一会儿，还是没听到他的脚步声。

"已经出去了吗？"

可今天他休息呀。就在我心中纳闷之际，瞥见桌上放着一个陌生的四方信封。我不禁心里"咯噔"了一下。

可是，在打开这封留言之前，我也仍没有意识到里面竟然隐藏着如此令人惊恐的内容。啊，这真的是一封临别留言。毫无疑问，这是松永的笔迹，但字写得哆哆嗦嗦、潦潦草草，就像地震记录仪的指针画出的曲线似的。我费了很大力气，才读出了以下内容：

亲爱的鱼子啊——

我被上帝抛弃了。那不可多得的幸福，已同无情的春水般，永远地离我远去了。鱼子啊，我再也不能出现在你的面前。啊，这是因为……

鱼子啊，你一定要小心。那个袭击银行金库的奇异犯人，真是个世间少有的、无比可怕的家伙。我觉得，他真正的目标，其实就是我。我……我如今将真实情况写下来，告诉我的爱人。是因为我在半夜里，失去了挺拔的鼻子和性感的嘴唇（你不要笑我自卖自夸，因为这也是最后一次自夸了）。我在半夜里突然醒来后，总觉得哪里不对，就起身走到了你的梳妆台前。结果，在镜子里看到了一张世间少有的丑陋男人的脸蛋。请允许我不能写更多了。

最后，我祝你平安。不要遭受我所遭受的伤害。

松永哲夫

读完了这封信，我不禁哀叹不已。那是个多么可恶的坏蛋啊！他不仅偷了银行的钱，杀死了值班人员，竟然还在毁坏了松永的俊俏容颜后逃走了!

如此十恶不赦的坏蛋,到底是个怎样的家伙?松永在信里写道,那犯人的目标估计就是他。那么,松永到底又做了些什么呢?

"哦,还是因为那事吧?恐怕是的。不对,不对,不是那么回事。丈夫他已经死了呀,怎么能做出那种事来呢?"

这时,我忽然在地板上发现了一样奇怪的东西。我不由得从床上滑下来,靠近了仔细观察。那是一团棕褐色的烟灰团——我看着眼熟。毫无疑问,这是丈夫平时爱抽的德国产烟膏的烟屁股。

这个房间我昨天、前天都打扫过,怎么会有这样的烟屁股?除非昨晚有人来到这里,抽了烟后将烟屁股扔在这儿,否则怎么也说不通啊。当然,还有一点我也十分清楚。那就是,松永从不抽这种烟膏。

"要是已经死了的丈夫他……"

我突然感到眼前一片漆黑。啊,怎么可能有这么可怕的事情?不是已经把他推入枯井,还向他头上扔了一块大石头吗?

这时,房门上的铜把手自己转动了起来。"咔嚓"一声,门锁开了。

会是谁呢?

我已经站不住了。房门静静地被打开了,越开越大,不一会儿,门口出现了一个人。清清楚楚,千真万确,那人就是我丈夫。确实是被我亲手杀死的,我的丈夫。是幽灵吗,还是真人?

我喉咙里自然而然地发出了尖叫声。丈夫他一声不吭,静静地朝我走来。我定睛一看,只见他右手拿着他那个心爱的烟斗,左手提着一个放手术器械的大皮包……我感到极度的恐惧。啊,他到底要干什么?

丈夫"咚"的一声将皮包放到了桌子上,"叮"的一声打开了皮包上的锁扣，皮包摊开来，露出了寒光闪闪的器械。

"你要干什么？"

"……"丈夫拿起一把很大的、亮闪闪的手术刀，一步步地朝我逼近。手术刀的刀尖伸到了我的鼻尖上。

"啊——来人哪！"

"嘿嘿嘿嘿……"丈夫他终于发声了，是乐不可支的笑声。

"呀——"

有一个白色的东西从他手中弹出，塞入了我的鼻孔。好香，香得不得了。就这样，我失去了知觉。

等我再次清醒过来时，发现自己已经不在有床的寝室里，而是在一个漆黑一片的地方，我的身体似乎躺在一条席子上。背部很痛，我似乎被剥了个精光。我想要站起身来，可动了一下，便发现了自己的异常。

"啊！我的胳膊不听话了！"

这是怎么回事？仔细一看才明白。胳膊当然不会听话了。我的左右两条胳膊，从肩膀往下，都被齐刷刷地切掉了。断臂女人！

"嚯嚯嚯嚯……"

角落里传来了令人毛骨悚然的、低低的笑声。

"怎么样？身上有什么感觉？"

啊，是丈夫的声音。啊啊，我明白了。就在我晕过去的时候，他把我的两条胳膊切掉了。这令人发指的复仇心！

"看来你清醒过来了。让我帮你站起来吧。"

说着，丈夫将他两只冰凉的手插到我的胳肢窝下，抬起了我的上身。我觉得下身很轻，摇摇晃晃地倒也能站起来，但只有半个人高。啊！从大腿根部往下，我的两条腿也被切掉了！

"你，你这个恶魔！把我的手脚都切掉了！"

"嗯，切是切掉了，可我没让你感到疼痛。"

"不痛管什么用？不是手脚都没有了吗？你这个坏蛋！恶魔！畜生！"

"不光是切掉，也给你添加了些东西。嘿嘿嘿嘿。"

添加了些东西？尽管我没听懂他的话，可还是浑身打颤。他到底要把我弄成什么样子？

"这就给你看。看吧，用这面镜子，好好看看你的脸吧！"

说着，他"啪"的一声拧亮了手电筒，将光正面照在我的脸上。然后，我就在他递上来的镜子里面——啊！看到了不该看到的东西。

"不要，不要，不要。快把镜子拿开……"

"嗵嗵嗵嗵。喜欢吧？添加在你脸部正中央的另一个鼻子，就是那男人的。还有那像百叶窗似的双层嘴唇，也是那个男人的。不都是你喜欢的东西吗？你真该好好谢谢我。嘿嘿嘿嘿。"

"你为什么不杀了我呢？还不如杀了我……快杀了我吧！"

"慢慢来，慢慢来。哪能随随便便地就杀了你？来，继续躺着吧。我来喂你流质食品。今后你的一日三餐，都要我亲自来喂了。"

"我不要喝什么流质。"

"不喝的话，就直接灌营养液。要不然，注射也行啊。"

"你就干净利落地杀了我吧。"

"为什么？为什么？接下来我还要教育你呢。来，躺下来，告诉你一个乐趣。那儿有一个洞，对吧？从那个洞往下看看。"

窥视孔——我晃动脑袋，寻找那个洞。看到了，看到了，是个手表大小的洞。我像毛毛虫一样扭动着身子，把眼睛凑在那个洞上。我看见下面有桌子等物。那不就是丈夫的研究室吗？

"看到什么了吗？"

听他这么说，我不断地变换角度，窥视下面。

看到了，看到了。丈夫要我看的东西，看到了。椅子上绑着一个男人。那人的脸十分可怕，简直像妖怪一样。再看那人身上穿的衣服——啊！那不就是松永吗？尽管他已经面目全非，可我知道，那人就是松永。我不由得起了反抗之心。

"我不会让你的计划得逞！我再也不从这个洞往下面看了。只要我不看，你的计划就失效了一半。"

"哈哈哈，你真是傻女人。"丈夫在黑暗中笑道，"我所计划的又不是这个。你看也好，不看也罢，马上就会领悟的！"

"你要我领悟什么？"

"为妻之道！妻子的命运！你好好想想吧。"

说完，便响起了"咯噔、咯噔"的脚步声，丈夫他从阁楼上下去了。

自此以后，我就开始了在阁楼上的奇妙生活。我那如同洋面口袋似的身体躺在同一个地方，等待着丈夫前来伺候。丈夫也倒是信守承诺，将一日三餐喂到我的嘴里。我甚至开始感觉到了失去双手的幸福。虽然我的脸上有两个鼻子，四片嘴唇，已经变成了丑八怪，但没有了双手，我也就摸不到自己的面孔。

原以为大小便会变得十分麻烦，可精通医学的丈夫早已考虑好了万全之策。有一天，他还用注射用的针头刺穿了我的咽喉，我立刻就不能大声叫喊了，只能从喉咙深处发出一些轻微的、与以往完全不同的沙哑声音。反正如今我已经是一名俘囚，不管他对我做什么，我都无法反抗。

有时候我也会想起，那个被割取了鼻子和嘴唇的松永到底怎么样了。可从阁楼上那个小孔里，我已经看不到他。看得到的，仍是那些令人作呕的死尸、七零八落的手足，以及在浸泡着各种脏器的瓶子的包围中、不停挥动手术刀的丈夫。我从早到晚，就在阁楼上看着他的这种工作状态。

"这是个多么勤奋的研究家啊！"

有时候，我会突然冒出这样的念头来，可随后又立刻将其打消掉。因为我觉得一旦这样想，就落入丈夫的圈套了。"为妻之道、妻子的命运"——他曾这么说过，想必就是要让我领教些什么吧。

可是，让我理解这句话的一天终于来到了。

那是十来天过后的某一日。黎明时分，晨光即将照入窗户的那一刻，包括警察在内的一队搜查人员，如同一阵风似的闯入了阁楼正下方的房间里。我看到刑警们正大张旗鼓地搜查着房间里的每一个角落。在离开解剖室稍远一些的地方，有个比麻将桌略高一点的桌子，上面放着一个适合浸泡寒糕 [1] 的坛子。

"发现了这么个东西！"

"什么玩意儿？哎……还打不开呢！"

警察们发现了坛子后，便将它团团围住。他们把坛子放到了地板上，想打开它。可出乎大家的意料，盖子盖得非常紧，怎么也打不开。

"不就是个坛子吗？过会儿再说吧。"一个像是部长的人说。刑警们听后，就四面散开了。那个坛子就那么被扔在了地板上。

"怎么找也找不到，看来犯人是逃走了。"

看起来他们是在寻找我们夫妻俩。我应该想办法让他们知道我在这儿，可是，我如同被牢牢捆绑在沉重铁锁上的俘囚一样，连天

1　三九天里制作的年糕。常浸泡在水里。

花板上老鼠跑过的那么点动静都弄不出来。不一会儿，我就眼睁睁地看着他们走出了房间，四周又恢复了沉寂。这么个大好的机会，就白白地错过了。可是，我丈夫他又去哪儿了呢？

"哎？这又是怎么回事？"

我感觉到下面的房间里，有什么东西在蠢蠢欲动。忽然，传来了一阵"咔嗒咔嗒"的东西晃动声。

"啊，是那个坛子！"

那个从桌上被移到地板上的坛子，正在剧烈地晃动着。里面像是藏着个什么活物，正急着要出来似的。里面会有什么东西呢？猫？狗？还是椰子蟹？我津津有味地望着"咔嗒咔嗒"晃动的坛子，心想这个家越来越像鬼屋了，因为那坛子是近来颇为少见的会动的"玩具"。这一天就这么过去了，第二天又来了。那坛子虽说势头减弱了不少，可时不时地还会跟昨天一样，"咔嗒咔嗒"地莫名摇晃起来。

不知道为什么，我丈夫他总不出现，让人觉得他再也不回来了。我肚子饿得不行。其实我早已不担心自己的身体，只是将自己焦躁不安的心绪寄托在一碗汤上罢了。

第四天。第五天。我已经连抬头的力气都没了。那个坛子也已经一动也不动了。很快就到了第七天。到底是几点钟就不知道了，反正我又听到下面有动静了，于是就凑在那个孔上窥探。只见前一阵子来过那些警察又聚集在了下面。不过其中有一人是上次没来过的。只见他身穿西服，显得极为精干，正站在这伙人的面前讲话呢。

"博士肯定还在这个房间里。上次，我要是一起来就好了。现在，我觉得已经为时已晚。那个进入门窗紧闭的银行金库的家伙，应该就是博士本人。或许你们会觉得不可思议，事实上博士正是从那个直径才二十厘米的送风管道进入室内的。"

"你这么说就不符合常理了，帆村君。"

那个部长模样的人在一旁喊道："博士那么大的身体，怎么可能进入那么细的管道呢？简直是岂有此理。"

"好吧。为了证明'有此一理'，我就将博士的身体展示在大家面前吧。"

"你说什么？你知道博士在哪儿了吗？他到底在哪里？"

"就在这里面！"帆村弯下腰，指着脚边的坛子说。

警察们觉得太荒谬了，不由得哄堂大笑了起来。

帆村并不生气，他将那坛子拿在手里，一会儿倒过来，一会儿又去拧那盖子，可还是打不开。随后，他将坛子放在桌上，对它恭恭敬敬地鞠了一躬，接着拿出一把榔头来，"咣"的一声将其敲开了。一个像是黄色枕头似的东西从坛子里"骨碌碌"地滚了出来。

"这就是我国外科界的最高权威，室户博士饿死之后的尸体！"

由于眼前的景象太恐怖了，人们不由自主地都背过脸去。这是个什么样的人体啊？！脸部像是被削去了一半，肩部只有部分骨头隆起，胸部只剩下左半边，肚子除了肚脐以上都被切掉了。手脚根本就看不到。人的身体，再怎么残缺不全，也不至于变成如此惨不忍睹的模样吧。

"各位，这就是博士在其论文中所描述的'人的最小整理形体'。也就是说，将两个肺割掉一个，将胃部拿出来与肠子直接连接……如此这般，对肉体进行最低限度的整理。据说这样的话，大脑就能发挥出高于常人二十倍的功能来。博士这是在拿自己的身体做实验啊。"

大家全都惊呆了，鸦雀无声。

"这个坛子就是博士的床。是最适宜'整理形体'的床。那么，博士的身体变成这样之后，为什么还能在大街上昂首阔步呢？请大家再来看看他的手和脚吧。"

帆村朝原本放坛子的桌子走去，在其正中间摸索着什么，随后用手指头往下按了一下。随着"叮"的一声，从桌子里颤巍巍地弹出了两根胳膊和两条腿，正处在博士的两臂和双腿的空间位置上。

"请看。那个坛子的盖子打开后，博士的身体被弹簧弹射出来，到达这个高度后，通过电磁铁的吸力，这副人造的手足就恰好安在他身上。但是，博士必须通过坛子底部的小孔，按下桌子上的秘密按钮，才能完成这个动作。如果不按下这个按钮，坛子的盖子就打不开。博士之所以会被饿死，就是由于在他睡着的时候这个坛子被人从桌上移到了地板上的缘故。"

此时，在场的人全都呈现出了愁苦之色。

"可是，不知道出于什么原因，博士的精神发生了错乱，所以才上演了银行里的那场凶杀案。他肯定是卸掉了手足才能通过那管道，出了管道之后又组装起来。这一点，对他来说是轻而易举的事情。如果不是这样，就让人难以相信他能偷偷地进入银行的金库。到此为止，你们应该明白我的说法并不荒唐滑稽了吧。"

过了一会儿，帆村便催促大家离开了。

"可是，那位夫人又怎么了？"那位部长想起了我。

"博士在日记里写着呢。鱼子夫人被他勒死在阿尔卑斯¹了。走吧，我们还是赶紧去阿尔卑斯吧。"

人们开始走出房间。

"等等！"我拼命叫喊着。

然而，那声音还是无法传到他们的耳朵里。啊，笨蛋，笨蛋！帆村侦探，你是个大笨蛋！你怎么就不知道我在这阁楼上呢？我忽

---

1 指日本的阿尔卑斯山脉，即日本中部地区飞驒、木曾、赤石这三条山脉的总称。

然想到，丈夫也正是从枯井盖上的那个椭圆孔里逃出来的。那块该诅咒的大石头，竟然没有砸中他。啊，我现在只能等着饿死了。那些笨蛋警察、侦探再回到这儿的时候，我早已命赴黄泉了。丈夫一死，妻子也自然随之而去！死到临头之际，我突然明白丈夫说的那句话了。或许丈夫他早就预料到了这一刻亦未可知。好吧，那我也就痛痛快快地为死亡而祝福吧！

半七捕物帐：十五之夜须当心

冈本绮堂｜Okamoto Kido

一

我以前写过一出名叫《虚无僧[1]》的二幕戏剧，在歌舞伎座上演过。有关虚无僧的清规戒律和生活状况，尽管自己多少也做了些调查，但大体上还是以从半七老人那儿听来的内容为基础的。

在跟我讲述虚无僧时，半七老人还讲了一个与虚无僧以及普通和尚相关的侦探故事。而在正式开讲前，老人首先介绍了一下本所[2]押上村。

"虽说近来已分为押上町、向岛押上町了，可在江户时代那会儿，那个位于柳岛与小梅之间的地方，都叫押上村。那可是个很大的村子啊。押上的大云寺是在江户一提起来就赫赫有名的净土宗寺院。或许是由于猿若[3]中村勘三郎历代的坟墓都在那儿的缘故吧，像市村羽左卫门、濑川菊之丞等名演员的坟墓也在那儿。旁边的最教寺是日莲宗的寺院，其镇寺之宝——抵御蒙古入侵时的曼荼罗极

1　日本禅宗支派普化宗带发托钵的云游僧人。不穿僧衣，头戴名曰"天盖"的深草笠，吹着尺八，边乞讨，边云游修行。

2　地名。位于日本东京都墨田区西南部，隅田川东岸的一个地区。

3　江户歌舞伎的创始人，初代中村勘三郎（1598－1658）的姓。

为有名。不过我下面要讲的故事，与这些有名的寺院无关，它发生在龙涛寺——光听这个名称，似乎气派也不小，但其实就只是个很小的、破败不堪的古寺。很长一段时间里，甚至连个当家和尚都没有。由此你就能大致想象得出，是个什么模样了。大概在四五年之前，有两个和尚住进了这个古庙。他们是住持全达和火工全真。由于没有施主光顾，小寺院穷得叮当响，全靠住持、火工外出托钵化缘，才勉强支撑着。然而，就在这么个破旧的小寺院里，却发生了一桩离奇古怪的案子。"

嘉永¹六年七月，由于德川家庆²薨逝，幕府传令：自七月二十二日起的五十天里"禁止吹打"。虽说"禁止吹打"只不过是禁止歌舞音乐之类的，可按照当时的习惯，人数较多的聚会以及游艺娱乐也都要自我约束。因此，到了七月二十六的夜里，也没人聚在高台上或海岸边拜月³了。到了下个月的十五之夜，大家也都不举办赏月宴会，江户城里连叫卖芒草⁴的喊声都听不见了。

"月亮真好啊。"有一人站在路边，仰望着天上的明月，自言自语道。此人名叫元八，是押上村某农家之子。他今年二十一岁，是个游手好闲的浪荡子，据说平日里常在赌场鬼混。今夜，他自然是无法老老实实地待在家中看月亮的，趁着酒兴，就想出来找点乐子。当他漫无目的地在田埂上转悠时，忽然遇到了一个用浅黄色手巾包着脸的女子。

"劳驾，我打听一下。请问神明菩萨就在这附近吗？"那女子

1　1848－1854年，日本江户时代末期，孝明天皇时的年号。
2　1793－1853年，日本德川幕府第十二代将军。
3　日本民俗之一。在特定的月龄日子里，人们聚集在一起摆上供品，边聚餐边等待月出。
4　芒草为秋天七草之一。日本人中秋赏月时要供奉团子和芒草。

问道。

"神明菩萨……哦，你是问德住寺吗？"元八借着月光窥视着那女子的脸问，"你要去德住寺的话，就得往回走了。"

"哦，我走过头了吗？"

"嗯，走过头了。"元八答道，"你从这儿往回走半町地左右，上了大路后再往右拐。"

"谢谢你！"那女子低头施过礼后，就转身回去了。虽说那女子用手巾包住了脸，但元八看得出她十分年轻，肤色很白，故而他呆呆地望着她远去，不免有些想入非非。

"这女人好面生。该不是狐狸精变的吧？"

他暗自寻思着，随即又想到，要真是狐狸精变的，怎么会说了这么几句话就太平无事地往回走了呢？于是，这个酒意正酣的浪荡子，忽地动了玩心。他轻手轻脚地，尽量不让草鞋弄出脚步声来，一路小跑着追了上去。走在前面的女子似乎没察觉到身后有人盯梢，只顾低头往前走。与此同时，她那双踩在夜露上的草鞋，也特别轻柔，听不到一点脚步声。由于月光十分明亮，元八并不担心丢失目标，所以一开始还故意远远地跟在后面。在越来越靠近大道的时候，他紧赶了几步，将两人之间的距离缩短到三四间左右。这时，那女子终于察觉到，回过头来看了看他。

得知自己暴露后，元八立刻搭话道："大姐，大姐。去神明菩萨那儿，要穿过一片森林，那里不是很太平哦。我陪你去吧。"

那女子犹豫了一下，像是不知道该如何回答才好。就在这时候，元八跑上前来，缠着那年轻女子说："来，我送你过去。这一带有坏人，还有狐狸精。没有当地人相送的话，谁知道会出什么事呢。"

他净说些吓唬人的话，不怀好意地想做个"送行色狼"。然而，那女子也并未拒绝，只是在他的伴随下，一声不吭地继续往前走。

途中，元八挖空心思地想跟她套近乎，可她始终不吭声，像个哑巴似的。很明显，那女子并不待见这位叫人难以放心的"好心人"，尽管如此，元八还是纠缠不清地陪着她。不一会儿，两人走完了田埂，来到了较为宽敞的大道，向右转又走了半町左右，路旁就出现了元八所说的小森林了。

"大姐，从这森林里穿过去，是近道。"他抓起那女子的手，就要将她拖进森林。那女子默默地甩掉了他的手。元八再次抓住她的手，要把她拖进去。

"喂，大姐，别这么犟了。还是老老实实地听我的话吧，准没错的……"

然而，话音未落，他就觉得自己脖子后的头发被人揪住了。他吓了一大跳。可还没等他回过头去看，就已经被结结实实地摔到了冰冷的地上。越发吃惊的他，龇牙咧嘴地从地上爬起来，看到面前站着一个虚无僧打扮的男人。除了这个将自己摔在地的男人外，还有另一个虚无僧打扮的男人正护着那女子。

一想到对方有两个人，再说他们既然是虚无僧，想必武艺也不弱，元八心里一下子就发怵了，丧失了与之一搏的勇气。那两个虚无僧虽说只是默默地站在那里，可他们那锐利而凶险的目光，无疑正穿过头上所戴的"天盖"，死死地盯着元八，元八感到不寒而栗，他拍打了一下身上的泥土，就垂头丧气，一声不吭，灰溜溜地溜走了。

走出七八间远后，元八又偷偷地回头看了一下，发现那两个虚无僧和年轻女子已不见踪影，看来他们是进入了森林。

"他们是一路的吧。"元八站定身躯，暗自琢磨道。

自己盯上的女人就这么眼睁睁地被人抢走了，不仅如此，还挨了揍，他觉得自己简直是窝囊透顶。当然了，要说正面交锋的话，自己显然不是他们的对手，可就这么忍气吞声地吃哑巴亏，也实在是咽不下这口气。再说，女人到底是什么来路？她跟那两个虚无僧到底是什么关系？这件事元八也很想知道。于是，多半也是在好奇心的驱使下，他又悄悄地往回走了。很快，他便来到了森林前。说是森林，其实并没有多深，也就是一片杂树林而已。元八对当地的地形了如指掌。他走进树林一看，发现那三人早已穿过了树林。

"脚指头还挺利索的嘛。"

元八也加快了脚步。等他走出了黑暗的树林，发现那二男一女正在前面明亮的月光下走着呢。他们好像是朝德住寺方向走去的。难道那年轻女子与两个虚无僧在现在这个时候去参拜神明吗？元八觉得十分奇怪。然而，由于月光明亮，他又不能盯得太紧。因为，倘若被他们发现了，不知道又要吃什么苦头呢。故而他与那三人保持着半町左右的距离，时隐时现地跟在后面。结果发现那三人在半道改变了方向，走到一座离德住寺稍远一些的古寺前，站定了身躯。

那个古寺，正是龙涛寺。

二

自第二天起，人们就没看到龙涛寺的住持和火工出来托钵化缘。不过那本就是个没有施主的冷落小寺院，村里人谁也没把它当回事。直到第四天早上，附近有个名叫阿镰的老婆婆去扫墓，去那寺里的古井打水[1]，这才发现了极为可怕的事情。

阿镰从那庙里逃出来时，脸已经吓得刷白刷白。她一路跑，一路挨家挨户地嚷嚷着。村里人立刻跑去察看，结果在龙涛寺的古井

1　日本人扫墓时，要用水清洗墓碑。

里接二连三地打捞出死尸来。除了住持全达和火工全真之外，还有两个男性虚无僧。当这四具死尸并排放在秋日的阳光下时，看到的人无不惊骇万分，面无人色。

接到急报后，大惊失色的村吏[1]立刻赶来。就连其他村上的人，也都闻风跑来了。毕竟是一下子发现四具死尸的事情，不要说是在乡下了，即便是在江户城里也极为罕见，难怪大家惊恐不已，议论纷纷。尽管事出突然，搞得人心惶惶，村吏还是按规矩申报了官府，安排了验尸。

两位僧人的尸首自然是龙涛寺的住持和火工的，这一点毫无疑问，至于那两个虚无僧到底是何许人，则不得而知。按说，既然是虚无僧，那就应该带着普化宗本寺所颁发的凭证，可他们俩身上除了尺八、天盖、袈裟等物品外，什么都没有，连短剑、放零星杂物的纸夹之类的小玩意儿也没有。因此也无法判定他们到底是真虚无僧，还是假虚无僧。其中一人年纪在四十岁上下，左肩有一道疤痕。另一个为二十七八岁光景，肤色白皙，相貌端正。两人的面相有几分相似，故而有人说他们或许是兄弟或叔侄，但这不过是一些人的想象而已。

更叫人感到不可思议的是，在这四具尸体上，竟然找不出一道伤痕。既没有被勒死的痕迹，也不像是溺水而亡。是别人将其杀死后抛入古井的？还是出于什么离奇的原因，四人同时投井自杀的？看来这一谜团，是谁都无法轻易解开了。

"听说是出了件骇人听闻的事儿……连你们也受到牵连了吧。"

神田三河町的半七，带着小弟松吉，站在押上村甚右卫门的店门口。甚右卫门从前也是个人物，涉足非法赌场，扬扬下巴颏就能

---

1 日本江户时代代替官府掌管村里民政、年贡、公事等事务的地主等。身份为农民。

指使二十来个小伙子。上年纪后，他就金盆洗手，干起了正经买卖，用老婆的名字开了一间名为"绿屋"的小饭馆，过上了衣食无忧的小日子。

满头白发的甚右卫门从账台里探出脸来，笑嘻嘻地打招呼道："哎呀，三河町，稀客啊。请进，请进。阿松也来了。辛苦，辛苦。我就料到会惊动您二位的大驾。可真是骇人听闻啊。唉，怎么会出这种事呢？"

不一会儿，热情好客的老板娘也出来招呼，并将两人带到了二楼的一个小包厢里。

"怎么样？生意不错吧？"半七笑着问。

"托您的福，小店总算还能支撑着。可在这'禁止'的五十天，跟关门歇业也差不多啊。我说，你们这么快就为了龙涛寺那事大老远地赶来了，看来这事还真有点难办哪。"说着，甚右卫门皱起了眉头。

"虽说这儿不是我们的地盘，可人家寺院方面说了，'事儿太大，过来查一下吧'，这不，我们就赶紧跑来了。一会儿要去村里老大那边露一下面，可想着还是先来您这'绿屋'打个招呼，听听您老的指点为好，所以就前来打搅了……"

半七的话还没完，甚右卫门赶紧举起他那只大手来，将话头给拦住了。

"打住，打住。您看您说话还是这么漂亮，把人给捧死了可不好哦。我金盆洗手已有十年了，如今已是老态龙钟，你们俩呢，风头正健，我哪能'指点'你们呢？多谢你们还看得起我老头子，既然来了，我们就一起喝上一杯，慢慢聊吧。"

这个押上的甚右卫门，虽说现在只做正经生意，可在这一带还是相当吃得开的。他见半七很给自己面子，一到这儿就先来看自己，心里十分受用，决定要好好地招待一下对方，表一表自己的心意。于是，他嘴里一边客气着，说什么这里的小菜或许不合江户客人的口味，一边又吩咐老婆和女侍，赶紧上酒上菜。

"龙涛寺那事，你们大体上也都知道了吧。"推杯换盏之间，甚右卫门如此问道。

"还不太清楚。只听说是有两个和尚、两个虚无僧，死在了一口古井里……"半七答道。

"是啊，是啊。"甚右卫门连连点头，"就这么点情况，别的线索一概没有。就身上没一点伤痕来看，似乎是投井自尽。可哪有寺里的和尚，与云游四方的虚无僧凑一块儿自杀的？所以有人说是仇杀，可这又是怎么回事呢？"

"仇杀……"

"因为那两个是虚无僧，所以有人就联想起戏剧和说书里的情节，编出了千里寻仇的说法。说是，那两个仇人扮成出家人模样，住进了这破寺院。两个虚无僧找上门来，是为了给父母或兄弟报仇。他们乒乒乓乓地打了起来，结果双方同归于尽了……可是，四人的尸体又怎么到井里去的呢？这不合情理呀。别的先不说，为什么尸体上没有一道伤痕？这也太说不过去了吧。"

"那寺院有钱吗？"

"哪有什么钱？那是个出了名的穷寺院。再怎么不开眼的小偷，也不会去那个寺院偷东西。再说，就算进了贼，那两个和尚和虚无僧也都不是好惹的。再退一步来说，那就得是在夜里等他们睡着后再进去，并且把他们全都打死，再一个个地扔到井里。可这听着也总觉得不像真事啊。"

"那两个虚无僧，是早就住在那个破寺院里的吗？"

"没有啊。之前那寺里就只有住持和火工两个。那两个虚无僧不知是从哪儿晃悠过来的，一来就死在那里了，所以叫人摸不着头脑啊。"

"哦——"半七放下了酒杯，沉吟了半晌。

松吉也睁大了眼睛，一直在一旁默默地听着。

"对了，就这事，我还有几句话要说。"

说着，甚右卫门就使了个眼色，在一旁给他们斟酒的女侍心领神会，立刻就起身离去了。等到女侍的脚步声消失在楼梯之下后，他就挪近了一点身子，说道："尸首是昨天早上发现的，可那两个虚无僧却是四日前的十五之夜住进去的。知道这事儿的，只有一个人。他知道这事不能随便说，弄不好自己会吃不了兜着走，所以就装作没事人一样，一声没吭。据他说，当时与那两个虚无僧在一起的，还有个年轻女子呢。"

"年轻女子？"

半七与松吉不由得面面相觑。

"是啊，一个年轻女子。"甚右卫门的脸上露出了微笑，"可是，那个年轻女子却没死。您说这事蹊跷不蹊跷？"

真是蹊跷啊！半七心中暗忖道。看来只要查明那女子的来历，就能解开这一团乱麻。甚右卫门又说，唯一知道这事儿的人，名叫元八，就在这村里。

"那个叫元八的家伙，常来我这儿玩。昨晚他也来了，偷偷地告诉了我，那十五之夜，还有如此这般的事儿哪。"

三

吃过饭，给过女侍小费后，半七和松吉便出了"绿屋"。此时，已过了下午两点。

"'绿屋'的老爷子待客可真有一套，没想到费了这么长时间。接下来我们可得用心干活了。"半七边走边说道。

"我们直接去龙涛寺吗？"松吉问道。

"哦，不，还是先去村里老大那儿露个脸吧。要不然，有什么事的时候，面上不好看哪。"

两人造访了地主家，通报了自己是受寺院方面委托，前来办案的公干。在这儿，他们又听了一遍案情介绍，不过也没听出什么头绪来。

"下面，我们想去现场踏勘一下，能安排个人带路吗？"

地主当然同意，并立刻借了一个名叫友吉的青年长工给他们。到龙涛寺路途还是比较远的，一路上，半七又跟这位向导打听了不少情况。

"最先发现尸首的，那个叫阿镰的老婆婆，为人怎么样？靠得住吗？"

"不见得怎么诚实可靠吧，不过也没听说有什么不好的。"友吉回答道，"据说她年轻时住在品川¹那边，十五六年前退居到咱们这儿，开了一家小杂货店。三年前，她家老头子死的时候，说是原本所属的寺院太远了，不方便，就将老头子埋在了龙涛寺，她时常去上坟。"

"那个老婆婆多大年纪了？"

"五十七八？嗨，反正六十来岁吧。没有孩子，老头子一死，就成了寡妇，一个人过日子。"

"她家在哪里？"

"德住寺……就是有神明菩萨的那个寺院……那儿离龙涛寺也

1　现在的日本东京都品川区。江户时代是东海道沿途的宿驿地之一，有很多旅店和妓院。

不远。"

"那老婆婆真的没有孩子吗？"半七又追问了一句。

"外面有没有，不知道。反正家里肯定是没有，她也说自己既没有孩子，也没有亲戚。"

十五之夜，有个在月光下徘徊的年轻女子曾向元八打听过神明菩萨在哪儿。这事儿，半七在甚右卫门那儿听说过。故而他忽然想到，那个年轻女子与那阿镰老婆婆是否有什么关系。就算阿镰自己没有孩子，也难保没有她亲戚、朋友的女儿来找她。但转念一想，如果是这样的话，向人问路的时候，首先就该问阿镰的家才对啊。不一会儿，他们俩就来到了龙涛寺的大门前。

"果然是个破寺啊。"看到歪歪斜斜，仿佛马上就要倒下的寺院大门后，松吉情不自禁地嘟囔道，"这种地方，闹出点鬼故事也不奇怪啊。"

门内，一棵据说是从前被雷电劈死的松树，依旧横躺在地上，铺在地上的旧石板已经被枯黄的秋草所覆盖。眼下虽说是白天，可四下已是虫声唧唧，此起彼伏。半七在草丛中往前走去，心中暗想，就算是穷得叮当响，可只要有人居住，怎么会荒成这个样子？这时，友吉指着僧房前某处说，发现死人的古井就在那儿。半七顺着他指的方向望去，只见一棵很大的百日红下面，有一个石制的井栏，上面长满了湿漉漉的青苔。看来是这次事件的缘故吧，四周的荒草已被踩得乱七八糟。

半七和松吉一齐朝井里望去。由于百日红在上面遮住了阳光，古井里显得分外昏暗。井很大，丢入四具死尸绰绰有余。随后，在友吉的带领下，他们又去看了墓地，大树下面有两三处新翻挖过的痕迹。半七弯下腰四处察看了一下，发现正殿的廊檐下也有这样的痕迹。

"乱挖一气啊。"

"是啊。"松吉也若有所思地歪着脑袋。

之后，三人就进入了正殿，发现地方虽小，倒也中规中矩地设置着须弥坛，常用的佛具也一应俱全。只是到处都积满了灰尘。他们的脚步声还吓跑了一只大老鼠。

"佛祖在上，恕在下打扰了。"

半七嘴里念叨了一句之后，就一一检查起放在佛像前的香炉、花瓶以及别的佛具。不一会儿，他小声对松吉说道："喂，你看。尽是灰尘的佛具上有新的手印。看来有人在昨天晚上或今天早晨来这儿胡乱翻动过了。"

说着，他又拿起木鱼敲了几下。

"这寺里，也敲木鱼吗？"他问友吉。

"敲不敲木鱼，我可不知道。"友吉回答。于是，半七又敲了几下木鱼。

"和尚的客堂在哪儿？"

"在这边。"

友吉边说着边走在前面领路，半七跟了两三步后，又跑回松吉身边，小声说："喂，阿松。那个木鱼里有机关。我去那边的时候，你好好查看一下。"

松吉一声不吭地点了点头。半七撇下他，又追上了友吉，来到了住持的客堂。那是个六铺席大小的房间，残破的纸拉门敞开着。半七首先打开壁橱看了看，见里面放着寝具和一只旧藤箱。藤箱没有上锁。

"劳驾，帮忙搭把手。"

在友吉的帮助下，半七将壁橱里的寝具拖了出来。是一只扎口枕头，两只木枕头，被子和褥子也够三四人用的。除此之外，还有一顶很大的旧蚊帐团成一团，放在里面。

这时，松吉轻声喊道："老大……"

看他的眼色像是发现了什么，半七回头看着友吉说道："你去玄关那儿稍等一会儿。虽说你在这儿也不打扰我们，可我们办案时，有时候是不能有旁人在场的。"

友吉很听话地走开了。目送他远去后，半七和松吉就重新回到了正殿。

"老大，您的眼睛真尖啊。"

"不是我的眼睛尖，是我的耳朵灵。这木鱼的声音怎么听都有点不同寻常。怎么样？你发现什么了吗？"

"你看……"松吉笑着用手将木鱼托起来。半七看到那木鱼底部有个底盖。

"哦，怪不得呢。还真动了心思啊。"半七也笑了。

木鱼的内部中空——这没什么稀奇的，问题是这个木鱼的底部是活动的，像个盖子似的可以打开。因此，仅从外表来看，与普通的木鱼没什么两样，可只要将什么东西放入木鱼嘴里，就会落到底盖上，并能很方便地取出来。这会儿，里面就落着一张折叠好的小字条。

半七打开小字条一看，见上面用女性文字[1]写着："十五之夜须当心。"

十五之夜须当心——像是提醒"十五之夜"会出什么大事。

"为什么要设置这个机关呢？是为了投递密信吧。"松吉打量着木鱼，自问自答道。

"嗯，想来就是这么回事吧。刚才我在那边查看被褥时，闻到

---

1 指平假名。旧时没受过教育的日本妇女不会写汉字，但通常都会写假名，故名。

了脂粉和头油的气味。在这儿又发现了女人写的字条，看来这案子，审问女人是关键。你去跟带路的那人说，先把那开杂货铺的阿镰叫来。不，那家伙呆头呆脑的，让那老婆子逃走了就不好玩了。你也一起去，把她带到这儿来。听着，然后，你就……"半七低声交代了几句。

"哦，好嘞。可是，您一个人待在这儿……谁知道这寺里会出现什么怪物呢。"

"哈哈，没事儿。虽说这是个破旧不堪的古寺，可光天化日的，难道还会有狐仙猫怪出没吗？顶多也就会出来个耗子和蚊子吧。还能怎样？"

"您说得没错。那我去去就来。"

松吉从廊檐下到院子里，再转到大门口去。忽然，半七听到有陌生男人的说话声，他侧耳静听了一下，便立刻想到那是谁了，赶紧来到了大门口，见那儿除了松吉和向导友吉之外，还有一个身材矮小的年轻男子。

"喂，你就是元八吧？"半七冷不丁地喊了一嗓子。

"嗳，是的。"那男子吓了一跳，答应道。

"好啊。我也正想找你呢。喂，阿松。这儿没你的事，你们快去快回吧。"

将松吉和友吉打发走后，半七将战战兢兢的元八拖进了住持的客堂。元八似乎也已经知道了对方的身份，显得有些心神不定，不住地窥探着半七的眼色。

"你来这儿干什么？"半七率先发问道。

元八默不作声。

"是盯我们的梢一路跟来的吧？从'绿屋'的老爷子那儿听到了什么风声，所以就跟来了，是不是？要不，就是来这破寺院里找什么东西？你小子也是赌场里跑，世面上混的，别装什么人前不敢说话的傻蛋，给我好好地回话！"

元八依旧一声不吭。

"好吧。这事就以后再说吧。我下面问的话，你可要好好回答。"半七继续说道，"听'绿屋'的老爷子说，十五之夜，你在田埂上晃悠的时候，遇到了一个手巾包脸的年轻女子，你送她去神明菩萨那儿的途中，调戏了人家。结果来了两个虚无僧，把你揍了一顿。事情大概就是这样的吧。后来你盯着他们三人的梢，看到那三人进了这个破寺……说！后来你怎么样了？"

"我回去了。"元八低声回答道。

"你看到他们进入这寺院后，马上就回去了？"

"我回去了。"元八重复道。

"直接回家？真的回去了？"半七紧盯着他的脸追问道，"你骗得了'绿屋'的老爷子可骗不了我。你怎么会轻易放过那三人呢？你也进入这破寺了吧？你要是隐瞒真相，对你可没好处。快说实话！后来你还偷听到了什么，是不是？"

"我就是直接回家去的呀……后面的事情，我什么都不知道。"

"你小子真是敬酒不吃吃罚酒。喂，元八。你小子得了阿镰老婆子的好处，要为她保密，是不是？我再重复一遍，老子半七可不比'绿屋'的老爷子。你给我放明白一点！"

吃了这一顿劈头盖脸的威吓后，元八已经面无人色。半七乘胜追击，上前一把揪住了他的一只胳膊。

"好小子，你到底想不想吃官司，就看这一番了。说！"

在被揪住了胳膊并猛力摇晃之下，元八开始发抖了。

"老大，您说得对，我是盯了他们三人的梢……"

"还进了这寺院，是不是？后来呢？"

"那三人自说自话地进了这寺院。"

"寺里的和尚在吗？"

"住持和火工都在。那三人来到了住持的客堂……"

"就是这间，是吧？"

"是的。后来，住持、火工、虚无僧和那女子，就聚在一起，在这儿喝起酒来。"

"你是在哪儿看到的？"

"我绕过院子，躲在那棵大芭蕉的后面……突然，有人薅住了我的衣袖，我吓了一大跳，回头看去……"

"是阿镰老婆子吧？"半七笑道。

"阿镰生拉硬拽地，一直把我拖到了大门口，往我手里塞了一分 [1] 银钱，叫我赶紧走人，不然的话，恐怕性命不保……我也开始害怕起来，就慌慌张张地逃走了。"

"你跟阿镰老婆子混得很熟吗？"

"也不能算很熟吧，由于她手里有几个钱，我时不时地会跟她去借点零花钱来用。啊，不，我不会不还的。那个老婆子，可厉害着呢……"

说到这里，元八用袖子赶了赶扑到眼角上的蚊子。虽说眼下是性命攸关的时候，可这里的豹脚蚊还是让他分了神。半七也一样，他对于成群结队围攻而来的豹脚蚊子，也毫无抵抗之力。

四

"好吧，现在把话倒回去，我再次问你，你为什么要跟踪我

1　日本旧时的货币单位。一两的四分之一。

们？”半七问道。

关于这个问题，元八是这么回答的：他刚才路过"绿屋"附近时，看到店里的女侍正在送两位客人出来。元八到底也是在世面上混的，一眼就看出这两位客人非同寻常，就悄悄地跟女侍打听了一下。女侍告诉他是三河町的半七及其小弟。他一听，心里就打了个激灵，来不及跟"绿屋"的老板甚右卫门商量，就如影随形地跟在了半七他们身后。不过他也借此机会辩解道，自己虽然拿了阿镰的一分银钱，可仅此而已，跟她并无更深的瓜葛。

"你后来见过阿镰吗？"半七又问道。

"听到从这儿的井里打捞出四个死人后，我就立刻赶来了，阿镰也在。由于她是最先发现死人的，所以村里的老大们正向她问这问那的。我呢，由于心里有鬼，就尽量往后躲，远远地瞄着。从那以后，我就再也没见过阿镰了。"

"发现死尸，不是在十五之夜过后的第四天吗？在此期间，你一次都没见过阿镰吗？"

"没见过。"

这时，松吉急急忙忙地跑进了院子。眼下虽说已是秋天，可八月里的天气依旧挺热，故而松吉站定身躯后，一个劲儿地擦脖子上的汗水。他说道："老大，阿镰不见了。"

"哎？不在家里吗？"

"她那个杂货铺里空空如也，左邻右舍也都说不知道她去哪儿了。我还挂念着您这头，所以就把向导留在那儿看着，自己赶紧跑回来了。老大，您说这可咋办呢？"

"还能咋办？"半七咋舌道，"早知如此，就先逮住那个老婆子了。当然，现在说这话也是事后诸葛亮。对了，要你找的东西带来了吗？"

"我在那店里找了找，发现了一本记录每天买卖情况的账本。您看，这个管用吗？"

说着，松吉从怀里掏出一本用草纸订成的账本。

"什么都行啊。"半七接过账本，与那张写着"十五之夜须当心"的字条比对着。松吉也上了檐廊，凑过头来张望。

"哦，果然很像啊。"

"何止是很像，就是同一个人写的。各种各样的人来到这个寺里，将密信投进木鱼，就像商量着什么事儿，这一点是清楚了。可是，这个'十五之夜须当心'，到底在提醒谁'须当心'呢？"

说到这里，半七像是又想起了什么似的，转过头来问："喂，元八。你那天夜里躲在芭蕉树后偷听时，听到什么没有？"

"他们的声音很低，根本听不清楚。只有一次，那个叫全真的火工来到檐廊上，望着月亮说：'月亮真好啊。诹访神社[1]的祭礼也快到了吧。'然后住持全达笑着说：'想看诹访的祭礼，就得马上出发了。要不，十月里就到不了了。'随后大家都哈哈大笑了起来。"

"诹访的祭礼……在信州[2]吧。"松吉脱口而出道。

"不对。信州的诹访祭礼不在十月份。"半七纠正道，"十月里举办祭礼的，应该是长崎的诹访神社吧。那可是九州的第一大祭礼，据说排场大极了。我好像曾经听什么人说到过。嗯，长崎……长崎……"

念叨了好几遍"长崎"之后，半七便将作为物证的字条和账本揣入了怀中。

"我们总在这儿守株待兔，狐仙猫怪不会轻易出来的。还是先

---

1 总社位于日本长野县诹访市的神社。现称诹访大社。在日本各地都有分社。
2 日本旧地名，信浓国的简称。相当于现在的长野县全境。

收了摊，回'绿屋'去吧。"

"杂货铺那边怎么办？"松吉问道。

"也不能指望带路的那家伙。你也去，耐心守着吧。我随后也会过去。元八你老老实实地待在家里，哪儿也不许去，因为随时都会传唤你的，知道吗？"

元八连连点头，逃一样地跑了出去。随后，半七和松吉也走出了龙涛寺。

"这小子怎么回事？有点鬼头鬼脑的。"松吉说道。

"游手好闲的小混混罢了。还算老实，说不定还能用作诱饵。暂时先'放养'着吧。"

走到半路，在他们分道扬镳后，半七再次来到了"绿屋"的店门口。

"哎呀，我又来了。光天化日的，我也不能在大街上戳着不是？就借宝店的屋檐躲躲吧。你们不用管我，不用管我。"

这话当然算是打招呼了，"绿屋"又怎会真的置之不理呢，于是半七再次被热情地迎上了二楼的小包厢，老板甚右卫门也立刻出来接待了。

"怎么样？凭您的眼力……已经看了个八九不离十了吧。"

"眼前一片漆黑，眼睛、鼻子全不灵光了。"半七笑道，"正打算天黑之后，再去看一回呢。"

"哦，那就先好好休息一下吧。古寺里审妖怪这活儿，看来还真得在深更半夜里干啊。"甚右卫门也笑了，"那么，怎么样？要不要去将元八那家伙叫来问问？"

"哦，元八已经来过了。"

"是去寺里的吗？是盯你们梢去的吧……哈哈，这个傻瓜，被吓坏了吧？"

316

"我们可没吓唬他。问了他几句话而已。对了，我还有事想问你呢。这里附近有长崎人吗？"

"长崎人？好像没有从那么远地方来的人。啊，有的，有的……就是那个开杂货铺的叫阿镰的女人……就是前面跟你说过的，那个最早在古井里发现死尸的女人。是不是长崎人，不太清楚，可确实听说她生在遥远的九州。这又怎么了？"

"倒也没怎么，只不过这个叫阿镰的老婆子没了踪影……还有一件事，不知你晓不晓得，元八在那个十五之夜，在破寺院里还拿过阿镰一分银钱呢。"

"哎？"甚右卫门将眼睛瞪得溜圆，"还有这事？好小子，居然还瞒着我。这么看来，那小子是愈发脱不了干系了。还有那个阿镰，也不是个省油的灯啊。"

"是啊。"半七抽着烟，陷入了沉思。

没过多久，日落西山，女侍们端来了酒菜。半七推辞了酒，吃了晚饭。就在他放下筷子，开始喝茶的时候，松吉闷闷不乐地回来了，说阿镰还是没有现身。半七心想，看来她是不会回来了。

"我也猜到会是这样。好了，你也在这儿吃晚饭吧。夜里还要干活儿呢。"

当屋后的田里传出蛙叫声，寒冷的夜风开始砭人肌肤的时候，半七和松吉整了整身上的行头，走出了"绿屋"。

"阿松，你可要打起精神来。刚才我也说了，今夜也许会遇上狐仙猫怪之类的妖怪，小心别让它们挠着。"半七走在前面，嘴里还开着玩笑。

到了龙涛寺，他们俩在昏暗的正殿正中央坐了下来。眼下正是天刚刚断黑的时分，这个点对于他们俩来说，可以说是正合适，也可以说不太合适。默默地坐了一阵子之后，豹脚蚊子就嗡嗡叫着从四面八方围攻上来了。

"这里的蚊子可真厉害啊。"松吉说着用袖子左右驱赶了起来，"真吃不消。"

"大白天就那么厉害，到了夜里自然更加猖狂。"半七说道，"忍着吧。不光是蚊子，马上还有妖怪出现呢。"

夜越来越深，四周越来越黑。蚊子的嗡嗡声，秋虫的唧唧声，屋顶上方时不时还有苍鸺飞过，留下一两声凄厉的叫声。古寺的气氛越来越阴森恐怖。他俩咬着牙，一动不动地坐着，耐心地等待着。然而，到了夜里十点多，还是没有骇人的妖怪出现。松吉有些不耐烦了，轻声说道："老大，妖怪怎么还不来呢？"

"秋夜长着呢。妖怪都是在丑时三刻 [1] 出来的。"

"这也太长了吧。能抽袋烟，歇会儿吗？"

"不行！绝对不能打火。"

"伸手不见五指啊。"

"正因为黑，才不能打火。"

恰在此时，一道闪电掠过屋檐，虽不甚明亮，却也将漆黑的夜幕撕开了一道口子。秋夜多闪电，这本身没什么奇怪。让半七他们大吃一惊的是，闪电的亮光之下，正殿前的院子里，站着一个女人！那女人正走近檐廊，探头朝里面窥视着，那张被闪电照亮的脸蛋，刷白刷白。

也不知这女人是什么时候进来的，那张奇怪的脸蛋就像是随着闪电突然浮现出来一样，半七他们心里不禁"咯噔"了一下：妖怪终于出现了！

然而，随着闪电的消失，一切又重归黑暗。

1　凌晨 1 点半到 2 点左右。

半七猛地跳起身来，冲到了漆黑一片的院子里。

与此同时，古井那边传来了落水声——好像是有什么东西掉进去了。

半七在黑暗中喊道："阿松，你去井边看看。"

闪电又起。只见一个很大的身影藏在芭蕉树后，手里似乎还握着一柄匕首似的利刃。

五

"好吧，故事就先讲到这儿吧。"半七老人说道，"怎么样？你已经大致明白了吧？"

"不明白。"我回答道，不禁为自己的迟钝感到害羞，"那个女人后来自然是抓到的吧。"

"女人？嗯，一个抓到了，一个逃跑了。"

"哎？有两个女人吗？"

"是啊。一个是手握匕首的女人……她挥舞着利刃朝我扑来，我毕竟也是吃这碗饭的，哪里怕这个，使了一招'空手入白刃'，就把她给揪住了。还有一个女人……偷偷地藏在那口古井旁，看到松吉绕过去，就一把将他推开，飞也似的逃跑了。当时一片漆黑，也怪不得阿松。"

"那么跳井的又是谁？"

"跳井？没人跳井。哦，是一具男尸，被扔下去的……"

"啊？男尸……"

"嗯，就是元八那小子的尸首。"

"元八也被杀死了？"

"是啊。唉，说来也可怜啊。"

"那么，那两个女人是何许人呢？"我继续问道。

"一个名叫阿曼，看着还挺年轻，其实已经二十六岁了。还有一个就是老婆子阿镰了。这个老婆子身体结实着呢，一点都不像是上了年纪的老人。"半七老人解释道，"估计你也猜到了吧，那个龙涛寺，就是坏蛋们的老巢……戏剧和草双纸¹中不是经常提到的吗？大凡古寺破庙，往往都是盗贼的栖身之地。这个破寺也是这样，由于好长时间没有当家和尚，结果就被坏蛋给占了。不过坏蛋们也明白，总是没住持的话，说不定什么时候就会有真的和尚来做当家的，所以他们干脆自己扮作了和尚。就这样，全达和全真，一个当住持，一个做火工，在龙涛寺里扎了根。他们两个原本就是乡下的和尚，所以念经、敲木鱼什么的也都会一点。他们惯会装模作样，为了欺骗世人，还故意煞有介事地敲着铃铛外出化缘。"

"那么，那两个虚无僧也是冒牌货了？"

"当然是冒牌货了。用戏里的人物来说，就是《忠臣藏》²里的本藏或《毛谷村》里的阿园了。想必你也知道吧，和尚、虚无僧什么的，都是归寺社奉行³管的，衙门里的人也不能随便动他们。坏蛋们也正是要钻这个空子，才这么乔装改扮。他们俩结成一对，专门偷盗商人、旗本⁴家，做下的案子似乎还不小呢。在出了这事的一个月之前，有两个盗贼闯进了东两国⁵的一家典当行。那天晚上十分闷热，其中一人取下面罩来擦汗，露出了和尚头来，把店里的

1　流行于日本江户时代中期至明治时代初期的通俗插图读物。

2　日本以赤穗义士事件为题材的净琉璃和歌舞伎的剧本的总称。

3　日本江户幕府的职衔。主要职责为管理寺院和神社、神官和僧侣等。与"町奉行""勘定奉行"一起并称为"三奉行"，直属于将军。

4　本义为大将身边的贴身侍卫，但在江户时代是指直属将军的家臣中，俸禄在一万石以下，有资格直接晋见将军的家臣。

5　地名。位于今日本东京都墨田区。

伙计吓了一跳。我听到了这事，知道最近有'和尚头'在这一带活动，所以当时立刻就联想到，龙涛寺的和尚会不会是他们的同党。

"再说，那古井里的死尸，也就是两个和尚、两个虚无僧，怎么可能是一齐投井的呢？更何况那些死尸没喝饱水，显然不是淹死的。可是，要说是被别人杀死后扔到井里的，不可能身上不留一点伤痕。即便是被毒死的，也还是会留下痕迹，验尸的差人怎么可能一点都发现不了呢？我曾听医生讲过，杀了人而不留下一点痕迹的方法只有一种，那就是用'吃了立马就睡觉的药'。他所说的'吃了立马就睡觉的药'，其实就是吗啡。今天怎么样我不知道，反正在江户时代，这种'吃了立马就睡觉的药'在验尸时查不出来。可是，在那会儿，这种药很难搞到手。所以说，我尽管从一开始就怀疑那四人会不会是被人弄了手脚，吃了睡觉的药后被人扔到井里的，可一直不知道那种药来自何处。后来还是从元八的嘴里听到了一些情况。前面我也说了，那个火工曾说过想看诹访神社的祭礼的话。我注意到，那不是指信州的诹访，而是长崎的诹访。那就是说，他们之中，有人与长崎有关系。因为长崎经常有外国的船只进进出出，是能弄到吗啡这种'吃了立马就睡觉的药'的。问了'绿屋'的老爷子才知道，那个开杂货铺的阿镰就出生在九州，那就跟长崎沾上边了。"

"那么，那个阿镰到底是个什么样的人呢？"我的兴趣也越来越浓了，不禁问道。

"阿镰果然是长崎人。她老公叫德之助，已经死了，大约在二十年前吧，他们就离开了老家，也不知是什么缘故，先是在江户的品川落脚，之后又搬到了山手一带，最后才来到这个押上村，已经在这儿太太平平地生活了十五六年了。至于他们为什么要背井离乡，来到遥远的江户，就不得而知了。不过我猜他们是干了什么缺德事，逃出来的。说到这里，估计你也猜得出了吧，那个对长崎的祭礼恋恋不舍的火工全真，应该与阿镰夫妇有点关系。其实，他就是阿镰的外甥。他小时候曾在长崎乡下的小庙里做过小和尚，也是因为出了什么事，才在五六年前从家里跑出来，想投奔舅母阿镰的，半路上，在东海道三岛的旅店里认识了全达，就结伴同行，一起来到了江户。他们在路上是怎么回事，我不清楚，可我知道他们到了江户之后，确实干了不少坏事。他们以龙涛寺这座空庙为巢穴，应该也是受了阿镰的指点。不久之后，阿镰的老公德之助死了，她将其葬在了龙涛寺，之后，她就以上坟为名，频繁出入该寺。就这么着，阿镰不仅对他们所干的坏事了如指掌，还帮他们鉴别偷盗来的东西，并帮着销赃，而附近的居民居然一无所知。"

"那两个虚无僧又是什么样的人呢？也是长崎人吗？"

"不，他们不是长崎人。据说他们都是从北方来的浪人，但真实身份不得而知。由于他们都有着一身的武艺，估计原先也是腰插双刀之人[1]吧。那两人既非兄弟，也不是叔侄，一个叫石田，另一个叫水野，当然了，这都是假名字。也不知道他们在哪儿认识的，怎么认识的。这石田与水野后来也加入了龙涛寺一伙，正如前面说的那样，专门偷盗商人、旗本家。就这样过了好多年，居然蒙过了世人的眼睛。可是后来，他们自己却闹起了内讧。"

"是为了那个叫阿曼的女人吧。"

"哦，要不说你年轻呢，一下子就想到那方面去了。"半七老人笑道，"没错，那个叫阿曼的年轻女子，就是引发他们内讧的祸根……她原本是长崎那边的妓女，听说是在十九岁那年，被一个大阪的大老板看上后替她赎了身，带回了大阪。可没过多久，她就勾

1　指武士。江户时代，幕府只允许武士可以腰插双刀。

引了店里的一个年轻伙计私奔了。但是，在半路也搞不清到底谁抛弃了谁，反正她一个人来到了江户。一会儿给人做小老婆，一会儿又干起了老本行，花样挺多。有一天，正下着雪，她走到本所的番场附近时，在多田的药师庙前肚子突然疼得不行了。正好虚无僧石田路过那儿，就照料了她一会儿，并把她带到了自己的秘密据点龙涛寺。当然了，这到底是阿曼使的心眼，还是石田动了色心，就不得而知了。然而，妓女出身的阿曼自然也不是个省油的灯，手段厉害着呢，没过多久，她就将石田、水野、全达还有全真这四个男人迷得团团转，自己做了他们的头儿。这么一来，也搞得男人们很没面子。哈哈哈哈……不过阿曼并不与他们一起住在龙涛寺，而在深川[1]那边赁屋单住，给外界的感觉，似乎是某个有钱人的外室。不过她时不时地会上龙涛寺那儿去。

　　"倘若仅仅是这样的话，倒也还算好的。后来事情又有了发展。原来那四个男人之中，要数全真最年轻，才二十五岁，比阿曼还小一岁。并且，他们还是长崎的老乡，所以阿曼有意无意间，露出了更偏爱全真的样子来。这么一来，另外三个男人便不自在起来。争风吃醋的结果必然导致窝里反。最后，阿曼居然要带着全真私奔。后来全达出面干涉，算是暂时把事情给摆平了。可那全达原本也是感觉不自在的人之一，怎么能咽下这口气呢？于是他悄悄地跟石田、水野商量好，打算在十五之夜喝酒赏月的时候，借酒闹事，当场杀了全真那个小伙子。估计阿曼是要帮着全真的，那就一块杀了了事。这些家伙一旦发起醋劲儿来，是天王老子都不怕的。于是他们就在全然不知自身命运的前提下，巴巴地盼望着十五之夜的到来。可不知怎么的，这个秘密竟被阿镰老婆子发觉了。

1　地名。位于今日本东京都江东区隅田川东岸的地区。

"出于世道人情，阿镰自然也偏爱自己的外甥，于是就想悄悄地把这个秘密告诉全真。她在八月十五那天的白天来到龙涛寺，却发现阿曼和那四个男人都不在，故而写了那张'十五之夜须当心'的字条塞进了木鱼肚子。那个有机关的木鱼，用今天的话来说，就像邮筒似的，没人在的时候将字条塞进这个'邮筒'，就像约定好有事商量一样。考虑得还真周到啊。

　　"但是，谁会去打开这个'邮筒'，取出字条呢？这个是事先不知道的情况。要是被全真或阿曼看到了字条，当然是最好了。可要是不巧被其他三人看到了，那可就适得其反了。所以说，阿镰的内心也七上八下的。那天天黑以后，阿曼从深川过来了。因为有事，她先去阿镰的杂货铺转了一下，阿镰心想来得正好，就把'十五之夜须当心'一事跟她露了底。其实，阿曼也早就隐隐约约地察觉到了一点，说了句'没事儿，一切包在我身上'后，就回龙涛寺去了。就在回去的路上，她遇到了元八。于是她就故意装作不认识路的样子，问神明菩萨在哪儿。"

　　"元八不认识阿曼吗？"

　　"不认识。因为，除了那两个住在寺里的和尚，阿曼和两个虚无僧进出龙涛寺都十分小心……再说那附近原本就都是田地，没什么人家……所以几乎没人注意到他们的动静。也正因为这样，元八就这么上了当。那个叫阿曼的年轻女子，自然是个狐狸精，可谁知元八竟会鬼迷心窍地盯上她，正当她觉得有些难以应付的当儿，石田和水野这两个虚无僧到了，结果元八就被摔了个大跟头。随后，阿曼就和那两个虚无僧一起进了龙涛寺——他们不知道元八还跟在后面。他们和寺里的全达、全真一起喝酒赏月，不一会儿，大家都喝得醉醺醺了。这时，原本应该出头挑事儿的石田，第一个倒在了地上。紧接着全达和全真也倒了，最后倒下的是水野。他们就像

《小栗判官》戏中那样，一个接一个地，全'咕咚咕咚'地倒在了地上。

"看到这情景后，连阿曼都吓了一大跳。因为，原本想好的是，赶在他们动手打架之前，先用吗啡将全达、石田和水野三人放倒。可事实上不知在哪个步骤弄错了，连全真也给放倒了。这可是大大出乎阿曼的意料。可是，事已至此，木已成舟，已经到了这一步，又有什么办法呢？恰好这时，阿镰那个老婆子前来打探动静，她们两人商量后，就将那四个死人，一个个地拖出来，扔到了井里。然而，事情也不能这样不明不白地放任不管呀，所以在第四天早上，阿镰装作偶然发现的样子，大声嚷嚷起来，弄得满城风雨。"

"如此说来，那个'木鱼邮筒'，谁都没去打开过了？"

"是啊。那句'须当心'的提示，根本没起什么作用。那四个男人全都死了之后，估计阿曼和阿镰也都慌了神，就把这事儿给忘了。直到第五天我们进去为止，那张字条一直原封未动地留在木鱼肚子里呢。"

到此为止，这案子，算是真相大白了。还有一点不太明白的是，后来那两个女人为什么又潜入古寺，并将元八也扔进了古井。对此，半七老人又做了附加说明。

"由于误用吗啡，造成了意想不到的结果，要是阿曼和阿镰就此收手，各奔东西的话，也就没后面什么事了。可她们俩还是不肯死心。因为她们知道，那四个男人偷来的钱和值钱的东西，不可能全部花光的，肯定在庙里什么地方藏着。所以她们后来又偷偷地溜进寺里，在坟地和地板下面乱挖一气。还在须弥坛那儿翻找了一通。可是，凡是她们能想到的地方都找过了，还是什么都没找着。而这时，我们前来办案。眼尖的阿镰看到我们后，就逃出了自己的杂货铺，躲在别的地方冷眼旁观事情的动向。结果发现元八落入了我们的掌心。虽说我们后来把他放回家了，可他到底会说出些什么来还是难以预料。尤其是阿镰在那个十五之夜还给了元八一分银钱呢，于是她就跟阿曼商量后，将元八骗到不知什么地方，也给他喝了吗啡。估计是阿曼利用色相将他勾引出来的吧。尽管我吩咐过元八，叫他哪儿也不要去，可他还是色胆包天，结果白白送掉了自己的性命。按说阿镰她们将元八的尸体随便往附近的河里一扔就完事了，可她们也不知是中了什么邪，非要将死人扔进古寺的井里，也算是她们的好运到头，一下子就撞在了我们所布下的网中。其实也不仅是她们，几乎所有的罪犯都有个重复做同样事情的毛病，往往因此露出了马脚。这还真有些不可思议啊。"

"可是，就凭她们两个女人，能将元八的尸体从那么远的地方搬过来吗？"

"元八本就是个小个子男人，而阿镰那个老婆子倒是十分壮实。她自己也交代了，说就是她背过去的。事实到底怎么样，就不知道了。那个'绿屋'的甚右卫门，虽说现在做正经生意了，可他从前的手下，还有不少在外面晃悠着呢。我也想到或许是阿镰花了点小钱，让他们来干的这活。可看在甚右卫门的面子上，我们也就不予深究了。"

"阿曼是被你捉住了……那么，后来阿镰又怎么样了？"

"当天夜里是被她逃走了。不过五六天之后，也在深川的小旅店里抓到了她。她还对龙涛寺里藏着的钱财念念不忘呢，所以想等到风头过去后，再去寺里找找看。说起来她也算是老奸巨猾，可做事儿没个干脆劲，要不说毕竟是个女人嘛。"

"还有那个吗啡，到底是谁拿去的？"我最后问道。

"这个么，说来也有点可笑……"半七老人笑道，"阿曼说是阿镰给她的，阿镰说是阿曼带来的，双方互相推诿。其实，事情到了这一步，不管是谁带来的，都不会对定罪的轻重有什么影响。可她们还是犟着，一直到最后也没有招供。不过，据我看来，多半还是阿曼带来的吧。"

梦中杀人事件

浜尾四郎 ｜ Hamao Shiro

"这么着总不是个事啊……要不，就痛痛快快地来个了断？"

藤次郎在浅草公园的葫芦池旁散着步，嘴里这般嘟囔着。不过，这也仅仅是由于胸中郁郁难平，脱口而出的话罢了，他并没有认真考虑过该如何"了断"。只是他又想起了要之助那个可恨至极的家伙，以及昨晚发生的那件令人作呕的事情，故而心中十分烦闷。

藤次郎是新宿某饭店"N 亭"里的厨师。他大约一年前来到该店，平时也住在店里。

他今年二十三岁，到目前为止，还从未领教过吃喝玩乐的滋味。他在那种场所里工作，却如此古板，真可算青年中的凤毛麟角了。他的兴趣爱好是读书，尤其是正经学问或修养方面的书，一有时间便手不释卷。

藤次郎，这个饭店厨师的理想是成为一名出色的律师，在法庭上施展其口若悬河、滔滔不绝的雄辩之术。当然，他没条件去上正规的学校，只能自学。他早就订了某大学的函授讲义，刻苦地学习起法律来了。

这么个耿直正派的青年，不消说，自然深受老板信任。因此，尽管今天不是公休日，而他能请一天假来这浅草公园溜达，也不是什么奇怪的事情。

虽说藤次郎不喜欢玩，也不喜欢饮酒作乐，却也尝到了恋爱的甜蜜。这当然也没什么可奇怪的，毕竟他也是个有血有肉的大活人，而且还是个涉世未深的毛头小伙子。

他的恋爱对象名叫美代子，也在这家饭店，是八个月前刚来的一个姑娘。在来到"N亭"之前，美代子已经在好多家店工作过了。可她从未遇见过像藤次郎这么耿直正派，这么有前途的小伙子。

藤次郎在美代子来到"N亭"后不久，就悄悄地爱上了她，并且越爱越深，很快就到了不可自拔的地步。可他过了好一阵子才向她表明心迹。当然，无论是谁，都很难轻而易举地将这种心思告诉对方，而对于耿直得近乎一根筋的藤次郎来说，要表白自己的爱意更是难上加难。

等到他终于开口告白后，藤次郎就觉得"要是早点说就好了"。因为美代子十分爽快地给了他一个求之不得的答复。藤次郎欣喜若狂，甚至觉得能与美代子待在同一个屋檐下都太奢侈了。于是他一有空闲就去找美代子聊天——当然是瞅准老板和其他女侍不在的时候。不过美代子倒显得十分大方，不管有没有其他人在场，都对他表示出不同寻常的好意。这令藤次郎又是欢喜，又是害羞。

如此这般，差不多两个月的时间，对藤次郎来说像做梦似的很快过去了。只有最后一件事没办。但是，这倒并不是藤次郎没有越过最后一道界线的勇气——至少他自己是这么认为的——而是没有机会。如果得着机会的话，美代子就完完全全地归他所有了。他在等待时机。

然而，就在半年前，出了一件对他来说非同寻常的大事，要之助出现了。

这个要之助，是"N亭"老板的远房亲戚，从乡下来到店里帮忙。问题是，无论在耿直正派上，还是在有前途上，要之助都几乎能与藤次郎相媲美。更严重的是，要之助相貌出众——这一点是藤次郎无论如何也望尘莫及的。

藤次郎绝不是个英俊的小伙子。其实，他之所以拖了这么久才向美代子表明爱意，就是因为自己相貌不佳而有点自惭形秽。虽说他也不是个丑八怪，但无论怎么偏袒他，也不能说他是个帅哥。

与之相反，要之助倒是个出类拔萃的美男子。浓眉大眼，高高的个子，鼻梁挺拔，但不尖不勾，轮廓恰到好处，脸颊丰润，皮肤还白皙——让人根本想不到他原本是常年在太阳底下干农活的人。

要之助比藤次郎小两岁。因此，倘若藤次郎欣赏要之助的俊俏模样，也还在情理之中，可不幸的是，事情并未朝此方向发展。不仅如此，应该说藤次郎从第一眼看到这个美少年起，就感到了某种不安。

结果，他的担心果真变成了事实。要之助的俊美没有打动作为同性的藤次郎的心，却实实在在地打动了作为异性的美代子的心。

要之助才来"Ｎ亭"不过两三天，藤次郎就发现美代子在向他献媚了。如果仅此而已倒也罢了，可谁知美代子对藤次郎的态度也彻底改变，连正眼都不瞧他一下了。

在此情形下，藤次郎自然感到既郁闷又焦虑。然而，在此无比痛苦烦闷之际，他又将希望寄托在了本不该寄托的东西上，那就是要之助的"涉世未深"和"耿直正派"。

然而，藤次郎的这一"寄托"也很快落空了。正因为要之助太年轻，涉世未深，且为人太过耿直，生平头一回被京城美女（至少要之助跟藤次郎是这么认为）主动献媚，就更抵挡不住了。很快，他就陶醉于美代子的柔情蜜意之中，并开始予以积极回应了。

藤次郎在这般痛苦和烦恼中过了好几个月。当然，他也没有"坐以待毙"，为了将美代子拉到自己身边，他尝试了种种手段，可所有的努力全都无济于事。

不过根据自己的感觉，以及美代子之前对自己的态度来加以推测，藤次郎不相信他们俩真的已经心心相印了，也不愿意相信。但是，最近发生的一件事，却从根本上动摇了他的这种信心。

那事发生在一周前的某个深夜。跟往常一样，劳作一天之后，藤次郎累得筋疲力尽，近来他也根本就读不进书，所以一躺下就睡得像死人一样熟了。那天半夜两点左右，他突然觉得肚子痛，因而睁开了眼睛。

在半睡半醒的状态下熬了一会儿后，他终于完全清醒过来，急匆匆地去了茅房。在这种情况下，是谁都会在茅房里多待上一会儿的。解决问题之后，他略感放心地准备走出茅房。

就在此时，从楼梯上传来了悄悄下楼的脚步声。不一会儿，他听到有人下完楼梯，经过了自己所在的茅房旁，随即又听到他睡的那个房间的移门，发出了关上的声音。

这时，藤次郎猛然想起，他刚才睁开眼睛时，本该睡在他身旁的要之助并不在被窝里。

等藤次郎回到房间重新睡下后，他见要之助正好好地在被窝里躺着呢。于是藤次郎揉着稍稍舒服了一点的肚子，开始思考。一开始他觉得："这家伙大概又睡迷糊了吧。"

因为，眼下这个睡在他身边的、模样俊秀的小伙子，有个很不幸的毛病：梦游症。在老家的时候，他有一次半夜里起来，用劈柴狠揍睡在一旁的老爸。但被叫醒之后，又什么都不记得了。在此之前，虽然他也时常会睡迷糊，但毕竟没发生过这样的"暴力行为"。据说是因为那天来了个下乡巡演的剧团，上演了一次动刀动枪的武戏，而他看得太入神了。因此，后来大家都提高了戒备，在他睡觉的地方，一件带有危险性的物件都不放了。

他来到"N亭"后，藤次郎也听老板说起过他有这毛病，可到目前为止，这种梦游现象还只目睹过一次。

那天，老板在半夜里醒来，听到有自来水放水的声音，而且总也不停，就觉得奇怪，出来一看，见要之助正在洗脚。他人还是没醒，任凭水不停地流出来。后来藤次郎听到动静后也起来看，还与老板一起揍他呢。

藤次郎躺在被窝里正想着上次要之助梦游的事，紧接着又听见有人下楼梯的脚步声。那脚步声到了茅房那儿就停了，随之是"哗啦"一声拉开茅房的声音。藤次郎不由得想象起那边的奇妙景象。

他原以为接下来会传来茅房门关上的声音，以及上二楼的脚步声，却不料那脚步声竟然来到了他所睡的房间前。然后安静了一小会儿，像是有人在外面窥探屋里的动静。

藤次郎不禁瞟了要之助一眼。见他正背对着自己，似乎睡着了。可就在这时，移门外突然响起了说话声："阿要，阿要！"

声音很低。但藤次郎听到后不由得一惊。因为那正是美代子的声音。

不过要之助的身体一动也没动。

"阿要，叫你呢……这么快就睡着了？"

由于屋里没有动静，屋外的人似乎犹豫了一下就回去了。随即又传来了轻微的上楼梯的脚步声。

藤次郎按着又开始疼痛起来的肚子，呆呆地望着天花板。过了一会儿，他转向要之助喊道："喂，喂。"

可要之助毫无反应，也不知道他真的睡着了没有。

倘若此时要之助回应了藤次郎，或者藤次郎坚持将他摇醒，并与之交谈一番，或许他们两人中，日后就不会有人送命了吧。可事实上要之助一直没睁开眼睛，藤次郎也并未将他叫醒。

第二天，藤次郎声称肚子痛，睡了一整天。

其实，比起肚子来，他的心更痛。他觉得一切都完了。

可即便如此，他还是觉得有些难以置信。因为，美代子毕竟与自己住在同一个屋檐下，再说她的房间里还睡着另一个女侍呢。要说要之助在夜里偷偷地溜进她的房间……还不至于吧。

于是他决定要弄清楚事情的真相。可在随后的一段日子里，什么都没发生。不过也难说。因为虽说下定了决心，可等到晚上一躺下，他常常是立刻呼呼大睡起来了。

但是，昨夜发生的事情，似乎是确凿无疑的了。

半夜里，他突然醒来。

因为有人突然将他头顶上的一盏十二烛光[1]的电灯关掉了。也就是说，原本亮着灯的房间，突然变得漆黑一片后，他反倒醒过来了。

这时，他听到要之助在黑暗中与人说话的声音："没事。那个做饭的，睡得像猪似的。"

而另一个人，在吃吃地偷笑。

秋高气爽，阳光明媚。

藤次郎在浅草公园的池塘边散着步，心里却像揣着一团烈火似的，令他片刻不得安宁。

这还有什么好说的呢？那么明目张胆……

光看要之助的脸蛋，仿佛他是个连一条小虫也不忍伤害的好人，可谁又能料想到他竟会说出这种厚颜无耻的话，做出这种卑鄙下流的勾当来呢？

1　光度单位。日本昭和三十六年（1961）以前使用。现在使用堪（德拉）。1 烛光大致等于 1 堪。

要说那女的自然是水性杨花，可那男的也不是什么好货色。要之助那家伙完全就是个伪君子。看着耿直正派、老实巴交，其实都是为了勾引女性而装出来的。谁知道他在乡下干了些什么。

这么寻思着，藤次郎突然像踩到一条蜈蚣似的，不由得感到一阵恶心。

今天早上和老板请假时，藤次郎随口编了个谎，说是有朋友从老家来，要他带着游玩东京。当时他就想，要不要干脆将昨晚的事情也向老板和盘托出。可转念一想，即便说了，自己恐怕也没什么好果子吃，还不如想别的法子让要之助消失为好。说不定那样的话，更能打开新局面。所以话到了嘴边，又咽了下去。

由于昨晚他几乎一宿没睡，本想今天偷一天懒，找一片草地好好睡一觉的，结果还是来到了这个公园—— 一个总是能给他安慰的地方。

散了一会儿步之后，他又想去哪个电影院看场电影。

今天他没心思吃早饭，一大早就跑了出来，现在倒觉得肚子有点饿。可他也不想一本正经地进哪个饭店去用什么早餐，于是就在池塘边上的角落里，一个卖白煮蛋的小摊上买了四个白煮鸡蛋，放入袖兜[1]，打算在看电影的时候吃。

买好了白煮鸡蛋，他又往前溜达了一会儿，见前面聚集了一大堆人。有一个身披袈裟、和尚模样的家伙正站在一辆人力车上，十分卖力地说着什么。藤次郎停下了脚步，听了一会儿。似乎是什么宗教内容的演讲。不一会儿，那和尚却又讲道："可是，当今的内阁政府……"

藤次郎不由得失去了兴趣，又朝前面的一群人走了过去。其

1　和服袖子里侧口袋似的部分。

实，他现在对任何话题都不感兴趣，只是努力让自己对任何话题都感兴趣。

前面那一群人的中间，有一个头戴棱角帽像是大学生模样的男人，手里拿着一本书，正在口若悬河地说着——不，是吼着什么。

"恐怕诸位以为这样的事情是很少发生的，是吧？其实，正因为你们这么想，才愚不可及呢。你们以为法律跟医生开的药一样，是吧？你们这么想就大错特错了。药，是人生了病才需要，但法律并非如此。可以说，离开了法律，你们片刻都无法生存。譬如说，你们在租房子的时候会给房东交押金，可你们知道押金的性质吗？好吧。这个或许有人还是知道的。你们之中或许有人就是做房东的。可是你们知道支付押金这件事，到底在何种程度上是正确的呢？今天，你们或许是坐电车、公共汽车来的吧。当然，或许也有人坐一元车¹来的。可是你们知道，上电车后买票是什么性质的事情吗？"

这个看起来像大学生的家伙在做有关法律方面的演讲。

藤次郎心里想：要说法律，我也懂啊。于是他站定了身躯听他演讲。

"这电车车票，仅仅是收你单程七分钱的证明，还是给予你乘坐电车权利的证明呢？这些你们都明白吗？本书第一百二十八页上，就有最高法院的判例。关于这一点，通过具体的判例，说得十分清楚。下面我要问一下坐一元车来的人。如果你们坐到半路，一元车开不动了，你们会怎么办？如果遇上品质恶劣的司机，不想把你们从新宿载到这儿，声称汽车发生了故障，在本乡那儿就赶你们

---

1 流行于大正至昭和初年的一种出租车。花一日元，市内哪儿都能去。主要是因为当时里程表尚未普及。车上还配有副驾。车费虽说是一日元，其实也是可以还价的。

下车，你们又该怎么办？前阵子就有人在遇上这样的事后找我咨询。我立刻就将这本书翻到第三百〇一页给他看。跟他说，你看看，这儿写得清清楚楚，可见法律知识必不可少。我真不明白，为什么许多人一点也感觉不到其重要性呢？不懂法律而生活在如今的社会上，不就像没有灯火照明而走在险峻的山道上吗？

　　"或许诸位要说，你说的这些都是民法范畴，我们当然需要知道，但刑法对于正人君子来说，不就没什么用了吗？这样的想法要不得。因为，不管你是怎样的正人君子，刑法的知识同样必须具备。还是举例说明吧。譬如说你们中有精神病患者——啊，不好意思，失礼了。诸位中自然没有精神病患者，不然也不会这么安静地听我演讲。可是诸位要知道，这世上再也没什么比傻瓜和疯子更可怕的了。假如说，眼下我在这儿演讲，突然有个疯子挥刀砍来，我该怎么办？如果能逃掉当然没什么问题，可要是来不及逃走呢？也就是说，当你身处于要么将疯子打倒，要么被疯子砍死，两者必居其一的境地时，你该做出怎样的抉择？有人或许会说，这不是明摆着的吗？当然是将疯子打倒。好吧。可万一将他打死了呢？大家听好了，由于对方是疯子，所以这个问题是必须加以考虑的。我国的法律自不必说，其实几乎所有国家的法律都规定：疯子不负刑事责任，疯子杀了人也是无罪的。也就是说，当你面对疯子的时候，'正当防卫'是否成立就成了一个问题。关于这一点，刑法上只写着'紧急不当之侵害'，并没有更为详细的规定。对此，专家学者们众说纷纭，但基本上大家还是一致认可'积极说'的。就结论而言，或许你们的想法与之并无二致，可你们知道其中的所以然吗？我们再换一个例子来说。如果出现了疯狗又怎样呢？你们或许会说，当然是将其打死了。可是，在这种情况下，'正当防卫'能成立吗？更别说对于动物而言，原本就……"

听到这时，藤次郎觉得站在自己右边的一个家伙捅了自己一下。他觉得有点蹊跷，便将手伸进右边的袖兜摸了一下，发现刚才买的敷岛[1]香烟没有了。紧接着，他赶紧摸了一下用细带套在脖子上，插在腰带里的钱包。还好，钱包还在。他稍稍放心了一点，回头再去看那个家伙时，发现人早已无影无踪。虽说仅被扒手摸去了一包香烟，但也令藤次郎觉得很不爽。

他撇下那个仍在演说的"法学家"，迈开了步子。转过池塘后，就走进了一家名叫某某馆的电影院。

找到座位坐下后，他开始边看电影边吃起鸡蛋来。电影放的是一部外国的喜剧片。自一大早就闷闷不乐的心情，终于因为电影的魅力，渐渐地放松了。喜剧片放完后，紧接着又放了一部。而这部电影刚一播放，他立刻被吸引住了，这是一部犯罪片。

故事展开的舞台是在法国，有一个坏蛋学者——解说员将其称为博士——为了侵吞财产，企图杀死某伯爵夫人。但那位所谓的伯爵夫人其实没有老公。并且，为什么伯爵夫人死了以后，其财产就落入博士怀中？这一点藤次郎也搞不太明白。不过这些都无关紧要。吸引他的是电影里杀死伯爵夫人的方法。影片中还出现了一个英俊的小伙子，博士对那小伙子施展了催眠术。让那小伙子根据其暗示，在半夜里杀死自己的情人——伯爵夫人。

银幕上出现了一个钟的特写镜头，显示的时间为两点差五分。

"事件发生的那天夜里两点钟左右。他突然从床上立了起来。在梦中，他朝伯爵夫人的房间走去。从 door（解说员将'房门'说成 door）的锁孔里望去……"

随着解说员的说明，电影的情节也进入了高潮。扮演在梦中走

1　日本明治时代的高档国产香烟品牌。

出自己房间的演员，演技高超，可他的行为与那解说员所说的略有出入。他来到伯爵夫人的寝室门口后并没有透过锁孔朝里张望，而是"笃笃笃"地敲了敲门。伯爵夫人听到情人的叫门声后立刻就打开了房门，可那小伙子出其不意地扑上去将她给掐死了。这一段情节极为恐怖。藤次郎手里紧紧攥着已经空了的装鸡蛋的袋子，看得出了神。

之后，就是大侦探出场，大显身手，最后真相大白，让大家知道了真正的凶手是那个博士。博士知道警察正在追捕他后，开车逃跑，最后得知已无处可逃后，便自杀身亡了。那个小伙子获得了赦免并成了百万富翁。总之，后半段都是俗套，毫无新意。可是，藤次郎却看得津津有味，连大气都不敢出。

他走出某某馆的时候，天都已经黑了。要是在平时，他还会走进另一家电影院，可今天他也不知是怎么想的，一直走到了田原町才坐电车回家。

上电车买车票的时候，藤次郎并未思考这张车票在法律上有何等意义。他的脑海里所浮现的，还都是刚才电影里的画面，尤其是那个小伙子偷偷溜出房间的场景。

等到电车行驶在四谷见附的时候，他脑袋里转悠着的就完全是别的事了。

"有个疯子挥刀砍来该怎么办？可以将他打死吗？"

那个法律演说家的话，又屡屡在他心头冒了出来。

那天夜里他回到住处后，就将以前订阅的函授讲义翻了出来，专心致志地读了起来。直到深更半夜，讲义上有几行字一直印在他的脑海里，久久不肯退去。其内容是：

面对不正当的侵害，正当防卫是必需的。而所谓"不正当侵害"是指该"侵害"乃为法律所不允许之行为。因此，只要客观上构成"不正当侵害"便足够了。针对不负刑事责任者的行为或无意的过失行为，正当防卫也能成立。

从第二天起，藤次郎就全身心地投入到杀人计划的制订中去了。前一天，他自言自语地说"来个了断"的时候，其实还没有任何心理准备。然而，应该说犯罪的种子已经在他的心里发芽了。

藤次郎确实为人耿直且作风正派，但不幸的是我们并不能因此而说他不会成为一名罪犯。基于同样的道理，我们也不能因为他多少懂一些法律，而说他绝不会犯罪。

而最为不幸的是，藤次郎还天真地抱着一线希望：只要要之助消失了，美代子就会与他重归于好。

因此，他满脑子想的都是"如何杀死要之助""如何逃避法律的惩罚"，他觉得只要这两方面成功了，那么他对于美代子的爱恋也就成功了。

"偶然"两字给了他某种奇妙的暗示。

据他所知，针对不负刑事责任者之行为的正当防卫也是成立的。并且，据他所知，要之助患有严重的梦游症。而梦游症患者在梦中犯罪当然也是极有可能的。事实上，他已经在银幕上目睹了（尽管那跟梦游症还多少有些不同）。

那么，藤次郎是如何将他掌握的法律知识和电影给他的启示，与他所要实行的犯罪行为结合起来呢？读到此处，想必读者诸君也都能猜个八九不离十了吧。

几天之后，一个杀人计划就在他的脑袋里成熟了。

一周后的某天傍晚，藤次郎再次来到了浅草。不过这次是要之助和他一起来的。那天要之助休息，而藤次郎跟老板撒了个谎，傍晚时分也出来了。他成功地将要之助诓到了浅草。接下来，那就要实施他那个酝酿已久的计划了。

他们来到行人众多的池塘边。忽然，藤次郎在一个摊贩前站定了身躯。那儿挂着许多白鞘短刀。藤次郎买了一柄。

"我说，这刀十分锋利哦。我那个上次来东京玩的朋友，回老家后写信来说要一柄防身用的短刀呢。我打算明天给他寄去。给，你也把玩一下吧。"藤次郎嘴里这么说着，将短刀递给了要之助。

出人意料的是要之助似乎对这把刀也很感兴趣，他将刀身抽出来看了看说："真不错。无论是人还是野兽，肯定一刀毙命。"

接着，藤次郎又在另一个摊贩那儿买了一块较大的铁镇纸，说也是朋友托他买的。其实，在他的计划中，这块镇纸才是真正的杀人利器。

随后，他们又来到了电影院。看着一张张剧照，藤次郎寻找着有打打杀杀情节的影片。最后终于将要之助拖进了一个专门上映日本电影的放映院。

他的预见是成功的。

这里所放映的电影几乎都是舞刀弄枪的。尤其在一部由明星主演的影片里，那主角简直就是个杀人狂，或砍，或刺，整部影片中他居然杀死了几十个人。

每当刀光闪耀，银幕上出现杀手的脸部特写时，藤次郎都要偷窥一下坐在他身旁的要之助的侧脸。

而要之助也总是眼睛一眨不眨地紧盯着银幕。

"杀呀！杀！再多杀几个！"藤次郎在心中叫喊着。

要之助看得也十分投入，藤次郎不禁暗自揣测：这家伙是否心里也在这么喊叫着呢?

他们回到"N亭"的时候,已经是夜里十一点了。

事到如今,要是再来说明藤次郎的计划,或许读者诸君会觉得有些啰唆。但是,我觉得还是将其事先讲明为好。

简单来说,就是藤次郎要以正当防卫为借口杀死要之助。到目前为止,要之助患有梦游症已经是众所周知的事情了。而要之助在"N亭"与藤次郎合住的寝室里,是不放任何带有危险性的东西的。事实上他虽然才来了半年,却已经发作过多次梦游症。其中的一次,还是藤次郎亲眼所见。

因此,当天夜里要之助的梦游症再次发作,就不是什么不可思议的事情。而他在梦游时想用刀子加害睡在身旁的藤次郎,也并非是不可想象的。

只不过平时寝室里,是不会放任何利器的。因此,藤次郎不得不特意去买来了一柄短刀。

考虑到厨房里的菜刀已经司空见惯,对于要之助来说已经没有刺激性了,所以藤次郎才特意买了一柄白鞘短刀。并且,为了给要之助留下深刻印象,藤次郎还时不时地让他看一下或拿在手里把玩一下。

不仅如此,为了促使要之助在当天夜里发梦游症,还特地带他看了有大量砍杀场景的电影,而要之助看得也十分专注。

藤次郎不是医生,已经想不出更多的办法了。与此同时,他也相信这些手段已经足够了。

至于为什么要买短刀,他也已经向要之助说明过了。这当然是胡编乱造的。只要调查一下他所谓的"老家来的朋友",一切就穿帮了。但是,他只跟要之助一人讲过。要之助被杀之后,如果有人要调查此事，他可以另外编造个理由。同样，买镇纸的理由也跟这差不多。

为了证明他们两人在电影院确实看过舞刀弄枪的电影，他还极为慎重地将两张电影片单带了回来。与此同时，为了更彻底地证明他们当晚在电影院看过电影，他还牢记了几部相关电影的故事情节和精彩场景。甚至他还看了钟表，将哪部电影是几点钟放映的，哪部电影是几点钟结束的，全都弄得一清二楚。关于最后的那点小把戏，想必读者诸君一眼就能看出这是多么拙劣，多么画蛇添足。

他打算在睡觉前，将短刀放入一旁的橱柜里，并将橱柜的门敞开着。总之要让要之助看得一清二楚。

而到了半夜里，估计是两点钟左右吧，他会起身从橱柜里取出短刀。然后，轻轻地在自己的咽喉附近划上两道，并仔细擦拭过刀柄后（这当然是为了不让别人查出自己就是该刀的最后使用者），将短刀放入睡在身旁的要之助的右手里，让他握着。当然了，藤次郎早就知道要之助不是个左撇子。而最后下手的时机还不能是在要之助熟睡的时候，要将他摇醒，在他睡眼惺忪、似醒非醒之际应该更适合动手吧。

也就是说，在要之助手握短刀的时候，不失时机地用铁镇纸在他的眉间猛击一下，敲开他的脑袋。

胜负成败都在此一举。要之助肯定会当场丧命。紧接着，他就惨叫连连，似乎正进行着激烈的搏斗。然后将要之助的尸体摆放在适当的位置。这样，藤次郎便可完成完美的杀人事件，并免于刑事处罚了。

面对办案人员，他的陈述极为简单。具体而言，他准备这么说："我在半夜里觉得咽喉部位凉飕飕的，紧接着又感到一阵刺痛，睁开眼睛一看，发现要之助手持利刃，像骑马似的骑在我的身上。

他满脸凶相，简直就是一个恶鬼。由于屋里开着灯，所以我看得非常清楚。我立刻意识到我将要被他杀死了。但是，我的身体被他压住了，动弹不得，更别说逃走了。情急之中我伸手乱摸，结果右手摸到了一块硬邦邦的东西。我不假思索地就用它拍到了要之助的脸上。他'啊！'地大叫一声就倒了下去。随即，我就去把大家都叫起来了。"

那么，检察官会相信这番话吗？当然会信了。不信又能怎么样呢？之后，估计老板和其他人都会讲述要之助的日常表现的吧。

藤次郎心想，这可真是个天衣无缝的计划啊。想到这里，他的脸上不禁露出了笑容。

睡觉的时间终于到了。藤次郎按照计划，当着要之助的面，将短刀放入了橱柜。好了，剩下的就是睡觉了。

要之助很快就睡着了。他睡着的时候，脸蛋还是那么俊美。藤次郎看着他的脸蛋，几乎看出了神。这是大自然赋予男性的美貌。但是，藤次郎对于这种同性之美是绝对不怀好感的。事到如今，他仍在诅咒要之助的美貌。

时间正在一分一秒地过去，眼看着就到了十二点半，到了一点钟了。真正的半夜三更已经逼近。然而，四周似乎仍尚未归于宁静。

藤次郎是个健康、正常的年轻人，一入夜，睡魔自然就来占领他的身心。可今天他不能将自己交给睡魔，必须与之做激烈抗争。

或许是他从一开始就极为紧张的缘故吧，到了两点来钟的时候，他就已经困得不行了。

藤次郎迷迷糊糊地开始打起盹来了。

很快，他就做起了一个十分离奇的梦。

在梦中，要之助不知什么时候站到了他的面前，一只手里握着一柄明晃晃的钢刀。藤次郎大吃一惊，可要之助已经走上前来，紧接着他的脸蛋就如同电影里的特写镜头似的变得很大，推到了他的眼前。

突然，他觉得有一个冰冷的东西触碰到了自己的咽喉部位。他想大声喊叫。因为，这不是梦！可说时迟那时快，他咽喉处感到一阵无可名状的、如同被烈火灼伤般的疼痛。与此同时，藤次郎的意识也永远地离开了他的身体。

要之助在当天夜里就被捕了。

不过他对警察说，自己根本不记得杀死过藤次郎。

面对检事，他自然也坚持同样的主张。他说，如果确实是他杀死了藤次郎，那也完全是发生在睡梦中的行为。到目前为止，他已经发作过多次梦游症。尤其是在老家时的一次，竟然在梦中用劈柴猛揍老爸的脑袋。

"N 亭"的老板也为其主张做了背书。

至于他行凶时所用的短刀和一旁的镇纸，则是"N 亭"的老板所不知道的。老板说，不要说是这样的东西了，要之助和藤次郎的寝室里，是连一件带有危险性的物件都没有的。

然而，所幸的是，浅草的摊贩还记得买主，说这短刀和镇纸就是在前一天的晚上，卖给与要之助同来的一个男人的。给他们看了受害人的照片后，两位摊贩老板立刻就认了出来。

凶器的来路，买主，以及当时出现在那里的理由，很快就全都搞清楚了。

通过要之助的陈述以及电影片单，要之助与受害者在前一夜还一起看过电影的事情——看的还都是打打杀杀的电影——也得到了证实。几乎跟藤次郎为自己计划得逞后所准备的陈述一样，要之助也能详细叙述那天夜里所看的电影的内容。

当然了，要之助作案当时的精神状态也由专家做了鉴定。鉴定的结果是，正如要之助自己所陈述的那样，其杀人行为完全是无意识状态下的行为。

　　最后，预审判事认定该案不必移交公审，要之助被无罪释放了。

　　事件的处理经过，就是这样的。

　　可是，要之助真是由于梦游症发作而杀死藤次郎的吗？除此之外，难道就没有别的可能性吗？

　　他当时的精神状态的鉴定，应该是十分慎重的吧。

　　但那又果真是绝对准确的吗？会不会出现偏差呢？

　　还有，如果这真是一起凶杀案，检事和判事都很难说明凶手的杀人动机。他们都是法律专家，且是执法者，因此在此情形下必须说明凶手的杀人动机。

　　作为既非医生，又非法律工作者的广大读者，是没有绝对信赖此鉴定的必要的。同时，也没有确证其动机的必要。

　　那么，要之助真是在睡梦中杀死藤次郎的吗？

　　他难道就没有杀人动机了吗？譬如说，要是要之助他……慢来，慢来。这些，还是任由读者诸君去自由想象吧。

一张收据

江户川乱步 | Edogawa Ranpo

"这个嘛，其实我也多少知道一点，因为这是最近的奇闻，社会上早就传得沸沸扬扬了。当然了，我没你了解得这么详细。所以，你能再给我说说吗？"一位年轻的绅士如此说道。随即，他将一块还滴着鲜血的肉块送进了嘴里。

"好吧，那我就给你说说吧。喂！服务生，再来一杯啤酒。"

这一位也是个青年，衣冠楚楚，可头发却乱蓬蓬的，还留得很长，显得极不协调。随后，他说了这样一段话——

"时间是大正某年十月十日凌晨四点；地点是某町郊外，富田博士家后面的铁轨处——这就是案发现场。一个冬天，不，是秋天吧，哎，管它呢……天还没亮的凌晨，上行第 × 号列车打破了黎明前的沉寂，疾驰而来。突然，不知何故，列车拉响了刺耳的警笛，随即，凭借着异常制动机构之力，列车紧急刹车，停了下来。然而，还是差了那么一点点，在它完全停下之前，轧死了一名妇人。我可是现场目睹了，虽说是第一次，可还真是让人不好受啊。

"这名妇人不是旁人，就是富田博士的夫人。接到了列车员的报警后，刑侦人员赶到了现场，看热闹的人也聚拢了过来。也不知是谁去博士家报的信，很快，富田博士便惊慌失措地和用人们一起跑了出来。就在一片乱哄哄的时候，我正好经过那儿。你知道的，我当时正好去那个町玩，而我又有早上起来散步的习惯，结果就被我撞上了。尸检开始后，一个像是法医的家伙检查了死者的伤口，检查完毕后，尸体被抬进了富田博士家里。在旁观者眼里，事情简简单单，就这么结束了。

"我所看到的，也就是这么多。下面所要说的，是综合各家报纸的报道，并加上我自己的想象得出的内容。

"根据法医的观察，死因当然是碾压而死，主要是右腿从大腿根处被轧断了。而能够说明事情发展到这一步的最有力证据，就是在死者的怀里找到的，那个夫人写给她的丈夫，也就是富田博士的一封遗书。信上说，自己常年患有肺病，难以治愈，不仅自己痛苦，也给身边的人带来了许多麻烦，她已经难以忍受，所以要自行结束生命。大概就是这么个意思。这种事情似乎并不稀罕。这时，要不是出现了一位名侦探，估计这事也就到此为止了。报纸也顶多在第三版刊登一个小小的报道，说什么'博士夫人厌世自杀'之类的。可正是托了那位名侦探的福，这事才成了我们的绝妙谈资。

"这位名侦探名叫黑田清太郎，当然了，说他是名侦探，不过是外行人的想象罢了。

"当时那家伙就像外国侦探小说中所描写的那样，像狗一样四脚着地趴着，将周边的地面嗅了个遍。然后，他跑进富田博上的家里，对主人和仆人们提了各种各样的问题，又用放大镜将每个房间的每个角落都仔细观察了一遍。反正就是运用所谓的最新侦探法，大大地折腾了一通。最后，他到上司面前说：'这案子，看来还得仔细调查啊。'听他这么一说，大家全都紧张起来了。首先便对尸体进行了解剖。解剖由某大学医院的某某博士执刀，而解剖结果则证明，黑田名侦探的推测一点都没错。因为他发现了死者在被碾死前已经服用了某种毒药的痕迹。也就是说，有人事先将夫人毒死后，将其尸体搬到铁轨上，造成了自杀的假象。其实，这是一起不折不扣的凶杀案。当时的报纸上刊出了《凶手为谁》这样耸人听闻的大标题，极大地煽动起读者的好奇心。于是，承办此案的检事便将黑田刑警叫了来，要他进行证据调查。

"黑田刑警煞有介事地拿出了三件证据：第一，一双平口皮鞋；第二，用石膏翻制的脚印模型；第三，几张皱巴巴的旧纸。你看，这就有些侦探小说的意思了。根据这三件证据，黑田刑警声称：博士夫人并非自杀，实为他杀。而杀人凶手不是别人，居然就是其丈夫，富田博士本人。怎么样？这下事情就变得好玩了吧。"

青年说到这儿，带着狡黠的微笑望着对方的脸。随即从衣服里面的口袋里掏出一个银色的香烟盒，动作麻利地捏出一根"牛津"[1]牌香烟，随手"啪！"的一声合上了盖子。

"是啊。"正听着的那位青年，立刻给他擦了根火柴，说道，"到此为止，我也都基本了解。可那个叫黑田的家伙，是怎么发现凶手的？这方面，我倒是愿闻其详。"

"要说起这一段，简直是一本侦探小说。照黑田刑警的说法，他之所以会产生是否为他杀的疑问，是因为法医曾颇为不解地嘟囔了一句'没想到死者伤口的出血量竟然这么少'。就是这么点细枝末节。好像之前在大正某年某月某日某某町发生的老母被杀案，也出现过同样的情况。据说尽可能地怀疑，然后仔细地一个个对疑点进行排查，这就是侦探术的基本原则。而黑田刑警深谙此道，所以他就先构建了一个假设：不知哪个男人或女人，给夫人喝了毒药，然后把夫人的尸体搬到了铁轨上，以期火车的车轮将一切都碾压得

1　一种在当时十分昂贵的美国香烟。

面目全非。根据这一假设，他又进一步加以推定：将尸体搬到铁轨上去时所踩出的脚印，应该还保留着。而对于黑田刑警来说十分幸运的是，一直下个不停的雨，下到发生火车碾压事件的前一天晚上就停止了，而地上也确实留下了各种各样的清晰脚印。也就是说，他正好遇上了一种最理想的状态：由于雨是在前一天半夜里停的，而碾压事件发生在凌晨四点几十分，所以正是在最佳时间段里踩出了能留存的脚印。于是，正如前面所说的那样，黑田刑警像狗似的趴在地上察看了起来。好吧，既然说到这了，我就来画一张现场的示意图吧。"

说着，左右田——正在说话的青年的名字——就从口袋里掏出了一本小型笔记本，用铅笔在上面画了一张草图。

"铁轨略高出地面，两侧的斜坡铺设了草坪。铁轨与富田博士家的后门之间距离十分宽阔，大概有一个网球场那么大吧。那是一片碎石砂砾铺就的空地，寸草不生，踩出的脚印，就留在了铁轨的这边。而铁轨的另一边，位于富田博士家相反一侧的地方，是一片水田，远处还可看到工厂的烟囱，这也是近郊常见的景色。沿东西向伸展的某某町西郊，除了富田博士家，就只有几栋文化村式样的住宅。也就是说，与铁轨相平行的地方，排列着富田博士家等几户人家。

"那么，四脚着地的黑田刑警，在富田博士家与铁轨之间的空地上，到底'嗅'出了些什么呢？

"那片空地上，有十人以上的脚印，纵横交错着，最后都集中在火车碾压处的附近。初一看，自然是杂乱无章，难分彼此。可将其一一加以分类之后，就能分辨出哪几种是光板木屐留下的，哪几种是高齿木屐留下的，哪几种是皮鞋踩出来的。再将身处现场的人数与脚印种类数一一比较，就会发现多出了一种脚印。也就是说，发现了一种不明身份的脚印。并且，这是皮鞋踩出的脚印。在那天早晨，只有前来调查此案的刑侦人员穿着皮鞋，而这些人还都在场，没一个人回去。这就很奇怪了。在进一步调查后，结果发现这种可疑的脚印，居然出自富田博士家。"

"啊呀，你了解得可真仔细啊。"一直听着的那位青年，亦即松村，忍不住插嘴道。

"这方面倒是多拜八卦小报所赐了。案子到了这一步，他们完全出于猎奇心态，开始了连篇累牍的报道。不过这种小报，有时也挺管用的。

"接下来，黑田刑警就重点调查了从富田博士家到铁轨之间来回往复的脚印。发现总共有四种。第一种，是刚才讲的，身份不明的脚印；第二种，是走到现场的，富田博士穿的光板木屐的脚印；第三和第四种，是富田博士家用人的脚印。仅此而已，并未发现被碾死者从家里走到铁轨处的脚印。想来那应该是较小的，穿着布袜踩出来的脚印，可就是哪儿也找不到。

"难道被火车碾死的人，是穿着男式皮鞋跑到铁轨上去的吗？要不然，就是由符合此脚印的人将夫人抱到了铁轨上，两者必居其一。当然了，前者的推断其实是不太可能的，而后一种的可能性应该比较大。之所以这么说，是因为该脚印还有一个极其微妙的特征，就是脚后跟部分吃入地面非常深。无论观察该类脚印中的哪一个，都具有同样明显的特征，这就是持有重物行走的明确证据。黑田刑警的判断是：重物的重量导致脚后跟吃入地面更深。关于这一点，黑田在八卦小报上大吹大擂，说什么人的脚印能传递给我们许多信息。譬如说，怎样的脚印，是跛子留下的；怎样的脚印，是瞎子留下的；怎样的脚印，是孕妇留下的……大肆鼓吹其'脚印侦探法'。你要是感兴趣，可以读一读昨天的八卦小报。"

"要是细说的话，恐怕三天三夜也说不完，无关紧要的地方我就跳过去吧。总之，黑田刑警在费尽心机调查过脚印之后，又在富田博士里屋的檐廊下面，找到一双与那问题脚印相符合的平口皮鞋。不幸的是，经过用人的辨认，这正是那位知名学者平日里常穿的皮鞋。除此之外，还有各种各样的小证据。譬如，用人们的房间与博士夫妻的房间相距很远；当天夜里，用人们——两个都是女的，睡得死沉，直到早上外面都嚷嚷开了，才醒过来，对于夜里所发生的事情，一点都不知道；富田博士本人，当天却是十分难得地在自己家里过夜。此外，博士家的内情，似乎也在给脚印的证据背书。

　　"所谓内情是这样的，估计你也知道吧，富田博士是已故的富田老博士的上门女婿。也就是说，他夫人是个招婿入赘的任性女人，既患有肺结核之痼疾，脸蛋也长得不怎样，更何况还患有严重的歇斯底里症。谁都能想象得出，他们的夫妻关系是不可能好的。事实上富田博士也确实在外面金屋藏娇，对一个艺伎出身的女人宠爱有加。当然了，我个人以为，这些事情对于博士的存在价值分毫无损。妻子患有歇斯底里症，往往会让其丈夫发疯抓狂。就富田博士而言，则是使夫妻关系越来越糟，直至最后酿成如此惨祸。这样的推理，应该也合情合理吧。

　　"然而，事情到了这一步，还有一个疑难问题尚未解决。就是我一开始提到过的，从死者怀里发现的那封遗书。因为经过仔细辨认，发现那上面的字，确实出自博士夫人亲笔，这一点毫无疑问。夫人为什么会写出这种言不由衷的遗书呢？对于黑田刑警来说，这是一个难以逾越的难关。他自己也说过，这件事曾让他大伤脑筋。然而，在他费尽心机之后，终于发现了几张皱巴巴的用来练字的废纸。也就是说，富田博士曾在废纸上临摹过夫人的笔迹。其中有一张是夫人在外出旅行时写给富田博士的信，凶手正是以此为'字帖'来练习妻子的笔迹。真可谓是处心积虑。据说那些废纸都是黑田刑警在富田博士书房的字纸篓里发现的。

"黑田刑警由此而得出的结论是：富田博士想要清除平日里的眼中钉、肉中刺；爱情道路上的绊脚石，难以忍受的歇斯底里狂——也就是他的夫人。并且要以丝毫无损其博士名声的方式来加以实施。于是，他便处心积虑，以服药为名让夫人喝下了某种毒药。毒死夫人之后，他就穿着那双平口皮鞋，扛着夫人出后门，将她放到了铁轨上。随即又在她怀里塞入那封早就预备好的、煞有介事的遗书。等到被人发现遭受火车碾压后，这个大胆的凶手再故作惊慌地跑到现场，整个过程就是这样。为什么富田博士不提出离婚而要行此险道呢？某报纸对此做了如下解释——估计是记者自己的理解。一共有两条：第一是不忍辜负已故老博士的情谊，唯恐人言可畏；第二，对于心狠手辣的富田博士来说，这一条可能是最主要的理由，那就是他还觊觎着博士夫人从父母那里所继承的，并不庞大的财产。

"由此，富田博士被警察带走，黑田清太郎大出风头，报社记者有了意外的收获，学界则爆出了天大的丑闻。正如你所说的那样，社会上已传得沸沸扬扬。也难怪，这确实是一个离奇曲折、极富戏剧性的案子。"

说完之后，左右田端起跟前的杯子，一口喝了个精光。

"虽说你看到了现场，对这个案子十分感兴趣，可还真没想到你调查得这么详细。可要说起来，那个叫黑田的刑警，真是聪明绝顶，简直和警察的形象有点不相符了。"

"嗨，怎么说呢，也就是个小说家而已吧。"

"哎？哦，对啊，是个出色的小说家。应该说，他的创造性工作，比小说更加生动有趣。"

"可我觉得，他也仅仅是个一般的小说家而已。"左右田说着，将手伸进西装马甲的口袋里摸索着什么，脸上却浮起了嘲讽的微笑。

"什么意思？"松村在香烟的缭绕烟雾中，眨巴着眼睛反问道。

"我是说，黑田或许是一位小说家，可不是一位侦探。"

"为什么？"松村像是吃了一惊，用一种期待奇迹发生的眼神望着对方。左右田从西装背心的口袋里，掏出一张小纸片，放到了餐桌上。

"你知道这是什么吗？"他说道。

"这又怎么了？这不是ＰＬ商会的收据吗？"松村颇觉奇怪地反问道。

"是啊。是在三等快车上租用枕头时，所付的四角钱的收据。这是我在火车碾压现场，无意中捡到的。我要凭借这张收据，为富田博士做出无罪的申诉。"

"开玩笑，这怎么可能？"松村嘴上这么说，却也并非绝对地加以否定。听他的口气，他也处于半信半疑之中。

"其实也用不着什么证据，富田博士本来就应该是无罪的。像富田博士这样的人物，怎么会为了一个歇斯底里的女人而葬送了自己在这个世界上的大好前途呢？只有傻瓜才会这么想。但富田博士可是属于全世界的人物，是全世界屈指可数的大人物。松村君，其实我今天要坐一点半发出的火车，去造访富田博士家。尽管博士不在家，但我可以向他家的其他人打听一些情况。"说着，左右田看了一眼手表，取下了餐巾，站起身来，"想必富田博士自己也会为自己的清白辩护吧，同情富田博士的律师们也会为他辩护的。而我所掌握的证据，是其他人所没有的。什么？你要我和盘托出？少安毋躁，还请稍稍耐心等待一下。因为我的推理尚有一丝缝隙，必须再做一些调查才能保证天衣无缝。为了弥补这一丝缝隙，我现在必须告辞一会儿，出一趟远门。服务生，请帮我叫辆车来。好吧，我们明天还在这里见面。"

第二天，在某某市据说是发行量最大的晚报上，刊载了一封长达五栏的读者来信，标题是《我证明富田博士无罪》，署名为左右田五郎。

内容如下：

我已将与此文内容相同之报告呈递于审理富田博士案之预审判事某某氏。想必仅此亦已足够，然顾虑到万一该氏有所误解，或因其他理由而将区区一介书生之陈述葬送于幕后，况且又因我之陈述推翻了某得力刑警所证明之"事实"，纵令幸获采纳，亦不知日后是否会将我所敬爱之富田博士所蒙受之冤屈大白于天下，为达到唤起舆论之目的，故特此寄上本文，万望刊行。

我与博士本人，并无私谊，只因拜读其过著作且崇敬其过人睿智而已。然而，就此次事件而言，我不忍眼看着我国学界之泰斗因错误推理而蒙受不白之冤，又因偶然机会，我在现场获得了一件物证——我相信如此因缘巧合，舍我再无他人了。基于理所当然之义务，遂出此举。望勿误解。

我因何种理由相信富田博士是无罪的呢？一言以蔽之，司法当局仅凭刑警黑田清太郎氏之调查而推定富田博士有罪之做法，太过草率。或者说，太过幼稚，简直是如同儿戏。试想，倘若将博士那颗细致缜密、算无遗策的聪明大脑与此次所谓的犯罪事实做一下对比，我们又会作何感想呢？恐怕会因思想层面的天壤之别而不禁哑然失笑吧。莫非刑侦人员以为博士之大脑早已衰耄老化，以至于会留下拙劣的脚印、临摹笔迹的废纸、盛放毒药的杯盏，从而成就黑田氏的名声？抑或那位博学的嫌疑人竟会不知中毒后，毒素仍残留于尸体之中？因此之故，我即便不提供任何证据，也同样坚信博士是无罪的。话虽如此，我亦尚不至于莽撞无知到仅凭以上之推测来为富田博士鸣冤叫屈。

刑警黑田清太郎氏，如今正因其赫赫功勋而光彩照人。乃至于世人赞叹其为"和制夏洛克·福尔摩斯"。我亦无意将正处春风得意之顶点的他，推落至万丈深渊。事实上我亦相信黑田氏为我国警界之佼佼者，是手法高明的破案好手。此次之所以会老马失蹄，实为其头脑远比其他人更好之缘故。若论其推理方法，并无差错。唯在调查物证方面有所欠缺，在缜密周到之处尚不及我这一介书生，我亦因此而为他深感可惜。

闲话少叙。我所要提供的证物，实为如下两件不起眼之物品：

一、我在现场拾得的ＰＬ商会收据一枚（三等快车所配备枕头的租金收据）。

二、作为物证而保管在警察局的博士的平口皮鞋鞋带。

仅此而已。于读者诸君而言，这两件物品恐怕毫无价值。然而，想必大家也都懂得，对于刑侦人员而言，有时即便是一根头发，也能成为极其重要的犯罪证据。

实言相告，我是基于某个偶然的发现而开始思考本案的。案发当天，我恰好在现场。当时，我正在一旁看着检尸官忙碌着，忽然发现我所坐着的石块下面，露出一角白色纸片。倘若我没看到那纸片上的日期印戳，恐怕也就不会对本案产生疑问了。然而，于博士而言十分幸运的是，那张纸片上的日期，如同某种启示一般，异常鲜明地映入我的眼帘。大正某年十月九日，亦即案发前一日的日期印戳。

于是，我便搬开了重达五六贯目[1]的石块，捡起了这张几因雨淋而损坏的纸片，发现这是一张ＰＬ商会所开出的收据。这一意外发现，极大地激发了我好奇心。

至此，我们可知黑田刑警于现场踏勘时，遗漏了三点：

其中之一，便是我偶然捡到的ＰＬ商会所开收据。除此之外，黑田刑警仍有两处确凿无疑的疏漏。然而，即便是这枚收据，倘若黑田刑警的观察足够仔细，或许我便不会以那样的偶然方式加以发现了。我之所以这么说，是因为一眼就可看出，将该纸片压在底下的石块，是堆放于博士家屋后砌了一半的下水沟旁的众多石块中的一块。换言之，唯独这块石块，被人搬放至离屋子较远的铁轨旁。而对于警觉程度高于黑田刑警者而言，这块石块本身便提示着某种意义。不仅如此，我当时还将此收据出示给正在现场踏勘的一位警员看了。而对方非但毫不领情，反说我妨碍公务，要我"滚一边去！"。时至今日，我依然能在众多警员中将他辨认出来。

第二点，关于凶手的脚印。即只有凶手从博士家后门到铁轨处的脚印，并没有从铁轨处回到博士家的脚印。关于这一点，黑田刑警是如何解释的呢？我不得而知——心不在焉的记者们居然对如此重大的疑点毫无报道。估计他以为凶手将受害者放在铁轨上后，出于某种考虑，自己沿着铁轨走上一段，然后绕远路回家的吧。事实上，只要稍稍绕远一些，也确实能找到可以不留下脚印而回到博士家的路——但在博士家里发现了与脚印相符合的平口皮鞋后，纵使没发现回家的脚印，黑田刑警也以为获得了凶手已经回家的证据了吧。如此考虑，似乎也合情合理，可细究起来，是否仍有些不自然之处呢？

1　日本旧制重量单位。一贯目等于 3.75 千克。

第三点则是大部分人都没注意到的，甚至部分看到的人都没有太在意的证据。那就是一条狗的脚印。现场布满了狗的脚印，尤其明显的是，有一行狗脚印与凶手的脚印相平行。那么我又是怎么注意到的呢？因为该狗出现在被碾死者的附近，且其脚印消失在博士家的后门口，则多半可将其判断为死者的爱犬。然而，它却并未出现在人们聚集处，就是这一点让我感到了奇怪。

　　以上，我已经列举出我所有的证据。敏锐的读者想必已经能大致猜出我下面所要说的话。然而，尽管对于这部分读者而言以下结论或许将成为蛇足，可我还是必须陈述一下。

　　当天回家后，我并未形成任何意见。对于上文所列三点，也并未加以深入考虑。在此，我是为了引起读者的注意，才故意记述得如此清晰明了，其实我当天在现场，并未做如此周详的考虑。而是在第二天、第三天，读了每日的报纸后，得知我崇敬的富田博士已被当作嫌疑犯带走，甚至是在读到了黑田刑警的破案经验后，我才基于本文开头所述之常识，认为黑田刑警的侦探必定有误。当时，我也结合了当天目击的诸场景来加以考虑，仍有若干不解之谜。故又于今日造访了富田博士家，询问了其家里人诸多问题后，总算探明了本案的真相。

　　下面，我按照先后顺序，逐一记述我的推理过程。

　　如前所述，推理的出发点，就是那张ＰＬ商会所出具的收据。这张收据，是在案发前夜，估计是半夜时分，从快车车窗里掉出来的。可是，它为什么会被压在重达五六贯目的石块下面呢？这就是我第一个着眼点。唯一的可能，是有人在列车驶过之后，将该石块搬到了ＰＬ商会收据所掉落的地方。因为从其所在位置看，该石块不可能是从铁轨上，或是从经过此处运载石块的无盖卡车上掉落的——那么，它是从哪里搬来的呢？由于它十分沉重，也不可能是从很远处搬来的。结果，仅从其楔形的形状，便可判定是博士家屋后那些为了砌筑下水沟而堆放着的，众多石块中的一块。

也就是说，自夜半至凌晨碾压事件被发现的时间段中，有人将石块从博士家屋后搬到了碾压处。如此，地上必然会留下其脚印。又由于前一夜所下的小雨，到夜半时分已经停了，所以其脚印是不可能被雨水冲刷掉的。然而，此脚印，正如聪明的黑田刑警所调查的那样，只可能是除了早上现场所在人员以外的，"凶手的脚印"。于是就必然得出，搬运石块之人，即是"凶手"的结论。当时，我也曾为如何给"凶手"赋予搬运石块的原因而绞尽脑汁。可当我终于发现他如何巧妙地运用障眼法之后，便不禁为此大吃一惊。

抱着人行走所留下的脚印，与抱着石块行走所留下的脚印，极为相似，足以蒙蔽老练警探的眼睛。而这个令人震惊的障眼法却被我识破了，即某个企图让博士背负杀人罪名的人，穿上博士的平口皮鞋，抱着石块而不是夫人，一路将脚印留到了铁轨旁——否则，就再别无别的解释了。然而，倘若是那个可恶的障眼法制造者留下了这些脚印，那么被碾死之人，亦即博士夫人又是怎么走到铁轨上去的呢？因为怎么说都少了一行脚印。因此，以上的推理只能有唯一的结论。那就是，我不得不十分遗憾地认定，博士夫人本人，就是诅咒其丈夫的恶魔。这可真是令人不寒而栗的犯罪天才。我的脑海中不禁浮现出一个因嫉妒而疯狂，且患有肺结核之不治之症——这病会导致患者头脑病态——的一个阴暗女人形象。一切都是那么的黑暗，一切都是那么的阴险。在此黑暗、阴险之中，是一个双眼放出可怕光芒的苍白女子的妄想；几十天、几百天来的妄想；以及此种妄想之实现……想到这里，我不禁毛骨悚然。

这一话题在此就暂不多论了，下面谈第二个疑问，即那个脚印没有回到博士家，又该如何解释呢？关于这一点，倘若简单考虑，或许会认为，由于那是被碾死者的脚印，没有回家也是理所当然。然而，我认为有必要做更深一层的考虑。犯罪天才如博士夫人者，怎么会忘了让脚印回去呢？即使ＰＬ商会的收据没有十分偶然地从列车车窗掉落下来，那她不就仍然在唯一之线索的所在地，留下了笨拙的蛛丝马迹吗？

上述第三点中所提及的狗脚印，就是解决这一疑问的关键。当我将狗脚印与博士夫人这唯一的疏忽结合起来考虑时，便情不自禁地露出了微笑。想必，夫人原本是打算穿着博士的平口皮鞋往返于铁轨与自家之间的。并且，肯定想另外选一条不会留下脚印的路先走到铁轨处。然而，滑稽的是，这时出现了一个捣乱者，那就是夫人的爱犬约翰——这个名字，还是我今天造访博士家时从女佣嘴里听来的——它十分敏锐地观察到了夫人的异常行为，并在一旁不停地叫唤。夫人担心狗叫声会惊醒家里人，从而发现自己的异常行为，所以觉得不能再磨磨蹭蹭了。即便没吵醒家人，要是将附近的狗都招来，也很难对付。于是，夫人灵机一动，想到了一个顺水推舟，既能将约翰支走，又能实施自己计划的妙招。

根据我今天的调查得知，约翰早就被训练出了将一些小东西叼回家的技能。一般是在与主人同行时，会吩咐它将什么东西送回家，让它养成了这样的习惯。每逢这时，约翰便会将东西叼回家，并放到里屋的房间里。我在博士家发现的另一种情况是，从后门进入要到达里屋的房间，必须通过环绕内院的木板围墙上的一扇木门。可这扇木门像西式建筑的门一样，装有弹簧，只能往里推开。

博士夫人正是巧妙地利用这两点。了解狗的人想必都不会反对如此说法，那就是：光是口头上叫狗走开是没用的，而要它去做某事——譬如说，将木片扔得远远的，让它去叼回来之类的——狗肯定会忠实地执行。夫人正是利用了狗的这一动物心理，将平口皮鞋交给约翰，让它离开现场。并且希望借此将皮鞋至少放到里屋的檐廊旁——估计当时防雨门是关着的，所以约翰不能一如既往地将皮鞋放入房间；以及不让狗再次来到现场——因为内院围墙上的那扇木门，从里面推不开。

以上，无非是我结合了"没有回家的脚印"和狗脚印等，以及博士夫人的犯罪天才而展开的想象。对此，或许有人会指责我过于穿凿附会了。当然了，如果说"没有回家的脚印"其实只是夫人的百密一疏，而狗脚印，则是夫人早就计划好的、处理皮鞋方案的一部分也未尝不可。但是，不管怎样，都无法动摇我所主张的"夫人犯罪"说。

这里出现了一个疑问。那就是，一条狗，能够一次运送一双，亦即两只皮鞋吗？能够回到这个问题的，则是前面所列举的两件物证中，那个尚未加以说明的"作为物证保管在警察局的博士的平口皮鞋鞋带"。我也是费了很大的力气，才从博士家某用人的记忆搜寻到的。原来那双鞋在被扣押时，是像剧场保管鞋子时那样，用鞋带将两只鞋系在一起的。刑警黑田氏是否留意到这一细节？还是发现目标对象后欣喜若狂，漏掉了这一点，或者尽管注意到了却也没多加考虑？好吧，就算没有忽视，估计也仅仅满足于"凶手出于某种目的，用鞋带将两只鞋系在一起"之类的推测吧。如若不然，黑田刑警不会得出如此结论。

做完这一切之后，那个简直可以被诅咒的恐怖女人就服下了事先准备好的毒药，躺在了铁轨上，面带狰狞可怖的微笑，一边幻想着自己的丈夫从崇高荣誉的顶端跌入万人唾弃的深渊，在地狱里呻吟哀号的景象，一边静静地等待着飞驰而来的列车，无情地碾压过自己的身体。至于那个装毒药的容器，我就不得而知了。好事的读者，不妨去铁轨附近仔细找找，说不定在稻田的泥沼中会有所发现。

至于那封从夫人怀里发现的遗书，尽管到目前为止我还只字未提，但显然也和皮鞋脚印一样，是夫人准备的伪证。我并未亲眼看到此信，故而下此结论仅凭推测而已，然而，倘若请笔迹专家加以研究，必能得出夫人有意写成别人模仿其笔迹的结论。同时也能判定，信中所写的内容，亦句句是实，并无虚言。至于其他细枝末节，我在此就不一一列举反证，或加以说明了。因为，阅读了以上的陈述后，想必读者诸君已能自行明了。

最后，便是夫人自杀的理由了。这一点也正如读者诸君所想象的一样，原因极为简单。根据我从博士的用人处所打听到的情况，同时也正如遗书中所写的那样，夫人确实是个严重的肺病患者。这一点，不是已经揭示了夫人自杀的原因吗？亦即，夫人非常贪心，她企图以自己之一死，来达到厌世自杀与报复丈夫另有所爱的双重目的。

至此，我的陈述也已结束。如今，我唯盼预审判事某某氏尽早传唤我出庭。

在与前一天相同餐馆的同一张餐桌旁，左右田与松村面对面地坐着。

"你真是一跃成为明星了。"松村称赞他的朋友道。

"我只是很高兴能为学术界贡献一点微薄之力罢了。如果今后富田博士要发表震惊世界学术界的著述，我不就可以要求他在署名处加上'与左右田五郎共著'这样的金字了吗？"说着，左右田便张开五指，像一把梳子似的插入他那头乱蓬蓬的头发之中。

"不过，我还真没想到你还是一位如此出色的侦探啊。"

"'侦探'二字，还是请你更正为'空想家'吧。其实，我也不知道自己的空想天马行空到什么程度。譬如说，如果那位嫌疑犯不是我所崇拜的大学者，我或许就会将富田博士'空想'成杀死其夫人的凶手，逐一推翻我这次所提供的所谓的最有力证据。你明白吗？我一本正经、煞有介事地罗列出的所有证据，只要仔细斟酌一下就能发现，都是同样能适用于其他场合的、模棱两可的东西。唯一一件确凿无疑的物证，就是那张ＰＬ商会所出具的收据。可是，即便是这个，要是我不是在石块底下，而是在石块旁边捡到的，又将如何呢？"

看着对方如坠云里雾里、摸不着头脑的表情，左右田露出了意味深长的诡笑。

（全书完）

推理要在本格前

编 _ 果麦

产品经理 _ 李佳婕　赵仕蕾　装帧设计 _broussaille 私制　产品总监 _ 许文婷

技术编辑 _ 顾逸飞　责任印制 _ 陈金　出品人 _ 吴畏

营销团队 _ 毛婷 阮班欢 孙烨

果麦
www.guomai.cn

以 微 小 的 力 量 推 动 文 明

图书在版编目（CIP）数据

推理要在本格前 / 果麦编；徐建雄译 . -- 杭州 ：
浙江文艺出版社，2020.4（2023.8 重印）
ISBN 978-7-5339-6054-4

Ⅰ . ①推… Ⅱ . ①果… ②徐… Ⅲ . ①推理小说－小
说集－日本－现代 Ⅳ . ① I313.45

中国版本图书馆 CIP 数据核字（2020）第 040069 号

推理要在本格前
果麦　编　徐建雄　译

责任编辑　金荣良
装帧设计　broussaille 私制

出版发行　浙江文艺出版社
地　　址　杭州市体育场路 347 号　邮编 310006
经　　销　浙江省新华书店集团有限公司
　　　　　果麦文化传媒股份有限公司
印　　刷　天津丰富彩艺印刷有限公司
开　　本　880 毫米 ×1230 毫米　1/32
字　　数　280 千字
印　　张　11.5
印　　数　50,001—53,000
版　　次　2020 年 4 月第 1 版
印　　次　2023 年 8 月第 11 次印刷
书　　号　ISBN　978-7-5339-6054-4
定　　价　49.80 元